ハヤカワ・ミステリ

REGINALD HILL

午前零時のフーガ

MIDNIGHT FUGUE

レジナルド・ヒル
松下祥子訳

TOKYO HAYAKAWA BOOKS

A HAYAKAWA
POCKET MYSTERY BOOK

MIDNIGHT FUGUE
by
REGINALD HILL

Translated by
SACHIKO MATSUSHITA
First published 2011 in Japan by
HAYAKAWA PUBLISHING, INC.
This book is published in Japan by
arrangement with
A.P. WATT LIMITED
through THE ENGLISH AGENCY (JAPAN) LTD.

装幀／水戸部 功

雨粒が真夜中のフーガを演奏する
ぼくの窓ガラスを叩いて。
きみをまたこの腕に抱けるなら
二度と離しはしない。

——リチャード・モーランド「夜の音楽」

午前零時のフーガ

おもな登場人物

アンディ・ダルジール…………中部ヨークシャー警察の警視

ピーター・パスコー…………同主任警部

エドガー・ウィールド…………同部長刑事

シャーリー・ノヴェロ
ハット・ボウラー
デニス・シーモア
…………同刑事

アマンダ
（キャップ）・マーヴェル…………ダルジールのパートナー

エリー・パスコー…………パスコーの妻

ロージー…………パスコーとエリーの娘

ミック・パーディー…………ダルジールの知人。首都警察の警視長

アレックス・ウルフ…………行方不明の男。元首都警察の警部

ジーナ・ウルフ…………アレックスの妻

ルーシー…………アレックスとジーナの亡娘

ゴールディー・ギッドマン…………実業家。通称〝親分（ザ・マン）〟

フロー・ギッドマン…………ゴールディーの妻

デイヴィッド
（デイヴ）・ギッドマン三世…………ゴールディーの息子。下院議員

マギー・ピンチベック…………デイヴの個人秘書

ミルトン・スリングズビー
（スリング）…………ゴールディーの副官

フラー・ディレイ…………ゴールディーの手下

ヴィンセント
（ヴィンス）・ディレイ…………フラーの兄

ヤノフスキー…………仕立て屋の店主

オウエン・マサイアス…………首都警察の元副警視監

グウィン・ジョーンズ…………《デイリー・メッセンジャー》の記者

ガレス・ジョーンズ…………グウィンの弟

ビーニー・サンプル…………グラビア雑誌《ビッチ！》の編集長

アリシア
（アリ）・ウィンターシャイン…………ロージーのクラリネット教師

エド・ミュア…………アリの夫

ルシンダ…………アリとエドの娘

第一部

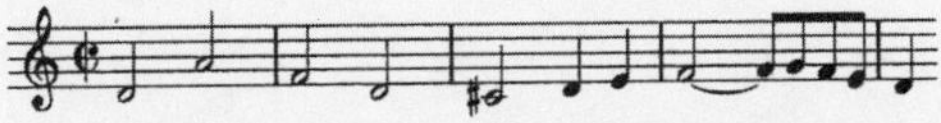

accelerando——しだいに速く

前奏曲

真夜中。

木の部分がめりめり破られ、寝室のドアがさっと開く。どすどすと床を近づいてくる足音。掛けぶとんが剝がされ、こわい顔が彼を見下ろす。妻は裸で彼の横から引きずり出され、悲鳴を上げる……

彼は半身を起こし、叫ぶ。「やめろ！」

掛けぶとんはきちんと掛かり、部屋に人はいない。ドアは閉まっている。薄いカーテンを通して、夜明けの灰色の光が入ってくる。

ジーナなら、とっくに彼の横にはいない。どのくらいになるだろう……数日？……数週間？……数カ月かもしれない。

枕元のデジタル時計は5：55を示している。驚かない。

このごろ、目が覚めるたびに、三桁の同数が並んでいる。1：11、2：22、3：33……

なにか悪いことの象徴だ（クリケットの得点で111とその倍数は縁起が悪いとされる）。

この調子でいくと、じきにある朝目を覚ますと、時計は6：66を示していることに……

まだ震えが止まらない。全身汗びっしょりで、心臓がどきどきしている。

ベッドを出て、階段の踊り場へ行く。

玄関ドアがしっかり閉まっているのを見ても、動悸は静まらない。シャワーを浴びて体が冷え、清潔になっても、恐怖は洗い流せない。

夢を分析し、意味を解釈することで、その力を抑えようとする。

男たちを思い描く。制服の者、覆面の者。知った者、見知らぬ者。警棒を持つ者、金槌を振るう者……

　あきらめる。意味がつかめないからではない。あまりにも明らかだからだ。

　頼れる人はいない、隠れる場所はない。

　窓から外の静かな通りを見る。子供のころ、というのがいつだったにせよ、そのころから見慣れた場所だ。今、それが奇妙に見える。家々はゆがみ、遠近法の線はねじれ、色はすっかり褪せて、昔のホラー映画のセピア色のスチール写真のようだ。

　この道がどこへ続くのか、もう知らないと気づく。救いが待っているのはこの道の先か。

　彼にわからないのなら、どうしてかれらにわかる？　あの道を歩いていきさえすればいい。いったん角を曲がったら、誰も知らない場所に着く。それで自由になる。

　頭の一部が訊いている。筋が通っているか？　まともに考えているか？　これしか方法はないか？

　最後にもう一度、論理的に考えようと試みる。過去を振り返り、ここまで来た道をたどることで、答えを見つけようとするが、小さな白い棺《ボックス》が視野をさえぎっている。なぜかそれには銀色のリボンが巻きつけられ、結婚祝いの贈り物の箱《ボックス》のように見える。

　贈り物だったのかもしれない。

　棺の向こうを見ようとするが、まるで夕暮れに海から漂ってくる霧を見つめるようだ。じっと見れば見るほど暗さが増してくる。

　あの棺、あの霧、あの暗さに背を向けるときだ。

　歩き去るとき。

08:10 - 08:12

「くそ」電話が鳴って、アンディ・ダルジールは言った。

あと二十分で犯罪捜査部の月例捜査会議が始まる。彼が復帰して初めてのミーティングだ。昔なら、問題ではなかった。遅れて悠然と登場し、みんながベーコン・サンドイッチをあわてて呑み下し、姿勢を正すのを見守ったものだ。だが、今回遅れたら、きっとみんな警視は署への道筋を忘れてしまったのだと思うだろう。だからただでさえ時間ぎりぎりなのに、月曜日の朝の交通はいつもひどい。サイレンを鳴らし、赤信号をいくつか無視すればなんとかなるにしても、あと一、二分のうちに出発しなければ、そのうえ歩行者数人を轢《ひ》いてしまいかねない。

車のキーをつかみ、玄関ドアへ向かった。

背後でカチリと留守番電話がオンになり、聞き覚えのない声が狭い廊下を流れてきた。

「アンディ、ひさしぶり。ミック・パーディーだ、おぼえてるか？　数年前にブラムズヒルで会った。ハッピーな日々だったよな？　どうしてる？　まだ凍える北部で羊を相手にやってるのか？　あの、電話をもらえればすごくありがたい。番号は……」

巨漢は車に乗り込みながら、記憶を掘り返した。このごろ、特に最近のこととなると、じっと見れば見るほど暗くぼやけていくように思えるときがある。だが不思議と、奥深くまで掘るとかえって明瞭になることも多く、ミック・パーディーの記憶はかなり奥深いものだった。

ブラムズヒルで講習を受けたのは数年前どころでは

ない。八、九年にはなるだろう。当時でさえ、ダルジールは群を抜いて年長だった。十年以上のあいだ、受講を求められるたび、なんとかかわしてきたからだ。だがとうとう、隙を衝かれて抜き差しならなくなってしまったのだった。

そう悪くはなかった。講習そのものは思ったほど退屈ではなかったし、宴会好きな警官仲間が大勢いて、みんな思わず飲み過ぎてしまったときでも、ちゃんと寝床に送り返してくれる先輩がいるのをありがたがった。ミック・パーディー警部はたいてい最後まで残っている酒豪の一人で、彼とダルジールは旅先で出会った者のように仲よくなった。職業上の懐疑心が一致し、地域上の忠誠心が不一致なのが友情の基盤だった。二人はそれぞれ例となる逸話を出し合っては、イギリスの警察には売春宿でセックス・パーティーを開く組織力すらないという普遍的真理を語って意気投合した。それから、意気投合にあきてくると、地理的に分かれ、パーディーがヨークシャーの連中は飢饉のときに自分らの子供を食うと主張すれば、ダルジールはロンドンの若い世代は食えたもんじゃない、飢えたハゲタカすらそっぽを向くと言い返した。

二人は元気でな、またいつか出会う折があればいい、と決まり文句を交わして別れたが、そんな折はなかった。ところが今、ミック・パーディーは彼の自宅に電話してきた。月曜日の朝一番、旧交を温めようとして。つまり、長らく抑圧していた情熱にとうとう身をまかせたというんでないなら、こいつは一肌脱いでくれと頼もうとしているってことだ。

おもしろい。だが、待ちきれないほどのものではない。今朝はなにより、署に出るのが大事だ。彼のでこぼこ軍隊がミーティングに集まってくるとき、いつもの玉座に着き、いかにも見るものすべてを統《す》べる王という様子で、警視の留守中、かれらがその乏しい才能で何をしてきたか、報告を聞く姿勢を整えている。

彼はイグニションにキーを差して回し、聞き慣れた熊の唸りのようなエンジン音を耳にした。この古いローヴァーには運転手とずいぶん共通点がある、と彼は自己満足して考えた。ボディはおんぼろ、車内は建築現場のごみ容器よりよっぽどがらくただらけだが、中にはこれより十年は新しく、値段は五倍する車にあっても恥ずかしくないほどのエンジンが——警察の車輌修理部のおかげで——ついている。

彼はギアを入れ、歩道際から勢いよく走り出した。

08:12 - 08:20

ダルジールが出ていったすばやさに、ジーナ・ウルフはあっけにとられた。

彼女は家を見張っていたのだ。人気《ひとけ》がないと思っていると、ふいに玄関ドアがぱっとあき、太った人物が現われた。あのサイズに騙されるな、と警告は受けていた。ヘンリー八世も太っていたが、陽気な王と同様、アンディ・ダルジールはあの体重を利用して、邪魔な人間をすべて押しつぶす。とはいえ、あんなに太った人があんなに速く動くとは、彼女は予想もしなかった。

彼は排水口を下りるタランチュラのごとく車に滑り込み、するとおんぼろ車は一発でエンジンがかかり、オーナーの意外な速さに劣らぬ驚くべきスピードで出ていった。自分のニッサン350Zが追いつけないとは思わなかったが、慣れない道では目を離さずにいる必要があった。

彼女がシートベルトを締め、駐車場所からすっと出て追跡を始めたとき、ローヴァーは三百ヤード先のT字路に達し、左折した。

幸運にも、彼女が追って左折すると、相手はまだ見えていた。しばらくスピードを上げるとすぐ距離は縮まり、彼女は車三台分の距離を保ってついていった。朝早いうちに少しぶらぶら走り回ったおかげで、町の地理はだいたい呑み込んでいたから、中心部へ向かっていることはわかった。たぶん警察署を目指しているのだろう。

七、八分後、彼は左折シグナルを出した。ついていくと、主要道路を逸れて住宅街に入った。見たところ、古い町並みで、高級そうだ。その中央のどこかに建つ教会の巨大な塔がときどき目に入った。

先のほうでローヴァーはほとんど停止した。運転手は歩道を歩いている女と話をしているようだ。ジーナもニッサンのスピードを落とした。もし気づかれても、狭い道でこわくて追い越せずにいるばかな女性ドライバーのように見えるだけだ。数秒後、ローヴァーはまた走り出した。二百ヤードほど進むと、〈大聖堂専用〉と書かれた駐車場に曲がり込んだ。

またしてもびっくり。この男について聞かされた話には、信仰をほのめかすものはなにもなかった。

彼女も続いて入り、隣の列に駐車すると、車から出た。彼が出てくるのは、乗り込むときほどすばやくなかった。彼女はニッサンの低い屋根越しに彼を観察した。うわのそら、不安げにすら見える。視線が彼女をとらえた。彼女はサングラスをはずし、おずおずと微笑した。もし彼が反応を示したら、彼女は話しかけていただろうが、彼はさっと向きを変え、大聖堂のほうへ大股に歩いていってしまった。

　今回も意外なすばやさで、距離が開いてしまった。あわてて追うと、彼が立ち止まり、門のそばにいる人物に話しかけたところでほぼ追いついた。それから彼は建物の中へ消えた。

　彼女は中に入り、中央通路に彼の姿をさがした。大部分の人たちはこの通路を通って中央祭壇へ向かっている。彼の姿はない。まさか彼女を見つけ、振り切るためにここに入ってきたわけではないだろう？　そんなはずはなかった。

　そのとき、彼の姿が見えた。北通路側の席にすわっているのだった。東側の窓から射し込む十月の黄金色の陽光は、そこまで届かない。彼は背を丸め、両手で頭を抱えていた。大柄な体格だが、不思議と脆さを見せている。あれほど熱心な祈りが必要とは、よほど深刻な悩み事があるのに違いない。

　彼女は二列ほど後ろにすわり、待った。

08:12 - 08:21

　ジーナ・ウルフのニッサンがアンディ・ダルジールのローヴァーを追って発進したとき、五十ヤード後ろから青いフォルクスワーゲン・ゴルフがすっと出てきて、彼女の後ろの位置に着いた。中には二人――助手席には男がすわっている。肩幅が広く、赤ら顔で、赤毛をごく短く刈り込んでいる。その横には女。体形と顔の造作は男と似ている。金髪は短く、くりくりにカールしていて、プラクシテレスの手になる彫像さながらだった。

　男の名前はヴィンセント・ディレイ。運転手はその妹で、名前はフラーという。この名前を耳にすると愉快がって笑う人もいるが（「フラー・ディレイ〔Fleur Delay〕」は「百合紋」を意味する「フラー・ド・リー」のように聞こえる）、笑いが長引くことはめったになかった。

比較的まっすぐな主要道路を走っているので、真っ赤なスポーツカーを視野におさめておくのに問題はなかった。もっとも、見えているのが重要というわけではない。兄の膝に載ったラップトップがGPSトラッカーになっているのだ。スクリーン上に点滅する明るい緑色の点が前を行くニッサンを示している。ニッサンがローヴァーに続いて左折シグナルを出すのが見えた。フラーも主要道路を逸れた。三十秒後、赤い車に接近しすぎそうになって、ブレーキを踏んだ。急に渋滞したのはローヴァーの運転手のせいだった。彼はほとんど止まっているような速度に落とし、女性歩行者と言葉を交わしていた。長くはかからなかった。今、また走り出した。

その女性の横を通りかかったとき、ヴィンセントは首を回し、開いた窓からじろじろ見た。女性は興味を示されたのに気づき、にらみ返すと、なにか言ったが聞こえなかった。

「そっちこそ失せろよ、カカシばばあめ」彼は唸った。

「ヴィンス、人の注意を惹かないで」フラーは言った。

「注意？ 百歳のばばあだぜ。どうせ電柱なみに耳が聞こえなくて、五分以上前に起きたことならなんにも記憶できないんだ」

「かもね」女は答え、駐車場に曲がり込むと、ニッサンから数台離れたところにスペースを見つけた。二人はここで車内にすわり、太った男が大聖堂へ向かい、金髪がそのすぐ後ろに続くのを見守った。

「あのくそったれ、いったい誰なんだ？」ヴィンスは言った。「おれたちのさがしてるやつってことは、ありえないよな？」

女は言った。「下品な言葉遣いはよして、ヴィンス。わたしが嫌いなのは知ってるでしょ、ことに日曜日はやめて」

「ごめん」彼はぶすっとして言った。「あのデブは誰なんだろうと思ったまでさ」

「いい質問よ」彼女は懐柔するような調子で言った。「でも、彼がどこに住んでいるかはわかってる。それなら誰だか簡単にわかるわ。じゃ、二人の後をつけて」

「おれが？」ヴィンスはまさかというように言った。尾行は微妙な仕事だ。彼はふつう、微妙な仕事はやらされなかった。

「ええ。そのくらい、できるでしょ？」

「うん」

彼は車から出たが、窓のところで立ち止まった。

「二人が中に入ったらどうする？」

「続いて入るの」彼女はいらいらして言った。「讃美歌集を手に取って、信心深そうなふりをする。さあ、行って！」

彼は早足で進んだ。金髪女が大聖堂に入るのが見えた。

彼も続いた。中に入ると、しばし立ち止まって、目が暗さに慣れるのを待った。金髪女はすぐ見つかり、おかげでデブの居場所もわかった。

女がすわると、ヴィンスは数列後ろにすわり、讃美歌集を取って、任意に開いた。

歌詞を読むあいだ、彼の唇は動いた。

世界は悪に満ち、
時は残り少ない、
目を覚まして祈りなさい、
裁判長は門まで来ている。

くそったれ裁判長め、とヴィンスは思った。

08:12 - 08:25

最初の二マイルほどのあいだ、交通量が驚くほど少ないことに対するアンディ・ダルジールの反応は、安堵だった。これなら充分余裕をもって到着できる。おりこうさんのパスコーが呼ぶところの〝音と光のショー《ソン・エ・リュミエール》〟を使わなくても大丈夫だ。

だが、町の中心部に近づいたころには、ほかに車がいないのは驚きというより怪しいと思えてきた。なにしろ月曜日の朝だ、最悪の渋滞がふつうだ。

公休日ってことはないよな？　まさか。九月が終わって十月になったばかりだ。このまえの公休日は海辺の療養ホームで過ごしたが、あれは八月末だった。あとはクリスマスまでなし。ヨーロッパ連合のほかの諸国では、それまでに六日くらいは休みがあるだろうが。てんで無名の聖人だろうと、聖人記念日とくれば、やつらは偶像を掲げて行進し、雄牛相手に格闘し、エッフェル塔の上からロバを投げ落とす。おれたちがあいつらのために二度の戦争を勝ってやらなきゃならなかったのも当然だ！

この嫌ヨーロッパ主義的白昼夢から醒めてふと気がつくと、時間にはたっぷり余裕があるにもかかわらず、頭の中の自動操縦装置が働いて、いつもの近道であるホーリークラーク・ストリートに入っていた。ここは〝鐘の内〟、つまり大聖堂に接する周辺地域で、住民と礼拝者以外は進入を規制する標識が出ているのだが。今、交通量の少なさを怪しむ気持ちには、もっと陰気な色がかかってきた。

大聖堂に向かって歩いている人たちがいた。イギリス人が信心深い様子をつくろっているときよく見せる、子供じみたまじめな態度だ。大勢ではないが、月曜日の朝のこの時間にしてはずいぶん多い。彼が留守にしていたあいだに、中部ヨークシャーでは大規模な回心があったのか。いや、彼の留守が回心を引き起こしたのか！

小柄な老女が大きな角ばった本を抱えて歩いていた。本は革装で、補強のために角につけられた真鍮の三角が拳鍔《けんつば》のごとくきらめいている。彼は女の歩調に合わせて速度を落とし、助手席に身を乗り出して窓を巻き下ろした。

「もしもし、教会へ行かれるところですかね？　ぴったりの天気だ」

女は振り向き、しょぼしょぼした目を彼に据えて言った。「なんとまあ、そこまでやけっぱちとは！　あたくしは七十九ですよ。あっちへ行きなさい、みっともない！」

「いや、今日は何曜日か教えてもらおうと思ったまでですよ」彼は言い返した。

「助平じじいのうえに酔っ払い！　あっちへ行けと言ったでしょう！　あたくしだって自分の身くらい守れますからね」

女は真鍮で補強した本を彼のほうに振ってきた。当たっていたら、鼻が折れていただろう。彼は速度を上げたが、疑念はますます強まり、百ヤード行くと、大聖堂の駐車場に曲がり込んだ。

スポーティーな赤いニッサンがすぐ後ろから入ってきた。運転手は二十代後半の金髪女性で、彼と同時に車を降りた。秋の陽射しを防ぐ、ラップアラウンドのサングラスをかけている。そのサングラスを鼻先のほうへ軽く押し下げ、彼の視線をとらえると、微笑した。今日は何曜日か、この女に訊いてみようかと彼は思ったが、やめた。今度はヒステリーを起こされるか、メースをスプレーされるかもしれないし、どっちみち、歩道ではさっきの小柄な老女が合衆国騎兵隊のごとくこちらに近づきつつあった。教会の係員、それも男に話をしたほうがいい。

　大聖堂の東の大門の脇に、黒い長い服を着た死人顔の男が立ち、受付役をしていた。詰襟がついていないから、堂守かもしれない。あるいは女装の吸血鬼か。

　ダルジールはこの男のほうへ向かった。偉大な建物の陰に入ったとき、ふと昔を思い出した。彼は神の扮装をして中世の山車《だし》に乗り、ちょうどこの通りを引かれていったが、そのときそびえ立つ塔から天使のようなものがふわふわと降りてきて……（シリーズ第十一作『骨と沈黙』参照）

　いやな記憶を頭から追いやり、彼は聖なる門番に近づいた。

「今朝はどういう予定だね？」彼は快活に訊いた。

　男はやや戸惑った表情で答えた。「これから聖餐式、十時に早禱《そうとう》です」

　どうという意味はない、と彼は自分を安心させたが、説得力はなかった。神を信じる連中は毎日礼拝をやる。たとえ老人二人に教会のネズミ一匹しか参列者がいなくたってだ。

「なにか特別な日かね？」彼は言った。「その、パンケーキ火曜日（懺悔火曜日。この日にパンケーキを食べる習慣がある）の二十二週前の日曜日とかなんとか？」

　彼としては、「日曜日？　よほど楽しい週末だったとみえますね。今日は月曜日ですよ！」とでも答えてほしかったが、もうそんな予想はしなかった。

「いいえ、特別な日ではありません。正確にお知りになりたいなら、通常期、三位一体日曜日後第二十週です。お入りになるんですか？」

　自分でも意外なことに、ダルジールはその気になっていた。

　ここから車に戻ると、途中で拳鍔つき祈禱書の老女に出くわすことになる、というのが理由の一部だったが、それより、脚と頭とが対極から同じメッセージを送っていたからだ——どこか静かなところにすわって、沈思内省する必要がある。

彼は大聖堂入口を抜け、立ち止まって、外の朝の明るさから中の荘厳な薄暗がりに目が慣れるのを待った。広大な空間の中で、礼拝開始を待つ大勢の人々はほんのひとかたまりに縮まって見え、西の端のほうにまとまっていた。彼は中央通路を逸れ、大昔の墓の陰に席を見つけた。墓の上には彫像がついていた。中に入っている人間二人の実物大の像なのだろう。家族としちゃ、教会に来るたび、おふくろさんと親父さんがあそこに寝てるのを見るのは、ちょっと気味が悪かったろうな、とダルジールは思った。ことに、もし彫刻家が腕ききで、あの像が本人そっくりだったのなら。二人の足元にいる、とても生き生きした小さな犬の像を見たところでは、人間も生き写しだったのではないかと思えた。

彼の頭はこれからやらなければならない、いやな仕事を避けようとしていた。だが、通り道がぬかるみになるたび避けていたら、今の彼はなかった。

目をつぶり、祈りを捧げるかのように、頭を下げて両手にのせると、二十一世紀最大の哲学的疑問の一つに精神を集中させた。

通常期だろうと異常期だろうと、疑問に変わりはなかった——いったいどうして丸一日を見失っちまったんだ？

08:25 - 08:40

ジーナ・ウルフはじっと頭を垂れた人物を見守り、うらやましいと思った。

彼はもう太って見えなかった。大聖堂が広大なので、大きな体は縮まり、彼女と同じ、脆い、死すべき肉体になっていた。

どんな痛みがあって彼がここに来ることになったのかは知らないが、痛みなら彼女はよく知っていた。知らないのは、こういう場所でどうやって慰めと助けを見出すかだった。

彼女はあの葬式からあと、教会というものに足を踏み入れていなかった。あれは七年前だ。そして、そのまた七年前に同じ教会で結婚式を挙げたのだった。パターン。なにか意味があるのだろうか？　それとも畑に出現したミステリー・サークルみたいなもので、どこかのいたずら者が陰で笑っている？

あの葬式の最中、いつか彼女の頭の中で二つの式が重なり始めた。結婚祝いの贈り物の一つに電気掃除機があった。ぴかぴかの白い箱に入って、美しく包装されていた。小さい白い棺を見て、あれを思い出した。式が進むにつれ、このあと埋葬されるのは掃除機だという思い込みが強くなっていった。彼女はこれをアレックスに教えようとした。いいのよ、わたしたちが失ったのは電気掃除機でしかない、と。だが、こちらを向いた彼の顔を見ると、ぞっとする現実に引き戻された。その顔には言葉や音楽や場所を超える力があった。

二人とも泣かなかった。それはおぼえている。教会はすすり泣きの声に満ちていたが、二人はすでに涙を超えてしまっていた。彼女は式のあいだ、ひざまずくときはひざまずいたが、祈りはやって来なかった。讃美歌斉唱のときは立ち上がったが、歌わなかった。頭に浮かぶ言葉は目の前のページに記された言葉ではなかった。それは十七歳、高校生のときに目にした言葉だった。

Aレベル（高校卒業程度の全国共通資格試験）受験の練習問題だった。

〃次の二つの詩を比較対照しなさい〃。一つはミルトンの「いとけない幼子の死」、もう一つはエドウィン・ミュアの「瀕死の子供」だ。

彼女はミルトンの詩の古典的堅苦しさをさんざん嘲笑しておもしろがった。

この詩はまず児童虐待から始まる、と彼女は書いた。冬の神がいとけない幼子を冷たい腕で抱きしめ、女の子は咳の出る病気にかかって死ぬ。そして締めくくりに母親を慰めようとする試みは、あまりにも冴えない、ほとんど喜劇的だ。

〃あなたが神様にどんなすばらしい贈り物をしたか
考えなさい〃

こんな言葉に慰められる母親なら、子供がたった一人で、三つ子でなかったことをやや残念に思ったに違いない、と彼女は書いた。

棺と結婚祝いの贈り物の箱がごっちゃになるというのは、この嘲笑のつけが今ごろまわってきたのかもしれなかった。

もう一つの詩は、死を子供の目でとらえたもので、彼女はとても気に入った。実際、このスコットランド人ミュアは彼女のお気に入りの詩人の一人になったのだが、「瀕死の子供」に触発されて彼を好きになったというのは、今では奇妙な凶兆だったように思えた。

当時、詩の冒頭部分は――〃不親切で親切な宇宙よ、ぼくはおまえの星々を財布に詰め、おまえに別れを、別れを告げる〃――その子供らしさが心を打つと同時に、宇宙的な共鳴があると思えた。だが、今の彼女にはわかる。あのころは詩の力というより、詩人の技術に感心していたのだ。

当時、彼女はこの共鳴を外から見てすばらしいと思っていた。今、それは彼女の存在の内にあった。

〝死がこんなに不思議なものとは知らなかった〟

今の彼女は知っていた。

そして、〝いとけない幼子〟の母親、ミルトンの姉も、知っていたはずだと彼女は確信した。〝絶望の向こう側から吹いてくる〟あの冷たい風を感じたはずだ。しかし、母親は〝激しい悲しみを抑えることを賢く学ぶ〟ことができたのだろうか？　弟の詩から暖かさを引き出し、その定型を身にまとって風を防ぐことができた？　かっちり韻を踏んだ言葉を支えにすることができた？　母親は教会の中にすわり、宗教儀式で悲しみを覆い隠すことができたのだろうか？

もしできたのなら、うらやましい、とジーナ・ウルフは思った。自分にはそんな慰めはなかった。

少なくとも、彼女は逃げなかった。アレックスとは違う。彼女には踏みとどまり、耐え、立て直す強さがあった。

だが、それは強さなのか？　何年ものあいだ、朝目覚めて最初に、夜眠る前に最後に考えるのは、死んだルーシーのことだった。それがあるとき、そうでなくなった。娘のことを考えずに過ぎた日が一日でもあるだろうか？　ないとは言い切れない。ミックに初めて身をまかせたあのとき、彼女は歓喜と罪悪感のあいだで振り子のように揺れた。だがその後、二人でスペインに遊びにいったときには、振り子の両極は満足感とエクスタシーで、そのあいだに幽霊が忍び込む余地はまったくなかったのをおぼえている。

つまり、アレックスは子供をあまりにも愛していたから、喪失に耐えて生きるには自分を失うしかなかった、ということか。一方彼女は……

そんな考えを押しやった。彼女は考えを押しやることができた。

それは強さだろうか?

アレックスはできなかった。考えが彼を押しやった。

それは弱さだろうか?

頭を悩ませても答えの出る疑問ではなかった。

二列先で、頭上の墓の彫像に劣らずじっとすわっている太った人物、あの人が答えを出してくれるかもしれない。

08:25 - 08:40

フラー・ディレイは兄が大聖堂の中に消えるのを見送ってから、ハンドバッグをあけ、錠剤の小さな容器を取り出した。一錠を口に含み、ドア・ポケットに入れてあったボトルの水で流し込んだ。

ヴィンスを一人で大聖堂に行かせるなど、ふだんならやらないが、自分が駐車場で倒れるよりはましだと思えたのだった。

もう一錠飲んだ。しばらくすると、やや気分がよくなってきた。車の窓は朝の空気を入れようと、すべてあけはなしてあった。今、彼女は窓をすっかり閉め、携帯電話を取り出した。声が聞こえる距離に人はいないが、危険を最小限度に抑えることは頭に深く刻み込まれ、考えるまでもない本能的行動になっていた。

　短縮ダイアルで、ある番号にかけた。相手が出るまでだいぶかかった。

「ブエノス・ディアス、セニョール」彼女は言った。

「セニョーラ・ディレイです」

　しばらく相手の話を聞いていたが、それから英語で割り込んだ。

「ええ、日曜日ですし、朝早いのも承知です。でもわたしたちのとても高価な契約書のどこに、あなたは週末と朝九時前にはわたしのために働かないと書いてありますか。お望みなら書き込んであげますけどね、おたくに支払う料金を半額にしますよ、わかりますか《コンプレンデ・ウステッド》？」

　また話を聞き、また割り込んだ。

「オーケー、そう平身低頭する必要はありません。進行報告が欲しいというだけです。それに、はかどらない言い訳をがたがた始める前に言っておきますけどね、わたしは予定よりちょっと早めに入居しようと思っています。長くてもあと四週間。つまり、四週間より一日も長くはない、という意味よ、いいですね？」

　電話を終えると、彼女はまた窓をあけ、水を飲んだ。

　この仕事を引き受けたのはまずかったが、〝親分《ザ・マン》〟の依頼を断わるわけにはいかなかった。

　彼女はシートに背をもたせ、リラックスした。眠りはしなかったが、ぼうっと白昼夢状態に入った。病気が悪化するにつれて薬の量が増えたせいで、こういう状態がますます当たり前になっていた。過去がやって来て、横にすわる。今の現実、すぐそこにそびえる大聖堂はちゃんと見えているのだが、網膜の上に蜃気楼のように浮かんでいるだけだ。むしろ現実らしく感じるのは、記憶を刺激するあれこれの画像のほうだった。

　その中に、父親の姿がはっきり見えた。目は緑に近い青。唇はいつもほころびそうな曲線を描いている。

彼は人差指で自分の鼻に触れて言った。「じゃあな、子供たち、鼻はきれいにしておけよ（「悪いことをしないでいる」という意味の成句）」あの最後の晴れた日、彼はぶらっと家を出ていき、二度と帰ってこなかった。

フラーは九歳、ヴィンセントは十二歳だった。

父親はもういなくなったのだと認めるのに、五年という長い時間がかかった。

役立たずの母親はそれなりに最善を尽くしてくれたものの、薬品依存とパートナー選びの失敗との繰り返しで生活はずるずると悪化し、子供の面倒をみてやる時間も意志も足りなかった。温かい食事と清潔な衣類という生活の基本を確保するには妹に頼るしかないと、ヴィンスはすぐ受け入れるに至った。その後、中立的観察者が見れば、現代でももっとも無能な犯罪者になろうと懸命に努力しているとしか思えないキャリアに乗り出してからは、青年時代の大部分を数多くの刑務所で過ごしたが、そのたびに彼を訪問し、出所するときは外で待っていてくれるのは、姉のふりをした妹のフラーだった。

フラーは十六歳で学校をやめた。勉強を続けることは可能だった。彼女は頭がよく、数学には本物の才能があった。だが、教室の勉強はもうたくさんだった。

母親の当時のボーイフレンドはつまらないポン引きだったが、仕事を見つけてやろうと申し出た。彼とは仲よくしていたから、フラーは失せろとは言わず、きちんと礼を言ってから、あたしは寝て稼ぐよりすわって稼ぎたいのだと説明した。彼はぷりぷりして、おれのチームに加われというんじゃない、こういう仕事をするにはおまえの頭は切れすぎ、体は不格好すぎる、と言った。そうではなく、彼は地元の金融会社の事務の仕事に彼女を推薦してくれた。

これは学校と同じくらい退屈に聞こえた。だが、彼の言った会社をフラーは知っていたし、その経営者が〝親分《ザ・マン》〟であることも知っていた。

面接に指定された日に、彼女は会社の事務所に行った。イースト・インディア・ドック・ロードの北側のみすぼらしい通りにある、昔はペット・ショップだった建物だった。いい印象を与えなければと、かなり早く到着した。店舗スペースにはまだ動物の小便のにおいが残っていたが、人間の姿はまったくなかった。そのとき、奥のドアの陰から人声が聞こえたように思った。

ドアを押しあけると、声は止んだ、というより、大きなバシッという音と、それより大きな悲鳴にかき消された。

そこは小さなオフィスで、男が三人いた。二人は黒人、一人は白人。いや、白というより灰色だった。

灰色の顔をした男はデスクの前の椅子にすわっていた。血の気がないのと悲鳴を上げた理由はわかった。黒人男のうち年上のほうが横に立ち、この男の手を平らにしてデスクに押さえつけている。もう一人の黒人はデスクの向こう側にすわり、白人男の右人差指の関節を釘抜き金槌で叩き折ったところだった。

この黒人二人が誰なのか、彼女は知っていた。年上のほうはミルトン・スリングズビー、スリングという名で知られている。三流プロボクサーだが、その技能を生かして、若いほうの黒人の副官として雇われ、稼いでいた。若い男はもちろん、ゴールディー・ギッドマン、〝ザ・マン〟だった。

ギッドマンは無表情に彼女を見ると、金槌で身振りをした。

スリングズビーは灰色の男を引っ立て、ドアのほうへ引きずっていった。フラーの前を通ったとき、男は彼女に視線を向けた。目を大きく見開いているのは、嘆願の気持ちか、たんに痛みのせいか。この人なら知っている、と彼女は気づいた。少なくとも、顔見知りだ。ヤノフスキーという名前で、二本先の通りで小さな紳士服仕立ての店をやっている。それからスリングズビーが彼を外へ押し出し、ドアを蹴って閉めてしまった。

「どうして逃げない？」ザ・マンは訊いた。

おそらく三十代だが、若く見え、その目を見て初めて年に気づく。美男で、中肉中背。真っ白いシャツを着ているので、肌の濃い黒さが際立つ。首にはどっしりした金のネックレス、指には金の指輪、両手首には金のブレスレットが輝いている。

「フラー・ディレイです」彼女は言った。「面接を受けに来ました」

金槌がまた身振りに使われた。彼女は灰色の男がすわっていた椅子に腰を下ろした。彼女の目はデスクのこちらの端を見て取った。小さなくぼみがいくつも並んでいるところを見ると、ここにすわったのはあの灰色の男が初めてではない。安全だとは感じなかったが、逃げればもっと危険だったろう。

くぼみを覆って、紙が一枚出された。金額を示す数字が二十くらい縦一列に並んでいる。額は十いくらから数千までさまざまだった。

「足して合計を出せ」ザ・マンは言った。ありがたいことに、金槌は消えた、と彼女は観察した。

時間をかけた。スピードより正確さのほうが大事だと、勘が働いた。

「一万九千五百六十二ポンド十四ペンス」彼女は言った。

「すると足し算はできるな」ザ・マンは言い、彼女の指から紙を引っ張って取った。「だが、黙っていられるか？　あんたが入ってきたとき、そこにすわっていた男は――」

「男って？」彼女はさえぎって言った。

彼はフラーをじっと見た。その無表情には何が隠されていてもおかしくなかった。

「わたしが誰だか知っているか？」しばらくして彼は訊いた。

「今まで見たこともありません、ミスター・ギッドマン」彼女は言った。

ゆっくり無表情が溶けて笑顔に変わり、やがてザ・マンは声を上げて笑った。

「明日の朝八時半、きっかりだ」彼は言った。

彼女は立ち上がり、ドアまで行ったとき、勇気を出して訊いた。「お給料は？」

「あんたにどのくらいの価値があるか、まあ見てみようじゃないかね？」彼は答えた。

一週間が過ぎて、彼女が受け取った金はスーパーマーケットの棚に商品を並べて稼ぎ出すのとたいして違わなかったが、文句は言わなかった。

数日後、彼女よりさほど年上ではなさそうな警官が彼女を自宅に訪ねてきた。ミスター・ヤノフスキーはザ・マンを暴行で訴えていた。フラーが暴行の現場を目撃した、と彼は主張していた。人違いだ、と彼女ははっきり警官に言った。ミスター・ヤノフスキーなら漠然と知っているが、道で会っても顔がわかるかどうか。ミスター・ギッドマンが彼に暴力を振るったところなど見ていないのは確かだ。

「じゃ、それまでだな」巡査は言った。地元の訛りがあり、いたずらっぽいにやにや笑いを見せていた。

「なら、法廷に出る必要はないんですね？」彼女は言った。

「ないだろうな。でも、マサイアス巡査部長が自分であんたと話をしたがるかもしれない。そうなったら、わたしに話してくれたとおりに話せば大丈夫だ」

同じ日、しばらくしてマサイアスが現われた。

巡査と違って、巡査部長には奇妙な訛りがあった。パキスタン人をからかって真似ているような調子だ。

「すると、道でミスター・ヤノフスキーにぶつかっても彼とはわからないだろう、と言うんだね？　それなら、ミスター・ギッドマンが彼に暴力を振るったことがないと、どうして断言できる？」

「それは」彼女は言い返した。「ミスター・ギッドマンが誰だろうと人に暴力を振るうのを見たことがないからです」

巡査部長は彼女の肩をつかんで揺すぶってやりたそうな様子だったが、若い巡査が口に手を当てて笑いを押し殺しているのが彼女には見えた。出ていくとき、巡査は彼女に大きくウィンクしてみせた。

事の顛末をギッドマンには話さなかったが、誰かが教えたらしい。次の給料日に給料は三倍に跳ね上がり、以後そのままだった。

それからまもないある夜、ミスター・ヤノフスキーの仕事場から火が出て、すばやく二階のフラットまで広がった。そこには仕立て師と妻、赤ん坊の娘が住んでいた。消防士たちが火をくぐり、煙の充満した浴室まで行くと、ヤノフスキー夫妻が浴槽の上にぐったり倒れていた。母親は煙を吸ったためにすでに死んでいた。ヤノフスキーは第三度の火傷《やけど》を負い、四日後に死んだ。だが、濡らした毛布で覆った浴槽の中には子供がいて、火傷もせず、まだ呼吸していた。

少なくともあの女の子は、成長する娘が親から背負わされる苦痛や悩みを味わわずにすむ、とフラーは思った。

たいていの女が人生そのものから背負わされる苦痛や悩みを味わわずにすむかどうかは、別問題だ。

今、フラーの気分はだいぶよくなってきた。過去は縮まって、あるべき場所におさまり、大聖堂は空から地上レベルまで降りてきた。まだ巨大だが、ちゃんと地面に落ち着いている。

大聖堂は神の家と呼ばれる。もし神が存在するのなら、ああいう苦痛や悩みを人に与えるのは神だってことだ、と彼女は思った。中に入って、神と一言話をしたほうがいいのかも。わたしはあなたの計画をちょっと変えることに決めました、と教えてやる。

でも、たぶんヴィンスが席に着くのを見たとき、神はそのメッセージを受け取っただろう。

あの中で何が起きているんだ？

人生ではたいていそうだが、今ここでも待つしかなかった。

08:25 - 08:55

この時間的健忘症に思いをめぐらすと、数秒のあいだ、アンディ・ダルジールは自分の理性が急降下していくような気分になった。

アルツハイマー、脳腫瘍、それどころか心的外傷後ストレス障害までが、彼の理解力という塔の周辺をコウモリのごとく甲高く鳴いて飛びまわった。いちばん楽な解決は、歓迎の手を差し伸べて待ち構えている闇に身を投げてしまうことのように思えた。

よせよ！　彼は自分に言った。こんな場所にいるから、こういうばかな考えが頭に浮かぶんだ。おまえは探偵だろう。探索しろ！　なにが見つかったってかまわない。そこから逃げ出さずにいられるだけの力がありさえすればな。

まず初めから。今朝、目を覚ました。覚醒過程を再構成しようとした。まあふつうだったと思う。眠りの暗い深みから、理性がしだいに上がってきて、水面でしばらくばたばたする。睡眠前の記憶のあれこれをつかみ、これはこの日、これはあの日のものだと見分ける。

間違いが始まったのはここだった。

こういう記憶の断片を集めたとき、なぜか彼はそれを正しく土曜日に振り分けず、まだ始まってもいない日曜日に入れてしまったのだ！

では、頭の中で日曜日をでっち上げてしまったというだけか？　一日前を思い出そうとしたが、明確な詳細はなかなか見つからなかった。なにもせず、どこへも行かず、漫然とすわっているという、ぼんやりしたイメージが頭をよぎった。

それは確かに日曜日的に思えるが、ずいぶん昔の日曜日だ。子供のころ、スコットランドのいとこたちと過ごした休みのあいだの日曜日。楽しい毎日だった、まあだいたいは。父親の家族は子供の扱い方を心得ていた――ジャム・パンとマトン・パイをいやというほど食わせたら、外へ出して勝手に遊ばせておけ、次の食事までにはみんなちゃんと家に帰ってくる。だが、日曜日にはそのすべてがやめになった。日曜日にはダルジールおばあちゃんが最高権威を持った。子供たちははるか昔におばあちゃんがやったのと同じように、安息日を守ることとされた。顔をごしごし洗われ、髪を撫でつけられ、堅苦しい一張羅を着せられて、朝は教会へ連れていかれる。そのあとの長い長い一日は、家の中にすわり、ためになる本を読み、絶対に騒がずに過ごす。

この日曜日はそんなだった……いや、土曜日だ、昨日だ！　ま、そんな感じだった。

だが、なぜだ？　もっと深く掘り下げ、さらに後戻りしなければだめだ。

彼は一週間前に職場に復帰していた。医者とパートナーが止めるのも聞かず、自分で決めたことだった。気分は上々だし、四ヵ月以上前に手放した臭跡をまた見つけて追いかける準備は充分すぎるほどできている、と怒って言い張ったのだ。

嘘ではなかった。だが困ったことに、臭跡はもうそこにはなかった。

あるとすれば、ピーター・パスコーの手の中だったが、二日ほどしてようやく気がついた。主任警部が臭跡をすぐ譲り渡してくれないのは、生意気ではあるが、上司を守ろうとする態度でもあるのだった。

外面的にも内面的にも、状況は変化していた。ダルジールが意識を失って病院に担ぎ込まれたとき、中部ヨークシャーじゅうがはっと息を呑んだかもしれないが、その息を詰めて長く待った人は明らかにいなかった。昔ながらの常套句は本当だった。人生は続く。犯罪界は確かに生き続け、自然は真空を嫌う。

彼はもう物事の脈拍を指先で感じ取っていなかった。本格的に復帰するには、しなければならないことがたくさんあった。知識だけでなく、評判も取り戻さなければならない。彼は何にでも通じているので有名だったが、これは長年のあいだに張りめぐらしてきた情報と影響力の広大なクモの巣のおかげだった。二ヵ月ほどで、これはぼろぼろになってしまった。部下たちは今も彼の周囲を忍び足で歩いていたが、これは彼を神と畏れているからではなく、体調を気遣ってのように思えた。大爆発《ビッグ・バン》以前の位置に戻るには、うんとがんばらなければならないと彼は悟った。昔なら、月例捜査会議に遅れて登場しても自信満々だった。一度パスコーが尊敬と苛立ちの混じった口調で漏らしたのを立ち聞きしたのだが、そのとおり、巨漢は神のごとし、いつでもチームの中にいる！

だが、今は違う。すっかり実情にうとくなったと気づいたのもショックだったが、仕事をすると三、四時間でくたくたに疲れてしまうとわかって狼狽した。上から課された新しい当番制度によれば、警視は今度の週末はオフです、とパスコーに言われたとき、彼は抵抗しなかった。別居パートナーのキャップ・マーヴェルはこの週末留守にしていたが、かまわない。土曜日なら一日つぶすのは簡単だ。朝は遅起き、それからラグビー・クラブへ行って何人か旧友に会う。二パイント飲んで昼食、午後は試合を見て、そのあとまた二パイント。それからたぶん二、三人の友達といっしょに町へ繰り出し、夕食はカレー。完璧だ。

ところが、土曜日は朝から雨模様で風が強かった。なにをするのもおっくうだった。ほとんどなにもしないでいるのさえ努力がいった。正午になってもまだ服を着ず、ひげも剃らず、家の中をぶらぶらしていた。外へ出て、風と雨の中に立ち、泥んこで取っ組み合う三十人の若者に向かって大声を張り上げるなど、およそ意味がないと思えた。テレビで中継される試合を見ればいい。すると、キックオフからまもなく眠り込んでしまい、目が覚めると、画面ではオートバイのレースをやっていた。今ごろ服を着てもしょうがない。なんとか力を出して、電子レンジでカップスープを温め、唇を火傷した。それすら、ぼうっとした状態から彼を引き出してはくれなかった。ウィスキーなら効くかと思ったが、ますます深みへ引きずり込まれただけで、今朝目が覚めると、枕元にハイランド・パークの一リットル・ボトルが空っぽになって置いてあった。

そんなふうにずるずると時間が過ぎていったのだった。ダルジールおばあちゃんなら、彼の服装と態度にあきれただろうが、安息日厳守主義からすれば、彼の精神状態には文句のつけようがなかった。〝空《くう》の空《くう》、すべては空しく、心を悩ませるばかり（旧約聖書「伝道の書」より）〟。

これで説明がついた。今朝、彼は頭の中で前日を思い出し、長い、無為な、生きる力を吸い取られる、スコットランドの安息日だったと思った。そして、そんな日をもう一日耐え忍ぶのがいやで、今日は月曜日に違いないと決めたのだ。

単純だ。実に論理が通っている。なにも心配することはない。

ただし、こんなことは彼の身に起きるはずはないのだ。ほかの男ならありうるだろう。世界には、心も体も弱い、へなへな人間が山といて、尻と肘の区別もつかないほどぼけている。だが、アンディ・ダルジールは違う。セムテックス半トンの爆発でとうとう倒れたが、ふたたび立ち上がり、ぱたぱたと埃を払うと、また戦闘に戻った。ちょっとかすり傷をこしらえ、泥に汚れているが、レフリーが〝試合終了《ノーサイド》！〟と叫ぶまで、残り時間ずっとプレイできる。

少なくとも、今朝、署までは行かなかった。偉大なるダルジールが月曜日のミーティングに二十四時間早く現われたとなったら、同僚たちにどう勘繰られたろう！　考えるとぞっとした。カムバックはない、というのがチャンピオン・ボクサーについて一般に言われる金言だ。かつてのチャンピオンは、夢よもう一度と試みる、ときにはうぬぼれてその気になる、だが本当にカムバックすることは決してない。おれはそんな金言が間違っていると証明してやるつもりじゃなかったか？　友人たちを喜ばせ、敵どもを蹴散らし、疑うやつらはスパニッシュ・オムレツができるほど顔を卵だらけにしてやる（「顔に卵がつく」「卵を投げつけられる」は「恥をかく、ばかにされる」の意味の成句）。

そんな思考の下に通奏低音となって響くかすかな宗教的ざわめきを彼は漠然と意識していたが、今、その音は止み、足音に変わった。罪という荷を下ろした礼拝者たちが長い通路を足取り軽く出口へ向かっているのだった。もう礼拝式は終わったのに違いない。ファスト・フードとスピード・デート（カップリング・パーティーで、一人当たりの対面時間が短く制限されている）の時代だから、教会も即席告解と高速赦罪を始めたのかもしれない。
いや、彼の思考過程が這うほどのろくなった、というほうが真実だろう。

足音がしだいに消え、とうとう静かになった。すると、オルガン演奏が始まった。彼はオルガン音楽が好きなほうではない。なんだかちょっと重苦しいし、拡散して、いいメロディーの持つ情緒的核心に切り込んでいかない。だが、ここ大聖堂の中では、高くアーチ形に伸びた薄暗い巨大な空間が、まるで星々のはるか彼方から運ばれてきたかに感じられ、こういう音楽を神の声と考えるのは簡単だった。

立ち上がると、声が言った。

「ミスター・ダルジール？」

彼は目を宙に上げた。何が来るんだ——目をくらます光か、それとも鳩の糞が降ってくるだけか？

「お邪魔して申し訳ありません」神の声は言った。「ジーナ・ウルフです」

神が女性であることには驚かなかったが、ジーナという名前がついていることには驚いた。

首を右に向けると、そこに見えたのはさっき赤いニッサンを運転していた金髪女だった。神は日本車を運転するのか？　まさか。これは血と肉でできた人間だ。しかも、なかなかすてきな血と肉だった。

「ジーナ・ウルフですが？」女はかすかに疑問を含んだ抑揚で繰り返した。彼にとって意味のある名前のはずだと期待しているかのようだった。

記憶の限りで、過去にこの女に会ったことはなかった。

だが一方、ふいに丸一日をなくしてしまうような記憶力の持ち主なら、独断に陥ってはいけない。とりあえず当たり障りのない受け答えをしておいて、いつどこでどの程度知り合った相手なのか考えよう。

「またお目にかかれてうれしいですよ、ジーナ・ウルフ」彼は言った。名前と苗字と両方使っておけば、親密さの度合いの可能領域をすべてカバーできると思ったのだ。

これは失敗だったと、彼女の顔を見ればわかった。

「あら、いやだ。わたしが何者だか、見当もつかないんですね？ すみません。ミック・パーディーがあなたにお電話すると言っていたので……」

「ミック？」この名前が登場した状況を思い出してほっとした。「ああ、ミックか！ 確かに電話があった、今朝、家を出る直前にね。留守電に伝言を残してもらった。ちょっと急いでいたもんで」

「お急ぎの様子はわかりました。見失わずにいるのに、ずいぶんアクセルを踏まなければなりませんでしたわ。あの、お祈りの邪魔をして申し訳ありません。よかったら、外でお待ちしますけど」

頭の中でまたギアが入るのを感じて、ダルジールはうれしくなった。トップ・ギアとまではいかないが、ちゃんと三速に入っている。おかげで、彼女が今言ったことから、やや不安になる情報二点を推定できた。

第一に、彼女は彼を尾行していた。

第二に、こちらのほうがもっと不安になるが、彼女は彼がお祈りをするために急いで大聖堂に向かっていたのだと思っている。そんな話がミック・パーディーに伝わっては困る。作戦上重要な情報が、各地の地方警察をつないでいるとされる伝達ネットワークの迷路の中で跡形もなく消えてしまうことはある。だがアンディ・ダルジールが宗教に入ったというニュースなら、光速で全国に広まるだろう。

彼は言った。「いや、お祈りをしていたわけじゃない。ときどき、音楽を聴きにここに来るのが好きだというだけですよ」

「あら、そうですか」彼女はかなり疑わしげに言った。

「バッハですよね？ 〈フーガの技法〉」

「そのとおり」彼は明るく言った。「フーガはいくら聴いても聴き足りない」

　バロック趣味くらいなら、噂になってもたいしたことはない。ミッドランズ警察にいるこわもて警官は昆虫を蒐集するが、誰にもからかわれない。だが、宗教に関わっているとなると、いかれぽんちと決めつけられる。そのくらい、トニー・ブレアさえわかっていた。もっとも、あいつの場合はもとから本格的にいかれていたのかもな！

「それじゃ」彼は続けた。「ベンチ、じゃない、椅子にすわって。このごろじゃ、ベンチ席を使っている教会は多くない。で、もしわたしが電話に出ていたらミックが言ったはずのことを話してください」

　彼女は彼の横にすわった。まだ元の体重に完全に戻ってはいないが、それでも彼の体は椅子からはみ出していたので、女の太腿の温かみを脚に感じた。彼女は香水をつけていた。宗教改革時代なら火あぶりにされそうな香りだった。

　彼は目を上げた。祈願のためではなく、たんにこういう気の散ることから目を逸らし、気持ちを集中させるためだった。その目はあの大理石製の小さな犬をとらえた。犬は墓の端の向こう側からこちらを見下ろし、何世紀ものあいだじっと動かずに待っていたが、ようやく「お散歩！」と言ってもらえそうだと期待しているかのようだった。

「よし」ダルジールは言った。「ぴったりの場所だ。告白といこう！」

09:00 - 09:20

デイヴィッド・ギッドマン三世は目を覚ました。

日曜日だった。イングランドで育つとこうなるのだ。古代からの人種記憶なのか、あるいは教会の鐘は、たとえ音が耳に届かなくても空気の振動が伝わるようにできているのか。物質的、非物質的、何であるにせよ、それはちゃんと感じられる。いくらあちこちでスーパーマーケットが営業し、サッカーの試合が行なわれていても関係ない（一九九〇年代まで、イングランドでは日曜日に商店の営業やスポーツ試合がほぼ禁じられていた）。目を覚ますと、今日は日曜日だとわかる。それはいいことだった。

寝返りを打つと、裸の肉体に出くわした。

慎重にさわってみた。女。

ますますいい。

女は触れられたのに応え、眠そうな声で言った。

「ハイ、デイヴ」

彼は唸るように返答した。誰なのか確実になるまでは、それ以上の危険は冒せない。

盲人が点字を読むように、彼の指は女の乳首の周囲を撫で、すると彼女の名前が綴り出された。彼は乳首をそっとつまんで、ささやいた。「ソフィー」

彼女は向きを変え、二人はキスした。

ますますよくなってきた。

「ね、今日はどうする？」彼女はつぶやいた。

答えるより先に、枕元の電話が鳴った。

彼は転がって離れ、受話器をつかんだ。

「もしもし」

声を聞く前に誰だかわかった。日曜日と同じで、個人秘書のマギー・ピンチベックは独特の振動を発散する。

「目が覚めて機能しているかどうか、確かめようと思っただけ。あと一時間でそちらに行きます」

「一時間？」

「今日の予定の確認。十時半になったら、わたしの運転で聖オシス教会に行きます。いいわね？」

「あ、くそ」

「お忘れじゃないでしょうね？」

「もちろんだ、忘れるもんか」

彼は受話器を置き、女のほうに向き直った。一時間。充分な長さだが、彼はもうそんな気分ではなくなっていたし、どっちみち、女は疑惑の目で彼を見ていた。

「何を忘れてなかったの？」彼女は強い口調で訊いた。

言い訳は無駄だ。

「今日の昼、コミュニティ・センターの開館式があるんだ」彼は言った。

「なんですって？　わたし、今日一日スケジュールをあけたのよ、わかってるでしょ？　ジョージはリヴァプールにいるから。午前中は大聖堂、午後はサッカーの試合」

「うん。それでリヴァプール・チームが勝てば、自分が見に来たご利益だってわけだろ」

彼女の夫、ジョージ・ハーボット下院議員、通称〝聖人ジョージ〟は、労働党の宗教関係スポークスマンだった。

ジョークが通じなかったことはすぐわかった。

「ごめん」彼は言った。「それに、今日のことはほんとにすまない。早期アルツハイマーだな」

彼はベッドから出ようとした。

「なんでそう急ぐの？」彼女は訊いた。「昼までまだ何時間もある。それに、電話してキャンセルしたっていいじゃない、風邪をひいたとかなんとか言って。こっちにいらっしゃい、その気にさせてあげるから」

「きみの説得力は疑っていないよ」彼は言った。もう彼女の手の届かないところに立っていた。「でも、キャンセルはできない。今日オープンするのは、うちのおじいちゃんの記念コミュニティ・センターなんだから」

「だからどうだっていうの？　おとうさんがまだ生きてるでしょ、保守党の大規模献金者名簿を信じるならね。どうして一世代飛び越すの？　おとうさんにやらせなさいよ」

「これはいい票集めの機会だと親父は言うんだ」彼は答えた。「それに、昼だけじゃない。まず教会に行かなきゃならない」

「教会？　あなたが？　誰がそんなこと考え出したの？」

「聖人ジョージさ、ある意味ではね。あいつがキリスト教的価値観を唱えて、古きよき安息日に戻ろうとしつこく騒ぐもんで、キャメロン（保守党党首）が神経質になってる。なにしろきみたち労働党がカソリック改宗者（ブレア元首相）だのスコットランド長老派（ブラウン首相）だの、派手な宗教人に事欠かないから、保守党はこのままじゃもう昔ながらの宗教票をあてにできないとキャメロンは感じているんだ。最近の党首ニュースレターときたら、あと一歩で教会信者パレードを義務化しそうな勢いだった。でも、今日のこれはマギーの案だ」

「ピンチベック？　いやだ、ディヴ、あなたったらあの女にペニスをつかまれて、いいようにされてるんだわ！」

　そのイメージはおよそばかげていたが、言葉の意味はそのとおりで、否定できなかった。党首がなんと言おうと、教会など日曜日にいちばん行きたくない場所だった。実際、新コミュニティ・センターのオープニングを、市役所がすすめた月曜日ではなく、日曜日にやってはどうかとマギーが言い出したとき、非常識だと彼は言ったのだった。

　彼女は言い返した。「月曜日は天気予報では雨、しかもたいていの人は仕事に出ているわ。ただで飲み食いするのが狙いの市の職員と、あとは泣きわめく子供を連れた退屈した母親数人がいいところよ。日曜日は善行を積む日で、あなたがやるのは善行でしょ。そうだわ、まず教会に行きなさい。聖オシスがぴったり。あそこから一マイルしか離れていないし、広々した教会よ。わたしは牧師のスティーヴン・プレンダガーストを知っている。いい宣伝になって、大喜びするわ。礼拝は十二時には終わるから、オープニングを一時にすれば、教会に来た人たちも大部分がついて来るでしょう。それに、日曜日の昼にすることがなくてぶらぶらしている人たちみんな」

「でも、マスコミはどうする？」

「わたしに任せて。ああいう不信心な連中は、たまには教会に行くのが身のためよ」

「民族票を失う危険はない？」

「イスラム教徒、という意味？　ないわね。穏健派はあなたに信仰があるのを見て喜ぶでしょうし、過激派はあなたが何をしようと、爆弾で殺したがることに変わりはない」

　どんな質問をぶつけても答えが返ってくる。しかも困ったことに、たいていそれが正解だと、いずれわかるのだった。

　女は今ではベッドから出て、衣類を集めていた。

「おい、ソフィー」彼は懇願した。「怒らないでくれよ。急いで出ていく必要はない。朝飯を食っていったらどうだ……」

「ピンチベックが現われたとき、こんな格好でぶらぶらしていたらいいと思うの？　あの小さい目がこっちの体をくまなくスキャンして、キス・マークはないかと調べる視線をもう感じるわ。わたしが昨日の午後電話したとき、あなたはこのことを知っていたんでしょ？　でも、なにも言わなかった。わたしは安っぽい娼婦みたいに朝一番、スズメのおならとともにベッドから蹴り出されるなんてまっぴらだと、あなたは聞かされたくなかったからね。ええ、まっぴらごめんですとも！」

　彼女は浴室に消えた。新しい強力なシャワーをオンにする音がした。三十秒後、激怒の悲鳴が上がったと思うと、びしょびしょのソフィーが戸口に現われた。

「あなたってマゾヒストなわけ？」彼女は言った。

「あのシャワー、熱いお湯から冷水に勝手に変わったわ」

　彼は無関心そうに女を見た。いくらすてきなボディでも、びしょ濡れで鳥肌が立ち、しかも怒りにゆがんだ顔が上にくっついていては、そそられない。

「ごめんよ」彼は言った。「ちょっと問題があってね。マギーがポーランド人の配管工を二人、修理に呼んでくれたんだけど、どうやらまたあいつらを呼ばなきゃだめだな」

「マギー！」彼女は吐き出すように言った。「やっぱりあの女が関わってたのね！」

　彼女は消えた。

　デイヴィッド・ギッドマン三世はあくびをしてから、サイドテーブルの上のリモートを取り、たんすの上に置いたミニ・ハイファイ・システムをつけた。ターフェルの朗々とした声が歌う〈わたしは満ち足りている〉（バッハのカンタータ）が流れてきた。

「偶然ながらぴったりの見つけもの、ってやつだな」彼は言った。

　彼はワードローブのドアについた全身を映す鏡のほうを向き、しばらくいっしょに歌いながら、自分の姿をしげしげ見た。

　黄金色の肌、顔は荒削りなハンサム、細身で筋肉があり、一物の大きさはまずまず、それになにより、若々しい。デイヴィッド・ギッドマン三世、下院議員、保守党の偉大なるオフ・ホワイトの希望の星。

　彼は歌をやめ、声を落とすと、二度ばかりゴリラの吠え声を上げて睾丸を掻き、顎を突き出して鏡を横目で見ると、ハスキーに言った。「次の次の首相——きみに乾杯だ、ベイビー！」

08:55 - 09:15

たっぷり一分と感じられるあいだ、ジーナ・ウルフと名乗る女はなにも言わず、ただ目を落として自分の手を見つめていた。その手は神経質そうに短いスカートの裾をいじっていた。するとふいに、言葉がずらずらと出てきた。

「あの」彼女は言った。「その、まずはっきりさせておきたいんですけど、アレックスに死んでいてほしいわけじゃありません……そりゃ、事の始まりはそこでした、彼が死んでいると証明する必要があった、でもあの、もし彼が生きているとわかったら、殺してもらいたいとかじゃ……」

「そりゃよかった、奥さん」ダルジールは口をはさんだ。「そういう仕事を引き受けるには、相手をよほどよく知っていなきゃなりませんからな」

　これで言葉の流れが止まった。手は動きを止め、彼女はまっすぐダルジールの顔を見た。それから、弱々しく微笑した。

「べちゃくちゃと、わけのわからないことを言っていますよね？　初めからお話ししなくていいものだとばかり思っていたもんですから」

「ミック・パーディーが大筋を話しておいたはずだから、ですね？　じゃ、ちょっと質問して、話を軌道に乗せてみるかな。まず、アレックスって、誰です？」

「当然です。ごめんなさい。アレックス・ウルフ。わたしの夫です」

「彼はあんたと別れて出ていった？」

「ええ。あ、いいえ。厳密に言えば、わたしが彼と別れて出ていったんです。でも、それもちょっと違う。わたし、彼を棄てたわけじゃない……ずっと続くなんて思いもしなかった……事態が悪化して、わたしには一人になれる空間が必要だった……二人ともそうでした。それに、ある意味では、彼はそれよりずっと前にわたしから離れていって……」

「ちょっと待った！」ダルジールは言った。「誰のせいだと責任のなすり合いを始める前に、はっきりさせておきたいことがたくさんある。どこで起きたことです？　いつ？　アレックス・ウルフの職業は？　あんたはなぜ彼と別れて出ていった？　まずそのあたりから行きましょう」

「場所はイルフォードです。わたしたちはイルフォードに住んでいました。わたしは今も住んでいます。それも問題の一部で……あ、ごめんなさい。アレックスの職業？　あなたと同じです。警察官。格はちょっと下です。刑事部警部」

　イルフォード。イルフォードという地名なら聞いたことがあった。エセックス州だ。ミック・パーディー警部は首都警察のエセックス支部に属していた。それに、いなくなった夫も警察官だった。いろいろな点がだんだんつながり出したが、まだ線がたくさん欠けていて、絵は見えてこなかった。

「で、あんたが出ていったのは？　何が理由だったんです？　女ですか？」

「違います！　それなら話は簡単だったでしょう。今よりは簡単。たいへんな時期でした。わたしたち二人にとって。わたしたち……娘のルーシーに……死なれて……」

しっかりしなければと彼女が努力しているのがわかった。くそ、とダルジールは思った。いつものように人の私生活にずかずか踏み込んでしまった。電話でパーディーの話を聞いていれば、ここまでわかっていたはずだった。

だが一方、知らないからこそ、今ここで偏見なく、すべてを聞ける。

彼は言った。「すみません。知らなかった。ひどい体験だったでしょう」

彼女は、名演技ではないが、平気な様子をつくって言った。「ええ。ひどい、という言葉が当たっています。そのうえ、同じころに職場の問題まで起きてしまって。ただ、アレックスは気にしていないようでした。どうでもいい、というふうで。何に対してもね。わたしは腹が立った。わたしは誰かを必要としていたのに、彼はひたすら一人でいたいだけだった。だから、わたしは彼を一人にしてあげたんです。棄てたというんじゃない……同じ体験をしていた……ただ、いっしょじゃなかった……それで、思ったんです、わたしが離れていけば……いいえ、思ったんじゃない、わたし、なんにもちゃんと考えてはいませんでした。ただ、話を聞いてくれる人たちといっしょにいたかった。アレックスのいる部屋に入ると、まるで無人の部屋に入るような感じがして……」

また話が逸れてきた。この苦悩の中で、こちらに関係があると思えることはただ一つだった。女が焦点を絞る助けになるなら、それを訊くのも悪くないだろう。

「その職場の問題というのは、何だったんです？」ダルジールは口をはさんだ。

彼女は言葉を切り、深呼吸した。娘の死から夫の仕事上の問題に視点を切り替えたことで、ある程度自己抑制がきくようになったらしい。声がさっきよりしっかりしてきた。「情報漏洩捜査と呼ばれていましたけど、実際には汚職問題でした。あるビジネスマンの摘発を狙うチームで、アレックスは副司令官でした。〈マキャヴィティ作戦〉というんです。ジョークでね。T・S・エリオットの詩から取ったものですわ。ほらあの、ミュージカルの「キャッツ」になった（エリオットの詩集『キャッツ　ポッサムおじさんの猫とつき合う法』に登場する猫のマキャヴィティは犯罪界の大物だが、決して現場にいないのでつかまらない）」

彼がエリオットの名前を耳にしたことがあるとすれば「キャッツ」経由でしかないだろうという思い込みを、ダルジールは意に介さなかった。同じような思い込みのあげく、塀の中で苦労させられている利口な連中は大勢いる。

「ええ、あれはよかった」彼は言った。「彼は決してそこにいない、という心でしょうな？」

「ええ。でもあのとき、警察では逮捕できると充分期待していました。ところが、うまくいかなかった。詳しいことは知りませんが、その相手はいつも警察より何歩も先を行っていたようです。それで、仕事がそんなふうにうまくいっていないとき、家ではあれこれが急降下していって……」

「はいはい」ダルジールは死んだ子供の話に戻らせないと心を決めていた。「それで、上層部ではこのマキャヴィティがいったいどうしていつも事情をつかんでいるのかと不審に思い始めた」

「でしょうね。ネズミの群れ《ラット・パック》が――あ、ごめんなさい、ミック・パーディーは内務監査部のことをそう呼んでいるんです――どうしてアレックスに焦点を絞ったか、それは知りません。でも、そうだった」

「ご主人は停職処分に？」ダルジールは訊いた。

「その必要はなかったんです。このごたごたが起きたのはちょうど……ほかのことと同じ時期でした。彼はすでに恩情休暇を与えられていたので、どっちみち仕事に出なくてよかった」

「すると、ご主人は恩情休暇で家にいる、動揺している、ネズミの群れが周辺を嗅ぎまわっている、やがてあなたは彼を置いて出ていく。それから……どうなった？　彼は姿を消した？」

「そうです」

「で、あなたはさがした？」

「もちろん、さがしました！」彼女は大声で言った。「彼の友達や親類に連絡しました。近所の人と話をした。彼が行ったかもしれない場所はすべて調べました、昔いっしょにホリデーで行ったところとかね。あちこちの病院に電話した。できることはみんなやりました」

「警察にも知らせたんでしょうね？」

「当然です」彼女はぴしりと言った。「まず最初に知らせたくらいです。どうして？」

「そりゃ」巨漢は言った。「なにしろ警察はご主人を捜査していた、そうでしょう？　ひょっとすると彼は警察から逃げているのかもしれない、という考えが頭をよぎったに違いない。わたしがあんたの立場なら、まずあいつらに知らせるかどうかな」

彼女はきっとなって言った。「わたしはアレックスをよく知っていました。信じていた。彼は混乱していました、やけになってさえいたかもしれない。でも、汚職なんかしていませんでした。彼はどこかにいる、一人ぼっちで、それしか考えられなかった。それで、ミック・パーディーに連絡しました。二人は友達でしたから、ミックに連絡するのは当然でした」

　パーディーとのつながりは、きっとそんなことだろうと予測していた。パーディーはその知らせにどう反応したのだろう？　友達らしく、あるいは警官らしく？

「それで、仲よしのミックはどう言いました？」

「自分に任せてくれ、アレックスを追跡するのに必要な手はすべて打つようにするから、と言いました。あの、ミスター・ダルジール、これがどう関連性があるのか、わかりませんわ。七年も前の話です。わたしが助けていただきたいのは、今ここでなんです」

「ああ、七年か。で、そのあいだご主人の消息はまったくなし？」

「ぜんぜん。銀行口座は手をつけられていないし、クレジットカードも使われていない。なにもありません」

「彼は車を持っていきましたか？」

「いいえ、ガレージに置きっぱなしでした。実際、わたしにわかる限りで、彼はなにひとつ持っていかなかった。着替えも、歯ブラシも、なんにも」

「で、警察は？　なにか見つけ出しましたか？」

「警察、救世軍、思いつく限りの組織に頼りましたけど、誰もなんの手がかりも見つけられませんでした」

「じゃ、宇宙人に誘拐されたというのを別にすれば、ご主人はどうなったのだと思いましたか？」

　ダルジールは相手の反応をじっと見守り、見守っていることを相手にわからせた。

　彼女は彼の視線をしっかり受けとめて、言った。

「彼はおそらく死んでいると考えるのが当然だ、という意味ね？」

　彼は肩をすくめたが、なにも言わなかった。

　彼女は言った。「ミックもそう思いました。でも、わたしはどうしてもそう思えなかった。主人はもう二度と帰ってこないと、ようやく認めてからも、法的な死亡推定証明を申し込む気にはなれなかった。それはなんだか……そうですね、ほとんど裏切り行為のようで。実はすごく必要なのに」

「なるほど。どうして必要なんです？」

彼女は言った。「理由はいろいろありますけど、おもにお金です。わたしたちが住んでいた家はもともとアレックスの実家でした。彼の名義になっているので、わたしは売ることができません。死亡推定証明がなければもらえない保険金がいろいろあります。警察の年金すら、彼の個人口座に支払われるので、貯まっていくばかりで、わたしは一銭も手をつけられないんです」

「すると、警察はいまだに彼の年金を払っている？」

「そりゃそうです。彼に罪があると証明されたことはないし、起訴もされなかったんですから」彼女はぷりぷりして言った。

ダルジールは時計に目をやった。オルガンはまだぶうぶうと音楽を奏でている。メロディーの断片がぐるぐると追いかけっこを続け、追いついてつかまえることはない。あの気持ちはわかる、と思った。

彼は言った。「お話を十五分聞いているが、これがわたしとどう関係があるのか、まだちっともわからない。ともかく、ヨークシャーなんかで何をしているんです？」

彼女は言った。「単純なことです。来月で、アレックスの失踪から七年になります。七年たてば、死亡推定証明は簡単に出してもらえる、と弁護士に教えられました。それで心が決まったので、そうしましょう、と言ったんです。すべてうまく運んでいたんですが、昨日、これが届きました」

彼女はショルダー・バッグをあけ、A5判の封筒を一枚取り出して、ダルジールに渡した。彼は眼鏡をかけ、じっくり見た。中部ヨークシャーの消印があり、黒インクで書かれた宛名はイルフォード市、ロンバード・ウェイ二八番地、ジーナ・ウルフ様、となっていた。

封筒の中身は〈ケルデール・ホテル〉とレターヘッドに印刷された便箋一枚、それに《MYライフ》九月号から切り取った一ページが折りたたんでクリップでとめつけてあった。《MYライフ》はニュース、意見、新刊書紹介などを載せたグラビア月刊誌で、《中部《ミッド》ヨークシャー・イヴニング・ニュース》が出しているものだった。

便箋には〝将軍が彼の兵隊を閲兵する〟とタイプされていた。

《MYライフ》のこのページの半分以上を占めているのは、最近、王族の下級の一員が市を訪れたときの報道写真だった。王族の女性が通りを歩き、柵の向こうにいる幼い少女からフリージアの花束を受け取っている。その子供のすぐ後ろにいる男の顔が、太い赤丸で囲んであった。

「これがご主人？」ダルジールは見当をつけた。

「はい」

写真は非常に鮮明だった。男は二十代後半から三十代半ばくらい、金髪がそよ風に乱れ、熱心というよりは冷やかすような目つきで王族の女性を見守っている。

「確かですか？」

「アレックスでなければ、彼に生き写しの人物ね」

「なるほど」彼は言い、ホテルの便箋に注意を移した。

ケルデールはこの町の最高級ホテルだった。ゆったりした客室、伝統的メニュー、広々した庭があり、昔ふうな豪華さが売り物だ。

「〝将軍が彼の兵隊を閲兵する〟」彼は読み上げた。

「これにはなにか特別な意味があるんですか？」

彼女は言った。「アレックスの家族はいつも、ウルフ将軍（十八世紀英国の将軍で、カナダで仏軍を退けた）と血のつながりがあると主張していて……」

ウルフ将軍とは誰か、説明する必要があるだろうかと、彼女がためらっているのが見て取れた。

彼は言った。「カエル《フランス人》どもをやっつけるより、グレイの「挽歌」のような名詩を書けたらよっぽどよかったのに、と言ったやつですな？」

「ええ」彼女は言った。「アレックスはそのつながりをかなり誇りにしていて、わたしはよく彼をからかいました。それで、二人でゲームを始めたんですけど……わたしは元気なちびの兵隊、彼は閲兵するウルフ将軍で、その……」

彼女は頬を染めた。それが似合った。

ダルジールは雑誌の切抜きを返して言った。「それ以上詳しいことは教えてくれなくていい。アレックスはパブで仲間と飲んだら、得意になってその話をしたかな？」

「まさか！」彼女は怒って大声になった。「絶対にそんなことありません」

ずいぶん自信たっぷりだが、必ずしも彼女の思うとおりではないだろうとダルジールは思った。

「すると、これはご主人だとあんたは確信した。で、何をしました？」

「ミックに電話しました」

「パーディーに？　なるほど。で、なんと言われました？」

「なにも。つかまらなかったんです。今週末は忙しいとわかっていました。首都警察で何か大きな作戦をやっていて。あの人、今では警視長です。作戦は逮捕段階に入っていますから、それでたぶん携帯電話はすべて切られていたんでしょう。ともかく、わたしは伝言を残しました」

ダルジールはこれを咀嚼《そしゃく》した。パーディーは警視長。出世したものだ。だが、ずっと前に初めて会ったころ、彼はいかにも昇進していきそうな様子だった。それより不思議なのは、この女が彼をそこまで知っていることだった。警察内の地位を知っているのはともかく、作戦のタイムテーブルの詳細にまで通じているとは。

彼は言った。「すみません、どうもよくわからないんですがね。七年たって、あんたはご主人の死亡推定証明を取ろうとしていた。すると、彼の写真が郵送されてきた。それで、まず彼の昔の上司に電話した？　どうして親友にでも電話しなかったんです、もし気持ちの上で支えが欲しかったんなら？　あるいは、専門的助言を求めて弁護士に電話するとか。なんで過去を掘っくり返して、ご主人の昔の上司なんか見つけてきたんです？」

彼女は言った。「申し訳ありません、ミスター・ダルジール、ミックとお話しにならなかったというのを、つい忘れてしまって。まず最初に申し上げておくべきでしたわ。死亡推定証明が必要な理由はもう一つあるんです。ミックとわたしは結婚することになっています」

08:55 - 09:05

ヴィンス・ディレイはデブが立ち上がり、それからすわり直して、金髪女と話を始めるのを見守っていた。

さっき一瞬、太った男を真正面から見る機会があったので、今、彼は目を落とし、その姿を讃美歌集に隠した写真と見比べていた。写真は木にもたれた一人の男の全身像だった。三十歳くらい、金髪がそよ風に乱れ、ちょっと小ばかにしたような薄い微笑には、いかにも自分の欲しいものがわかっていて、それを手に入れる能力を疑っていない自信がうかがわれた。

ヴィンスがこの男の実物を見たのは一度だけだが、悩み苦しんで微笑が消えていた以外は写真どおりだった。

金髪女にくっついていれば彼のもとへ導かれる、とフラーは言ったが、女に導かれて到着したのがここだった。

ヴィンスは写真から目を離し、女のすぐそばにすわっている大柄な人物を見た。七年のあいだにこれがあれに変わるほどのことがあったのか？

そうとは思えなかった。

残念だ、と彼は思った。事がそう簡単に運んでくればありがたいのに。まあどうでもいい。彼の責任ではないのだ、フラーの管理下に入ってからは。でも、フラーにとってはありがたかったろう。いや、そうでもないか。フラーは利口だ。そしてなぜか利口な人間は、物事がちょっと複雑なほうを好むように思える。彼なら、狙った相手があのデブだったら大喜びしたところだ。ガツッ！　そして高速道路をまた一路南へ。この北のゴミタメなんか、勝手にめちゃくちゃになればいい。

一つ確かなことがあった。あのデブが何者であれ、ああいうふうに祈っていたところを見ると、相当ずっしりした悩みを抱えているんだろう。今、金髪女は彼にもっと悩みを与えているように見える。監視というやつは、なんとも退屈だ。

煙草に火をつけるわけにもいかない。このごろでは、煙草が吸える場所は多くない。ここのやつらが蠟燭に火をつけるのを禁じる法律はないのに。車では、きっとフラーは今ごろ二本目か三本目の煙草を吸い、魔法瓶のコーヒーを飲んでいるだろう。ちょっとブランデーでも混ぜてあるかもしれない。いや、それはない。フラーはそんなことをしない。仕事中は規則があり、それをきちんと守る。規則を守っていれば、規則がこっちを守ってくれる、と彼女は好んで言う。もしこっちが規則を——彼女の規則を——破ったところを見つかったら、即座に不愉快な報復が返ってくる。

だが、彼を尾行に送り出すというのは、規則違反ではないのか？

　兄はたんなる筋肉マンではない、自分でものを考えることができる、と彼女が心を決めた、ということかもしれない。

　そうだとすると、うれしくもあり、不安でもあった。二人の関係が変わったことになるし、彼は変化が嫌いだった。

　彼の最後の服役は期間がいちばん長かったが、それが終わりに近づいたとき、彼女は刑務所の面会室で、条件をごく明確に示したのだった。彼は何年も刑に服し、つらい目にあいながら周囲の敬意を勝ち取ってきたが、犠牲は大きかった。二度と塀の中に戻るのはいやだという恐怖心を打ち明けられる相手はフラーだけだった。別のタイプの男なら、こういう思いが堅気になろうという決意につながるかもしれない。ディレイの決意は違った。

「そうなる前に自殺する」彼は言った。

　フラーはいつもの目つきで彼を見た。彼女が九歳のときから、この目つきをされると三歳の差が逆転し、彼は弟のような気になるのだった。

「ばかなことを言わないで、ヴィンス」彼女はぶっきらぼうに言った。「で、ここを出たらどこへ行くつもりなの？」

　彼は戸惑い顔で彼女を見ると言った。「とりあえず、うちに帰ろうと思ってたんだけど……」

「うちはなくなったのよ、ヴィンス。わたしは今では自分のフラットを持っている。いっしょに住んでくれてかまわないわ、ただし規則があるけど。あなたはなんでもわたしの決めるとおりにやる、フラットの中でも外でもね。その規則を破ったら、あとは一人よ。永久に。どう？　イエスかノーか？」

「まあ、悪くないと思うよ、フラー。でも、男にはちょっとは選ぶ余裕が必要だろ……」

「イエスかノーかよ、ヴィンス。それも規則の一つ。わたしがイエスかノーかと訊いたら、あなたはイエスかノーかで答える」

「オーケー、怒るなよ。イエスだ」

「もう一つ。わたし、仕事を見つけてあげられる」

「それって……堅気の仕事?」彼はぞっとして言った。

彼女は首を振った。限界は心得ていた。

「お得意な種類の仕事よ」彼女は言った。「ただし、あなたが不得意なのは、つかまらずにいること。だから、わたしと同居するなら、仕事もわたしといっしょにやる。いい? 自分勝手に手を広げない。わたしが仕切る。いいわね?」

「それもイエスかノーかの質問か?」

「ええ、そうよ。もしわたしと同居したいならね」

「なら、イエスだ」

それはいい決断だった。反抗的になったことが二度ばかりあったが——なんたって、男はちょっとは独立する必要がある——考え直させられた。しかも、自分のやり方が最良だというフラーの見解を支える大きな事実があった。もう十年以上、ヴィンスは刑務所の外で暮らしている!

彼は写真を財布に戻し、ほかにすることがなかったので、開いたままの讃美歌集にまたぼんやり目をやった。ごく簡単にわかる歌詞もあるが、まるでコンピューターの使用説明書を読まされているみたいな歌詞も多い。

この決まりがわかっている召使なら
骨折り仕事も神聖なものとなる。
神の法に従って部屋を掃き清めれば
部屋もその行動も清いものとなる。

いったいなんのことだ?

彼はため息をつき、椅子の上でもじもじした。椅子の柳細工の部分が尻に跡をつけているような気がする。それがきっかけで、初めて服役したときのことを思い出した。服を脱がされ、シャワーを浴びさせられた。看守の一人がからかって言った。「いいケツしてるじゃねえか、ディレイ。ここでの暮らしを楽しめるぜ」

　連中は六人がかりでようやくヴィンスをこの男から引き離し、それからたっぷり蹴りつけた。だが、ヴィンスは二日後には足をひきずりながらも中庭を歩き、尊敬の対象となった。看守のほうはまだ入院中だった。

　ハッピーな日々。

　だが、あんなハッピーな日々なら、二度と経験したくない。なんとしてでも刑務所には戻らない。もしフラーのやり方がうまくいかないように思えるときが来たら、自分なりにやっていくしかない。

09:15 - 09:30

　ふだんなら、外交的解決に対するアンディ・ダルジールは結び目に対するアレグザンダー大王さながらだったが、今回、彼は一刀両断をためらい、優しくつまんでほどいてみようと試みた。

「すると、あんたとミックだが、だいぶ前から婚約している……？」

　彼女は笑った。その快い音を古い大聖堂は無関心に吸収してしまったが、二、三人、びっくりして振り向いた人がいた。

「つまり、どのくらい前からやってるか、という意味ね？　あるいはもっとずばりと、アレックスがいたころにもやっていたか？　いいえ、ぜんぜん。ミックとは連絡を絶やさず、いい友達になりました。親しくしていたし、彼が恋愛感情を持っているのはわかりましたけど、アレックスはもう帰ってこないんだとわたしがようやく認めたのは、去年の暮れです。そのあとになって、ミックは言っていました。わたしはどうしてもアレックスを忘れ去ることができないんじゃないかと思い始めていたって。だから、わたしがとうとう気持ちの整理をつけたというのは、彼には相当なショックでした」

　自分が結婚の申し込みをしたのだって、ミックにとってはちょっとしたショックだったろうよ、とダルジールは思った。ある晩、パーディーが酔った勢いでこう宣言したのをおぼえていた——結婚する価値のある女といえば、巨乳の持ち主で家族はなく、余命あと一時間の億万長者だけだ。

　しかし、男は結婚に関する見解をしばしば変えるものだ。ダルジール自身、そうだった。

　彼は続けた。「で、ミックに電話をくれと伝言を残した。それから……？」

「弁護士に電話しました。むっとしていたわ、土曜日でしたから。でも、かまうもんですか。わたしはあのシラミ男にお金を払っているんだし、どうせ土曜日勤務で倍の料金をつけてくるでしょうよ」

「いいことを言うな」ダルジールは弁護士を憎む人間なら誰でも大好きになった。「それで、なんと言われましたか？」

「写真の件を教えてくれなければよかったのにって。教えられた以上、死亡推定証明の請求に、写真の存在を知っていることを入れなければならないから」

「あとで万一アレックスが生存しているとわかった場合に、自分の責任を免れるため？」

「ええ。それじゃどうしたらいいかと訊きました。彼が言うには、夫が生きていて中部ヨークシャーに暮らしている可能性がないかどうか、わたしができるだけ確認する努力をするしかない。そういう努力をした、とわたしが文書にすれば、彼はそれを受け取りしだい、申し込みをするそうです」

「弁護士ってやつは」ダルジールは言った。「まともに相手にしていられない。で、それからどうしました？」

「ケルデール・ホテルに電話しました」

「なるほど。どうしてです？」

「ここに来たときの宿泊先を考えたら、ケルデールが当然でした。だって、なにか意味がなければ、どうしてホテルの便箋を使います？」

意味がなかったからかもしれんさ、とダルジールは思いながらも、相槌を打つようにうなずいて言った。

「それから？」

「それから、スーツケースに荷物を投げ込んで、ここまで車を走らせました」彼女は言った。

「ぐずぐずしないんだな？」ダルジールは感心して言った。

「七年間ぐずぐずしていた、とも言えますわ」彼女は言った。「でも、もうおしまい。この件がどちらに転ぶにせよ、きちんとかたづけようと心に決めました」

「じゃ、行動計画を立てたわけですか？」

「それはちょっとおおげさに聞こえます」彼女は悲しげに言った。「ケルデールの受付で、スタッフにアレックスの写真を見せましたが、おぼえている人はいなかった。そのほかに考えたのは、同じ写真を使って地方紙に小さい広告を載せて、情報提供者には報酬を出す、というくらいです。でも、それは手遅れだったんです、着いたときにはもう新聞社のオフィスは閉まっていて」

「ああ、ここいらではみんな文明人の時間帯しか働かないからな」ダルジールは言った。「週末にはニュースが起きるのを許さない。それで、ミック・パーディーはこういう行動について、どう言いました？　わたしに電話してきたくらいだから、その前に話す機会はあったんでしょう」

「ええ、でもゆうべ、わたしがこちらに到着してからです。わたしがどこにいるのか気づくと、彼はうれしそうではありませんでした。計画を話すと、唸ったんです。こっちは唸られたい気分ではなかったので、ついきつく言い返してしまいました。実を言うと、すぐさま事が進まないので、わたし、すごくいらいらしていたんです」

「あわててこっちに来る前に、その点を考えたらよかったんだ」ダルジールはしかつめらしく言った。「そうすればケルデールの泊まり賃を二泊分は節約できた。安くはないでしょうが」

「あら、ミックそっくりなおっしゃりかたね！」彼女は言った。「とうとうしまいには、日曜日には地元の警察署を訪ねて、首都警察より役立ってくれるかどうか確かめてみるわ、と言っていました。彼は、次に電話するまではなにもしないでくれと頼んできました。頼んで、ですよ、命じて、ではなくね。学ぶのは早い人なんです。するとまたすぐ電話を切ってしまった。まだ作戦の最中だったので」

「それであんたは一晩中まんじりともせず、よい子らしく賢い婚約者から指示の電話が来るのを待っていたと」ダルジールは言った。

彼女は微笑して言った。「当然ね。実は、あまりよく眠れなかったので、七時過ぎには起きて、車であちこち回りました。ばかげてるのは承知ですけど、道端かどこかでアレックスをひょっこり見かけるかもしれないと思って」

「ああ、人はそうやって見つけるもんだと思ってる馬鹿が犯罪捜査部にもいましたよ」ダルジールは言った。「思い込みは長くは続かなかったがね！」

これで悲しげな微笑が浮かぶだろうと思ったのだが、

彼女は眉根を寄せ、目を逸らした。

「おいおい！」彼は言った。「まさか、彼を見かけたっていうんじゃないだろう！」

彼女は首を振って言った。「いいえ。それより悪い。見かけた、と思ったんです。三度も。一度は半マイルも車を追いかけて。結局、アレックスに似ているように見えた運転手は女でした！」

「性転換てのもありうるだろうがね」ダルジールは言った。「しかし、気にすることはないですよ。動転しているときには、おかしな思い込みも起きる。ブレアとブッシュとあの大量破壊兵器がいい例だ。わたしだって、イングランドがワールド・カップで優勝するところが見えたと思ったことがあった」

これでにっこりして、彼女は続けた。「ともかく、あの女性ドライバーを追いかけたことで、我ながら愚かな行動をしていると悟りました。すると携帯が鳴って、ミックだった。何をしていたか話すと、彼はまた唸りそうになったけれど、なんとかこらえました。そして、あなたのことを教えてくれたんです」

「当ててみよう」ダルジールは言った。「中部ヨークシャー警察の犯罪捜査部のトップにいるおいぼれを知っている、あんたが公的な人狩りを始める前に、いくつかそっと調べてくれと頼むのに最適の男だ、と言ったんだろう？」

それでいくらか筋は通った。

彼女は言った。「まあね。それが八時ごろでした。あなたにご連絡するのは、たぶんご自宅がいいだろうと彼は言いました。これは公的な警察の仕事ではないので。彼はまず自分が電話して大筋を教える、連絡がついたらすぐわたしに知らせる、と言いました。わたしはホテルで電話を待つと言いましたが、電話を切るとすぐ、教えてもらった住所をカーナビに入力して、おたくの通りに向かいました。どうしても、なにかしないではいられなかったんです、たとえ……」

言葉が途切れたので、彼が引き取った。「たとえわたしもきっと時間の無駄に終わるとは思っても、というわけか。それで、ミックから電話が来て、わたしと話をしたと言われたら、即座にうちのベルを鳴らすつもりだった！」

「そのとおりです」彼女は言った。「すみません。どっちみち、うまくいきませんでした。あなたは家から駆け出てくるなり車に飛び乗り、まるでお葬式に遅刻しそうだという様子でここまでいらした」

「どうしてわたしだとわかった？」

「ミックに人相風体を教えられていましたから」

「ああ。若くて、ほっそりして、セクシーだって？　答えなくていいぞ」

状況見直しだ。女が話をするあいだ、彼は品定めをしていた。最初に当たりをつけたよりはいくつか年取っている。三十代半ば過ぎだろう。だが、化粧のしかたを心得ているし、体形は崩れていない。非常にいい形だ。明るい青い目、きれいな歯、髪は自然の金髪をエレガントなカットにしている。きっと鋏で一回ちょきんとやるごとに十ポンド請求するような高級美容師の仕事だろう。服装も同様。高価だが、デザイナーものではない。ただし、靴は（彼は靴に詳しい。靴はキャップの弱点で、彼女はサッカー選手の派手な奥方たちの大群に履かせてやっても余るほど、おしゃれな靴をたくさん持っている）たぶん彼がこのまえ買ったスーツより高かったろう。もっとも、スーツはかなりディスカウントしてもらったのだが。

人間的には、強い女だ。二度くらい、取り乱しそうになったが――あれだけの経験をしたのなら、取り乱したって無理もない――ぎりぎりのところで心を引き締めた。モットーは君子危うきに近寄るべし、と彼は判断した。あの奇妙な郵便を受け取ると、即座に中部ヨークシャーに向かい、今朝一番に町を走り回ってから、彼の家の外で待機していたくらいだから、なにもせずに手をこまぬいているよりは、なにかしたほうがましだと考える人物なのだ。

いや、なにもせずに過去を振り返り、未来を思い悩んで過ごすよりは、なんでもいいから行動するほうがましだ、ということか。

あれこれ考え合わせると、彼はこの女が気に入った。それが重大な点だというのではない。彼の人生では、気に入った女から始まった問題がいくらも起きていた。では、決断を下すときだ。

この件が警察官としての自分にどう関わってくるのかはわからなかったが、今日は休みだし、他人のごたごたを手元に落とされたおかげで、自分のごたごたをしばらく思い悩まずにすむのは確かだ。

とはいうものの、遍歴の騎士気取りだった時代はとうに過ぎていたから、どんな事件であれ、あわてて飛び込むつもりはなかった。たとえ助けを求めているのが、このくらいおいしそうな美女でも。

彼は言った。「しばらく考えてみないとな。じゃ、こうしよう。あとであらためて会いませんか？　食事でもいっしょに？」

お誘いはありがたいが、けっこうです、と彼女が言えるようにしてやった。こうして彼に会った今、これ以上関わりたくないと思うなら、それでいい。

「はい。どこで？」彼女はためらいなく言った。では、いい印象を与えたのに違いない。それとも、やけっぱちってことか！

彼は言った。「ケルデールに泊まっておられるんですね？上等な連中はみんな、日曜日のランチはあそこのテラスで食べる。庭を見晴らすテーブルがいいとリクエストしてください。もし問題があったら、支配人のライオネル・リーに、ダルジール警視と会う約束だ、と言ってやればいい」

「あなたは影響力のある方だ、とミックは言っていました」彼女は言った。

「そうですか？」

復帰してからたぶん初めて、ダルジールは実際にそういう人物だという気分になった。

彼は立ち上がった。彼女はすわったままだった。

「ホテルに戻られないんですか？」彼は訊いた。

「しばらくすわって、音楽を聴いていようかと思って」彼女は言った。

「ほう？」それから、自分はこの追いかけっこ音楽が好きだからここに来ていることになっていたんだったと思い出して、つけ加えた。「じゃ、バッハのファンですか？」

「ええ、大好き。職業柄、しかたないですね。わたし、音楽教師なんです」

これには驚いた。ダルジールの思い描く音楽教師というのは、針金縁の眼鏡をかけ、化粧っけはなく、髪を後ろで団子にまとめている。もうちょっと現実を知るべきなのかもな。

「いいお仕事ですな」彼は意地悪な考えを持ったことの埋め合わせを意識して、熱をこめた。「子供はどれだけ音楽を習ったって足りないくらいだ」

「ほんとに」彼女は温かい微笑を向けて言った。「音楽という共通点があるとわかって、うれしいですわ、ミスター・ダルジール。ミックの話を聞いたときは、そんな方とは思えなかったのに。ごめんなさい、失礼なことを言うつもりじゃ……」

「わたしが多芸多才《ルネサンス》な男だと、彼は言い忘れてましたかね？」ダルジールは言った。「ま、あいつの趣味としてわたしがおぼえているのは、カラオケでロッド・スチュワートになりきるってくらいだが」

「今でもそうです。それに、フーガとファンダンゴの区別もつきません」

彼女はまた微笑した。本当にきれいな女だった。もしかすると、遍歴の騎士時代はまだ終わっていなかったのか。うなだれた槍の騎士、サー・アンディにも、まだ最後の一突きをする力が残っているのかもしれない。

　彼は出ていこうとしたが、五、六歩進んだところで彼女に呼び止められた。

「ミスター・ダルジール、ランチの時間をおっしゃいませんでしたわ」

　これに応えるかのように腹が鳴った。遅刻するまいとあわてて家を飛び出したので、ろくに朝食を食べていなかったのを思い出した。

「十二時ごろにしましょう」彼は言った。「このあたりの人間は昔ながらの時間割で生活していましてね、ケルデールで食事するときも同じなんだ」

　それに、行ってみたらローストビーフが売り切れとわかるのはいやだからな、と内心でつけ加えながら、彼は立ち去った。

　大聖堂の外に出るのは悪くなかった。あれほどの空間には、なにか無気味で心を騒がせるところがある。だが、出口へ向かって大股で歩いていくあいだ、不思議な空想をした。背後から小さな足がぱたぱたとついてくるのが聞こえるように思ったのだ。

　振り返ると、墓の向こうからじっとこちらを見ている大理石の犬と目が合った。

「ごめんよ」彼は言った。「またいつかな。いずれ戻ってくるから」

　我ながら驚いたことに、その言葉に嘘はなかった。

09:31 - 09:40

フラー・ディレイは太った男が大聖堂から出てくるのを見た。

ヴィンスの姿はない。

男を追うか、女についているか、決めかねて苦しんでいるに違いないと彼女は推測した。ヴィンスは建設的な思考をしない。合理的に考えて選択に至るなど、熱く焼けた炭の上を歩くようなものだった。

兄を引き受けるのはフルタイムの仕事だと、もし彼女が覚悟して受け入れていなかったら、今ごろ彼はどうなっているか、考えたくもなかった。思い返すと、彼女は一生、このために訓練を積んできたようなものだった。少なくとも、彼女が九歳で、父親が家を出ていった、あのとき以来ずっとだ。

最初はおもに自己利益だった。家族がばらばらになったら、彼女は施設に入れられるしかない。家族を束ねておく人間がいる。母親にも兄にもそんな力はないと、言われなくても彼女にはわかっていた。学校を出て、ザ・マンのところで働き出してから、彼女はソーシャルワーカーの扱いにかけてはエキスパートになった。こういう家族ではまずいと表明するソーシャルワーカーも、フラーと一時間過ごすと、この仕事には自分より彼女のほうがよほど資格があると納得し、かなりほっとして帰っていった。それで彼女は母親が酒やドラッグで身を持ち崩すのをなんとか食い止め、同時に兄が刑務所行きにならないよう目を配り――これはますます困難になっていった――出所したときには帰ってくる家があるようにしてきた。

ギッドマンの会社に就職して九年たったころ、母親はとうとうアルコールと薬品のカクテルに倒れた。葬式からまもなく、彼女の家長としての責任の残り半分も保留になった。短く鋭い衝撃をいくら与えても効果がないと判断した判事が、ヴィンスを懲役十年の刑に処したからだった。

刑務所内での態度のせいで、早期釈放はなかった。満期をつとめ、出所の日が近づくと、フラーは兄のためだけでなく、自分のためにも将来の計画を立てなければだめだと悟った。

ザ・マンのもとで二十年働いてきたあいだに、彼女は信頼のおける、策に富んだ人物という輝かしい評価を受け、ぐんぐん昇進した。だが、ゴールディー・ギッドマンのキャリアもまたずいぶん広がっていた。

フラーがザ・マンの財政を運営するようになったのは、マーガレット・サッチャーがこの国の財政を運営しはじめる直前だった。サッチャー政権の時代に、自由市場経済というこのすばらしき新世界では、金槌を使わなくともいやというほど金を儲けるチャンスがあると、ゴールディー・ギッドマンは見て取った。使う道具は変わっても、原則は彼に非常になじみのあるものだった。必要と欲に駆られた人間の弱みをつく。イースト・エンドから西を向き、金融街《シティ》に目をやると、人々が狂ったようにがつがつ食いまくるのが見え、それと比べれば、彼自身が狭い地元で稼げる金など精進料理同然だった。というわけで、地理的にも商業的にも移動が始まり、やがて彼は財界の巨頭となった。

だが、方向転換は危険も伴う。

パラドックスを指摘したのはフラーだった——完全に合法的になると、完全に非合法のままでいるよりずっと危険にさらされる。曲がった商売をやめてクリーンになるためには、昔の仲間を大勢棄てなければならない。彼が世界に示そうとしているギッドマンとその活動のぴかぴかに新しいイメージに、かれらは合わないからだ。目の前に新しいドアが開くたび、背後の古いドアは必ず閉じ、錠を下ろし、二重にかんぬきをかけるのがこつだった。さいわい、今まで事あるごとにきちんと後始末してきたから、彼に実際に害を加えられるほど情報を握っている人間はめったにいなかった。今、彼はそういう人間たちをあらためて綿密に調べ、少しでも疑いがあれば、昔からの仲間であり恐喝係であるミルトン・スリングズビーを送り込んだ。

　ザ・マンの財政にフラー・ディレイほど通じている人間はいなかった。それだけの経歴なら、彼女が痛い目にあう心配はなさそうなものだ。ところが困ったことに、彼女の職業上の有用度はほぼ尽きていた。経理を巧みにごまかす彼女の才能は、おもな敵が地元の税務調査官と付加価値税検査官だったころには貴重だったし、合法的な投機の分野に乗り出した初期のころには、彼女はとても役に立った。だが、事業が繁栄するにつれ、ゴールディーは専門分野に通じた税理士に頼ることが多くなった。そうしなければ、現代の市場という迷路のごとき沼地に跡形もなく沈んでしまう。こういう税理士に混じると、彼女はコンピューターに囲まれたそろばん同然だった。もっとも、コンピューターなみのデータベースを備えたそろばんだが。すぐさまスリングがやって来るほどの危険はなさそうだったが、ゴールディーは有用度の高い人間をより尊ぶと彼女は知っていた。危険な知識があり、積極的機能がない、というのは致命的な組み合わせになりかねなかった。

　ヴィンスの釈放日が近づいたころ、彼女は二つの問題を一気に解決する道を見つけた。

　鍵はミルトン・スリングズビーだった。

　スリングの最大の長所は完全に忠実であることだった。ゴールディーに命じられたことならなんでも実行する。だが、彼はゴールディーより十歳近く年上で、かつてボクシング・リングで対戦相手のパンチを頭でブロックするので有名だった過去が悪影響を及ぼし始めていた。ゴールディーがそばにいて、ああしろこうしろと命じていれば、彼は昔と同じようにちゃんと機能した。だが今、上品になった新しいゴールディーは、昔たいていスリングにさせていたような種類のことから、できるだけ離れていたいのだった。

それで、フラーは兄の件をザ・マンの前に――彼女の問題としてではなく、彼の好機として――持ち出した。ヴィンスはヘヴィーな仕事ができる、と彼女は自信を持って言った。ただし、彼女が計画を立て、スピードと慎重さは保証する、ザ・マンに疑いがかかることは絶対にない。

ヴィンス・ディレイのような人物を直接雇うことは、ゴールディーにはできなかった。頼りにならない連中を消すのに使うこういう男たちは、それだけに、たいてい同じくらい頼りにならないものなのだ。だが、彼は今でもフラーを完全に信頼していたので、ヴィンスのようなヘヴィーな人物をフラーの監督下で使えるというのは、魅力がなくはなかった。

まず試験的にやってみようと、彼は合意した。三日後、指定のターゲットは犬の散歩中、転んで柵柱に頭をぶつけ、死んだ。

これが十三年前のことで、以来、今に至るまで、双方ともこの取り決めに文句はなかった。ディレイ兄妹は間違いがないし、口が堅いという評判が立ち、すぐにほかからも依頼が来るようになった。そのいくつかをフラーは受けたが、ギッドマンからの年金で充分な収入があったから、やりたいものを選ぶ余裕があった。ただし、ザ・マンが仕事をよこすと――その機会はますます減っていたが――彼女はすべてを棄てて駆けつけた。

ザ・マンを喜ばせるのは大事だった。それは彼女のプライドに関わることでもあったが、おもに自己保存のためだった。

仕事の微妙な詳細はヴィンスに知らせずにおくとい

う彼女の方針はうまくいっているようだった。悪名高い前科者だから、警察はほかにすることがないと、彼をしょっぴくことがあった。彼はなにも知らないので堂々と沈黙を通し、しかも最高級の弁護士がすぐさま飛んでくるので、危険はなく過ぎていた。こういう折をとらえ、彼女はヴィンスがいかになにも知らないか、ザ・マンに指摘した。自分がここにいて、きちんと機能している限り、問題は起きないと彼女はまずまず確信していた。

だが、自分がいなくなれば、ゴールディー・ギッドマンはヴィンスに冷たい目を走らせ、容赦なく値踏みすると、疑いなくわかっていた。

今、彼女は自分の目を彼の姿に走らせた。兄はようやく大聖堂から出てきて、フォルクスワーゲンに向かって歩いてくるところだった。

太った男はすでにおんぼろローヴァーに乗り込んでいた。

ヴィンスは助手席にすわった。

「どうなってるの？」彼女は訊いた。「女はどこ？」

「ぴりぴりするなって」彼は言った。「女はまだ中にいる。あの二人、あとでランチにホテルで会う。十二時。約束するのを聞いたんだ」

ローヴァーはゆっくり駐車場を出ていった。彼女はフォルクスワーゲンのエンジンをかけ、あとを追ってホーリークラーク・ストリートに入った。

「じゃ、もう金髪女は尾行しないのか？」ヴィンスは訊いた。

「そっちは追跡装置に任せておくわ。彼女がどこかに止まったら、その場所を調べる。ラップトップから目を離さないでいて。それじゃ、大聖堂の中で見たり聞いたりしたことを正確に教えて」

彼が話を終えると、彼女はその腕を軽く握って言った。「よくやったわ、ヴィンス」

フラーにほめられるといつもいい気持ちになる。その心地よいぬくもりに彼はしばしひたった。

　二人は大聖堂地区を抜け、この町の主要道路に近づいていた。ローヴァーは左折シグナルを出し、町の中心部へ向かった。フラーは右折シグナルを出した。

「あいつがどこへ行くのか、確かめないのか？」ヴィンスは戸惑って言った。

「あの男の行き先なら、だいたい見当がつく」フラーは言った。「わたしが知りたいのは、あいつがどういう人物で、どう関わりがあるかよ」

09:50 - 10:30

　おかしなもんだな、と巨漢は思った。休みの日に間違って署に出てきていたら大惨事だったが、今、ずかずか入ってきてみんなを驚かせると、昔に戻ったような気分だった。

「おはよう、ウィールディ」彼は元気よく言った。「やってもらいたいことが二つばかりある」

　エドガー・ウィールド部長刑事の顔は驚きなど表わさないようにできているが、それでも一瞬、微調整をやってから、彼は答えた。「おはようございます、警視。すぐ行きます」

　ダルジールはその一瞬の間を認め、見たぞ！　と内心で言いながら、自室のドアをぱっとあけた。

彼の復帰がまだ不確かなものである証拠に、部屋は比較的きれいにかたづいていた。最近までパスコーがこの部屋を使っていて、彼はすべて完璧に整理整頓していたのだ。巨漢自身、せっかくの秩序を利用しないのはもったいないと思い、ここ十日間、出したファイルはいちいちキャビネットにしまい、引出しは閉め、デスクは散らかさず、おならの音のデシベル・レベルさえ抑えようと努力していた。

それなら即座に実行できる。彼は椅子に尻を沈めつつ、ぶりぶりと音を出した。

「ちょっとよく聞き取《キャッチ》れなかったんですが、警視」ウィールドが戸口から言った。

「キャッチしてりゃ、きっと手首が折れていただろうよ」ダルジールは言った。「七年前、首都警察にアレックス・ウルフという警部がいた。汚職かなにかで捜査され、辞職したと思うが、その後失踪した。この男について、わかることをすべて教えてほしい。同様に、ミック・パーディーもな。彼は当時主任警部、現在は警視長だ。だが、抜き足差し足でやってくれよ。警報が鳴り出しては困る」

「どういう警報が鳴りそうなんですか?」ウィールドは言った。

「さあね。たぶん、なにも起きない。だが、わたしのことならご存じだろう、〝慎重〟がミドル・ネームだ」

違うね、ミドル・ネームならヘイミッシュだ、とウィールドは思ったが、それはひけらかしたくない知識だった。

「これは明日の捜査会議の議題になりそうなことですか?」彼は訊いた。

巨漢はじろっと彼を見た。わたしが日を間違えたと、わかっているわけじゃなかろうな? まさか! だが、あの無表情に動かない顔を向けられると、尼さんだってレースのパンティがちらと見えているんじゃないかと確かめたくなる。

「まだ公式なことじゃない。だからこうして休みの日に来たんだ」彼は言った。「ピートは来てるか？」

「いいえ、警視。彼は非番です。洗礼式に行く予定のはずです」

「え？　エリーが次の子を産んだんじゃないよな？　まさか、いくらわたしだってそう長く現場を離れちゃいない」

「ええ。ゲストです。警視と同じですよ、非公式」

「生意気になるなよ。昔は出てくれれば笑顔とコーヒーに迎えられたもんだ」

「そうですか？　いつだったか、思い出せないな。コーヒーをいれさせましょうか？」

「きみの笑顔よりはコーヒーのほうがありがたいよ、ウィールディ。いや、きみはすぐウルフの件にかかってくれ。コーヒーなら、暇なやつにやらせよう」

彼は部長刑事に続いてドアまで行くと、大部屋を見渡した。

視線がとまったのは、コンピューター・スクリーンに目を釘づけにしているシャーリー・ノヴェロ刑事だった。

「アイヴァー！」彼は怒鳴った。「コーヒー！」

若い女は振り向いて答えた。「いえ、けっこうです、警視。さっき飲んだばかりなので」

ほかの顔なら〝にやり〟と描写されるようなものがウィールドの唇をよぎった。彼はそれから急いで出ていった。

「今すぐ！」ダルジールは怒鳴った。「女を警察に入れてやる理由がほかにあると思うのか？」

彼はオフィスに戻り、デスクにすわった。大聖堂で金髪女に出会ったことで、一日の始まりに勢いがついたものの、気分はまだ少し乱れていた。消えた一日の問題は解決したのだから、あとは何が気になるのだろう？　これ以上、中へ掘り進んでいったら、やがて内側からへそを見ることになるだろう。それで、彼は視点を変え、部屋をぐるりと見回した。しばらくして、わかった。

問題解決、あるいはじきに解決だ！

六、七分後、ウィールドはコーヒーを捧げ持ったノヴェロと巨漢のドアの前でデッドヒートになった。自動販売機のプラスチック・カップではない。彼女は職員食堂まで降りて、警視お好みのブレンドを半パイント入れた警視専用マグを持ってこなければならなかったのだ。いい香りだったが、ノヴェロの表情から察すると、ダルジールは口をつける前に彼女に毒見させたほうが賢いだろうとウィールドには思えた。

彼はドアをあけて彼女を通してやってから、続いて部屋に入った。

部屋は変化していた。デスクやファイル・キャビネットの引出しはほとんどが引き出され、へこんだ金属製屑籠が横になって、へこんだ壁際に倒れている。いちばん遠くの隅には、すごい力をこめて投げつけたらしくファイルが一冊転がっていて、その中身はパスコーが用意した捜査会議用メモだと部長刑事は見て取った。窓は大きくあけ放たれ、入ってくる微風が床に散らばったさまざまな紙をうれしそうにかさかさと揺らしていた。

ダルジールはウィールドが気がついたのに気がつき、言った。「ちょっと整理整頓していたんだ。アイヴァー、コーヒーを取ってくるほどの暇があるんなら、たいして仕事はないんだな。じゃ、これを調べてくれるか？」

彼はジーナ・ウルフの車のナンバーを手近の封筒にさらさらと書きつけた。開封していないその封筒には警察本部長の紋章がついていて、〈緊急親展〉と書いてあった。

ノヴェロはそれを受け取り、向きを変え、巨漢に背を向けたところで目を宙に上げると、出ていった。

「よしと、それじゃサンシャイン、何がわかった？」

ウィールドは言った。「七年前、アレックス・ウルフは首都警察の内務監査の対象になりました。彼はデイヴィッド——通称ゴールディー——ギッドマンという金融業者の捜査チームの中心人物だった」

「すると、ウルフは書類追跡屋だったのか」ダルジールは言った。前線で戦う警官が詐欺捜査班に対して抱く、押し殺した軽蔑がこもっていた。巨漢の目には、重役室の犯罪と本物の犯罪との差は、ソフト・ポルノと児童売春の差も同然だった。

「両方に関わっていました。体を張ってやる仕事もそれなりに経験があった」ウィールドは言った。「ミレニアム・ドーム包囲（二〇〇〇年十一月にロンドンのミレニアム・ドームに展示中のダイアモンドを盗む大がかりな計画があったが、事前に察知した警察が犯人グループを待ち伏せし、現行犯で逮捕した）では勇気ある行動で賞状をもらっています。それに、これはありきたりの詐欺班の仕事ではなかったという印象です。作戦を始めたのは副警視監だった。オウエン・マサイアス。ご存じですか？」

「名前は聞いている」ダルジールは言った。「早期退職してから死んだ。心臓が悪かった」

「そのとおりです。どうも、ギッドマンをずいぶん前から狙っていたが、どうしても逮捕の決め手がなかったらしい。だからこの作戦を〈マキャヴィティ〉と名づけたんでしょうね。運悪く、まさにその名のとおりになってしまった。結論、少なくともマサイアス自身の結論は、何者かが情報を漏洩している。それで彼は内務監査を命じ、捜査の焦点がウルフだった」

「〝少なくともマサイアス自身の結論〟というのは、どういう意味だ？」

「〈マキャヴィティ〉は時間と金の無駄遣いだと思っていた人が多かったようなんです。警察は昔のイースト・エンド時代のギッドマンにさえ手をつけることができなかった。ところが、このころには彼はきたない裏町を出て、金融街《シティ》に進出。ぴかぴかに清潔で、保守党が彼から政治献金を受け取っているくらいでしたから」

「それが何の証拠になる？」ダルジールは唸るように言った。「すると、〈マキャヴィティ作戦〉はマサイアスがギッドマンへの恨みを晴らすためのものだった、というのか？」

「大勢がそう思ったようだ、と言っているまでです」

「それで、内務監査はたんなる形だけのものだった？」

「なんとも言えませんね。ウルフを有罪にする証拠はなにも上がらなかった、それは確かです。彼は当時たまたま恩情休暇を与えられていたので、停職処分すら必要なかった。そのあとで辞職した。それからまもなく姿を消した。別居中だった妻が届け出て、警察は調べてみたが、殺害を示す証拠はなし。彼は成人で、起訴されていたのではないから、逃亡者ではなかった。どうやら、本格的な汚職捜査に至らずに彼が消えてくれたというんで、警察はうれしかったみたいです」

「わかった。じゃ、パーディーのほうは？」

「ウルフが部長刑事だったころ、上司の警部だった。彼が主任警部に、ウルフが警部に、それぞれ昇進すると、道が分かれた。ウルフはどちらかというと書類追跡のほうにまわり、パーディーは前線に残った。順調に昇進して、現在はスコットランド・ヤードの警視長、主要犯罪捜査課です」

「なるほど。その〈マキャヴィティ作戦〉だが、ウルフの失踪後、状況はよくなったのか？」

「そうはいかなかったようです。まもなく棚上げになった。証拠なし、処置なし」

「で、以後なにもなし？」

「ぜんぜん。記録は掃除機をかけてすっかりきれいにしたような感じです。どれだけの金と時間を無駄にしたか、表沙汰になると恥をかくというんでしょう。不思議はない、ギッドマンがどれだけ成功したかを考えればね」

「え？　待てよ、あの下院議員のデイヴ・ザ・タード《クソ》のことじゃないだろう？　ああ、そんなはずはない。あいつはまだ二十代じゃなかったか？」

「ゴールディー・ギッドマンは彼の父親です」

くそ、とダルジールは思った。脳味噌がまったく錆びついている。しかし、と思い直し、自分を安心させた。あの名前を聞いたからといって、すぐぴんと来るとは限らない。今までに彼はブラウンとキャメロンという名の人物を刑務所送りにする一助となった経験があった。前者は上司の妻を殺した罪、後者は他人になりすました罪だったが、どちらの場合にも、彼は被告と国会《ウェストミンスター》との関係など調べなかった。

考えてみると、調べてみればよかったのかもな。

今、彼は最近療養中に見たテレビ・ドキュメンタリーを思い出していた。「ゴールデン・ボーイ――イギリスの未来をしょって立つ人？」というタイトルだった。

二年前、デイヴィッド・ギッドマン三世はリー・ヴァレー西部地区の補欠選挙で、それまで一万票の差で過半数を占めていた労働党の支配を覆したのだった。彼はあらゆる意味で保守党のゴールデン・ボーイだった。混血なので、肌はつややかな黄金色、サッカー選手の妻たちが夫の試合料を費やして手に入れるような色だ。祖父はジャマイカからの移民で、鉄道で働き、コミュニティ・リーダーとして非常に尊敬されていた。父は自力で財を成した百万長者――億万長者との説もある――で、黄金に投資するのを好むことが幸いして、相場の急激な下落も、たいていの人よりはうまく乗り切っていた。ゴールディー・ギッドマンは慈善に力を入れ、自分が育ったイースト・エンドの教育、社会、文化関連のさまざまな企画に気前よく金を出していた。保守党にも。勲章のたぐいはもらっていない。彼が求める名誉は自分ではなく、息子のものだった。息子がリー・ヴァレー西部地区の公認候補に選ばれたことが父の受け取った報酬だったとすれば、保守党としてもこれはいい取引だった。デイヴィッド・ギッドマンは人種的にも文化的にも今の国民の期待にかなっているうえ、国会議員として人々を魅了し、エネルギッシュに働いていた。

右寄りの新聞雑誌では、彼はもう将来の党首と目されていたが、《プライヴェート・アイ》(政治風刺雑誌)では、彼が人々に自分の卑しい家柄を思い出させようとして〝デイヴィッド・ギッドマン三世《ザ・サード》〟という呼び名にこだわっていることが当然ながら揶揄《やゆ》され、〝デイヴ・ザ・タード〟という滑稽なあだ名を与えられていた。

一つ確かなことがある、と巨漢は思った。有罪か無罪かはともかく、現代の政治環境なら、ミルバンク(保守党本部のある場所)の嗅覚犬たちはゴールディー・ギッドマンの財政をくまなく嗅ぎまわっただろう。そうでなければ、まずは金、次には息子を差し出されて、党が受け取ったはずはない。詐欺、贈収賄、腐敗行為にかけては長い経験を積んだあの連中によしと認められれば、警察やマスコミなど物の数ではない。首都警察が〈マキャヴィティ作戦〉に及び腰だったのも当然だ。

ダルジールは言った。「それでぜんぶか、ウィールディ？」

「はい、警視」ウィールドは言った。

「ありがとう。ドアは閉めなくていいぞ。この部屋は空気の入れ替えが必要だ」

ほかの男ならむっとしたかもしれないが、ウィールドは自分が悪く言われているのではないとわかっていた。散らかった紙類をさらさらと動かす風は、パスコーの秩序ある宇宙の最後のかけらを吹き飛ばしていた。

一人になったダルジールは椅子に背をもたせ、両手を組んで膝にのせると、目をつぶって黙想に入り、これでジーナ・ウルフに関する状況が変わったとすれば、どう変わったのかと考えた。

二分後に入ってきたノヴェロは、警視は例のタリバンが粉みじんにしようとした巨大な仏像に似ていると思い、めずらしく過激派に対して同情をおぼえた。

彼女はそっと咳をした。

目をあけないまま、ダルジールは言った。「きみは執事じゃない。わかったことをさっさと言ってくれ」

彼女は言った。「ニッサン350Z、GT。登録所有者ジーナ・ウルフ、エセックス州イルフォード市、ロンバード・ウェイ二八番地。彼女の免許証にはスピード違反で三点ついていますが、前科はありません」

「よし」ダルジールは言った。「ほかには？」

「ミズ・ウルフについてはなにも」

「じゃ、誰についてだ？」

「このナンバープレートを調べていたとき、ネイズビー巡査部長に会ったんですが、犯罪捜査部が興味を持ちそうな通報があったと言うんです。ミセス・エズメ・シェリダンなる人物が電話してきて、ホーリークラーク・ストリートの歩道で続けざまに車の男数人から声をかけられたと苦情を述べたそうです。第一の男の描写はこうです。〝巨体、目と目のあいだが狭くて、額は猿のよう、みだらなことをあれこれほのめかした〟」

「頭のおかしいやつって感じだな。どうしてネイズビーはそれがわれわれの興味を惹くと思ったんだ？」

「ミセス・シェリダンはこの〝巨体〟の車のナンバーを書きとめたんです。確実ではない、ナンバープレートも所有者同様に不潔だったから――というのは彼女の言葉ですが。巡査部長はチェックしました。おかしなことに、可能性のあるナンバーの一つは警視のものでした」

「老人ぼけだな」ダルジールは言った。「介護ホームから逃げ出したやつがいないか、調べてみろと巡査部長に言ってやれ」

　彼は目をあけ、ノヴェロを初めて見たかのように微笑した。

「アイヴァー、元気そうだな。すわってくれ。今日は何時に終わる？」

「報告書を一つ書き終えたらおしまいです」

「夜勤だったのか？」彼は同情するように言った。

「で、今日の予定は？」

「ちょっと眠って、あと夕方に友達と会います」彼女はやや驚いて言った。私生活にここまで興味を示すのは、巨漢にしてはめずらしかった。

「ああ、しかし食事する必要があるだろう」彼は言い、体重を判断するかのように、彼女の体に目を走らせた。

「育ち盛りの女の子には栄養がいる。そうだ、ケルデールのテラス、というのはどうかな？」

　ノヴェロはぎょっとした。デブじじいはその気になると、性差別をわざと見せつけることはあるが、今まで女に手を出すことだけは決してなかった。入院生活の思いがけない影響で、彼はエロじじいに変わりつつあるのだろうか？

「あそこにふさわしい服装ではないので」彼女は目を落として言った。いつも仕事に着てくる緩いオリーヴ・グリーンのTシャツにだぶだぶの戦闘ズボンの組み合わせだった。全体として、犯罪捜査部の同僚たちはまずまず文明人だが、署内にはまだ数人ネアンデルタール人がいて、かれらの自慰ファンタジーを掻き立てたくないと彼女は思っているのだった。

「いや、それでいい。このごろ、すごい格好のやつらがいるからな。むさくるしいのがはやりだろ？」ダルジールは言った。「どっちみち、今すぐというんじゃない。実はな、わたしはあそこである女性とランチの約束をしている。十二時、正午だ。きみにはわれわれを見張っていてほしい」

「見張る？」彼女は言った。これは思ったより悪いかもしれない。

「そうだ。ああ、いや、こういうことだ。きみはよく目を光らせて、ほかにわたしたちを見張っている人間がいないか調べてくれ。ま、われわれというより、彼女を見ているやつ、だろうな。盗み聞きができるように、そばに席を取ろうとするとか。われわれが動くといっしょに動くとか。それだけ、できるかな？」

では、彼女は狙われたのではない、助力を求められているだけだ。

かなりほっとしたが、それでもずいぶん奇妙だった。警察の仕事なら、アンディおじさんは頼んだりしない、ただ命じるだけだ。

「はい、まあ」彼女はためらいがちに言った。「警視、これは……あの、家庭内問題じゃないですよね？」

「つまり、わたしが既婚女性と不倫していて、亭主が彼女に尾行をつけていないか確かめたい、ってことか？」ダルジールはにやりと笑って言った。「不潔なことを考えるなよ！ぜんぜんそんなんじゃない。だが、公式な事件ではないんだ、まだな。だから、内々のことにしておきたい。きみは自分の昼休みに好意でわたしの役に立ってくれる。公式な経費も出ないから、これでまかなってくれ」

彼は札束を取り出し、二十ポンド札を二枚抜き取った。

彼女はびっくりして札を見ながら——巨漢は気前がいいので有名な人物ではない——言った。「あの、わたし、ふつうはサンドイッチですませますけど」

「ケルデールのテラスなら、その程度でもこれくらいはかかる、ことになにかうまい飲み物をいっしょに頼めばな」彼は言った。

彼女は金を受け取って言った。「もし誰かを見つけて、その人物が席を立ったら……」

「あとをつける」彼は言った。「名前と住所を手に入れる。そうしたら、きみはわたしのクリスマス・カード・リストの一番に来るよ。よし、それじゃ十二時。遅刻するな。わたしのデート相手が早めに来ていたとしても驚かない。熱心なやつはたいていそうだからな。美人のブロンド、髪は肩までの長さ、三十いくつかだが、遠目だと若く見える。彼女はテラスの端、庭を見渡すテーブルに来るから、きみはわれわれと、ほかのテーブルの大部分が見える場所になんとか席を取る。じゃ、行ってくれ。忘れるな、口外するなよ」

ダルジールはノヴェロが出ていくのを見送った。あれだけ隠そうとしても、形のいい尻だ。ふいに、ぐんと気分がよくなったのに気づいた。魅力的なブロンドとランチだと思うのが効いたのか。自分が何をしているのか、まだはっきりしないが、それをしていることでいい気分になっているのは確かだった。

誰かの言葉が頭に浮かんだ。誰だったか思い出せない。チャーチルか、ジョー・スターリンか。

〝古い秩序が変わるときには、必ず自分がそれを変える役になること〟

彼は立ち上がり、部屋を出ると、ウィールドがデスクで働いているのを見つけた。

「ウィールディ、わたしはこれで帰る」彼は言った。「男は休みの日を楽しまなければな」

「まったくです、警視。でも、お目にかかるのはいつでもうれしいですよ」

「そうかね？　ま、仕事を離れていたのが長すぎたかもな」

ウィールドは犯罪捜査部の大部屋を突っ切って進む警視の姿を追った。とても前向きに見える。西の水平線に向かって自信たっぷりに進む堂々たる船のようだ。メイフラワー号だろうか。あるいはタイタニック号か。

時間がたてばわかるだろう。

10:45 - 11:02

エリー・パスコーは赤ん坊をしげしげ見た。見える限りで、ごくありきたりだった。目が二つ、茶色、焦点がよく合っていない。ぺちゃんこの、パグ犬のような鼻。鉢の大きな頭には明るい色の髪の毛が数本。ばら色の頬、濡れた口、そこからおそらくは満足を表わすごろごろという音が出てくる。ふつうの数だけある手足はぴくぴくと空を掻き、引っくり返ったカブトムシのようだ。

エリーの友達の中には、こういう現象を前にすると、すっかり恍惚となって誇張した称賛の言葉をふりまき、その合間に鳩小屋を黙らせるほどのクークー声を赤ん坊に浴びせかける人たちがいる。

彼女にその技術はなかった。だが、自分の赤ん坊がどれほどかわいく思えたかはおぼえていたし、この子の両親の顔に輝き出ている誇りと喜びを見て、なんとか最善を尽くした。

「あら、かわいい！」彼女は大声で言った。「いい子ちゃんね。クー、クー、クー、クー、クー」

子供の両親、アリシア・ウィンターシャインとエド・ミュアはこのパフォーマンスをよしとしたようだったが、エリーは夫と娘の批判的視線を背中に感じて、これは様式と内容で十点満点のゼロと採点されていると疑わなかった。

ちょっと仕返ししてやろうと、彼女は振り返って言った。「ロージー、見て！　かわいらしいったら。あなたとは大違いよ。あなたはまるでみょうちきりんな赤ちゃんだったんだから」

「うれしいこと言ってくれるわね、ママ」娘は答え、進み出ると、赤ん坊に向かって旧友のように挨拶した。

「もう音階練習をさせてるの、アリ？」

アリシア・ウィンターシャインはロージー・パスコーのクラリネット教師だった。二人の関係のある段階で、彼女はこわい音楽の先生、ミス・ウィンターシャインから、〝あたしの友達のアリ〟に進んでいた。エリー・パスコーはこれを娘の楽器演奏が進歩したしるしだと受け取った。夫のほうはロージーの演奏能力をそこまで信じていなかったから、アリは友達になると授業料を割引してくれるのかね、とちょっと嫌味に尋ねた。だが、ようやくその教師に会ってみると、クラリネットのように細く磨き立てた人物などではなく、ふっくらした体格、大きな茶色い目、豊かな栗色の髪、セクシーな唇、同じくらいセクシーな笑い声の持ち主で、しかもそのすべてが、本人が認めている三十歳という年齢より十は若く見えるパッケージに詰め込まれていたから、彼は物わかりのいいところを見せ、娘は確かにどんなメロディーであれ、続けて六個くらいの音符は正確に出せることがあるし、ともかく若い娘が口に入れるものとしてはクラリネットのリードならまだしもだ、と認めたのだった。

エリーは夫の態度がこうして軟化するのを愉快がって見ていた。一方、彼も同じだけ愉快がることがあった。エリーは公開討論会で〝女に男が必要な度合いは魚に自転車が必要な度合いと同じである〟という発議の賛成論を威勢よくぶったこともあるくらいなのだが、そのくせ知り合いの若い独身男性を次々と妙齢のミス・ウィンターシャインに紹介するようになったのだ。縁結び未遂を問われると、もちろん彼女は激しく否定したが、ピーターが警察本部でこれという候補者をさがしてみようかと軽く申し出たとき、こんな返事をして足をすくわれた。

「警官ですって！」彼女は怒って言った。「わたしがほかの女性を警官とめあわせたりしたら、そのあと自分を赦せると思うの？　だめ、わたしのリストではね、警官は不動産業者と会社重役より下、保守党政治家とポン引きよりちょっと上っていう程度よ」

「なら、やっぱりリストがあるんだ！」パスコーは勝ち誇って言った。

　結局、エリーの努力はよけいだった。一年と少し前のある日、ロージーはレッスンから帰ってくると、アリにボーイフレンドができた、会ったらとてもよさそうな人だった、と言った。このニュースはあとで確認された。同じ土曜日の朝、しばらくしてアリがお詫びの電話をよこしたのだ。なんと、ロージーがこの男性に出会ったのはセント・マーガレット・ストリートのミス・ウィンターシャインの自宅の踊り場で、問題の男性、エド・ミュアはアリの〈ファンキー・ベートーベン〉のTシャツをひっかけただけの格好で浴室から出てきたところだった。

　二度とこんなことにはなりませんから、とアリはエリーに請け合った。じゃ、彼は通りすがりってこと？とエリーは訊いた。あら、違います、とアリは言った。ずっとここにいてくれればと思ってます。ぜひ会ってくださいね。

　そして、彼はずっとそこにいた。エリーは彼に会った。感じのいい人よ、無口だけど頭がいいのがわかる、芸術センターのケータリング・マネージャーなの、と報告した。アリが主要メンバーである中部ヨークシャー・シンフォニエッタは、芸術センターで頻繁にコンサートをやっていた。

「それで知り合ったんですって」エリーは言った。

「見たところ、すごくいい人だと思ったわ」

「ロージーほどたくさんは見てないといいがね」パスコーは言った。

　その後、ロージーがだらしない格好の彼をまた見たとしても、最初のとき同様になにも言わなかった。

　あれから一年たった今、一家は洗礼式の客としてよばれていた。パスコーは聖マーガレット教会からたっぷり四分の一マイル離れたところに駐車しなければならなかった。ウィンターシャイン家は教会からほんの五十ヤードのところにあり、急ぎ足でその前を通りかかったとき、ドアがあいて、洗礼式に出かける人たちが出てきた。東方の三賢人よろしく、パスコー家の三人は脇に寄り、ひとしきり赤ん坊を礼賛したのだった。

　これがすむと、一家は先へ進み、かなり混み合った教会でずっと後ろのほうに席を取った。

「やれやれ」パスコーは言った。「きっとオーケストラの団員全員が招待されてるんだな」

「ぜんぶがゲストってわけじゃないわ」エリーは言った。「朝の礼拝に来た常連の教会員もいるはずよ」

「そう？　まあせいぜい六人てとこだろうな」パスコーは言った。「で、このあとはみんなケルデールに行くの？　すごい金をかけてるね。ケータリング・マネージャーなら、自宅の庭でちょっとしたビュッフェくらい、自分でできそうなもんなのに」

「最初の子供よ！」エリーは言った。「二人がどんなにうきうきしてるか、見ればわかる。いくら警官だって、こういうものを安上がりにすませるべきだと思うなんて、信じられないわ！」

「しーっ」あいだにすわったロージーが厳しく言った。「二人とも、お行儀よくできないの？　ここは教会よ！」

10:50 - 11:05

埃っぽい、ややおんぼろのヴォクソール・コルサが聖オシス教会前に一つだけ残った駐車スペースに入ってくると、追っ払おうとして警官がしゃしゃり出てきた。

助手席側のドアの前で身を屈めたとき、ドアがあき、出かかっていた厳しい叱責の言葉は喉に詰まった。見事にすばやく態度と言語を変化させると、警官は「ようこそ、ミスター・ギッドマン」と言うなり、ぱっと敬礼してドアを引いた。すると、デイヴィッド・ギッドマン三世の優美な姿が歩道に現われた。

教会の門前で待ち構えていた人たちのあいだから、ぱらぱらと拍手が起き、ヒューッという口笛さえ二つ聞こえた。ギッドマンはにっこりして手を振った。口笛は気にならない。バイロンが言ったように、持っているものはひけらかせ、だ。

「でも、お金は別よ」とマギーは釘を刺していた。「富をひけらかしていいのは、ロシア人とアラブ人の前でだけ。そうすれば、あなたを味方につけるには、現金以上のものを提供しなければならないとわかる。イギリスの教会にリムジンで乗りつけたりしちゃだめ。これから結婚式を挙げるんでなければね」

彼はその説に従ったのだが、教会に向かって歩きながら、まだ内心では疑っていた。ドアの前では牧師が待っていた。

「名前はスティーヴンよ」近づきながら、マギーが耳打ちした。

ギッドマンはむっとした。おれがこいつの名前をおぼえていないと思っているのか？　彼女を怒らせるために、わざとスタンリーとでも呼んでやろうか。

だがもちろん、そんなことはしなかった。

「スティーヴン、お目にかかれてうれしいですよ。しかもいいお天気を用意してくださった」

「それはわたしの手柄とは言えませんがね」牧師は微笑して言った。

二人はしばらくしゃべった。そのあいだにギッドマンは牧師を安心させた——もちろん礼拝のあとで牧師館の庭に行き、教会員の中の重要人物数人に会う時間はある、そのあとで開館式に赴く。

それから教会役員が案内に来たので、みんな明るい日光の下から薄暗い教会の中へ移動した。

真実が明らかになるときだった。悪い可能性は二つあった。一つ、十人ほどしか会衆がいない。二つ、それなりの人数はそろっているが、全員黒人。

マギーはそんなことはないと言っていた。ほんの一秒のうちに、またしても彼女の言うとおりだったとわかった。

会衆席はぎっしりだった。役員が先に立って彼を最前列の席に案内したとき、振り返ってこちらを見た顔は、リコリス・オールソーツ・キャンディの箱さながら、さまざまな色だった。マギーが誰かれ呼び集めたのかもしれない。今まで移民の子供たちを助ける仕事をあれだけしてきたのだから、ずいぶん恩を売っているだろう。シャワーをおかしくした例のポーランド人だとかいう配管工二人も混じっているかもしれない。あいつら、すばやく来てくれて、しかも安かったのは確かだ。そのうえ、ソフィーの熱をすっかり冷ましてくれた！

そう思うと、彼はにやりとした。市長とその夫人の隣の席に着き、愛想よく会釈してから、身を乗り出して祈りの姿勢になった。

マギーはすぐ後ろに取っておいた席に着いているはずだ。彼が聖書日課を朗読するときが来て、少しでもぐずぐずしたら、軽い咳が聞こえるか、肩甲骨のあいだをそっとつつかれるのは疑いなかった。

彼はマギーの前任者ニッキーを懐かしく思い出した。こちらは彼が〝二メートル型個人秘書〟と考えるものの完璧な一例だった――脚一メートルにバスト一メートル、シャンプーのコマーシャルなみの髪、色っぽい唇、バイブレーターの舌。運悪く、その舌は彼を快楽の絶頂に導く以外の用途に使われてしまったのだった。昨年、彼女がふいに仕事をやめたとき、彼はびっくりした。その後、彼女が保守党ゴールデン・ボーイの下（と上）で過ごした日々のエロチックな思い出話を《デイリー・メッセンジャー》に連載する交渉をしているという噂が耳に入り始めたときには、愕然とした。

デイヴはすぐさま父親に助けを求めることはしなかった。愛情と恨みとが奇妙に入り混じって、父親に近づくのがいやなのだ。ゴールディーのことは愛し、尊敬し、どんな問題でも解決してくれると信じきっていたが、同時に、自分の独立も見せつけたいのだった。

言い換えれば、彼はもうおとな《ビッグ・ボーイ》で、おとなは自分で戦うものだ。

ところが、やはりそうはいかないと降参した。《デイリー・メッセンジャー》は大物《ビッグ・ボーイ》に恥をかかせて評価を下げることにかけてはプロだった。

ゴールディーは黙って話に耳を傾けた。だが二日後、息子を呼び出して危機は過ぎたと知らせたときには、黙っていなかった。

デイヴ三世、保守党の大いなるオフ・ホワイトの希望の星、次の次の首相は、いたずらをした小学生のように父親の前に立ち、自分の欠点の長々しい分析を聞かされた。口答えは許されなかった。

「いちばんいいのはな」とゴールディーは締めくくった。「嫁をもらうことだ。おかあさんのように、忠実で、家庭的で、働き者の嫁をな。だが、それまでのあいだ、ペニスをパンツの中にしまっておけないのなら、そいつを入れる相手はよく考えろ。少なくともおまえと同じくらいやましいところがあって、万一人に知れたら大ごとだと思っている女でなければだめだ。それから、最後に一つ。新しい秘書を公募するときは、わたしが最終候補を選ぶ」

これが一年前のことだった。最終候補に残ったのは、若い男が三人、これは彼が即座に落とした。あとはひどく魅力のない女が三人で、中でもマギー・ピンチベックは疑いなく最悪だった。

面接で初めて彼女を見たときのことを彼は思い出した。小柄で、さえない薄茶色の髪をした人物。顔や体や地味なパンツ・スーツを見ると、男か女かわからないくらいだ。どちらであっても、ぜんぜん色気がない。現在の職業は〈チャイルドセイヴ〉という大規模な国際児童保護慈善団体の広報部長。砂漠の真ん中で原住民のために便所を掘っているのがお似合いだ、と彼は思った。だが、そんな考えは長くは続かなかった。

面接の印象はいい、と認めないわけにはいかなかった。どんな質問にも、理知的に手際よく答える。だが、それでも彼女を雇おうとはまったく思わなかった。その気持ちがさらに強まったのは、おしまいに、そちらからなにか質問はありますかと彼が尋ねたときだった。

「はい」彼女は言った。「おとうさまが財を成した方法に関して、これまでに疑念が表明されたことがままありました。そういった疑念にあなたはどの程度同調なさいますか？」

なんだって！　と彼は思った。ずばっと来るじゃないか。

彼は言った。「おっしゃっているのは、スキャンダル新聞全般、中でも《メッセンジャー》のことでしょうね？　ああいうみじめなやからは、わたしの足を引っ張りたい。ところが、わたしがあまり攻撃材料を提供してやらないので、それなら父の評判を落としてやれば目的を果たせると思っているんです。ここははっきりさせておきますが、醜聞をあさるああいう連中がほのめかし以上の手に出たときは、必ず父の弁護士が乗り出して、しっかり懲らしめてやりましたよ」

「わたしの質問にまだお答えになっていませんわ、ミスター・ギッドマン。おとうさまが巨額の富の基盤を築くのに使った方法について、あなたご自身はいくらかでも疑いをお持ちですか？」

うるさい、さっさと子供の国へ帰れよ、と言ってやりたい気持ちに駆られたが、それよりいいことがあると思い直した。

「そうだ、ご自分で父に訊いてみられたらどうです？」

これは親父に仕返しする愉快な一法だと思えたのだった。役立たずばかり集めたのは親父だ、どんな連中か、その目で見ればいい。同時に、この男でも女でもない小人が生意気な口をきいた罰にもなるはずだ。昔の仕事のことを質問されると、ゴールディーは必ず不機嫌になる。親父はこんな女くらい、ばりばり嚙み砕いて吐き出してやる！

彼は女をアウディA8に乗せ、北へ向かって運転しながら、ひそかに彼女を観察した。グレシャム・ストリートにある〈ギッドマン・エンタープライズ〉本社に向かっていないとわかっても、彼女は警戒も驚きも見せなかったのでがっかりだった。二人は黙って進み、ウォルサム・アベイの二マイルほど手前で、狭い田舎道に逸れた。数分後、車は堂々たる門の前に着いた。片方の門柱には〈ウィンドラッシュ・ハウス〉と書いた表札（一九四八年に汽船ウィンドラッシュ号でジャマイカからイギリスに来た約五百人は西インド諸島からの移民のさきがけとなった）、反対側には防犯カメラがついていて、首を傾げてこちらを見下ろしていた。

ギッドマンがカメラに向かって手を振ると、門は音もなく開き、彼は砂利敷きの長い車寄せに静々と車を走らせた。道はプラタナスの並木のあいだにうねうねと伸び、やがて壮大なヴィクトリア朝の屋敷が現われた。艶のない赤レンガの建物は、明るい日光の下でさえ、人を歓迎するようには見えなかった。

「こちらがご家族のお屋敷ですか？」マギーは言った。「おとうさまはいつからここをお持ちなんですか？」

「十年になるね。お屋敷ってほどじゃない」

「まあ、呼び方はどうでもいいですけど。イースト・エンドからここに移られたのは、かなりの変化だったでしょう」

「ここはロンドンの隣のエセックス州でしかない」ギッドマンはやや防御的になって言った。

「じゃ、ご自分のルーツに忠実でいらっしゃるのね」彼女は無表情に言った。

　正面玄関のところに、スラックスを穿き、頭をスカーフで覆った女がいて、膝をつき、すでに鏡のごとくぴかぴかのレターボックスを磨いていたが、顔を上げ、歯を見せてにっこりすると言った。「デイヴじゃないの、うれしいこと。来る予定とは思っていなかったわ」

　マギーはこの女をお手伝いさんだと思った。長く勤めているので親しいのだろう。ところが、ギッドマンは屈んで彼女にキスすると言った。「やあ、おかあさん。こちらはミス・ピンチベック、ぼくのところで働きたいという人だ」

「あたしのところで働くよりはましね」女は言った。

「はじめまして」

「はじめまして、ミセス・ギッドマン」マギーは言った。

「フローと呼んでください」女は言った。「入って。きっとお茶が飲みたいでしょう」

　マギーは面接前に調査をしておいたから、フローが初めてゴールディーと出会ったのは、ロンドンのカフェでウェイトレスをしていた十六歳のときだと知っていた。結婚は双方の家族から反対され、長続きはするまいとみんなに思われていたらしい。しかし、それから半世紀近くたって、彼女はこうしてここにいる。少しふくよかになったものの、イースト・エンドの訛りはそのままだった。「今でも家のことはすべてやってるよ」息子は誇らしげに宣言した。「このごろでは、掃除は人に手伝ってもらってるけど、台所は完全に母が支配している」

しばらくしてマギーにわかったのだが、住み込みのスタッフは、昔ゴールディーのアシスタントをしていたミルトン・スリングズビーと、その甥でディーンという名の快活な青年の二人だけだった。ディーンは玄関ホールの脇にあるハイテクのオフィスに陣取って、門の開閉や、その他の警備を担当していた。

初めて訪問したこのときすでに、貴族気取りのもったいぶった人物かというマギーの予測ははずれだとわかった。

ゴールディー・ギッドマンは六十代後半、屋敷に劣らず堂々たる人物だったが、屋敷よりずっと暖かく客を迎えた。うまく年を取っていた。ほっそりした筋肉質の体はたるみなくしなやかで、豊かな白髪とほぼ真っ黒な肌色のコントラストに魅力を感じる女は多いだろう。

息子に向かって、彼は言った。「おまえのパンザーがうちの芝生に砂利を撒き散らしたんでないといいがね」

マギー・ピンチベックには慇懃に挨拶すると、黙ってすわり、彼女を観察した。そのあいだ、フローはティーカップやお手製のチョコレート・スポンジケーキを配るのに忙しくしていた。

ようやく満足すると、フローは退室した。おふくろはいい仕事をしてくれた、と息子は思った。西インド諸島出身マフィアの成金を期待してゴールディーに会いにきた人は、フローに会って五分たてば考え直す。

彼はゆったりすわって、楽しく眺めることにした。

「デイヴの話では、わたしに質問なさりたいそうですね、ミス・ピンチベック？」ゴールディーは言った。

　彼女はぐずぐずしなかった。

「どうやって財産を作られたんでしょうか、ミスター・ギッドマン？　そもそもの初めは、ということですが」

「たいていの実業家と同じですよ。わずかな金で始め、賢く投資して、やがてたくさんの金を手に入れた」

「高利貸しだったことはありますか？」

「個人金融業をしていた時期はあります、ええ」

「つまり、高利貸しだった、ということですか？」

「高利貸し、というのは、貧しい人たちに法外な金利で金を貸し付け、返済が滞るとかれらを脅す人、ですか？」

「悪くない定義だと思います」

「いや、わたしはそうではなかった。父は今でいうコミュニティ・リーダーでしてね。あのころはたんに、良識があり、正直な人間だという評判のせいで、ほかの西インド諸島の移民たちがなにかにつけて助けや助言を求めて父のもとに来た、というだけのことでしたが」

「それで、あなたもコミュニティ・リーダーだった、とおっしゃるんですか？」マギーは言葉をはさんだ。

　ゴールディー・ギッドマンは微笑した。

「違います。わたしは黒人ヤッピー第一号だった。はっきり言いますがね、白人のヤッピーが出てくるより前のことだ。だが、わたしは親父を愛していたので、われわれのコミュニティの人たちはふつうのルートで金を借りるのがむずかしい、と父に言われると、地域住民のためのクレジット・クラブを組織しました。クラブの諮問委員会が借金の目的を承認すれば、人々は小額の金を楽な条件で借りられる。こうして、かれらはあなたのおっしゃる高利貸しにつかまらずにすんでいた」

「では、あなたが高利貸しだったという数々の噂は、どこから来ているんでしょうか?」

　また非常に魅力的な微笑が返ってきた。

「あのころは、というのは半世紀前のことですがね、ミス・ピンチベック、イギリスの事情はまったく違っていた。黒人は自分のいるべき場をわきまえているものだった。その場とは、物理的には、たいていスラムだった。職業的には、低賃金の肉体労働だった。性的には、同じ黒人どうしだった。こんなところには住みたくないと文句をつける黒人、金の運用方法に通じている黒人、白人の女の子と結婚する黒人、そんなやつらは生意気なニガーと見なされ、身の程を知れと言われる。黒人が金を儲ければ、それはそいつが悪漢の証拠だ。別の人種と結婚すれば、それは黒人男はみな白人女とやりたいという飽くなき欲望を持っているせいだ。黒人男と結婚する白人女といえば、相手のペニスが十八インチだと考えただけでその気になる、あばずれだと誰しもわかっている。こんなことを聞かされて、ショックでないといいんですが、ミス・ピンチベック」

「ええ、ミスター・ギッドマン、ショックではありません。では、キャリアの初めのころに関する噂はすべて悪意ある嘘なんでしょうか? でも、警察の捜査を受けたことがあったんじゃありませんか?」

「しょっちゅうだ! 悪意は干上がることがない。洪水みたいなものでね、こちらの防護壁の下から入り込めないとなると、ほかの入口をさがす。下がだめなら、どんどんかさを増して、てっぺんを越えて襲ってくるか、圧力で壁を押しつぶしてかかってくる」

「だいぶ恨みがあるようですね、ミスター・ギッドマン」

「わたし自身の問題じゃありませんよ。わたしは長いこと戦ってきたから、どういうものか知り抜いている。実際、数年前にこの戦いに勝ったと思ったんです。ところが、息子が成人して社会に出ると、ふいに洪水は壁の割れ目らしきものを見つけた。噂がまた始まった。だが、今度はわたしがターゲットではない。わたしはもう手の届かないところにいる。かれらはわたしの名前に泥を塗ろうと、できる限りのことをしましたがね、記録を調べてごらんなさい、ミス・ピンチベック。有罪判決を受けたことは一度もない。不思議はないですよ、起訴されたことがないんですから。会社の経理はつつきまわされた、餌をつつく雌鶏より熱心な連中の手でね。それでも誰一人、小数点以下の間違いすら見つけ出せなかった」

「では、どうして噂がそうしつこく続くんでしょう？」

「さっきも申したように、このデイヴィッドのせいですよ。わたしには手が届かない、わたしを悪く言うには証拠が必要ですからね。でも、デイヴィッドに害を与えるのに証拠はいらない。噂に勢いがつくにまかせておけば、それでいい。あいつを見ろ、金をばら撒いて有利な立場を手に入れている、と人は言う。あの汚れた金がどこから来たか、誰でも知っている、とね。おわかりになりますか、ミス・ピンチベック？」

「はい、わかります、ミスター・ギッドマン。でも、どうしてそんなことをわたしにおっしゃるんでしょう？」

ようやくおもしろい質問が出た、とデイヴ三世は思った。こんな小娘の生意気な態度を親父が許しておくはずはない。ところが、父親の返事は信じ難いものだった。

「理由を教えましょう。うちの息子には世話を焼く人間が必要だからです。わたしがそんなことを言うとあいつはいやがるだろうが、いくらしかめ面をしてみせたところで、真実は真実だ。わたしはこういう世界で生きてきて、それがどういうものかよく承知している。息子にもいずれわかるだろうが、あまり痛い目にあって学んでほしくはない。わたしはあれだけのくだらん噂に耐えて長年一生懸命働いてきた。今になって、息子が同じつらい経験をするのをのんびり見ているつもりはない。彼にはあなたのような人物が必要なんです、ミス・ピンチベック。だからわたしはこうしてあなたに話をしているんですよ」

「人違いだと思いますわ。わたしはボディガードじゃありません！」

「ボディガードなら二束三文でいくらでも買える。あなたは息子が必要としている種類のガードなんだ。彼が行く場所、出会う人々を考えればね。ええ、あなたのことは調べました。むっとした顔なんか作らなくていい。あなただってわたしのことを多少調べたでしょう。違いますか？」

「いくらか調査しました、ええ」

「それで、なにも悪いことは見つからなかった。さもなきゃ、ここに来たはずはない。わたしのほうはあなたに関していいことをたっぷり見つけた。さもなきゃ、あなたがここにいるはずもない！」

彼は椅子の肘掛にのせた一枚の紙を見下ろした。

マギーは言った。「そこにわたしの一生が書いてあるんでしょうか、ミスター・ギッドマン？」

「ぜんぶじゃありません」彼は平然として答えた。「十八歳以後です。あなたは大学入学前に一年休みを取り、海外奉仕隊《VSO》の一員としてアフリカで働いていたが、そのときご両親が交通事故で亡くなったと知らされた、そうですね？」

彼女はじっと動かなくなった。

彼は身を乗り出し、彼女の目を覗き込んだ。

「つらい思い出ですね？」

「ええ、ミスター・ギッドマン」彼女は静かに言った。「両親とも生きていてくれたらと思います」

「よくわかります。お気の毒なことだった。ご両親も、こんなに立派に育ったあなたを見る機会がなくてお気の毒でしたね。だがわたしが伺いたいのは、大学卒業後、なぜチャイルドセイヴのオフィスの仕事に就かれたか、という点です、アフリカかどこかへ戻って、現場で働くのでなくね」

いい質問だ、とディヴは思った。この女なら原住民のために便所掘りをやるキャリアがお似合いだと意地悪く考えたのを思い出していた。

「関係のあることとは思いませんが、ミスター・ギッドマン」彼女は答えた。「自分なりに能力を考えてみると、国内でチャイルドセイヴの広報にあたるほうが、第三世界のどこかの村で下っ端として働くより、役に立てると判断しました」

「いい答えだ、ミス・ピンチベック」ギッドマンは言った。「それに、あれこれの話から推して、あなたはチャイルドセイヴで非常にいい仕事をしてきたので、転職を考えているとわかると、団体は給料を引き上げ、金であなたを引き止めておこうとしたようだ。そこで、次の質問になります。あなたは頭がいい、自分の能力をよくわかっている。そんなあなたがどうしてチャイルドセイヴをやめて、うちの息子のために働こうというんですか？　あいつは何であるにせよ、慈善家じゃない！」

貫禄のある老人と、やせて美人でもない若い女とは、微笑を交わした。

「ええ、おっしゃるとおりです」マギーは言った。「でも、報道を読んだところでは、息子さんは将来、連合王国じゅうの慈善団体を合わせたより大きな善をなすだけの力を手に入れるかもしれない、正しい針路に導かれていけばね。わたしはおそばにいて、導くお手伝いをしたいと思います。ですから、純粋に自己利益ですわ、ミスター・ギッドマン」

「おいおい、お二人さん、ぼくはまだここにいるんだぜ」ディヴ三世は除け者にされた気がして口をはさんだ。

「わかってるよ」父親は言った。「ここまでの話をちゃんと聞いていたんなら、おまえは今すぐこのお嬢さんに仕事を提供するはずだ。給料が気に食わないと言われたら、上げろ。わたしが差額を払う。いいな？」

「お金のことは心配しておりません、ミスター・ギッドマン」マギーは言った。

「そうかもしれませんがね、あなたの自己評価と、他人の評価とは別物だ。金であなたを買えると思えば、わたしは一銭だって惜しまない。じゃ、わたしが息子と話をするあいだ、席をはずして、考えてみてはどうですかな？　あなたのほうも決断を下さなければならない。ああいう噂をすっかり信じるか――そうだとすれば残念ですがね。あるいは、あんなものは根も葉もないと思って、この仕事をやろうと決めるか。お話しできて楽しかった。じゃ、台所にいらっしゃい、フローがいますから。運がよければ、アップル・ターンオーヴァー（小型のパイ）を作っているでしょう。試しに一つ食べてごらんなさい。最高だ。決断を下される前に、これだけおぼえておいてくださいよ、息子のところで働くなら、電話一本でいつでもあのターンオーヴァーを食べられる！」

　マギーはやや呆然とした表情で部屋を出た。

　いつも学ぶことに熱心なディヴは言った。「どうして出ていく前におふくろに会うように言ったの？」

「そりゃ、おかあさんと十分話をすれば、ときにはわたしだって我ながらそう悪いやつじゃないと思えるからさ！　あの子を雇いなさい。おまえに必要なのはあの人だ。頭が切れるし、おまえの力を信じているからこそ、おまえのために働いてくれる」

　それは本当だとその後証明された。今では彼女は欠くことのできない存在になっていた。

　だが、歌の文句にあるように、正直すぎるのも困りものだ。まっすぐな道を行かせてくれる人がいるのはけっこうだが、まっすぐな道はときに退屈になる。男はたまに道を逸れる必要もある。

一度、彼女を雇ってまだまもないころ、ヨーロッパ旅行のあいだに、イギリス大使館の職員の妻と密会できるよう、スケジュールに空き時間を入れてくれと頼んだことがあった。彼女はきっぱり拒絶し、彼がどう反応するかは気にしなかった。

そんなことをするのは危険だ、とでも説教されていたら、彼はかまわず実行していただろう。だが、彼女はなにも言わなかった。そのあと、彼は私生活にマギーを巻き込もうとはしなくなった。

父親が即座に見て取ったものが、やがて彼にもわかるようになった。マギー・ピンチベックはすべての資格を備えている。効率よく仕事し、非常に頭がよく、行く手の障害を除き、危険を察知し、組織力は無比、そのうえ、PRと政治に共通のあの手この手に通じている——広報用に話を組み立てる、策略をめぐらす、歩み寄る、近道を見つける。だが、彼女がこういう曖昧なゲームのプレイヤーとなるのは、最終目的が正しいものだと自分で信じたときだけだった。これがゴールディーが見て取った特質だった。これは金で買えない。

だが、彼はまだときどき、二メートル型秘書を夢想することがあった……

例えば、今。乾いた咳の音がした。他人ならたぶん気づきもしないだろうが、彼の耳にはルティーン・ベル（ロンドンのロイズ保険会社にある鐘で、休戦記念日の二分間黙禱の最初と最後に鳴らされる）のように鳴り響いて、お祈りはそのへんで切り上げろと警告していた。これ以上続けては、いったい何を祈る必要があるのだろうと人に不審がられる。

彼は背筋を伸ばした。これがシグナルとなったかのように、オルガンが大きな音を響かせ、会衆は起立した。牧師と合唱隊は通路を進みながら、〈今こそみな神に感謝しよう、心を傾け、手を上げ声を上げて〉を歌っていた。

デイヴィッド・ギッドマン三世は元気よく加わった。

感謝すべきものはたっぷりあると意識していた。生まれたときから、愛と富と機会という無数の贈り物に恵まれてきた。これからさらに多くのすばらしいものを手にするのが自分の運命だと、彼は疑わなかった。

まったく、彼の未来はあまりにまぶしく輝いて、鷲の目でなければしっかり見ることはできない。

さあ、持ってこい！

10:55 - 11:20

アンディ・ダルジールは自宅の居間に入るとすぐ、なにかおかしいと気づいた。

ドアのそばに立ち、何がおかしいのか見極めようとした。だが、頭が――しだいに昔のスピードを取り戻しつつあるとはいえ――まだ本調子ではなかった。勘に頼るのをやめ、調査に移った。すべてをチェックし、なくなったものはない、動かされたものはない、閉まっていたのにあいているもの、あいていたのに閉まっているものはない、カーペットに泥靴の跡はない、ドアの取っ手にべたべたした指紋はないとわかると、今朝出かけたときのままだと認めざるをえなかった。すると、なにかおかしいという気がしたのはまるで間違い、脳の働きがまだ頼りないという事実の一例にすぎないということか。

「ま、しょうがない。ローマは二週間にして立ち直らずだ」彼は自分に言い聞かせ、ミック・パーディーの伝言を聞こうと、留守番電話の横にすわった。

だが、〈再生〉ボタンの上に指を近づけたとき、思いついた。

そうだ、すべては今朝出かけたときのまま、それがおかしいんだ！

玄関へ向かっていたとき、パーディーが伝言を始めるのを聞いたのだった。それならパーディーが電話を切ったあと、留守電の〈再生〉ボタンの周囲に赤ランプがついて、新着メッセージがあると知らせているはずだった。

ランプはついていない、つまり、何者かがメッセージを再生したということだ。

あるいは、たんに赤い電球が切れているか。

彼はボタンを押した。聞こえてきたのはパーディーの声ではなく、キャップが冷蔵庫にキャセロールを入れておいたから食べるようにと言っている、六日前の伝言だった。

これで確実になった。

赤ランプがついていれば、新着メッセージを即座に聞ける。

ついていなければ、〈再生〉ボタンを押すと、消されないでテープに残っているメッセージがすべて、いちばん古いものから順番に聞こえてくる。

彼はテープをつけたままにして、重い真鍮の蠟燭立てを手に、家じゅうの部屋を一つひとつ見てまわった。

結論は二つ。一、家に人は一人もいない。二、家はごみためになりつつある。いつもの掃除人は、彼の長期休職中に仕事に来なくなっていた。退院して帰宅したとき、キャップ・マーヴェルは家をぴかぴかにしておいてくれたが、厩舎の掃除を馬に任せておけば、すぐ馬糞に膝まで埋まってしまう。キャップが彼のためにどうにかしようと思わないうちに、自分でなんとかしなければだめだ。彼は職場でも自宅でも、自分のスタッフは自分で選びたかった。

居間に戻ってきたとき、ちょうど留守電からパーディーのメッセージが聞こえてきた。出がけに耳に入れたのと違って、じっくり聞いてみると、声に緊張感があり、冗談はわざとらしく、無理しているのがわかった。

彼は腰を下ろし、その番号をダイアルした。

二回ベルが鳴っただけで相手が出た。「はい」と簡潔な返事だった。

「ミックか？　アンディ・ダルジールだが」

「アンディ！　ちょっと待ってくれ」

間があり、それからまたパーディーの声がした。

「すまない。作戦の最後にさしかかっているんだ。昨日の朝イチからずっとだぜ。だから、ときどきあくびをしても大目に見てくれよ」

「結果は出たのか？」

「まだだ。だが、期待は持てる。そっちはどうだ？　ここまでの調べは満足がいくものだったか？」

「悪いが、なんの調べのことかな？」ダルジールは言った。

「おいおい、アンディ、ジーナと話をしたあと、あんたならすぐ署に行って、記録をあさっただろう」

「じゃ、あんたはジーナと話をしたのか？」

「ちょっとね。長くは話せなかった。彼女は基本的な事実は教えたんだろう？」

「ああ、教えてくれたことはある。それに、あんたの言うとおり、わたしはもう少し調べ出した。だが、いまだにわからないのはな、ミック、これがどうしてわたしに関係があるのかってことだ」

「ああ、ごめん。あんたがジーナに会う前に一言話をしておくつもりだったんだが、彼女、ぐずぐずしていられないたちだろう？　じゃ、こっちから事実を教えるよ、ただ、そんな必要はないんじゃないかって気がすごくするけどな。アレックス・ウルフはいい友達で、いい警官だった。だが、ご存じのとおり、いい警官だって容疑者になることはある。立証されたことはなにもない、煙の立つ銃は見つからなかった。ただ、煙が漂っていたから、詳しく調べる必要があったってことだ」

「辞職して姿を消したというのは、煙のにおいがぷんぷんすると思えるがね」

「彼はすごい重荷と緊張に耐えていた。捜査だけじゃない。捜査はとうとう耐え切れなくなる最後のきっかけになったというだけだ。あの、ジーナは具体的に何を教えた？」

「家庭内で不幸があった。子供が死んだ。詳細は聞いていない」

「ああ、彼女はその話は詳しくしたがらないはずだ。これだけ年月が経ってもまだつらいんだから、あの当時、どんな痛みだったかは想像を絶する。二人の娘のルーシーだ。まれなタイプの急性白血病という難病にかかった。治療になると思えば、なんでも試し、どこへでも行った。二年くらい、一進一退を繰り返した。そしてようやくこれで大丈夫かと思ったところで、ドカン、娘は死んでしまった。六歳だった」

「なんてこった。やりきれないな」

「うん。こういうことがあると、受けとめ方は人によって違うものだ。おたがいに頼り合う夫婦もいれば、仲違いする夫婦もいる。ジーナはできるだけ支えてほしかったのに、アレックスはすっかり内にこもってしまったんだと思う。彼はジーナの支えになってやらなかったし、人に支えてもらおうともしなかった。恩情休暇を与えられたところに、この監査がふってわいた」

「たいしたタイミングだな」ダルジールは言った。

「まったくだ。内務監査をやったドブネズミどももそう思ったに違いないね。頭を使わなきゃならなかった。子供を亡くして気弱になっている警官にプレッシャーをかけるというのは、見た目が悪い。腐敗行為があったという鉄壁の証拠が挙がらなければ、赤っ恥をかくだけだ」

「で、だめだった？　つまり、証拠は挙がらなかったのか？」

「わたしは書類を見ていないが、明らかにだめだったな。アレックスが失踪したとき、彼を逃亡者扱いにするかどうかで揉めたが、上司が黙らせた。上司というのはオウエン・マサイアスだ。知っているか？」

「話には聞いている。死んだんじゃなかったか、退職後まもなく？」

「うん。退職なんてするもんじゃないぜ。仕事をしてるときは、死ぬ暇がない。オウエンはアレックスに関してちょっと罪の意識を感じていたんだと思う。〈マキャヴィティ作戦〉はマサイアスのものだった。彼はゴールディー・ギッドマンに取り憑かれていた。あの男はわれわれを笑いものにしていると思い込んでいた。それで、〈マキャヴィティ〉がにっちもさっちも行かなくなると、オウエンは不正があると主張して、内務監査を依頼した。監査部は簡単なカモをさがし、アレックスを見つけ出した」

「すると、マサイアス自身があいつだと指差したわけじゃないのか？」

「それはしなかったと思う。で、アレックスが姿を消したあと、監査部は彼が目の前にいたあいだに起訴理由をひとつも見つけなかったんだから、彼がいなくなって自己弁護できない状態のときにその名誉を汚してはいけない、とオウエンはドブネズミの群れに言った。それで、逮捕状は出なかった」

「マスコミ報道は？　ああいうサメどもは何マイルも

先から血のにおいを嗅ぎつける」

「地元でちょっと話題になったが、それは押さえ込んだ。アレックスは恩情休暇を与えられた段階で辞表を出していた。マサイアスはそれをデスクの引出しにしまい込んで、事態がどう展開するか見守った。これぞというときが来ると、彼は辞表を掘り出して、そっと受領処理した。だから、マスコミが質問を始めても、結局、個人的な問題ですでに辞職していた警官がその後いなくなった、とわかっただけだった。それなら、ニュースのない日に一、二段落の記事になるのがせいぜいだ」

「で、あんた自身はどうなんだ、ミック？　何があったんだと当時思った？」

「精神的に立ち上がれなくなったんじゃないか。子供を亡くすというのは、誰にとっても恐ろしい経験だが、アレックスは感受性が強かった——大学卒で警察に入り、ちょっと理想主義的で弱者に同情し、とか、そういうタイプならたぶん承知だろう」

「ああ、わたしのところにも一人いるが、うちのはいい仕事をしてきてるよ。よく言うように、若いうちにつかまえておけば、大学卒は訓練のしがいがある」

「そのとおりだ。わたしもアレックスにはうんと期待していたんだが、だめだった。で、神経衰弱みたいなものだろうというのが大方の意見だったようだが、時間が経ち、なんの痕跡もない、銀行口座に動きもない、クレジットカードも使われていない、ジーナとの接触もないとなると……」

「それは確実だったのか？」

「当時、彼女の言うことを信じたし、その後親しくなって以来、絶対に確信を持っている。ともかく、時間が経つにつれ、神経衰弱とは思えなくなってきた。これだけ長いあいだ動きがないんだから、死んでいるに違いない」

「なるほど」ダルジールは言った。「どういう経緯で死んだと思う？　これまでの事実を踏まえての推測は？」

「緊張に耐えられなくなって自殺したか」パーディーは言った。「事故にあったか。こういう精神状態の男なら、走ってくるバスの前に身を投げるくらい、充分ありうる」

「ただし、バスに轢かれた死体なら目につく。自殺だって、たいてい人目を惹く。ウルフの詳細はすべて記録されているんだから、たとえ素っ裸で発見されたって、身元が割れるのに長くはかからないだろう？」

「いまだに推理がすばやいな」パーディーは感心して言った。「あんたはすごく頭の切れる人だと思うとジーナは言っていた。強い印象を与えたぞ、アンディ」

「冗談はよせよ」ダルジールは言った。「ウルフが死んでいて、発見されていないとすれば、おそらく誰かが死体を隠しているってことだ。目星はつくか、ミック？」

「あんたが考えてるのはギッドマンだろう？」

「動機はある」

「ただし、もしギッドマンが贈賄、アレックスが収賄していたんならな。だが、そうとは思えない」

「どっちか一人？　二人とも？」

　しばし沈黙してから、パーディーは言った。「アンディ、あんたもわたしもこの仕事が長い。いい警官が人の金に手を出してつかまったって例ならたくさん見てきた。状況によって人は変わる。自分の子供が死にかけていたら、金で手に入る治療法があればなんだってやってみようとするだろう」

「すると、可能性はあると。ではギッドマンだが、どう思う？」

「吹雪のごとく真っ白だ、少なくとも書類上はな。若かりし日の噂話はたっぷりあって、いろいろ告発もされてきたが、立証されたことは一つもない。ビッグ・マネーの世界に入ってからは、社会に貢献するあれこれの運動にしじゅう金を寄付するわ、経済諮問機関の役員になるわで、ほとんど聖人の域に近づいている」

「不思議はないな、最高のPR会社を雇う金があるんならね」ダルジールはシニカルに言った。

「その金なら充分ある」パーディーは言った。「わたしの解釈はこうだ。全国の病院から多剤耐性菌《MRSA》を本気で撲滅したいんなら、ゴールディー・ギッドマンに病院清掃フランチャイズを一任することだ」

「なら、彼には隠していることがあると思うのか？」

「誰だって隠していることはあるさ、アンディ。首都警察はできる限りのことをした、それはわかっている。それに、みんながすっかりあきらめたあとも、オウエン・マサイアスは突っつくのをやめなかった。だが、どうがんばっても結局、駐車違反の切符さえ出せなかった」

「じゃ、マサイアスはどうしてそう固執していたんだ？」

「まあ、オウエンは昔から道義心の強い男だった。最初は南ウェールズ警察に入ったんだが、七〇年代後半に首都警察に転任になった。〈カントリーマン作戦〉のころだ、おぼえてるだろう？　ロバート・マークが警察内の腐敗の一掃にかかった。オウエンはマークを新しい救世主だと思った。そばにいて協力しようとした。シニカルな連中は言っていたよ、あいつはずる賢いウェールズ人で、汚職警官が次々と首を切られれば、自分がさっさと昇進できると計算しているんだってな」

「で、あんたはどう思った？」ダルジールは訊いた。

「わたしは彼を間近に見た。あれはまったく本物だったよ、完全に熱中していた！　首都警察の仕事はイースト・エンドから始めた。彼は当時二十代半ばで、巡査部長になったばかりだったが、最初の仕事の一つが、ゴールディー・ギッドマンに攻撃されたという訴えに対処することだった。わたしも仕事に就いてまもないころで、しばらく彼の下で働いていたんだ。もちろん、逮捕には至らなかった。訴えた男は、その後、火事で自宅のフラットが丸焼けになったとき死んだ。事故だということだった、電気回線が古びていた。だが、オウエンはゴールディーの仕組んだことだと確信していた。なにも立証できなかったが、それでも定年退職直前まで、彼はゴールディーを追いかけるのをやめなかった。最後には、物笑いの種だった」

「じゃ、彼はまるで勘違いしていたと思うのか？」

「そういうことは起きる。北部には、イングランド・チームの選考委員会はヨークシャー出身の選手を入れないよう賄賂をもらっていると信じている人物がいると聞いたことがある――そういや、それってあんたじゃなかったっけ？　わたしは南部の人間のご多分に漏れず、こういう結論に達した。もし公訴局と保守党本部の利口な弁護士たちがみんなでゴールディーの洗濯籠をあさって、汚れ物をなんにもさがし出せなかったんなら、あとは見る価値はない」

「このごろ、スコットランド・ヤードじゃ弁護士を気にかけるのか？　なんてこった！」

「ギッドマンの弁護士は気にかけるね、それは確かだ。いいか、アンディ、もしこの電話が盗聴されていたら、わたしはたいへんなことになる！　新聞すら、今までだいぶ痛い目にあっているから、ごくごく遠まわしなほのめかし以上の危険は冒さない。実際、あいつの最愛の息子が存在しなければ、ほのめかしだってやらないだろうよ」

「ああ。国会議員のディヴ・ザ・タードだな。保守党のぶよぶよの尻」

「そいつだ。アンディ、どうしてわたしはこんな話をしているんだ、あんた自身でもうすっかり調べ出しているのに？　日曜日にすることはないのか？」

「あるよ、才色兼備の女性と水入らずでランチの予定だ。きみの婚約者、だと思うがね。これには驚かされた」

「わたしもだ、正直いってな。でも、うれしい驚きだよ。ま、詳しい話はしないでおく。あんたがミルズ＆ブーン社のロマンス小説の愛読者になったっていうなら別だがね。なにしろ、バッハに凝り始めたそうだからな。ジーナから聞いて、信じられなかった。あの大聖堂で、いったい何をしていたんだ、アンディ？」

いまだに頭が切れるのは、わたしだけじゃないな、とダルジールは思った。

「導きを求めて祈っていたのかもしれんさ」

「ガールフレンドが見つかりますようにって？」パーディーは笑って言った。「その年じゃ無理だよ。ま、男は作戦を秘密にしておく権利がある」

「あんたの場合は違うね、わたしの助力が欲しいならな」ダルジールは言った。「なあ、あんたはウルフが死んだという見方を変えていないようだ。なら、あの写真はどうなんだ？　ジーナは絶対に彼だと言っている」

「だからといって、偽物でないことにはならない。それはチェックしたのか？」

「いや」ダルジールは認めた。「わたしにはまともに見えるがね」

「アンディ、あんたの写真だってジョーダン並みのおっぱいをつけられる。まるで本物に見えるから、あんたは強力サポート・ブラを買いに走るぜ。いや、調べればあれは必ず偽物だとわかるね」

「なるほど。で、偽物とわかったら？」

「うん、これはジーナというよりわたしの問題だと思うんだ。わたしに悪意を持ってるやつがこっちにいて、わたしとジーナがいっしょになると聞きつけ、それじゃちょいと波風を立てて困らせてやろうと、この計画を立てた、それがいちばんありそうだ」

「あんたみたいに人好きのする人間がそんなことをされるとは、信じ難いがね、ミック」

「笑わせるなよ。われわれが相当いかれたやつらを相手にしなきゃならないことはご存じだろう、アンディ。それどころか、同僚にだってどうしようもないのが一人か二人いる！　昔、最初の上司に警告されたよ、いつも目をあけておけ、ことにオフィスにいるときはな。首都警察で働くってのは、睡眠薬を仕込んだドリンクを飲まされるみたいなもんだ。眠り込んだら最後、誰かにファックされる」

「なら、どうしてジーナから電話があったとき、はっきりそう言ってやらなかった？」

「彼女があの写真を受け取ったとき、すぐにわたしがつかまっていれば、たぶんそう言ってやっただろう。だが、こっちは作戦中で、携帯は切ってあった。安全のための沈黙ってやつさ」

「悪運は重なるもんだな」ダルジールは言った。

「どうかな」パーディーは言った。「それも計画の一部だったのかもしれない。ともかく、ようやくこっちから電話したら、彼女はもう北部にいて、すごく取り乱しているのがわかった」

「けっこう冷静なように思えたがね」ダルジールは言った。理由は自分でもよくわからないが、ジーナの精神状態について、彼自身の診断を教えたくなかった。

「それが彼女だ。いいか、アンディ、表面は落ち着いていても、すぐ下では煮えくり返っているんだ。不思議はないよ、さっき話したような背景を考えればな。もしこれは誰かがわたしに対する悪意でやっているなんて言ったら、彼女はきっと爆発して、地元のテレビ局に飛んでいき、アレックスの写真をひらひらさせて、この人物に見覚えのある人は連絡してくださいと話していたところだ」

「ああ、MYTVは大喜びしただろうな」ダルジールは認めた。

「そのとおりだ。すると、そっちにも頭のいかれたのは大勢いるだろうから、電話してきて、彼を見かけた、隣に住んでいる、いつも行くパブで飲んでいる、うちの教会の牧師にそっくりだ、とか言うだろう。犯人の思う壺だ。すっかり公表されたのを見て、やつは揉み手して喜ぶ。こうしていったん血の味をおぼえたら、次は何をするかわからない」

　ダルジールはこれを消化してから、言った。「じゃあ具体的に、わたしから何を期待しているんだ、ミック？」

「事態に蓋をしてくれる人間が必要なんだ。あんたが例の爆弾事件にあってから、いろいろ報道は読んできた。もうすっかりよくなって、仕事に戻ったんだろう？」

「お気遣い感謝するよ。ああ、復帰したところだ」

「それはよかった。アンディ、もしわたしが仕事を休めるなら、今ごろは自分でそっちに行っているところだ。しかし、この作戦にかかりきりで、あと数時間は動けない。公式捜査にはしたくないんだ、込み入ってくるばかりだからな。だが、例の写真をチェックしてくれたらありがたい。偽物だったと、あんたから知らせてもらうほうがたぶん彼女にはいいだろう」

「で、偽物でなかったら？」

「そのときは、信頼できる人物がそっちで彼女を見守っていてくれるなら、なおさらありがたい。いいか、アンディ、単純な言い方をすれば、わたしは古い友達に甘えて頼みごとをしている。まあ、ちょっとわざとらしいのはわかってる。なにしろ、ずっと前に数日いっしょに過ごしたってだけの間柄だからな。でも、あんたのことはいつも友達だと思ってきた」

「ビデオ電話でなくてよかったよ」ダルジールは言った。「大の男が泣くのは見るにたえない」

「ああ、もう行かなきゃだめだ。みんな、これはなにか大事な作戦上の話だと思っているんだが、それにしてももういらいらしているだろう。じゃ、できるだけのことはしてくれるか？」

「ランチのあと、状況がどう見えるかだな」

「ありがとう、アンディ。わたしがそっちにいて、代金を払えればいいんだが」

「心配するな。これは非公式だから、経費請求書はあんたに送るよ。じゃあな！」

ダルジールは受話器を置いた。ここにはなにかあるが、まだ理解できない。ミスター・お利口さんとミスター・醜男からインプットをもらえればいいのだが、とりあえず事件の可能性があるか、確かめてみてからだ。今のところ、雲をつかむような話を追いかけてバタバタしている姿を見られてはまずい。

少なくとも、これでランチのときにがぶりと嚙みつくものは、ケルデールの有名なアバディーン・アンガス・ビーフだけではなくなった。

彼は立ち上がり、二階の寝室へ行った。ここで、ワードローブについた長い鏡に映る自分の姿を見た。ノヴェロに対しては、このごろむさくるしいのがはやりだろうと言ったが、中年後期の太った男はそうはいかない。むさくるしい服装では、たんにむさくるしいだけだ。

シャワーに入ると、歌を歌い出したい気分だった。バッハがふさわしかったかもしれない。彼の知識では、あのドイツ野郎には五十人くらいも子供がいたから、おっぱいの大きい金髪の乙女《メートヒエン》とのランチをひかえてうれしい気分のときの曲をきっと一つ二つ書いていただろう。ジーナ・ウルフならたぶん知っている。今のところは、そう考えただけでよしとしよう。

彼は口を開いた。バス・バリトンの声はベルベットというよりはレザーのようだが、それでいて響きがいい。その大声で歌い出したのは、〈ハッピー・デイズ・アー・ヒア・アゲイン〉の出だしの部分だった。

第二部

con forza——力をこめて

前奏曲

幸福な日々《ハッピー・デイズ》は彼にとって記憶ですらない。彼には記憶がない。

マーリン（アーサー王を助ける魔法使い。未来から過去へ、逆向きに生きているとされる）のように、彼は後ろ歩きに生きている。

現在にしがみつき、できるならそれを無限に続くものにしたいが、どうしようもなく過去へ進んでしまう。

かつて、彼は夢から逃げるために目を覚ました。今、彼は幻影から隠れるために眠る。

今の気分をじっくり考えてみるなら、安全な気分、というのが最善の答えだ。

〝何から逃れて安全なんだ？〟と自問はしない。何から逃れて安全なのかわかっているなら、もう安全ではないということだからだ。

忘却は彼の友達だ。

遁走《フーガ》状態（精神医学で、動機があってした行為をあとで思い出せない意識中断状態）の男は、密林に避難した平原の動物のようなものだから。

動くことはできるが、楽ではない。木の幹に阻まれる、根につまずく、棘《とげ》に引っかかる、泥にはまる。

見ることはできるが、はっきりしない。木の葉の天蓋を通して入ってくる光は、風が吹くたびに途切れ、ちらつく。

忘却は彼の友達、恐怖は彼の道連れだ。

恐怖は彼に教える、さあ動け、今はじっとしていろ。

恐怖は彼に示す、こうすれば森の中で目立たない。

行動を限定し、単純に繰り返すことで生き延びる。

一つの場所にとどまれば、慣れないものに慣れてくる。

スクエア・ダンスのごとくきっちり決まったパターン

に従えば、彼自身の存在に人が慣れてくる。

ときどき、びっしり生えた木々のあいだからいつもより明るい光が漏れてきて、あそこは境界線だ、向こうには彼がかつて自由に歩きまわった、日の当たる草地が広がっているのだとわかる。

だが、見るだけで、向きを変える。それが誰なのか、彼はもう忘れてしまったが、あそこには猟師がいると恐怖が教えるからだ。彼は身を低くし、じっと動かない。彼が森の中にいそうだと思えば、かれらは犬を送り込んで狩り立てると、やはり恐怖が教えるから。

そう、忘却は彼の友達、恐怖は彼の保護者だ。

恐怖と忘却に挑戦してくるものは、何であれ危険だ。だから、幸福の可能性を示すかすかなにおいは、遠い山火事の最初のかすかなにおいのように、警鐘を鳴らす。何なのか、彼にははっきりわからないが、これは変化につながる、変化は動きにつながる、動けば過去が近づいてくる、過去は苦痛だ、と本能が警告する。

どうしてわかるのか、彼にはわからないが、わかることは確かだ。

だが、幸福は油断ならない。正面切って攻撃を仕掛けてくることはないが、知らぬ間にじわじわと忍び寄ってくる。じわじわと来るので、これならコントロールできると感じる。一時にごくわずかな一歩、一歩ごとにごくわずか気を許す。差し伸べられた手に近寄ってくる野生動物のように、猜疑心が強く、小枝一本折れる音がしても、ぱっと逃げ出そうと身構えている。

するとふいに、気づきもしないうちに、彼はそこに、すぐそばに来ている。その手は彼の頭を抱き、指は彼の髪を梳く。

今、過去はより近くにあるが、もう鎮痛の必要な痛みのようには感じられない。過去は語り直すことのできる物語のように感じられ始める。

すると、ほんの数語のうちに、幸福が爆発し、歓喜となる。

歓喜は記憶を鮮明にするが、判断力を鈍らせる。歓喜のおかげで日の当たる野原が見えるが、まぶしさに目がくらみ、隠れた猟師たちの姿が見えない。歓喜のおかげで彼は欠けた部分を取り戻したと感じる。また愛を手に入れた。

だが、愛は彼を裏切る。

12:00 - 12:15

シャーリー・ノヴェロは、このごろではむさくるしいのがむしろかっこいいと上司に気休めを言われても、本気にしなかった。

一時間の睡眠で疲れもとれ、うんと熱い湯とうんと冷たい水のシャワーを交互に浴びたので、肌は太陽で熟したアプリコットのように輝いた。それから慎重に服を選んだ。やりすぎなかった。監視の仕事をしているとき、やたらに短いスカートとぴちぴちのトップで人目を惹くのは愚かだ。だが、きれいに見えたのは確かで、ケルデールでランチの客をテラスのテーブルに振り分けている若い男は、彼女の笑顔に職業上の礼儀を超えた熱をこめて笑顔を返してきた。

「こんにちは」彼女は言った。「二人分のテーブル、お願いします」

一人分では、娼婦かみじめな独身か、どちらかだ。

「上のテラスになります」男はちょっとセクシーなイタリア訛りで言った。「ガーデン・テラスはぜんぶ予約が入っておりまして。申し訳ありません」

テラスは二段になっていて、上のほうは日よけが張り出し、下のほうは頭上になにもない。今日は風が弱く、暖かい秋の陽射しが降り注いでいるので、空をさえぎらない下段のほうが人気だった。十二時を少し回ったばかりというのに、すでに下段のテーブルのほとんどに客がいた。その一つ、庭を見下ろす右隅のテーブルには、はっとする金髪女性がすわっていた。着ているドレスはノヴェロの給料一カ月分、サングラスだって一週間分はかかっていそうだ。太っちょアンディは選択眼がある！

「かまいません」ノヴェロは上のテラスの空席をチェックして、言った。「あそこの、あのテーブルにしていただけるかしら？」

「かしこまりました」男は微笑して言った。彼女も最高度ににっこりした。胸のバッジにはピエトロとあり、地中海ふうなタイプとしてはまずまずの美男だった。やややせすぎなのが彼女の好みに合わなかったが、愛想よくしておいて損はない。

　彼はノヴェロを指定のテーブルに案内した。上段のいちばん端で、ここからは上下どちらのテラスもよく見えた。

　彼は言った。「お友達がお見えになりましたら、ご案内いたします、ミス……」

「スミスです」彼女は言った。「ええ、彼女、じきに来るでしょう」

　彼女と言ったのは、誰も現われないとわかったとき、男に待ちぼうけを食わされたのだと彼に思われたくないからだった。女にはプライドってものがある、たとえ任務遂行中の女刑事だって！

　メニューをさっと見ると、値段はダルジールの言ったとおりだとわかった。彼女はかなり空腹だったが、ここは想像上の友達が来るのを待っているというふりをしておくのがいちばんだろうと思ったので、まもなくウェイトレスが近づいてくると、バカルディ・ブリーザーしか注文しなかった。

　下のテラスでは、金髪はまだ一人きりだった。テーブルには水差しがあり、彼女はときどきグラスに水を足していた。これからの出会いに備えて、頭をはっきりさせておきたいのか。ここの会話を耳に挟んで意味が取れるほど近いところにあるテーブルは一つだけで、そこでは二組のカップルが話に夢中になり、やかましいくらいだった。ノヴェロはほかのテーブルに視線を走らせた。金髪のほかには、下のテラスに孤独にすわっている客はいない。上のテラスの孤独客は、ノヴェロのほかにもう一人だけ。筋骨隆々の赤毛の男で、日曜新聞の付録雑誌を読みながら、さかんにあくびをしていた。見守っていると、女がやって来て、そのテーブルにすわった。くりくりカールの金髪であるのを除けば、一対セットの片割れのように男とよく似ていた。もちろん、監視者が二人一組でいけない理由はない。実際、日曜日の昼どき、目立つのはノヴェロのように連れのいない客のほうだった。

そろそろ十二時十分になろうというころ、アンディ・ダルジールが彼女のほうにはまったく目もくれず、テーブルの脇をさっと通っていった。

どこかいつもの彼とは違っていた。ノヴェロ同様、彼もおしゃれしていた。今朝の彼はまともな服装とはいえ、色の組み合わせ、ズボンの折り目の位置などに注意を払っていなかったし、顔は最近剃刀《かみそり》を当てていたものの、下手に刈った芝生の様相を呈していた。今、二重顎はボウルズ競技場の芝生なみに滑らかで、服装はといえば、目を射るほど真っ白なシャツを淡いグリーンのスラックスの中に入れ、その折り目が下げ振り糸のごとく垂直に伸びた先は同色のデッキ・シューズだった。

賭けてもいい、とノヴェロは思った。少なくともウエストから下の品は巨漢のパートナー、キャップ・マーヴェルが買ったものだ。ただし、その新品らしきものを下ろす機会がこれであることをキャップが知っているのか、よしとしているのかについては、そこまで自信が持てなかった。

ダルジールが金髪にどう挨拶するか、彼女はじっと見守った。がっかりしたことに（キャップ・マーヴェルに対して悪意を抱いているわけではないが、浮気だったらおもしろくなっていただろうに！）、抱擁はなく、キスのキの字すらなかった。すると、彼がおしゃれをした動機は性的なものではなさそうだ。どのみち、それなら部下を呼んでデートを目撃させたりするはずがない。もちろん、彼が自制心に不安をおぼえ、彼女を一種の付き添いとして来させたというなら別だが……

……そんなふうに飛躍する空想を着陸させ、あらためて監視者らしき人がいないかと、バカルディ・ブリーザーのグラス越しに調べた。

ダルジールがテラスを横切って歩いていくと、あちこちから視線が集まったが、それは当然だった。彼は昔から中部ヨークシャーの内気なスミレというタイプではなかったし、ミル・ストリートのテロリストによる爆弾事件で危うく死にかけたとき、地元のマスコミは訃報を用意し、彼の経歴を長々と報道し続けたのだった。だが、ランチ客の中でいつまでも興味を示した人はいなかった。

ピエトロが中年のカップルを近くのテーブルに案内してきた。鉤鼻で頭の禿げ上がった男は、庭を見渡すテーブルを頼んでおいたはずだと文句を言った。ピエトロは平身低頭であやまり、手違いがあったようで、誠に申し訳ございませんが、屋外テーブルはすべて予約が入っておりまして、と言っていた。鉤鼻は、自分がなにか言えば通るのが当たり前という生活に慣れているふうで、事を構える様子になったが、連れの女が――いくらか年下のようだが、化粧のせいかもしれない――まあまあと言って、男の股のあたりをなだめるように撫でた。あの年だから、あれはエロチックな意味であそこを狙ったのではなく、老眼で見間違ったものだろうとノヴェロは判断した。ところが、席に着くと男はテーブルの下で同じように女のほうに手を伸ばして応えたから、ノヴェロはぞっとして目をつぶった。なによあの二人、五十は越してるっていうのに！

「お友達はお見えになりませんか？」

目をあけた。性欲満々の老人カップルをかたづけたピエトロが、彼女のそばで立ち止まったのだった。

「ええ。いつだってこうなんだから。ま、彼女抜きでお昼を始めるわ。エビのオープン・サンドって、どんな感じかしら?」

「毎日新鮮なエビを使っていますよ! ご注文になりますか? でも、あなたみたいな美人が一人で食事って、残念だなあ」

「どうぞごいっしょに、って言われるのを期待してるわけ?」彼女はにっこりして言った。

「ごいっしょしたいとこだけど、そんなことをしたら首になる」彼は言った。「でも、いつも働いてばっかりじゃないよ……あ、ごめん、行かなきゃ」

　彼は所定の位置に戻った。そこでは新来の客がいらいらしながら待っていた。

　いつも働いてばっかりじゃない、か。〈ダルジール号〉で航海するわたしやほかの仲間たちとは違うわね、と彼女は思った。

　もっとも、こんな仕事ならもっとやってもいい。太陽は照り輝き、懐にはでぶ野郎の金が入っている。庭からは音楽さえ流れてきていた。ふだんなら聴こうとは思いもしない種類の音楽だが、ここではそれがとても快く耳に落ち着いた。

　ピエトロは何時に仕事を終えるのだろうとふと考え、それから気を引き締めた。

　彼は好みのタイプではないし、彼女には仕事がある。

　もう一度、ランチ客を一人ずつ調べていった。

　前と同じだ。怪しい人はいない。

　ダルジールと金髪に視線を戻し、それからその向こうに目をやって、庭の音楽の出どころをさがした。

　なにやらビュッフェ・パーティーをやっているようだ。芝生の広場にテーブルが出され、その中央にあずまやがあって、演奏者たちがいる。ときたま、シャンペンのコルクをぽんと抜く音がした。みんな楽しそうだ。ノヴェロはとてもうらやましくなった。警官というのは寂しい職業とも言える。

　そのとき、客の群れの中に入っていかない人物を見つけた。芝生の端に一人で立っている男。ああいう音楽が好きでないのかもしれない。あるいは、ああいう酒が好きでないのか。ヘッドフォンをつけ、ラガー・ビールのボトルを手にしている。首を上下させているので、黒いサパタひげ（メキシコの革命家サパタのような八の字ひげ）と、同じく黒いふさふさした髪が、ＭＰ３から聞こえるビートに合わせているかのように揺れていた。

反射レンズのサングラスの大きいのをかけているから、何を見ているのか、正確な判断はむずかしかったが、男はホテルのほうを向いていた。彼と下のテラスのダルジールのテーブルとのあいだに視線をさえぎるものはなく、その距離は二、三十ヤードだった。

過剰な心配かもしれないが、あのヘッドフォンは男が出そうとしているクールな雰囲気にはちょっと大きすぎる。サパタひげも流行遅れだ。

彼女は携帯電話を取り出し、番号簿の中からダルジールを選んだ。

12:10 - 12:20

ダルジールは宗教心のある男ではないが、ひどい始まり方をした一日がぐっとよくなってきたことに関して、なにかに感謝したい気持ちだった。

確かに、陽射しの下、きれいな若い女性を前にすわり、これからうまい食事だというのは、日曜日の昼どきの過ごし方としては悪くない。もちろん、彼のスコットランド人の祖母ならそうは思うまいが。祖母は彼が大聖堂を訪れたことにさえ点をくれないだろう。教《カー》会《ク》は小ぢんまりと質素であるべきだ。ああいう大仰な建物が示しているのは、神の偉大さというより、人の虚栄心だ。

祖母は永遠の家に行ってしまって二十年になるから、今ごろはもう、自分が正しかったかどうかはっきりわかっているだろう。おそらく祖母は正しかった、ダルジールが〈黒牡牛〉亭で一晩たっぷり飲んだあとで開陳したがる終末論に従えば。聖アンディによる福音書では、死ぬとすべての人が自分は正しかったとわかるのだ。言い換えれば、われわれはみな、自分が信じる来世——永遠の竪琴であれ、永遠の忘却であれ——を手に入れる。自爆テロリストですらそうだ。ただし、かれらが粉みじんに吹っ飛ばされて、七十二人の優しい目をした処女のあいだに着いてみると、破片の再構成プロセスのあと、一つ欠けているのがペニスだとわかる。

だが、こんなふうに既成の宗教を嘲笑する彼でも、今日ばかりは、たまたま大聖堂をちょっと訪れたご利益で、この昼どきの楽しみを与えられたのだと感じた。リラックスしてエンジョイしたいところだが、どこまでリラックスできるかは、これが仕事かどうかにかかっていた。もし、彼が察したとおり、何者かが家に忍び込み、それがこの女性に関わるものだったとすれば、これは確実に仕事だ。だが、あの留守番電話の一件がたんなる機械の故障なら……

ジーナは言った。「で、わたしに怪しいところは?」

「え?」

「とぼけないでください。今朝お話ししたあとで、もしやわたしがあなたを魅了して恥ずかしい状況に追い込むよう、モリアーティ教授に送り込まれた女じゃないか、調べられたに決まっていますわ。もし調べていらっしゃらなかったら、あなたはわたしの役に立ってくれそうにありませんし」

明らかに、彼女はまたコントロールを取り戻していた。

「それはそうだ。ええ、調べて、怪しいことは出てこなかった、残念ながらね」

「どうして？」

彼は最高の流し目を送って、言った。「魅了されて《ビウィッチト》恥ずかしい状況に追い込まれたなんて経験にはとんとご無沙汰だ。悩まされ《ボザード》、惑わされる《ビウィルダード》のはしょっちゅうですよ（〈ビウィッチト・ボザード・アンド・ビウィルダード〉は一九四〇年のミュージカル「パル・ジョーイ」で歌われた歌）、ええ。今みたいに。でも、魅了されるってのは、昔ほどたびたび回ってこない」

「その感じ、わかります。でも、ミックとお話しになったことは知っていますわ。そのあとで電話をもらいましたので。彼が状況をさらに詳しくお教えしたでしょう。なら、どうして戸惑ったり悩んだりなさいますの？」

「わたしは警官だ、ミセス・ウルフ」ダルジールは重い口調で言った。「犯罪者をつかまえる。ここには犯罪がらみのことはなにもない、あなたとミックの話ではね。あなたがわたしの知らないことをなにか知っているなら別だが」

「というと？」

「たとえば、いなくなったご主人のアレックスが確実にゴールディー・ギッドマンから金を受け取っていて、あなたが彼と再会すれば、彼だけがありかを知っている巨額の汚れた金にも再会することになるとか」

彼女の傷つきやすい、情緒的な面はすでに見ていた。では、ちょっと手荒く揺すぶられても耐え抜けるか、見てみよう。

彼女はダルジールをしばしじっと見つめてから言った。「もしそれが動機なら、いったいどうしてわたしは今ここにすわって、地元の警官の王に話をしているんですか？」

「わたしに連絡するというのは、あんたの思いつきじゃない。ミック・パーディーの考えだった」

「すると、わたしはミックにも隠し事をしている？」

ダルジールは肩をすくめて言った。「女はみんな相手の男に隠し事をしている。逆もしかりだ。あんたが気づいたようにな。ふつうはどうってことない。だが、試されるのはアレックスが見つかったときだ。あんたは選択を迫られる——大金を持っている悪い警官といっしょに逃げるか、それとも先の楽しみは年金だけのいい警官と忠実にくっついているか」

「そうなるんじゃないかと本気でお考えですの、ミスター・ダルジール？」彼女は言った。

「さあね。このショーは七年もロングランを続けていて、わたしはたった今、舞台の袖から迷い込んだばかりだ」

　さりげなく近づいてきたウェイトレスが言った。

「ご注文はお決まりでしょうか、それとももう少しお待ちしましょうか？」

　ジーナは言った。「決めたわ。ビーフ・カルパッチョにグリーン・サラダを添えて」

「わたしもビーフにするがね」ダルジールは言った。「ロースト・ビーフだ、それにヨークシャー・プディングとジャガイモたっぷり。飲み物はバローロを一本頼むよ」

「あの、わたしは白のほうがいいです、モンタナ・ソーヴィニョン・ブランあたりかしら」ジーナは言った。

「よし。じゃ、そっちも一本な」ダルジールは言った。

　ウェイトレスがいなくなると、二人はしばらく黙っていた。庭ではビュッフェ・パーティーが開かれている。そのざわめきが耳に届いた。気が散るほどうるさいわけではなく、むしろ木に止まった鳥の群れとか、小川のさらさら流れる音のようだ。音楽も聞こえてくる。クラシックだがきれいな響きの曲で、しかもレコードではなく生演奏だった——さすがケルデールだ。音の出どころは、あずまやの中で演奏している小楽団だった。

「あれはバッハかね？」ダルジールは言った。

「モーツアルト」ジーナは言った。「ミスター・ダルジール、率直に話をしましょう。わたしは警官てものをよく知っています。警官のテクニックとして、ここではまず、わたしをちょっと挑発して揺さぶり、なにか出てこないか確かめる。それから、たとえば音楽の話でものんびりして、わたしの気を緩める。次に、また挑発して、足をすくおうとする。最後にコーヒーを飲みながら、ようやく建設的な話に入る。いいテクニックでしょうね。でもそれじゃあまり楽しいランチになりません」

ダルジールの携帯電話が鳴った。彼はそれをポケットから取り出し、ディスプレーに目をやると、耳につけて言った。「なんだ?」

しばらく話を聞いてから言った。「ありがとう。そいつを見張っててくれ、いいな? 目を離すなよ」

彼は電話をポケットに戻し、金髪に向かってほほえんだ。

「あんたは揺さぶられてどうなるってタイプには見えない」彼は言った。「だから、建設的な話に乾杯といこう」

彼はどっしりしたクリスタルガラスの水差しを取り上げ、彼女のグラスに水を足すと、自分のにも注いだ。水差しにはまだいくらか水が残っていたが、彼はそれを頭の上に掲げ、近くのテーブルで給仕していたウェイトレスに向かって振ってみせながら言った。「お代わりを頼むよ、手が空いたらな」

ジーナ・ウルフは当惑して彼を見ていた。水で乾杯するような人には見えないのに。ビュッフェ・パーティーの音楽が快活なモーツアルトから夢見るようなシュトラウスに変わったので、彼女の目は庭のパーティー客のほうに惹きつけられた。みんな楽しくやっているようだ。服装はカラフルなセミ・フォーマル。結婚披露宴ではない。ボタン穴に挿した花も、モーニングも見当たらない。そのとき、赤ん坊を抱いた女を見かけた。子供は長い白いローブにくるまれて、それがそよ風にひらひら舞っていた。洗礼披露宴。胸の中で心臓がきゅんとして、目に涙が湧き上がってくるのを感じた。

それから息が止まり、彼女は懸命にまばたきを繰り返して、目にかかった水っぽいヴェールを払いのけようとした。

その瞬間、ダルジールの指から水差しが滑り、すさまじい音を立ててテーブルに墜落した。

12:15 - 12:25

質の高さを誇るケルデールの言い分に嘘はないと、水差しが砕ける音でよくわかった。

壊れないプラスチック製などではないし、割れると粉になる安いガラス製でもない。本物の高張力クリスタルガラスが大きな音を立てて破裂し、ダイアモンドのような破片がきらきらと舞い散ったから、テラスだけでなく、庭の人たちまでそちらを向いた。

ピーター・パスコーはすでに三杯目のシャンペンと六個目のロブスター・ボールにかかっていた。

「お楽しみね」寄ってきたエリーが言った。

「うん、そのとおりだと思うよ」彼は言った。「このフィッシュ・フィンガーはなかなかいける。それにシャンペンは……帰りはきみが運転するって、確かに言ってたよな？」

「ええ。わたしの番。飲む量は慎重に計算してるわ。このお酒の質を考えると、すごい犠牲。こうして比較的禁欲を保っているんだもの、うちに帰ったら、そのごほうびをいただこうかな。だからまあ、飲み過ぎないで」

「不思議ときみに興味を惹かれるな」パスコーは言った。「禁欲っていえば、ロージーはジュースだけにしているだろうね。「ジジ」のミュージカル・ナンバーで踊り出したりしちゃ困る」

「大丈夫。アルコール・ゼロ、シャンペンだって抜きよ、パフォーマンスがあるから」

「パフォーマンス？」パスコーはぎょっとして言った。「パフォーマンスなんて、なにも言ってなかったじゃないか」

「そうだったかしら？」エリーはとぼけて言った。「クラリネット二重奏の小曲っていうだけよ。アリがロージーともう一人の愛弟子のために作ってくれたの。そのあいだに、シンフォニエッタの四重奏団の面々が飲み食いできるでしょ」

「よしてくれ。もう一杯飲まなきゃだめだ」

これに応えるように、エド・ミュアがシャンペン・ボトルを手に近づいてきた。

「お代わりは、ピーター？」彼は訊いた。

「ぜひ」

グラスを取ったミュアをパスコーはうれしそうに眺めた。今までミュアには二度しか会ったことはなく、親しい気持ちを抱けずにいた。それは彼の外見と物腰のギャップのせいだったかもしれない。頭を剃り上げ、うっすらひげを生やしているので、寂しい道で出会ったらよけて通りたくなる。そのくせ、静かな口調で控えめな態度なので、グループの中にいると背後のほうで目立たない。だが今日、娘の洗礼披露宴の席では、彼は喜びと誇りに満ちあふれ、気持ちのいい秋の陽射しよりたっぷり温かみを発散させていた。

それでまだ彼の社交性に疑いが残っていたとしても、シャンペン・ボトルを気前よく傾けた様子で、天秤はいいほうに傾いた。

アリ・ウィンターシャインはいい男を選んだ！

「たいしたパーティーだね、エド」パスコーは真情を吐露して言った。「最高のお披露目だ……」

一瞬、赤ん坊の名前が出てこなかった。すると、エリーがなにか口を動かして見せていた。

「……ロリータにとって」彼はどうだとばかりに締めくくった。

エリーはあきれ顔で目を宙に上げ、ミュアはやや戸惑い顔になった。子供の名前はルシンダだったとパスコーは思い出した。

正すべきか、正さざるべきか？　だが、決断を下す前に神が介入した。背後のどこかで爆音がしたのだ。

このごろではテロリストとの戦いが警察官の日常の主要素になっているから、パスコーははっとして、くるりと向きを変えた。

何が起きたにせよ、それが起きたのはテラスのいちばん端のテーブルだった。大柄な太った男とほっそりした金髪女に注目が集まっていた。二人とも立っていて、女はドレスの前が少し濡れている様子、男は詫びの言葉と思われるものを口にしながら、ナプキンで彼女の服を拭こうとしていた。

「あらいやだ」エリーは言った。「せっかくの明るい《エト・イン・アル》気分がぶちこわし《カディア・エゴ》！（「牧歌的な風景の中にも死は存在する」という含みのあるラテン語の成句）」

「あいつ、ケルデールなんかで何してるんだ？」パスコーは慣れた様子で高潔ぶって言った。「それに、いっしょにいるのは誰だ？」

「さあね。でも、彼女のおっぱいを揉むのをやめないと、顔に一発食らうんじゃないかしら」エリーは希望をこめて言った。

この愉快な可能性は実現せずじまいだった。黒髪のハンサムな青年が即座に現われ、ウェイトレス二人とともにてきぱき働いて、テーブルに落ち着きと秩序を取り戻したからだ。なにか壊れやすい重いもの、たぶんボトルか水差しを取り落とし、それが砕けたのだろうとパスコーは推理した。年のせいでアンディの手が不確かになった？　巨体でありながら、今までいつも信じられないほど敏捷で器用な男だったから、これは回復がまだ完全でないという不安材料だった。

しかもダルジールは長期パートナーが数日留守にしているあいだに、若い金髪女性とよろしくやっている……

人生はいつまでも続かないとふいにはっきり認識すると、男はしばしば自分にまだ性的能力がある証拠となるものを必死になってさがそうとする、と精神医学者は言うんじゃないか？

その能力なら、こっちは問題なしだ、と彼は自己満足して考えた。もっとも、午後はまだたっぷり続き、太陽は背中を温め、エリーはあのけだるい表情になっているとすると、彼女の助言どおり、シャンペンを控え目にしておいたほうがいいかもしれない。

だが、まだだ！

エドからグラスを取り戻そうとして振り向くと、シャンペンの誘惑はもう取り除かれてしまったとわかった。ホストはいなくなり、パスコーのお代わりもいっしょに消えていた。あの爆発のあとで、若妻のもとに駆けつけ、安心させてやる必要を感じたのかな、と彼は好意的に考えた。

巨漢が襲われる希望がなくなってがっかりしたエリーは、今度は夫に注意を集中させていた。

「なに？」パスコーは言った。

「ロリータ！」エリーは首を振った。「あなたって、どういう趣味？」

「きみが悪いんだ」彼は言った。「見れば見るほど、若くなっていくからさ」

　彼は眉毛をぴくりと動かし、好色な流し目を使ってみせた。

　彼女は思わずにっこりした。だが、パスコーの本能は正しかった。太陽の暖かさと、一杯だけ自分に許したシャンペンがいい具合に組み合わさって、ちょっと好色になるのも悪くないとエリーには思えた。

「努力を続けてね、ミスター・ハンバート（ナボコフ『ロリータ』の主人公）」彼女はハスキーな声で言った。「わからないわよ、運がついてくるかも」

12:20 - 12:30

　水差しの破裂する音ですべての顔がそちらを向いたわけではなかった。

　シャーリー・ノヴェロの視線は芝生の端にいる黒い口ひげの男に釘づけになっていた。

　水差しが割れたとき、男の頭がぐっと後ろに振れ、手がヘッドフォンに上がったのを彼女は見た。

「あいつだ」彼女は言った。

　今度は巨漢のテーブルに視線を移し、ダルジールが近くの人たちに詫びを言い、お相手の服を拭いてやろうと無駄な努力をするお伽芝居を眺めた。すぐさまピエトロが現場に駆けつけ、作戦指揮を執った。明らかに仕事に有能な男だが、すべてにおいて同じだろうかとノヴェロはぼんやり考えた。ピエトロの指揮下、ガラスはかたづけられ、テーブルには新たに食器が並べられ、ダルジールと金髪はまた席に着いた。所要時間はわずか二分だった。

下の芝生では、盗聴者はショックから回復したようだった。前と同じ様子に戻り、ぽかんとした表情で突っ立ったまま、ディスコ音楽のビートで催眠術でもかけられたかのように、首をひょこひょこ振っている。だが、手には携帯電話を持ち、彼女が見守っていると、ヘッドフォンを片耳からそっとはずして、携帯に向かって話し始めた。

隅のテーブルから人目が逸れるまで二分ほど待ってから、彼女はまた携帯を取り出して巨漢の番号を押した。

「はい？」

「思ったとおりでした」彼女は言った。「あなたは盗聴されています」

「よし。じゃ、始末する」

「わたしはどうしましょうか？」

彼はしばし考えてから言った。「そいつから目を離すな。だが、近寄るな」

「わかりました」

男はまたヘッドフォンをつけていた。そのとき、なにかが起きた。水差しが割れるような激しいものではないが、彼はヘッドフォンを外して振った。不通になったのね、とノヴェロは見当をつけた。巨漢が始末すると言えば、たいてい始末がつく。

男はヘッドフォンをあきらめたが、今また携帯を耳につけ、今度はかけるほうでなく、受けていた。すると、一匹狼ではない。バックアップがいるはずだ。盗聴はできなくなったが、まだ監視を続けるだろうか？

視線がさえぎられた。ピエトロだった。エビのオープン・サンドイッチと白ワインのグラスを彼女の前に置いた。本当に有能な男だ。

「掃除だけじゃなく、給仕もするの？」彼女は顔を上げ、にっこりして言った。

「テーブルによりますね」彼は言った。

「ワインなんて注文してないわ」

「店のおごりです。ご迷惑をおかけしたので」

「じゃ、みんなが一杯もらってるの？」

「敏感なお客様だけね。お友達から連絡は？」

「来ないことになったわ」彼女は携帯を示して言った。「あの女の人、さっき水差しが壊れたテーブルにいる人ね、テレビかなんかに出てる？　見覚えがあるんだけど」

「ミセス・ウルフ？　さあ。確かに美人ですよね。でも、ぼくはあんまりテレビを見ないから。現実の生活のほうがいい」

「わたしもよ」彼女は言った。「このホテルに泊まってるお客さん？」

「そうです。相客は警察の人。彼女がレストランに来たとき、支配人のミスター・リーがそばにいたんだよね。庭を見下ろすテーブルを取れないかと訊かれたから、申し訳ありませんが、あちらのテーブルはぜんぶ予約が入っていますって答えたんだ。すると彼女は、それじゃわたしのゲストのダルジール警視はがっかりなさるわ、と言った。そしたら突然ミスター・リーが割り込んできて、テーブルが一つはあいているはずだろう、とぼくに言った。それでぼくが予約簿を見直すと、ちゃあんとあった」

「あの人たちの席だった？」ノヴェロは鉤鼻とそのパートナーに目をやって言った。水差し破裂のおかげで気が散ったらしく、少なくともヘヴィー・ペッティングは中断されていた。あのせいで奪われたテーブルのことを思い出したのかもしれない。何にせよ、二人は今、熱心に話し合っていた。

「しっ！　あの男にまたやいのやいの言われるのはま

っぴらだ」ピエトロは言った。

願いはかなわなかった。カップルは立ち上がり、ホテルの入口に向かった。ピエトロの横を通ったとき、鉤鼻は言った。「テーブルを間違われたんだから、せめてサービスはてきぱきしているかと思ったがね。もっとましなレストランを見つけることにしたよ」

二人は出ていった。ピエトロはノヴェロにしかめ面をしてみせると言った。「あの人たちのオーダーをキャンセルしなきゃ。じゃ、エビを楽しんでくださいね」

「ええ、そうするわ」ノヴェロは言った。

だが、そう言いながら、楽しむ暇はないと気づいた。

ピエトロが立ち去り、視界をさえぎるものがなくなってみると、ぞっとしたことに、ヘッドフォンの男は芝生から消えていた。

12:20 - 12:35

グウィン・ジョーンズはソファにゆったり体を沈め、官能をそそる柔らかいレザーが裸の肌を包み込むのを感じた。

いい人生だ。故郷のルーヴワドグ——中部ウェールズの退屈な田舎町——では、今ごろはきっとまだみんな教会《チャペル》にいるだろう。崖っぷちなみに狭くて硬いベンチ席にちょこんとすわり、長たらしい——霊感《フーイル》(ウェールズ人独特とされる宗教的熱情)に始まり、盛り上がってヒステリーに達する——説教を傾聴している。不信心者は地獄へ堕ちると脅されるが、こんな説教よりは地獄堕ちのほうがありがたい救いだと思える。

外は雨だろう。イギリス諸島の上空に高気圧が居すわっているので、十月半ばまで秋晴れが続くと気象庁が宣言したことは知っているが、ルーヴワドグの原住民なら誰でも知ってのとおり、そういう好天予想はあの町には当てはまらない。風が東にあれば、押されてブラック・マウンテンズ山脈を越えた雨雲が破裂する。風が西にあれば、山のふもとに近づく雨雲を風が突き破る。今、カナリー・ウォーフ（ロンドン東部、再開発された元テムズ波止場地区のビジネス街）にそびえたつ高層ビルの背後に見える空と同じくらい、ウェールズにも真っ青な空が広がった日があったはずだが、彼の記憶はそれをすっかり消し去ってしまったようだった。

記憶がいまだに消し去っていないのは、できるだけ早くルーヴワドグを出る、という幼いころからの——生まれたときからのように今では思えるが、それはおそらく言い過ぎだろう——断固たる決意だった。成長期のウェールズ青年にとって伝統的脱出ルートであるスポーツ、芸術、教育は彼には閉じられていた。ラグビーは下手くそ、歌も演技もだめ、学問的能力はほとんどなし。すると残りは軍隊かジャーナリズムのどちらかだった。彼は後者を選んだ。朝あまり早起きをしなくていいし、撃たれる可能性が少ない、という理由だった。

いい選択だった。文章はまずく、興奮するとどもるという欠点は、生まれながらの強力な好奇心が補って余りあった。拒絶されてもまったく意に介さず、目と耳と鼻が鋭いので、ほかの人間が踏み込もうとしないところに踏み込んでいく。

地元の新聞社で見習い期間を過ごしたあと、カーディフに移ると、ウェールズ議会の議員をめぐる金とセックスの不品行あれこれを暴いて、すぐ名を上げた。これをきっかけにロンドンに移り、六年後の今では《デイリー・メッセンジャー》紙の有名な捜査ジャーナリスト・チームの一員となっていた。専門は今でも政治関係だった。

　給料はよかったが、この程度ではカナリー・ウォーフでも最高級マンションであるマリーナ・タワーにフラットを持つなど、夢のまた夢だ。それには編集長の給料《スクリュー》が必要、それが無理なら編集長と寝る《スクリュー》必要がある。もし編集長が離婚で大いに儲け、金がまだ少し残っているなら、ますますいい。この二つの組み合わせが実現した人物は、ビーニー・サンプルだった。グラビア雑誌《ビッチ！》の精力的編集長で、もう十八カ月（雑誌の世界では長い時間だ）、読者の人気を勝ち取り、五感をくすぐり、財布を開かせていた。読者とは、十八歳から三十八歳までの男女だった。

　ビーニーは、誌名と人物の形容を兼ねて〝くそばば《ザ・ビッチ》〟と呼ばれているが、若いジャーナリストをむさぼり、飽きると棄てるという評判があった。グウィン・ジョーンズはそれでまったくかまわなかった。友達に言っているように、男盛りの若者が二十年上の女と長期の関係を持つ必要がどこにある？　とはいえ、波止場地区《ドックランズ》のフラットに引越してきて以来、長期の関係も悪くないか、という結論に達していた。こういう豪奢な生活をしていれば、かなりのことには耐えられる。それに、元気のいい男なら、ここから《メッセンジャー》のオフィスのあるカナリー・タワーまで歩いて行ける。これに比べると、ブロムリーのドライクリーニング店の上にある自分のフラットは、ことのほか辺鄙《へんぴ》で質素な修道士の独房のように思えた。

　どこかで彼の電話が鳴っていた。着信メロディーは〈ロンダの谷〉の冒頭部分だった。もう二度と男声合唱団を耳にする必要はないのだと自分に思い出させるために、わざと選んだ曲だった。

　音が止み、ビーニーが寝室から出てきた。ガウンをはおっている。あれが二十六と四十七の差だな、と彼はいい気になって考えた。ビーニーは彼の電話を手にしていた。

「ガレスって人」彼女は言った。「あなたの弟だって言ってる」

「ああ。じゃ、きっとそうなんだろ」

彼は電話を受け取ろうと、手を差し出した。

「弟がいるなんて、教えてくれなかったじゃない」彼女はそれが重大な不倫行為ででもあるかのように言った。

「訊かれなかったからさ」

彼女はかなり激しく電話を彼の膝に投げつけた。

「いてっ」彼は言った。

これが彼女をややなだめたようだった。

「シャワーを使うわ。出てきたとき、コーヒーがあるとありがたいんだけど」

いちおう、今でも命令が依頼らしく聞こえるようにしている。

「やあ、ガー」彼は言った。「主をほめたたえてる時間じゃないのか?」

兄とは違って、ガレスはボーイ・ソプラノの美声を持ち、声変わりしたあとはいいテノールになっていた。

「いや、今日は神に逆らうやつらの追っかけだ。不倫デートを監視してる」

「なんだって? ほんとか? そいつはいい。助言が欲しくて電話してきたのか?」

「いや、自分でちゃんとやってるよ、ありがとう。でも、ちょっと出てきたことがあって、兄貴が興味を持つんじゃないかと思ってさ」

「オーケー、でもさっさとやってくれ。おれとビーニーはこれからトリスのパーティーに行くとこなんだ……うん、トリス・シャンディだ、うらやましいだろ。じゃ、話してみろ」

ジョーンズは二分ほど、ほとんど口をはさまずに聞いた。すると、シャワーの音が止まった。

彼は言った。「オーケー、ガー。ありがとう。いや、意味があるかどうかはわからない……うん、恩に着るよ……どのくらいの恩かって？　それはまだ……」

　彼はまた相手の話を聞いてから言った。「よせよ、ガー、サム・スペードになるつもりなら、まともな車がいる！　わかった、金はおれが出す、だけど、領収書はしっかり持ってろよ。もちろん、おまえのことは信頼してるさ――おれがその年だったころと同じくらいな！」

　ビーニーがタオルで体を拭きながら部屋に入ってきたので、彼はそそくさと話を終わらせた。「さてと、出かける時間だ、ガー。なにか進展があったら知らせてくれ。じゃあな」

「で、コーヒーはどこ？」ザ・ビッチは言った。

「ごめん」彼は言った。「話が長くなってさ。家族のこと。弟ってやつは手に負えないよな」

「だいぶ年下なの？」

「八歳近くね。あとでひょっこりできちゃった子だよ」

「何をしてるの？」

「ジャーナリスト志望。おれの駆け出しのころとおんなじような仕事をしてるよ」

「いずれロンドンに出てくるつもりだわね。そのときは、わたしがお手伝い《ヘルプ》してあげられるかも」

　あいつをつまみ食い《ヘルプ》するってことだろ、とジョーンズは思った。表向きは弟に対してうんざり、いらいらしているように見せているが、本音では弟をぜがひでもかばう姿勢だ。昔からずっとそうだった。ザ・ビッチが若いガレスに爪を立てるなど、絶対に許さない。あいつの教育がきちんとすまないうちはな！

「そこまで行くのは無理だろうな」彼は見下したように言った。「天才は一家に一人、そういう配分さ」

「あら、行くわよ。あなたたちウェールズ男は目的に向かって突き進むもの」

「突っ込みが好きだっていうのはほんとだな」彼は言い、時計を見た。

「男は好きなことをしなくっちゃ、ダーリン」彼女は誤解して言った。「トリストラムのパーティーが本格的に盛り上がってくるまで、まだ一時間はあるし……」

彼女はタオルを床にするりと落とし、ソファの彼の横に来た。驚いたことに、彼は立ち上がった。

「ビーニー」彼は言った。「ごめん、急に思い出したことがあるんだ。出かけなきゃならない。トリスのパーティーは欠席する。あやまっといてくれるね？」

男に彼女を苛立たせる力があるなどと思わせてはいけない、と彼女はとうの昔に学んでいた。

「あなたがいなくても、誰も気づかないと思うわ、ダーリン」彼女は無関心そうに言った。

グウィンが部屋を出ていくのを目で追った。形よく引き締まった尻、ほかにも役立つアクセサリーがいろいろ。とすると、あれの十九歳版はどんな感じかしら？

だが、彼女の官能部分はそんな興味深い推測をもてあそんでいたものの、ジャーナリストの部分は、ジョーンズが彼女を振ってまで出かける理由は何かと考えていた。彼はソファの肘掛に電話を置いていった。彼女はそれを取り上げ、最後のコール・ナンバーを出すと、ダイアルした。

「ガー」彼女は最高に誘惑的な声でささやいた。「ハイ。ビーニーよ。ビーニー・サンプル。さっきちょっと話したでしょう」

彼女は相手の声に耳を傾け、渋い顔になったが、自分の声にはそんな表情が出ないように気をつけて言った。「ええ、そのとおりよ、ガー。グウィンのガールフレンド。あなたのことは彼からすっかり教えてもらったわ。ロンドンにいらしたらお目にかかるのがすごく楽しみ。ね、グウィンはあなたにお電話するつもりだったんだけど、これからパーティーに出かけるんで、身支度があって……ええ、トリス・シャンディのパーティー、そのとおりよ、グウィンから聞いた？　ともかくね、わたしたち、あなたの電話のことを話していたんだけど、二つ三つ確かめたいことがあるって彼は言うの。聞き間違いでもあるといけないから。それで、今ちょっと時間がないから、わたしから電話してくれって、頼まれたのよ、いい？」

12:20 - 12:35

　ドレスの前が少し濡れ、クリスタルの破片がいくつかついただけで、ジーナ・ウルフに被害はなかった。

「陽が射しているから、すぐ乾きます」彼女はドレスを拭いてやろうとする巨漢に向かって言った。

　現場はすぐにかたづいた。ガラスの破片は取り去られ、テーブルは拭かれた。ほとんどすぐさまウェイターがワインを持って現われ、白のボトルをあけると、ダルジールに味見をすすめた。

「いや」巨漢は言った。「そっちはご婦人のワインだ」

　ウェイターが味見分を注ぐのを彼女は見守り、それを飲み干してうなずくと、さらに注がれた分の半分をまたすぐ飲んでしまった。

「必要だったって感じだな」ダルジールは言い、赤のボトルをウェイターの手から取ると、自分の分を自分で注いだ。

「ショックだったもので」彼女は言った。

「ああ。すみませんでした。でも、あんたがそう神経質なタイプとは意外だった」

　彼の携帯電話がまた鳴った。話を聞いてから、彼は言った。「よし。じゃ、始末する」またしばらく聞いて、言った。「そいつから目を離すな。だが、近寄るな」

　彼は電話をポケットに戻したが、その手がテーブルに出てこなかった。彼は身を乗り出し、片腕をテーブルの下に伸ばしているのだと彼女は気づいた。反射的に、さわられるのを防ごうと膝をきつく合わせたが、接触は感じなかった。今、彼は背筋を伸ばし、人差指と親指で挟んだものを眺めていたが、やがてそれを地面に落とし、かかとで踏みつけた。

　彼は言った。「下にガラスの破片がひっかかっていた。膝にかすり傷でもできると悪いと思って」

「え？　ああ、はい。どうも」

　彼女はろくに聞いていなかった。庭のほうにむしろ興味があるようだった。

　彼は言った。「ほんとになんでもないですか？　ちょっと顔色が悪いようだが」

　今、彼女は彼の視線をとらえ、落ち着きを取り戻そうと目に見えて努めながら言った。「ええ、ほんとに、大丈夫です」

　彼は疑うように見つめたが、彼女はまた庭を見下ろしていた。その視線を追っても、興味の対象が何なのかわからなかった。そのとき、知った人の姿がふと目に入った。おや、と思ったのがきっかけで、ジーナの心にかかっていることの見当がついた。

「水差しを落としたことだけじゃないな」彼は言った。

「あんた、また彼を見たと思ったんでしょう?」

彼女は否定せず、黙ってうなずいた。

「朝一番に車を走らせていたときに見たと思った、あれと同じだね。ほかにもそんな経験があるんだろうな?」

彼女は否定しなかった。実際、その話をするのがうれしいような様子だった。

「最初は毎日でした」彼女は言った。「それからだんだん間があいて——ところが、今日は違いました。このまえ、そんなことがあったのは一年近く前、十一月の初めでした……」

彼女はここで口をつぐんだので、彼は言った。「話してください。恥ずかしがることはない。わたしを司祭だと思えばいい。あるいは医者か。それだと、わたしはあんたの脈をみられるな」

これで微笑が浮かぶところだが、彼女は明らかに微笑するような気分ではなかった。ためらいがちに、彼のほうは見ないで、彼女は話を続けた。

冬の夜だった。ミック・パーディーと彼女はお気に入りのイタリア料理店《トラットリーア》で食事したところだった。二人の関係は友人と恋人のあいだのどこかに落ち着いていた。それが今後どちらへ進むかわからなかったが、彼女は彼といっしょに過ごす時間を確かに楽しんでいた。

その夜、二人はついいつもよりよけい飲んでしまったのかもしれない。玄関先で、彼女は中に入ってコーヒーでも、と彼にすすめた。彼は軽い調子で、「やめておくよ。明日は朝早いから」と言った。だが、断わった本当の理由は違う、二人の関係をわたしが望むより速く先へ進めようとしてしまいそうで彼は不安なのだ、と彼女は察した。でも、今夜は彼のほうが間違っていた。いつものようにフォーマルなおやすみのキスをしようと彼が身を屈めたとき、彼女はフォーマルどころではない力をこめて応えた。ふと気がつくと、彼女の手は彼の服の中、彼の手は彼女の服の中にあった。彼が硬くなってくるのを感じ、自分は柔らかくなってくるのを感じて、彼に身をまかせたいと思った。今ここで、この玄関先で立ったまま、まるで行き場のないティーンエイジャーのカップルのように。

　そのとき、彼の肩越しに見えたものがあった。薄くもやのかかった冬の空気に街灯が落とす明かりの中に、ぼんやりと見えた人影。せいぜい輪郭だけだが、あれはアレックスだった。

　彼女は目を閉じ、ミックの唇がまた彼女の唇と合わさった。彼が唇を離すと、彼女は喘いで言った。「中に入りましょう、あなたがわたしたちを逮捕しなきゃならなくなる前に」

　そして二人は敷居をまたぐなり、もつれ合った。そのとき彼女はしんとした外の通りに目をやったが、もちろん幻の人影は消えていた。翌朝、ミックの腕に抱かれて目を覚ますと、過去も過去の悲しみもすっかり消えてしまったように彼女は感じた。

　だがもちろん、そんなことはなかった。自分を騙そうとしても無駄だ。その人影は霧の中、街灯の光の背後にいつも忍んでいて、すぐに出てこようと構えている。郵送されてきた雑誌の写真などという単純なきっかけで充分なのだった。

　ジーナはダルジールにこの話をした。きわどい部分は削除したバージョンだが、彼は全体を呑み込んだだろうと思った。

「今また、彼を見るようになってしまって」彼女は締めくくりに言った。「クレイジーですよね？」

　冗談半分の口調をつくっていたが、説得力はなかった。

「まだ彼の姿が見えますか？」

　彼女は庭に目をやり、首を振った。

「心配無用だ」ダルジールは安心させるように言った。「誰しも経験することですよ。見ず知らずの他人の群れを見れば、必ず一人くらい、知った人間に似ているやつがいる。いや、わたしだってたった今、あっちを見たら、うちの主任警部と瓜二つの人物が見えた」

　ただし、違いはある。ダルジールはあっちに見えたのがパスコーだと絶対に確信していたし、その姿はまだ見えていた。

　なかなかおもしろくなってきた、と彼は思った。ジーナが見たのは例の盗聴者だったのだろうか？　尋ねてもいいが、現段階ではこのゲームでリードを続けていたかった。なにしろ、ゲーム、それも複雑なゲームが始まっていることが、今では確実だったからだ。それに、盗聴者がいたと彼女に教えればノヴェロの存在も教えることになるが、それはまだ隠し持っていたい切り札だった。

　ジーナが見張られていることには驚かなかった。何者かが彼女をここまで来させたのだから、目を離さずにおきたいだろう。だが、見張りと盗聴には大きな差がある。かなり高度な準備をしてかかっているというのが不安だった。

「では、これからどうしますかね？」彼は訊いた。

　彼女がどれほど悩んでいるかは察することができたし、彼なりの人物判断にパーディーから聞いた話を加えると、彼女がこの苦悩を押さえ込んでおくためには、行動計画、あるいは少なくとも今後の行動の見通しが必要だろうと思った。

　彼女は言った。「今朝おっしゃったことを考えてみました。この捜索が派手な騒ぎになって、アレックスがおびえて逃げてしまっては困ります。でも、わたしがこちらにいることは彼に知らせたいんです。会いたいのなら、彼が心を決めればいい」

　夫がまだ生きていて、近くにいる、という仮定がもとになっているが、それは今のところそっとしておこう。

「あんたがこっちにいると、知らせる必要はないかもしれませんよ」ダルジールは軽く言った。

彼女は言った。「つまり、あの写真を送ってよこしたのはアレックス自身かもしれない、ということ？　でも、もしわたしにコンタクトしたいなら、電話一本ですむでしょう？」

「あんたをこっちに呼び寄せて、自分の姿は見られずに、あんたをもっとよく見たいとか」ダルジールは言った。「樫の古木に黄色いリボンを結んでいる（無事の帰宅を待つしるし。T・オーランドーのヒット曲から）か確かめたいとか」

彼女はようやく微笑して言った。「バッハ、「パル・ジョーイ」、今度はトニー・オーランドー。音楽の好みの幅がとても広いんですね、ミスター・ダルジール」

「そのうちアル・ジョルソンの物真似を聞かせてあげますよ」ダルジールは言った。「それで？」

「ええ、もしそうだとすると、黄色いリボン、あるいはその不在は、どういう形を取るでしょう？」彼女は訊いた。

「まずは結婚指輪。それはあんたの手にはない。だが一方、婚約指輪もしていないな」

「それを見て取るには、かなり近づかないと」彼女は言い、不安げにあたりを見まわした。

「いや、上等な双眼鏡があれば充分だ」巨漢は言った。

庭から、リード楽器の悲しげにむせぶような音が漂ってきた。

「あら」彼女は言った。「クラリネット。わたし、あの音は大好きです」

「ああ」彼は言った。「バグパイプみたいなもんだ――野外で遠くから聞こえてくるぶんにはかまわない、誰か他人が金を出してるならな。あんたの武器はなんです？」

「おもにピアノです。でもバイオリンも弾きますし、いざとなればフルートを吹くこともできます」

「女一人の楽団だな」彼は言った。「アレックスも音楽が好き？」

「それほどでもありません。その、楽器はなにもやりませんけど、聴くのは好きです」

「じゃ、夫としてはいい素材だ」ダルジールは言った。

「どうして知り合ったんです？」

「大学です。わたしはある音楽グループの書記をしていました。コンサートをするので、学生組合会館の部屋を予約しようとしたとき、アレックスが組合の委員で、予約係だったんです。彼はそういう頭の持ち主で、組織するのが得意でした」

　自分の失踪を仕組むほどの頭だったか？　とダルジールは考えた。

「彼が警官になりたいと打ち明けたときは、どんな気持ちでした？」彼は訊いた。

「なんの問題もありませんでした」彼女はびっくりして言った。「それって、問題になるようなことでしょうか？」

　彼は微笑して首を振った。ピーターとエリー・パスコー夫婦との相似点を比べていたのだ。二人も出会いは大学だったが、ダルジールが聞きかじったところでは、パスコーが警察に入るというニュースは歓迎されず、ピカデリー・サーカスで結婚指輪を売った金で生活するつもりだと宣言したほうがましなくらいだった。

「あんたの職業だが」彼は言った。「学校で教えているんですか？」

「いいえ。逍遥教師というか、教育委員会に雇われていて、いくつかの学校を回るんです。ピアノの個人教授もしています。あなたは？　なにか演奏《プレイ》なさいます？」

　彼はにやりとして言った。「二人でプレイできるゲームだけね。やれありがたい、ようやく食べ物が来た。腹がぺこぺこだ」

　ウェイトレスが注文の品を運んできた。彼はバローロの水位を調べた。これだけおしゃべりしたので、喉が渇いたに違いない。水位はすっかり下がっていた。最近ちょっと体調を崩して以来、まだ完全に元のキャパシティに戻ってはいなかったし、これが公務中なら抑制していただろう。だが、今日は非番だ、なにが悪い！

　彼はボトルを取り上げ、ぱっと宙に突き出したから、ウェイトレスとジーナは一瞬ぞっとした。

「同じのをもう一本頼むよ、手が空いたらな」彼は言った。

12:20 - 12:40

　ダルジールが水差しを落としたとき、ヴィンス・ディレイは首を回してそちらを見ると言った。「無器用なやつめ。きっとアル中で手が震えるんだ。ああいうクソ野郎どもの手が震えないのは、賄賂を受け取るときだけさ」

　妹は言った。「きたない言葉を使わないで、ヴィンス。それに、警官がみんなそんなに馬鹿だったら、あなたが刑務所行きにならないよう、わたしが努力する必要ないはずでしょ」

　彼女はガーデン・テラスのほうを向いていて、事故の直前に巨漢が携帯電話で短く話をした様子を観察していた。テーブルが元通りにセットされ、ガラスの破片がかたづけられたあと、まもなくまた彼が携帯を取り出したのが見えると、彼女は椅子に背をもたせ、ミネラル・ウォーターをひとしきり飲みながら、ほかの客たちに目を移した。携帯を使っている客は三人見つかったが、うち二人は巨漢が電話を切ったあとも話し続けていた。

三番目は若い女で、上段テラスの端、ディレイたちのすぐそばのテーブルに一人ですわっていた。フラーが見守っていると、うぬぼれたイタリア人ウェイターがエビのオープン・サンドイッチと白ワインのグラスをのせた盆を持って近づいてきた。彼は若い女性客と会話を始めた。ボディ・ランゲージからすると、軽くいちゃついているようだ。女も微笑を浮かべて受け答えしているが、いろいろ質問しているように見える。質問の一つがきっかけで、青年はガーデン・テラスのほうを向き、隅のテーブルのカップルに目をやった。

ようやくウェイターはテーブルを去ろうとしたが、女は食事を始めようとせず、戸惑い顔でがばと立ち上がった。下段のテラスの向こうに目をやり、庭で開かれているビュッフェ・パーティーを見ている。それから彼女はウェイターになにか言うと、ホテルの中へ駆け込んだ。

フラーは言った。「ヴィンス、ここにすわっていて。携帯のスイッチはオンにして。いいわね?」

彼女は立ち上がった。ごくさりげなく、あわてた様子は少しも見せないが、それでも足早に動いたので、テラスのドアからホテルの中に入ったとき、若い女の姿が見えた。

フラーは女について駐車場まで出た。さらに追跡が続きそうだと、ショルダー・バッグからフォルクスワーゲンのキーを取り出した。だが、若い女は並んだ車を無視して、まっすぐ駐車場出口へ向かった。ここで立ち止まり、ポケットから携帯を取り出すと、話を始めた。だが、番号キーには触れていなかった。ふりをしているだけだ、とフラーは推測した。駐車場に立っている言い訳にしている。

フラーはその理由を推理したが、結論が出たのとそれが確認されたのとは同時だった。男が小型のオートバイに乗って出口に近づいてきた。顔はヘルメットとゴーグルでほとんど隠れていたが、口ひげを生やしているのは見えた。若い女の横を通ったとき、女は彼を目で追った。オートバイは左に曲がり、フラーが立っているそばの出口から出ていった。彼女はボールペンを出し、ナンバーを手の甲に書きとめた。

こんなに簡単でいいんだろうか？　彼女は思った。すばやく行動する必要がある。仮定どおり、若い女がデブのために働いているのだとすれば、電話一本でオートバイの男の既知の詳細が残らず手に入る。

そのゲームならこっちだってプレイできる、正しいコネさえあれば。なんといっても、フラー・ディレイには正しいコネがあった。若い女は急いで電話をかけようとはしていなかった。同じ場所に突っ立ったまま、次にどう動こうか、決めかねている様子が明らかだった。では、このゲームで有利な側に立つのに、まだ時間がありそうだ。

彼女はフォルクスワーゲンのほうへ歩きながら、携帯である番号にかけた。

「車輌チェックをお願い」彼女は言った。「できるだけ早く」

電話を切ると、短縮ダイアルで兄を呼んだ。

「ヴィンス」彼女は言った。「車に来て」

「二人はまだテーブルにいる」彼は逆らった。「それに、おれのデザートがもう来るところだ」

「車よ、ヴィンス。今すぐ！」

フォルクスワーゲンのドアをあけ、運転席に滑り込んだ。

若い女は今、電話をかけていたが、たんになにか依頼しているというより、誰かと会話をしているように見えた。

ヴィンスがふくれっ面でホテルから出てきた。

フラーの電話が鳴った。

「アラン・ワトキンズ、ラウドウォーター・ヴィラズ、フラット三九番」彼女は繰り返した。

ヴィンスが車に乗り込んだときには、彼女はもう住所をカーナビに入力してあった。

「どうなってんだ、フラー?」ヴィンスは訊いた。

フラーはエンジンをかけ、兄にほほえんだ。

「思ったより早く家に帰れるかもしれないわ」

12:35 - 13:15

巨漢が空腹を感じるのに言い訳を必要とすることなどめったにないが、今朝はあまり急いでいたので、朝食を切り詰めたのだった。今、彼はもりもりロースト・ビーフを食べていた。ホースラディッシュを添えて。

一方、ジーナは皿の上のごく薄くスライスしたビーフをフォークでつつくばかりで、口まで届くものといえば、ワイン・グラスだけだった。

とうとう彼女は言った。「もしアレックスが仕組んだことだったら、彼の写真をわたしが新聞やテレビで見せても無駄ですよね?」

彼は言った。「そうだな」

彼女は考えを口にするように言った。「でも、そう仮定することはできないでしょう？　もし写真が彼から来たものでないなら、わたしはなんとしてでも彼を見つけなきゃ」

「どうしてです？」ダルジールは言った。

一瞬、なんてばかな質問だとでもいうように、彼女は彼を見た。だが答えようとすると、理由は自分で思ったほど明快なものではないと気づき、そんな表情は薄れていった。

「だって……必要ですから……わたしたちがおたがいに対して感じていたこととか……いっしょに体験したこととか……だって、わたしは知る必要があるんです！」

彼女は挑戦するようにダルジールを見つめた。〝知るって、何を？〟と訊いてきたらどうだ、とでも言っているようだった。

実際には、彼はこう言った。「ご主人のほうはどうかな？　見つけられたくないのかもしれない」

「それはわかりません。まだ精神的遁走《フーガ》状態かもしれないし」

「バッハみたいに？　彼はそんなに音楽が得意じゃないと言ってたと思ったがね」

「わたしの言った意味ならよくおわかりでしょう」彼女は軽くいなした。

もうわたしの正体をすっかり見抜いたと思っているな、と彼はいい気分で考えた。それはかまわない。わたしの頭がどう働くか、わかったつもりの人間を相手にするのは好きだ。

彼は言った。「つまり、ご主人が問題を抱えている、頭が混乱して、自分が誰だか、何がどうなっているのかもわからない、そんな状態なら、あんたは彼を助けたい、そうだね？」

「もちろんです」

「では、彼が生きて見つかったが、問題を抱えていなかったとしたら、どうします?」

　彼女はワインを一口飲んでから言った。「それなら殺してやるわ!」

　本物の殺意がこもっていた。ダルジールはその思いつきを考慮するかのように口をへの字に結んでいたが、それから、いい考えだという様子でうなずいた。すると、彼女は表情を緩めて微笑を浮かべ、やがて声を上げて笑い出した。

「ごめんなさい!　何を考えているんだか。気持ちが乱れている、なんてものじゃないわね、アンディ。アンディとお呼びしてもいい?」

「どうして?」ダルジールは言った。

「それがあなたのお名前だとミックが言っていますから。それに、わたしがミスター・ダルジールと呼んでいるのを人が聞いたら、あなたは上司か、さもなきゃ年上の愛人だと想像するでしょう」

「で、アンディと呼べば若い愛人と想像するっていうのか?」

　彼女はまた笑った。ワインを二杯飲んだおかげで、彼女は本当にリラックスしてきた。三杯飲んだらどうなるだろう?　パスコーがこっちを見張っているとすれば、このランチ・デートを誤解しているかもしれない。いい気味だ!

　ジーナは言った。「アンディ、あなたをお呼び立てしたのはミックの考えで、わたしの考えじゃありません。彼にそう聞かされたとき、実をいうと、まったく時間の無駄に終わるだろうと思ったんです」

「だが、今はそう思わない?　どうしてです?」

「調査の仕事をしたのはあなたばかりじゃありません」彼女は挑発するように言った。

「つまり、あんたはわたしをチェックした?　どうやって?」

「まずはミックと話しました。あなたのことをすっかり教えてと頼んだんです」

「たいして話すことはなかったろう。たった一度会ったきりだ」

「あなたの評判は警官の仲間内でずいぶんあちこちまで広がっているようですわ、アンディ。あの、カウボーイ映画はお好き？」

「たまには見ますよ」

「ミックは大ファンなんです。ジョン・ウェイン、クリント・イーストウッド。わたしたち、夜はよく昔の映画のＤＶＤを見て過ごすんです。わたしが選ぶ番だと、「赤い靴」とか「ホフマン物語」。ミックの番だと、「許されざる者」とか「勇気ある追跡」。あれは彼の大好きな作品です」

「ああ、わたしも見た。いい映画だ」

「女の子が父親を殺した男を追跡してもらおうと警察官をさがすところ、おぼえていらっしゃる？　あんたが何を求めているかによるね、と彼女は言われるの。本物の勇気ある人間が欲しいなら、ルースター・コグバーンを選ぶことだ。その台詞をミックはあなたについて言いました」

　ダルジールは考えながら顎の先を揉んだ。

「前にも言ったように、わたしは人を殺さない、本気で大嫌いなやつでなければね」彼は言った。

「じゃ、ルースターと同じだわ」彼女は言った。「ともかく、ミックが言ったことと、わたしがあなたと短時間お話ししてわかったこととを足して、心を決めました。あなたの助けを受け入れないなんて、正気じゃない。もちろん、あなたが助けてくださるおつもりなら、ですけど」

　ダルジールはワイン・グラス越しに彼女を見た。ミック・パーディーとこの女はわたしをもてあそんでいるのか？　だが、「勇気ある追跡」にたとえられたことは、ばかばかしいとはいえ、いい気分だった。

「じゃ、わたしに何をしてほしいんです？」彼は訊いた。

彼女はてきぱきした態度になって言った。「ええ、こう見ているんです。わたしに関わりのある可能性は二つだけ。一つ、アレックスは生きていて、もしわたしがここにいると知ったら、コンタクトしたいと思っている。二つ、アレックスは生きていて、コンタクトしたくないと思っているか、あるいはわたしを見ても誰だかわからないような精神状態にある」

三つ、アレックスは生きていて、ブエノス・アイレスで浅黒い肌の美女と水平タンゴをやっている、とダルジールは思った。あるいは、四つ、彼は七年前から死体だ。

彼は言った。「まあ、理にかなっている。それで？」

「もし一つ目なら、わたし一人でなんとかできます。でも、もし二つ目なら、一人で彼を追跡するのはとてもむずかしい。そこへいくと、あなたのような経験と情報がある方なら……」

「そうかな？　どこから始めればいいか、なにかヒントは？」

彼女は《MYライフ》から切り取ったページの入った封筒を取り出した。

「ここから始められるでしょう。彼のまわりにほかの人たちが立っている。その顔を引き伸ばして、誰だか調べ出すことはあなたたちならできる。この人たちが彼をおぼえているかもしれない。知り合いだっているかもしれないし」

「あるいはね」彼は封筒を受け取って言った。「やってみる価値はある」

彼女から写真をもらい、それが偽物だというパーディーの推理を試してみるつもりではいたが、今こう言われて受け取ると、やや心地悪くなった。だが、これはたぶんすべて作り事で、狙いはミックだろうと彼女に言うのは自分の仕事ではない。だろう？

また携帯が鳴り出したので、これ以上頭の中で議論を続けずにすんだ。

「男は出ていきました」ノヴェロは言った。

「見失ったのか？」

「オートバイです。ナンバーは控えました。調べますか？」

説明されなくても、意味はわかった。車輛の登録番号調査請求はすべて記録される。非番の刑事がそんなことをすれば、理由を問われる。

もちろん、ダルジールなら一言でこれを非公式から公式の捜査に変えることができる。せいぜい悪質なジョークだろうというパーディーの考えがたとえ正しいとしても、二人のテーブルが盗聴されていたとなると、状況はかなり深刻になってきた。それでも、事件か事件でないかはまだなんとも言えない。二カ月前なら、名探偵だってたまには推理が鈍る、という程度に気安く〝事件でない〟のほうを振り捨てていただろうが、今、彼は自分が天秤にかけられ、同僚たちに判断されていると感じていた。

いいかげんにしろ。おれは城主だ、違うか？　城主に言い訳など必要ない。

彼は言った。「教えてくれ」

ナンバーを手に書きつけた。

「あとで電話する」彼は言った。

電話を切ると、短縮ダイアルでウィールドにかけた。

「ウィールディ、こいつをチェックしてくれ。できるだけ早く頼む、いいな？」

携帯をテーブルに置き、ジーナ・ウルフに向かって詫びるように微笑した。

彼女は言った。「ミックのいわゆる非番の日とそっくり。いつ電話が鳴るかわからない」

「結婚していたあいだに慣れたでしょう」彼は言った。

「ある程度はね。でも、警部に昇進すると、アレックスは最前線で派手な追っかけっこをするより、書類を追うほうが主になりました。それでしばらくはほっとしました。あの人、今ごろ何をしてるんだろうと心配しながら眠れずに長い夜を過ごすことがなくなった。でも、今度は別の理由で二人とも眠れずに長い夜を過ごすことになりました。心配は昼も続いた」

彼は言った。「たいへんだったでしょう。それより悪いことは想像もつかない」

「ルーシーのこと、ミックから詳しくお聞きになりました？」

さっきまでの明るさは消えてしまった。あれを呼び戻したいと彼は思い、いや、これはデートではないのだと思い直した。

彼は言った。「ええ。だから、話したくなければ話さなくていい」

「いえ、いいんです。あのことは話したほうがいい。すべて心に秘めていたら、内側から食い尽くされてしまう。アレックスはそうだった。あれに食い尽くされてしまったんです。ある意味では、それはわたしにとっていいことだった。アレックスの心配をするというのが、わたしの仕事になった」

「それでも、ご主人のもとを離れたんでしょう」

「彼はもう助けの及ばない状態になっていましたから。もう少しで崖っぷちから落ちそうになっていた。いっしょにいたら、わたしもきっとあとを追ってしまうと思いました。だから離れて、力を取り戻したら、帰ってきて彼を救うつもりだった。まあ、そう自分に言い聞かせたんです。でも、帰ってきてみたら、彼はいなくなっていた。文字通りにね。今でも考えるんですけど……」

「いや、考えるのはよしなさい。痛みの感じ方を痛みの耐え方で量るものじゃない。がんばってここまで生きてきたからといって、痛みに鈍感だという意味にはならない。あんたは強いというだけだ」

よせよ、ダルジール！　と彼は自分を戒めた。これはデートではないとしても、大テントに聴衆を集めて教え諭す説教師みたいな言い方をすることはない！

彼女は言った。「まあね。でも、彼は弱かったからこそ、一からやり直すチャンスを見つけられたのかもしれない。わたしのほうは、そのいわゆる強さのせいで、痛みに永久に耐えていくばかり。わたしは人生を立て直したといっても、過去から逃げ切ったわけじゃないわ、アンディ。幼いルーシーのことを考えない日は一日もない。そのくせ、何があったかを率直に話すのは今でもむずかしいんです。気がつくと迂回している。大聖堂でお会いしたときみたいにね」

「今は迂回していない」

「ええ。大聖堂では、見ず知らずの人に話をしていたから、かしら」

「で、今は？」

彼女は目に涙を浮かべながら微笑した。

「今はルースター・コグバーンに話をしている」

「馬に乗せようたって、そうはいかないよ」この緊張からの逃げ道をさがして、彼は言った。

彼女は喜んでその道に入った。

「最高に心優しい騎士になるのに、馬は必要ないわ」彼女は言った。半分冗談だが、半分は本気だった。

「今までいろんなあだ名を頂戴したが、騎士というのはなかったな。さてと、わたしの食べ物はどこへ消えた？」

巨漢は食べるのとしゃべるのと同時にやるのになんの問題もなかったが、この同時性のおかげで、しばしば気づかないうちに食べ物がかたづいているのが問題だった。

彼女は言った。「よかったら、わたしのを試してみて。あまりおなかがすいていないので」

彼は相手の皿を不審の目で見た。

「ビーフかね？　どのくらい火を通してあるんだ？」

「火を通してないんです」

「なんだって！　親父に昔注意されたもんだ、生肉を食う娘とは関係するなってな！」

「言うことを聞いておくべきだったんだわ」彼女は言った。「でも、おいしいんですよ。ほんとに」

「ま、なんでも試してみる主義だ、近親相姦と自由民《リブデ》主党《ムズ》は別にしてな」

　彼は一切れ切り取り、嚙みしめてから、「悪くない」と言うと、彼女の皿を引き寄せた。

　二本目のバローロはもうほとんど空だった。

　彼女のほうは、二杯目から先へ進もうとはしていなかった。残念だ。だが、無駄にするものじゃない。

　彼は言った。「その白ワインだが、そいつも残すつもりですかね？」

　彼女はにっこりして、ボトルを彼のほうへ押しやった。

　生牛肉をかなり食べ進んだころ、また携帯が鳴った。彼はディスプレーを見ると、「失礼。プライベートだ」と言って立ち上がり、庭へ続く階段を降りてから、電話に答えた。

「ウィールディ」彼は言った。

「例のナンバーですが、名前と住所です」部長刑事は言った。

　ダルジールはそれをメモ帳に書きとめた。

「ありがとう、ウィールディ」

「どういたしまして。あの、なにか知っておくべきことがあるんでしょうか？　あるいはピートに知らせることとか？」

「明日話す」ダルジールはごまかした。「それに、ピートに話す必要があるとすれば、わたしは今、あいつをこの目で見ているところだ。恩に着るよ、ウィールディ。じゃあな」

　それはまずまず真実だった。ビュッフェ・パーティーの客の遠い一群のあいだに、パスコーの頭が見えていた。

　彼は親指でノヴェロの番号を押した。

「アイヴァー、名前と住所だ。アラン・ワトキンズ、ラウドウォーター・ヴィラズ三九番。いいか、そこへ行ってちょっと探ってみてくれ。だが、目立たないようにな。よし。いや、連絡をくれる必要はない。よほど重要なことでも出てこない限り、明日でいい。じゃ、楽しんでやってくれ！」

彼はふいにひどくリラックスした気分になった。うまいイタリア・ワインを二本飲み干したせいだろうか。陽射しの下で庭を眺める。夏の栄華は初秋の訪れで薄れるどころかむしろ輝きを増し、あずまやからは快い迷路のような音楽が漂ってくる。背後では黄金色の髪の乙女が悩みを楽にしてほしいと、彼の帰りを今か今かと（だといいが）待っている。こんな状況でのんびりしていると、職場に復帰して以来つきまとわれてきた疑念や心配がすっかりなくなったように思えた。

そのうえ、まだデザートが来る！

ふたたび自分の魂の主人、自分の運命の船長（W・E・ヘンリーの詩「こだま」の一節）となった彼は、やりたいことならなんでもできた。

ただし、車を運転して帰るのは無理か。

しかし、明日のことまで思い煩うな……

振り向くと、ジーナ・ウルフも席を離れ、すぐ後ろに立っていた。電話の会話を盗み聞きされた？　かもしれない。だが、どうということはない。彼女に関係した話だと思われるようなことはなにも言わなかった。

彼女は言った。「すてきな場所ね？　なんだか、こんな日にこんな場所で不しあわせでいるなんて、そう、感謝の心が足りないみたいな気がします」

「じゃ、不しあわせでなくなろうじゃないか」彼は言い、先に立ってテーブルに戻ると、黄金色のワインを彼女のグラスに一インチ、自分のグラスにはなみなみと注いだ。「乾杯だ。明るい未来に」

「いいえ」彼女はまじめな顔で言った。「未来を持ち出して、運命を試すのはよしましょう」

「それはそうだ」彼は言った。「賢い男は今ここに足をつけているものだ。じゃあ、ええと、イタリア・ワインと、イギリスの天気と、外で偶然やっているちょっとした音楽に、乾杯！」

「それはいいわ。乾杯」彼女は微笑して言った。

13:00 - 13:40

デイヴィッド・ギッドマン三世はマイクに近づき、拍手に応えた。

　ピンチベックは正しかった。またしても。開館式に集まった人々は教会の会衆より少なくとも五割は多かった。牧師館の芝生で美人の牧師補が彼のグラスにお代わりを注ごうとしたとき、あの女はすぐ寄ってきて阻止したが、それもたぶん正しかったのだろう。司祭服をまとった女とセックスするというのは不思議と魅力があった。

　そんな空想を振り払い、彼はスピーチに集中した。聴衆を一九四八年に連れていった。エンパイア・ウィンドラッシュ号がイギリスに到着、初代ディヴィッド・ギッドマンは幼い息子を連れて移民。息子はまだゴールディーの名で知られてはいない。

　マギーは批評的な態度でスピーチに耳を傾けた。祖父がイースト・エンドで過ごした初期のころのこと、コミュニティ・リーダーとして頭角を現わしたこと、鉄道の清掃員から〈フライイング・スコッツマン〉の車掌にまで昇進したこと。うまい、と認めざるをえなかった。キャメロンより説得力があり、ブラウンより話に肉があり、ブレアほどお涙頂戴でない。彼はすべて備えていた。うまく導かれれば先の先まで行けるだろう。

　彼は祖父から父へ、実に滑らかに話を移し、ゴールディーを勤勉な、独力でたたき上げた実業家、博愛的国家のおかげで教育を受け、財を築いた人物として描き出した。

「父と祖父の共通点は、一生懸命働く能力のほかに、もう一つありました」彼は力強く言った。「二人とも、自分がどこから来たかを決して忘れなかった。つねに社会にお返しをした。多く稼げばそれだけ多くを寄付した。

　今、このわたしは連合王国に住むギッドマンの三代目です。父と祖父の水準からすれば、楽な暮らしをしてきました。大海原を越える長旅のすえ、新しい土地に来て、新しい人生を始めたわけではない。イースト・エンドの裏町から金融街《シティ》の役員室へ、長旅をしたわけではない。このわたしは、一流の学校、一流の大学へ行くという特典に恵まれました。

　しかし、そういう特典を受けて申し訳ないとは思いません。代価はすべて払われたのです、それも利息つきで。父と祖父がわたしを愛し、精魂を込め、身を粉にして働いた、それが支払いです。

　でも、わたしが二人の努力、愛情、犠牲に値する人物であるなら、わたしにも支払うべきものがあると、いつも意識しています。
わたしは父と祖父を誇りに思います。二人にはわたしを誇らしく思ってほしい。今日ここにおいでのみなさん、わたしがよい仕事をしているかどうかを教えてくれるのは、みなさんのコメント、みなさんの票です。とはいえ、中で食事が待っているというのに、これ以上みなさんをお引き止めしては、政治家としての将来に響く！　ではこれにて、デイヴィッド・ギッドマン一世記念コミュニティ・センターの開館を宣言いたします」

彼はマギーが差し出した鋏を受け取り、カメラに向かって振り上げてみせた。頭をやや右にかしげるのを忘れない。横顔はどちらも悪くないが、左のほうが少しいいのだ。黙って三つ数えてから、開いた両開きのドアの前に渡した白いシルクのリボンをぱちんと切った。建物は超モダンな反射ガラスと白いコンクリート製で、不時着した宇宙船のようにうずくまっている。槍投げの世界記録保持者なら届きそうな距離にある無人地帯は、ロンドン・オリンピック村として花咲く予定とされていた。

拍手に応えてから、彼は脇へのき、さあどうぞと手を振って、約束された食べ物のほうへ人々を送り込んだ。

バリケードには真っ先に、食事には最後に行き着く、それが人心をつかむこつだ、とマギーは言う。彼女が今どこにいるかとさがすと、センターの支配人が公式の市民グループをちゃんと案内しているのを見届けてから、もっと重要なジャーナリストの一群に注意を向けようとしているところだった。

デイヴは記者会見をやったらどうかと言ったのだが、彼女に拒否されていた。

「それでは、これがあなたの宣伝のように見えてしまう」彼女は言った。

「だってそうじゃないか」彼は逆らった。「だから親父は引っ込んでいると言ったんだ」

「ええ、でもそういうふうに見えては困るわ。大丈夫、あなたの取材記事はちゃんと出ますから」

そのために、彼女は記者グループが市民グループのあとについていくあいだに、デイヴが記者たちと順々に私的な会話らしきものを持てるよう、取り計らっていた。個人秘書は誰しもマスコミ扱いがうまいと言いたがるものだが、実際にそれができる秘書はそうはいない。マギーはその一人だった。ごく目立たないので、こちらが列を乱して注意されない限り、そこにいることに気づかない。約束にせよ、脅迫にせよ、必ず実行する人物、という評判を彼女は築きつつあった。

最初は《インディペンデント》だった。政治部のトップの男ではない。彼が日曜日に妻のノーフォークの屋敷から腰を上げるには、上昇中の若い政治家がコミュニティ・センターをオープンするというより、もう少しおいしい話題でなければ。いや、こいつはまずまず感じのいい若い記者で、名前は……今回はマギーの耳打ちが必要だった。

「やあ、ピアズ。会えてうれしいよ」

「どうも、ミスター・ギッドマン。今日はお父上が欠席でしたが、さぞ残念がっていらっしゃるでしょう。お元気なんですか？」

「元気だよ。ちょっと風邪気味というだけだ。お心遣いありがとう」

「じきによくなるといいですね。でも、このところあまりお見かけしない。あなたが輝くよう、第一線を退いた、というわけですか？」

「ゴールディー・ギッドマンより明るく輝く人間はいない、と言われているんじゃないか？　いや、最近は静かな生活を楽しんでいるんだ」

「静か？　彼はしじゅうミルバンクに出入りして、今の経済危機の中で影の財務大臣（野党保守党の「影の内閣」の一員）が計算を間違えないよう手を貸している、と理解していますが」

「この国に必要とされるときは、いつでも父は出てきますよ。今日は本当にめずらしく休みを取っているんです」

「あなたとは違いますね。大忙し、国会で席の暖まる暇もない。どこからそんなエネルギーが出てくるんです？　あれこれ引き受けすぎているんじゃないかと、周囲は心配しているでしょう」

「よく言うだろう——事を成したいと思ったら、忙しい男に頼め、とね」

「首相は同感でしょうね。次の内閣改造のとき、あなたに影の大臣職がまわってくるという噂があります。コメントは？」

「ぼくは党と国のためにいつでも働きます」

「では、噂は……？」

「噂を止めようたって、ほとんど不可能だろう、ピアズ、だからどんどん広めてくれよ」


　今、マギー・ピンチベックが甘い微笑を浮かべて二人のあいだに現われ、時間切れ、とわからせた。記者は従順に脇へのいた。

　次は《ガーディアン》だった。今度も下っ端だが、くたびれたボマー・ジャケットとつるつるになったスエードの靴は先輩からのお下がりのように見えた。

　この男もゴールディー・ギッドマンの保守党献金に焦点を絞ろうとした。だんだん攻撃的になってきて、ゴールディーが自分で見返りを期待していないのなら、たぶん息子のキャリアへの投資と見なしているんだろうと言い出すと、マギーがまた割り込み、さりげなくリストの次のジャーナリストにこちらへと合図した。リストでは、《デイリー・メッセンジャー》のかなり押しの強い若い女性記者、ジェム・ハントリーの予定だったが、出てきたのはグウィン・ジョーンズだった。死肉にたかる黒蠅のごとく、政界の噂を嗅ぎつける男だ。しかもデイヴ三世が華々しく登場して以来、ギッドマン一族にとりついてスクープを狙っていた。

「グウィン」マギーは言った。「おひさしぶり！　どうしたの？　シャンディが連名の招待状を送ってよこさなかった？」

目と耳をしっかりあけているのはかれらばかりではないと、記者たちに見せつけてやって悪いことはない。彼女がシャンディのパーティーのことを知っているのは、ギッドマンに招待状が送られてきたからだが、彼の手には届かないようにしておいたのだ。タブロイド紙が〝今月最高のどんちゃん騒ぎ〟と命名したパーティーに出席するためにセンターの開館式をキャンセルするなど、ＰＲ上の大惨事になると説得することはできただろうが、たんに誘惑そのものを取り除くほうがずっと簡単で安全だと思えたからだった。

ジョーンズは、自分が招待されるのはビーニーの連れとしてだけだ、とほのめかされたことを悲しげに認めて言った。「男はキャヴィアのみにて生くるにあらず。うまいサンドイッチならいつでも歓迎だ。ともかく、ジェムのやつが今朝ちょっと気分が悪いというんで、代わりに行ってくれと頼まれたんですよ」

説得力を出そうと努力はしなかった。マギーも真実味をこめようと努力はしないで答えた。「あら、お気の毒に。すぐよくなるといいわね。デイヴィッド、今日は光栄よ。《メッセンジャー》からあなたと話をするためにトップ記者が送られてきたわ」

デイヴはさすがだった。不快感などみじんも見せず、にっこりして言った。「グウィン、ようこそ。聖オシス教会ではお見かけしなかったようだが」

「礼拝には行けなかったんです、デイヴ、申し訳ない。党首の言葉を肝に銘じておられるんですね。なんと言ってましたっけ？　〝宗教に政治が関わるべきではない。われわれみんな、神の前には裸で立つことになる〟。そのときはきっと、サイズが大事かどうかわかるでしょうがね」

ギッドマンの心臓がどきっとした。こいつ、ソフィーのことを知っているのか？

だが、微笑は温かく、声は明るく平静に保ったまま、彼は答えた。「票差の大きさ、という意味だね。それで、センターのことはどう思う？」

「立派ですね。金に糸目をつけず、というやつですか？　ここいらの人たちはさぞ感謝しているでしょう」

「感謝されるかどうかは問題じゃない。われわれはこの地域になにかお返しをしたかっただけだよ」

「ええ、そう感じる理由はわかりますよ。でも、そうなると疑問が出てくる。おたくの一族が今までに搾り取ったすべてを返し切ることは本当に可能なのか？　それにはバッキンガム宮殿なみのものを建てなきゃならないんじゃないですか？」

マギーはびっくりした。《メッセンジャー》がギッドマンの肩を持つことは絶対にないし、ジョーンズは彼を忌み嫌っているが、それにしても、こう正面から攻撃してくるのはふつうではなかった。

デイヴが最初に感じたのは安堵だった。性的なほのめかしなら、いやな気持ちになっただろう。だが、ゴールディーの悪口には慣れているから、簡単に始末できる。

「できるだけのことをして、さらにもう少し努力しなさい、というんじゃないか？」彼は言った。

「そうですか？　誰の言葉です？　アレックス・ファーガソン（マンチェスター・ユナイテッド・サッカー・チームの監督）？」

「もっと昔の人だと思うよ。孔子、かな」

「それはすごく古い。でも、いつも過去に注意しているべきですよね、デイヴ？　後ろから誰が寄ってきて尻に噛みつくか、わかったもんじゃない。尻を噛まれた男には、本当の友達が誰だかわかる。もちろん、噛みついてきたのが何かによりますがね。蚤《のみ》だったらいらいらさせられるだけだが、もうちょっとでかい、たとえば狼《ウルフ》とかなら深刻だ。後ろから噛みつこうと、ウルフがうろうろしてるってことはないですか、ディヴ？」

　こいつ、どうしてウルフを強調しているんだ？

「知る限りで、蚤一匹いないよ、グウィン」

「ラッキーだな。そう、過去といえば、おとうさんが自伝を書こうと考えている、という噂を聞きましたが」

「また噂か！　そいつは絶対に根も葉もないね、グウィン。書いたらどうかとぼくがすすめたことがあるんだが、〝こんな退屈な爺さんの話なんか、誰が読みたがる？〟と父は言った」

「いやあ、とんでもない、感動の物語をすっかり聞きたいという人は大勢いると思いますよ、デイヴ、ウルフの話も含めてね。もし実際に執筆を始められるんなら、喜んでリサーチのお手伝いをします。過去を掘り返すのは楽じゃない。人は移動する、消える。そこで、ジャーナリストがすごく役に立つんだ。技能がありますからね。消えた人を見つけ出すのは、ぼくの専門といってもいい」

「ご親切に。必ず父に伝えるよ、グウィン」

　彼はちらとマギーに目配せした。彼女はそのヒントを受け取り、ジョーンズの取材を終わらせるため、《デイリー・テレグラフ》の好意的な記者を押し出した。やれやれ、ありがたい、とギッドマンは思った。《テレグラフ》はデイヴ・ギッドマンが大好きだ。だが、その月並みな質問に答えるあいだも、頭の中ではまだグウィン・ジョーンズの声が聞こえていた。

13:00 - 13:50

ゴールディー・ギッドマンはフローが供した食べ物に対する客の反応を愉快がりながら、そんな表情はしっかり隠して相手を眺めた。

男はウィンドラッシュ・ハウスに十一時に来る約束だったが、一時間遅刻した。基本的な目的は金をせびることだったから、時間どおりに現われそうなものだった。だが一方、成金の黒人が住む悪趣味な屋敷にイギリス貴族がわざわざ足を運ぶのだから、王侯の礼儀作法に従うことはないと彼は感じたのかもしれない。遅刻の言い訳に、サンドリンガム（ノーフォーク州の村。王家の別荘がある）からウォルサム・アベイまでの道でいくつも道路工事をやっていたから、と軽く言ったのは、確かに詫びというよりこちらを見下した態度だった。

ゴールディー・ギッドマンは不快感は持たなかった。あなたのような背景の人物がなぜ断固として保守党支持なのかとジャーナリストから質問されることはしばしばあり、そういうときの答えは用意してあった。伝統的価値観、イギリス的正義、フェア・プレイ、機会均等、啓発された個人主義、クリケット、などを引き合いに出す。

だが、私的な場面でオフレコなら、こう言っていた。イギリスの政治をよく観察したところ、保守党が自分と同種類の人間だとわかった。あの連中なら相手にできる、動機を理解できる。

すべての男がおのれの真実を隠している核の部分、最後の審判のときにだけ——もしそんなものが起きればだが——完全に開かれる内側では、ギッドマンはこう信じていた。政治家は誰しもレザボア・ドッグズと変わらないから、おれの好みの肉を食らう群れといっしょに走るまでだ。

　訪れた貴族はいわゆる資金調達係だった。今まで気前よく多額の金を党に渡してきたゴールディーだが、その寄付がここ数ヵ月のあいだにきらめく奔流から泥水の滴りに減ってしまったのはなぜか、理由を確かめにきたのだった。保守党サーカスの演技主任が、ギッドマンなら歴史ある称号に感心するだろう、などと愚かしく考えたわけではない。ギッドマンは支払いを渋ることで駆け引きに出ようとしているのだ、と彼は考えたのだった。最近あれこれスキャンダルがあったため、そういう交渉には微妙で遠まわしな言い方を使うようになっていて、それだけに誤解の危険がつきものだった。アンティーブに立派な別荘を買ったと思ったのに、実際にはトレモリノスのタイム・シェアでお茶を濁されたと知ったら、よくても不満を持つだろうし、悪くすれば他党へ移ってしまうだろう。この貴族が特に選ばれたのは、いかにも知性が欠如しているという印象を与えるので、ゴールディーは寄付の見返りとして具体的に何を求めているのか、二音節以上の単語は使わずに説明しなければならないと感じるだろう、というのが理由だった。

　だが、一時間過ぎても貴族は一歩も前進していなかった。

　ゴールディーは腕時計に目をやって言った。「そろそろ昼飯だと家内が呼びにくるころだ。規則正しく食事しないと胃潰瘍になると思っているんです。ありあわせでよかったら、どうぞごいっしょに。次のご予定がないんでしたらね」

「それはご親切に」貴族は言った。「喜んでごちそうになります」

　これは本気だった。ウィンドラッシュ・ハウスを訪れたのは初めてだが、主人が上等なワインを蓄えていること、妻はケータリング業界と関係があるらしく、生粋の英国人が喜ぶ伝統的な品を料理する腕は見事だと聞いていた。それなら、昔ふうの日曜日のランチ（肉のローストを中心にした、たっぷりした食事）が期待できる、思い出に残るものになりそうだ、と彼は想像したのだった。

　思い出に残る、という点では正しかった。

〝ありあわせ〟とは、薄いビーフ・コンソメ・スープだった。厚切りの小麦パンと硬いチーズが添えられ、飲み物はスタウト・ビールだったが、これは特別だとゴールディーは言った。ふだんなら、フローは水しか許してくれない。

　カフェイン抜きの生ぬるいコーヒーを飲むと、貴族はすぐ帰ろうと思った。もっとも、ここに派遣された任務について言えば、来たときにはいろいろ知っているつもりだったのに、今ではわからないことのほうが多いという気がした。

　退出しようと立ち上がったとき、ギッドマンは「あ、忘れるところだった。年のせいですな」と言って、白い長封筒を取り出した。

　封はされていなかった。問いかけるまなざしを向けると、どうぞというようにうなずかれたので、貴族は封筒をあけ、中身を見た。

「や、これは」彼は言った。「いやいや、なんとも気前のいいことで」

「一助になればと思います」ギッドマンは言った。「もちろんですとも。党はしんそこ感謝しておりますよ」

　ここで言葉を切った。党は感謝の念をどう表現すべきか、少なくとも強いヒントくらいは出されると期待したのだ。

　ところが、あとで彼はサーカスの演技主任にこう説明することになった。「彼は微笑して別れの挨拶をしただけでね、爵位が欲しいとほのめかすでもなく、若いデイヴ・ザ・タードの名前はおくびにも出さなかった。すると、本当に見返りをなにも求めていないってことなのかな？」

演技主任は、サーカスの中心人物となっただけのことはある洞察力を示して言った。「ばかな。もちろん彼はなにかを求めている。それが何かは、遅かれ早かれ、必ず調べ出すよ」

彼は正しかったが、完全に正しいとはいえなかった。

ウィンドラッシュ・ハウスでは、爵位の魅力に夫より動かされやすいフロー・ギッドマンが、あの貴族はなんて感じのいい人だったろう、王家とのつながりはあの鼻と耳を見ればわかる、などとひとしきりしゃべっていたが、最後に訊いた。「あなた、あの人とのお話はうまくいきましたの？」

「と思うね」ゴールディーは言った。「ここに来た目的のものは手にして帰った」

「寄付金ね。党はちゃんと感謝の念を表わしてくれるといいけど」

この件を夫に迫ることは決してなかったが、フローとしては〝レイディ・ギッドマン〟になるのはまんざらでもなかった。

「くれるだろ」ギッドマンは言い、愛情をこめてにっこりした。「おれとしちゃ、党がそんなことをする必要がなければいいと思っているがね」

意味はよくわからなかったが、妻は笑顔を返した。

わからないのは彼女ばかりではなかった。演技主任の狡猾な頭脳をもってしても、何がどうなっているのか、部分的にしか把握できなかった。

ギッドマンが最近寄付金を減らしていたのは、自分のすることを——報復は別として——当然と決めてかかられるのがいやだったからだ。多額の寄付をするとき、規則正しく切れ目なくやっていれば、ありがたみが薄れ、敬意を払われなくなる、というのが彼の判断だった。

ここぞというときが来たら、ミルバンクの上の連中に彼がどんなに重要な寄付者か、思い出させてやるつもりでいた。今日、そのときが来たと彼は感じたのだった。

二百マイルほど北では、彼の雇った人間二人が問題になりそうな状況の処理にあたっていた。彼の期待どおり、二人がうまくやってくれれば、それでおしまいだ。

だがもし、まずいことになり――その可能性はつねにある――ほかの安全確保手段すべてに欠点があるとわかった場合に備えて――その可能性はごくわずかだが、なくはない――賢い男は黄金の帯輪で影響力ある友人たちを自分にくくりつけておくものだ（シェイクスピア『ハムレット』の一節「〔いい友達は〕鉄のたがでおまえの魂に縛りつけておけ」のもじり）。

だからこそ、彼は例の訪問者に会っても、なんとも思わずにいられたのだ。男には爵位があり、名前は古代まで遡るもので、その古さたるや、今までに少なくとも三回、綴りが変わったほどだが、ギッドマンの世界では、彼は保険会社の勧誘員でしかなかった。保険を売りにきたのだ。

この保険を手にするのにこれだけ多額の頭金を払ったのだから、ゴールディー・ギッドマンはもう安心して私室に引っ込み、葉巻とジミ・ヘンドリックスを楽しみながら午後のひとときを過ごせると思った。暗黒のヨークシャーで何があろうと、今日の心地よい静けさを乱すことはないと、自信を持っていた。

13:00 - 13:30

　ラウドウォーター・ヴィラズは、金回りのよかった八〇年代にエドワード朝のテラス・ハウスをフラットに改造したものだった。トレンチ川の堰に近いために、やかましい水《ラウドウォーター》という名前がついている。市を横切る川は二本あった。これより静かで絵画的なティル川に臨む建物なら、景色がいいので不動産の価値が上がっていただろう。だが、産業革命が中部ヨークシャーの空を暗くするようになったころ、地理と地形――より深く、より狭く、より速い――のせいで、トレンチ川のほうが力の源として選ばれたのだった。ラウドウォーター・ヴィラズの上階の窓から川向こうに見えるのは、打ち棄てられた工場跡の荒地ばかりだ。市議会は選挙のたびに、ここをフラットや商店やスポーツ競技場の並ぶ二十一世紀の夢の国に変えると約束するのだが、その資金となる小切手が届くのを今か今かと待ち続けているばかりだった。

　フラー・ディレイはそんなことをなにも知らなかったが、細部に目が届くので、これはよく警備された建物ではないと見て取った。

　正面玄関に防犯カメラはない。いくつも並んだスクリーンを前に訪問者をチェックしている管理人兼警備員はいない。目立たずに入るのを防ぐものはロックされた正面ドアのみ。

　ロックされているとわかったのは、ついさっき、男がドアまで来ると、鍵を差して中に入ったのを見たからだった。

　いちばん簡単なのは、誰かが近づくのを待って、すぐあとに続いて入ることだ。だが、ケルデールの駐車場に立っていた女性警官の存在を彼女は強く意識していた。警官は電話をかけていた。おそらく指示を仰いだのだろう。

もし最終的にラウドウォーターへ行けという指示が出たとすれば、警官はすぐそこまで迫っている。

フラーは心を決めた。これはなんといっても下調べにすぎないのだから、目立たないほうが望ましいとはいえ、見られて困るというほどではない。この人物に間違いないと確認したら、それから本格的な仕事が始まる。若い男がオートバイで事故を起こす確率はかなり高い、と彼女はすでに考えていた。古びたヤマハ２５０はハイ・パフォーマンス・マシンとは言い難いが、時速四十マイルでアスファルトに叩きつけられれば、時速八十マイルのときとほとんど同じくらい簡単に首の骨が折れる。

だが、それは先の話だ。今はすばやくあそこに入る必要がある。誰かのフラットのベルを鳴らすことになるかもしれないが。

彼女は言った。「ヴィンス、ここでじっとしてて。わたしは行って見てくるから」

「いっしょに行かなくて平気か、フラー？」

「今はまだいい。携帯を手にして、よく見張っていて。もし例の駐車場の女が現われたら電話して、いいわね？」

「よし」

彼女は車から出た。立ち上がったとき、ちょっとふらっとしたが、すぐなおった。ヴィンスは気づかなかった。兄の物事を目にとめる能力の欠如にはときにいらいらさせられるが、今回はありがたいと思った。

玄関に近づいた。仕事中はいつも運に恵まれるのだが、今回もそうだった。背後に車が寄ってきた。さっと振り向くと、運転していた若いアジア人の男が出てきた。急いでいて、彼女に目を向けもせず追い抜くと、鍵を差し込み、入ったあとドアを大きくあけたままにしていったから、振れて閉まらないうちに、彼女は手を伸ばして押さえることができた。

入るとそこは小さなホールで、上に行く階段があった。エレベーターはない。倹約できるところは倹約して改造した建物だった。〈リストン開発〉という社名にシドニー・オペラ・ハウスに似たロゴを添えたものの下の掲示板を見ると、彼女の推測どおり、三〇番台のフラットは三階にあるとわかった。

急いで階段を昇った。早く動けばそのぶん人にぶつかる可能性が少なくなる。先のほうで若いアジア人の足音がしていた。彼も三階へ行こうとしている。彼女が廊下に足を踏み入れたとき、男があるフラットに入ったのが見えた。「デヴィ、何してるんだよ？　おふくろはおれたちが一時に来ると思って待ってるんだぞ」と彼が言うと、女の声が答えた。「はいはい、ちょっと待って、あんたのおふくろさんならどこへも行きやしないでしょ、運悪くね！」

フラーが近づくと、ドアが閉まった。三八番。

前を通り過ぎ、三九番へ行った。廊下のいちばん端だった。それなら隣は一軒だけだし、その住人はすぐ出ていくところらしい。

ドアの向こうでは、テレビの警察ドラマか映画のような音が聞こえていた。女の悲鳴や車がタイヤをきしませる音がたくさん入ったタイプだ。呼び鈴があった。彼女はそのボタンをぐいと押してから、一歩下がった。防犯カメラはないが、ドアには覗き穴がついている。彼女は微笑する主婦ふうの顔をこしらえた。簡単ではなかったし、しげしげ見れば偽物だとわかるだろうが、片目で覗く程度ならごまかせるだろう。

覗き穴が暗くなった。しばらくして、また明るくなった。三十秒たった。服装を整えているのか、それとも彼女を怪しいと踏んだのか？　後者ではないかと心配になってきたとき、ドアがあいた。

彼女はそこに立っている男をすばやく判断した。

豊富な髪はぼさぼさ、めずらしいほど真っ黒なこと、司祭のソックスなみ。ただし眉毛は明るい茶色だ。だが、駐車場を出るところを彼女がちらと見たときには、口ひげを生やしていたのではなかったか？

体格はあの人物と同じだった。六フィート弱、筋肉があり、ジーンズのベルトの周囲に中年の脂肪はまったくついていない。年齢は決めにくいが、肌は若者の肌に見えた。若すぎる？　男性用保湿ローションを使っているのかもしれない。

彼は言った。「はい？」

彼女は言った。「ミスター・ワトキンズでいらっしゃいますか？」

彼は言った。「どなたです？」

彼女は言った。「お留守でなくてよかった。建物じゅう、誰もいないかと思い始めていたんですよ。わたくし、ジェニー・スミスと申します、ミスター・ワトキンズ。リストン開発の者です。予定されている改修工事の件なんですが。申し訳ありませんが、フラットを二日ほどあけていただくようお願いすることになります。それで、そのあいだの宿泊場所について、話し合いにまいりました。少しお時間をいただけますか？」

そう言いながら、彼女はずんと前に進み出た。戦車罠でもなければさえぎれないほど自信たっぷりだった。男は思わず退いた。彼女は小さな部屋の様子を見て取った。生活臭がない。家具は最小限。テレビが一台、画像はぼやけ、音声は歪んでいる。擦り切れた肘掛椅子、おんぼろのコーヒーテーブル、その上に電話機。壁に絵はなく、窓にカーテンはない。

引越して七週間ならそんなものだろう。七年となると不可解だ。

彼は言った。「あの、ちょっと忙しいんで、別の機会に……？」

多少訛りがあった。彼女は訛りの聞き分けがそう得意ではない。上がったり下がったりの抑揚があって、昔ゴールディーを悩ませていたしつこい警官の訛りに似ている。だが、才能があれば演技で訛りを出すのは簡単だ。ヴィンスはアーニー・シュワルツェネッガーの声色がうまい。

「すみません」彼女は言った。「健康安全法規に従わなければならないので——役所に届出を出すのがもうすでに遅れているんです。まったく、ああいうやかましい法規に、このごろ悩まされてばかりですわ。ところで、ここにいらしてどのくらいになりますか？」

「なぜです？ そちらの記録にあるんじゃないんですか？」

「ええ、もちろんです」

男はぴりぴりしてきた。家具類を別にすれば、フラットの見た目は悪くなかった。だが、見た目がいいのと絶対確実にいいのとは違う。そのギャップを無視して結論に飛びついては危険だ。

彼は言った。「あの、念のために、身分証を見せてもらえますか？」

すごくぴりぴりしている！

「もちろんです」彼女は言った。「問題ありません。お確かめになるのは当然です。そういえば、こちらからも確かめさせていただくべきでしたわ。じゃ、わたしが見せたらあなたも見せる、ということでどうでしょう？」

やや下品なほのめかしを込めた冗談口調に人は必ず気を逸らされる。ことに鋭い目でにらみつけてやれば。偉そうな口をきく男たちを正面から威圧してやるのを困難に思うことはめったになかった。

彼は言った。「いや、あなたはおっしゃるとおりの方だと信じます。でも、ほんとにいろいろすることがあって……」

彼女の携帯が鳴った。

「出てもかまいません？」彼女は言い、ショルダー・

バッグをあけた。

　携帯を取り出した。〈受信〉ボタンを押したとき、部屋がぐらりと揺れ、今度はすぐに元に戻らなかった。

「あ、いやだ」彼女は言った。

　携帯が床に落ち、彼女も続いて倒れ、テレビに額を打ちつけた。共鳴するかのように、テレビから血も凍るような悲鳴が響いた。左目に温かいものが流れてくるところをみると、彼女の血はその悲鳴で凍らなかったようだ。

「あ、ひでえ！」彼は言い、彼女の脇にひざまずいた。「大丈夫ですか？」

「ええ、大丈夫もいいところね、こんなふうに倒れて血を流して」彼女は強気で言い返した。

「ずいぶんひどい様子だ。救急車を呼びましょうか？」

　鬘《かつら》が曲がってしまっていた。彼女の様子を心配したのも無理はない！

「いえ、平気です」彼女は言い張った。「お水を一杯、いただけるかしら」

　彼は立ち上がり、部屋を出た。

　彼女もここから出なければならない。なんとか携帯を取り戻し、察したとおりなのか確かめようとしたが、電話の向こうには誰もいなかった。とすると……

　どういう意味なのか、考えたくなかった。

　どうしてもここから出なければ。脚に力は戻りつつあったが、まだ充分ではなかった。

　男はカップに水を入れて戻ってきた。

　彼女はそれを受け取り、バブル・パックから錠剤を一つ押し出すと、飲み下した。

　男に見られているのに気づいて言った。「アスピリンです」

　ドアをノックする音がした。

「出ないで……」彼女は言おうとしたが、彼は耳に入れなかった。当然だ。

彼女はよつんばいになり、立ち上がろうとした。同時に彼はドアをあけた。

続く約二秒半のあいだに起きたことはすべて、映画の瞬間的一コマの連続のようだった。戸口に若い女性警官、フラーがさっき試みたような嘘くさい微笑を浮かべている。

その背後にヴィンス、短い金属筒を彼女の側頭部に振り下ろす。

若い女は部屋の中に倒れ込む。

男は二歩下がり、フラーの片手を踏みつける。

フラーは自分の悲鳴を聞く。

ヴィンスは筒を上げる。それはショットガンの切り詰めた銃身だ。

ピカッ。

バン。

男はあおむけに倒れる。

「さっさとドアを閉めて！」フラーはかすれ声で叫んだ。

彼女の訓練のおかげで、ヴィンスは命令に即座に従うようになっていた。彼はドアを蹴って閉めた。彼女はまだ膝をついたまま、振り向いてテレビに手を伸ばし、音量を上げた。

それからすわって、二十数えるまで待った。

なにも起きなかった。

テレビは夜のシーンになっていた。彼女は暗いスクリーンに顔を映してよく見た。顔に流れる血はドラマチックだが、その源となる傷はほんのピーナッツほどの大きさでしかなかった。

彼女は鬘を直し、テレビの音をさらに大きくすると、立ち上がった。ヴィンスが口をあけたので、じろりとにらんで黙らせた。

ドアのところへ行って耳をそばだてた。

隣のドアがあいて、男の声がした。「ばかいえ、テレビだって。ほら、もう三十分遅刻だ。おふくろはかんかんだな」これに甲高い女の声が答えた。「だからどうだっていうのよ？　一時間遅刻できない？　二時間ならもっといい。こういう体じゃ、急ぐのは無理だもの」

二人の声は廊下に消えていった。

フラーは向きを変え、部屋を見た。

ウルフであるかもしれない男は完全に死んでいた。ショットガンの一発で、顔がほとんどなくなっている。写真と見比べて正体を判断するのはもう無理だった。

女性警官は左脇を下にして倒れていた。ヴィンスが殴った右こめかみに長い挫傷ができ、血が染み出している。口元に唾液が小さい泡をなし、それがゆっくりしぼんではまたふくらむので、少なくとも今のところ、彼女はまだ生きていた。

ヴィンスは武器を手にして突っ立っていた。こちらを見ているその表情は、おなじみのものだった。いけないことをしてしまったらしいとは察しながら、軽く小言を言われるか、きつく叱られるか、厳しい罰を与えられるか、まだよくわからない、という少年の顔だ。彼女は喉元まで出かかっている激しい非難の言葉を呑み込まなければならなかった。

すると、彼が「あいつ、おまえを痛めつけているんだと思ったんだよ、フラー」と言ったので、彼女の怒りは解けて消えた。

こういう人だもの、しかたないわ、と思った。どれだけ欠点があっても、彼女は兄を愛していた。実際、彼女が感情らしい感情を抱いている相手といえば、地球上に兄だけだったし、彼が保護を必要としているのと同じだけ、彼女は彼を保護する必要があった。この二人、死んだ男とおそらく死につつある女は、付随的損害だ。彼女と兄のあいだの愛情のために支払わなければならない、高いが必要な代償だった。愛情が第一、あとのすべてはその下に来る。愛情はザ・マンよりさらに厳しいボスだ。過酷な仕事を押しつけてきて、やりとげても報酬は少ない。だが、愛情という主人に雇われたのなら、その時点で自分の権利はすっかり放棄するという契約書に署名してしまったのだ。

彼女はくたびれたように言った。「話はあとね、ヴィンス。今はここをなんとかして、さっさと出ましょう」

第三部

misterioso——神秘的に

前奏曲

〝赤ちゃんができたの〟と彼女は言う。

その言葉で歓喜が爆発し、彼の心が苦痛を防ぐために築いてきたバリケードを粉砕してしまう。

彼女には苦痛だけが見え、向きを変える。

だが、彼もいっしょに向きを変える。すると彼女には歓喜が見える。それがあまりに大きいので、すぐに彼女はさっきの苦痛は気のせいだったのだと思う。

彼にはまたわかるようになる、自分が誰であるか……いや、であるか、ではない……自分が誰であったか、わかるのだ。今まで、彼はどこにも属さない、影のような、実体のない存在だったが、今では根を伸ばし、彼女の腹の中の種のように成長しようとしている。一方、あちら側のあの苦痛の世界は影の世界、亡霊の住《す》処《み》であり、そこを訪れるとき、彼も亡霊にすぎない。

あそこを訪れなければならない。なぜなら、彼自身の亡霊を退散させる必要があるからだ。それで、彼は影の世界へ降りていき、昔愛した人をさがす。見つけると、彼女は別の影の腕に抱かれ、安全無事だとわかる。そこで彼は光の世界へまた昇る。肩越しに振り返って見るのがこわくない。彼女はついてこないと知っているから。

新しい恋人が待っている。戻ってきた彼を見て喜びに顔を輝かせて。どこへ行ってきたの、と尋ねはしない。二人のあいだに疑念はないから。彼は彼女に嘘をつかない。もう存在しない世界について、嘘をつくことなどできないから。

ふくらんできた彼女の腹に手を当て、彼は新しい世界を感じる。

〝ルシンダ〟彼は言う。

〝なんですって？〟

〝ルシンダ。この子の名前だ〟

〝でも、女の子かどうか、まだわからないのに！〟

〝わかってるさ〟彼は確信の微笑を浮かべて言う。あのもう一つの人生はリハーサルにすぎなかったのだ。あそこで起きた惨事の数々は、大成功のロングランに至るために必要な前奏曲だった。〝この子の名前はルシンダだ。生まれた瞬間から、この子には最高のものしか与えない〟

歓喜と愛情の中にある男は、ついおのれを裏切り、敵の手に渡してしまう。

13:45 - 14:50

グウィン・ジョーンズはビュッフェには手をつけずにコミュニティ・センターを離れた。事件のにおいを嗅ぎつけると、ほかの食欲はすっかりなくなってしまう。それに、彼が予想外に現われたというので、一部の記者たちの好奇心が掻き立てられてしまった。ジェム・ハントリーをこの任務から取り除くのは問題ではなかった。地方から出てきて日が浅い彼女は先輩を喜ばせることにまだ熱心だった。非常に熱心。彼がその熱心さを伝統的な方法で利用したのは、つい先週、ビーニーが二晩ロンドンを離れたときだった。ジェムは不美人ではない。百姓娘のかわいさといおうか。やや肉付きがよすぎるかもしれないが、若い肉だ。こういう質素な食事は毎日続けば飽きてくるにせよ、彼女が熱心に学ぼうとする態度には心を打たれた。ザ・ビッチのコルドン・ブルー級のメニューとは目先が変わって快い。だから、ジェムの尻を触り、あとで会って一部始終を教えてやると約束するだけで、彼女はすぐ道を譲ってくれたのだった。

ほかの記者たちはもっと難問だった。なにしろ、彼がギッドマンを敵視しているのはあまりにも有名だったから、こんなおもしろくもないＰＲのためのイベントに彼が現われると、興味の火花が散るのは当然だった。

彼の嫌悪の土台が築かれたのは、初めてロンドンに出てきた六年前だった。ルーヴワドグを離れるのがうれしいという気持ちを彼は母親にだけは隠していたから、彼女は長男が〝外国〟の大都市で一人暮らしを始めると、必ずホームシックにやられて、生きていけなくなるのではないかと心配した。それで、出発前に息子に厳粛に誓約させたのだ――ロンドンに落ち着いたらすぐ、彼女の（遠縁の）従兄、オウエン・マサイアスに連絡する。オウエンは警察官の仕事を最近退いたばかりだから、いい助言を与えてくれるだろうし、懐かしい故郷を思い出させてくれる、と彼女は断言したのだった。

その母親からさんざんつつかれて、ようやくジョーンズがイーリングに表敬訪問に出かけてみると、相手が早期退職した理由は一目でわかった。マサイアスは五十代半ばというのに、八十といってもおかしくなかった。だがありがたいことに、彼はウェールズ懐旧の念にひたろうとする様子はまったく見せず、おもしろい話を聞かせ、気前よく飲み食いさせてくれたから、また近いうちに来てくれという誘いの言葉をジョーンズは喜んで受け入れた。おかげで母親は大喜びだった。

こうして親孝行を兼ねて何度か訪問するうち、彼はオウエンから老若取り混ぜた元同僚の多くに紹介してもらった。確かに、何人かは彼がジャーナリストだと聞くと、うろつきまわる伝染病患者のごとく避けたが、社交性を見せた数人については、いずれ相互に利益のある関係に進展させたいと彼は期待した。元同僚たちには共通する点が一つあった。ゴールディー・ギッドマンの話題が出ると、みんな必ず顔をしかめ、立ち去る言い訳をさがすのだ。ジョーンズはそれまでこの男の名前すら聞いたことがなかったが、オウエンの頭にこびりついた恨みつらみの対象なのは明らかだった。

「おれはどうしてもあいつをつかまえられなかった」親しくなってから、〝老人〟はぐちった。「だが、おまえは捜査ジャーナリストだ。おまえならやっつけられる。公訴局の連中の目を開かせて、正直な人間なら誰だってはっきり見えるものを見せてやれ。あいつはろくでなしだ、骨の髄まで悪人だ」

スクープのにおいを嗅ぎつけたジョーンズは元警官

の話に注意深く耳を傾け、新聞社のオフィスでギッドマンの名前を口にしてみた。すると、水も漏らさぬ絶対に確かな話があるのでない限り、ギッドマンはオフリミットだと、はっきり警告された。

初めて会ってから一年とたたないうちに、オウエン・マサイアスは死んだ。遺言書に自分の名前があると聞かされたジョーンズは、多少の遺産をもらえるのかと、しばらくのあいだ期待に胸を躍らせたが、最終的に手に入れたのは一箱のCD-ROMだった。そこにはゴールディー・ギッドマンとその仲間に関する首都警察の記録のすべてと思われるものがダウンロードされていた。

これを所有することはおそらくいくつもの法令に触れる犯罪だと認識した彼は、箱ごとワードローブの後ろに隠した。それが日の目を見たのは、あの有名な補欠選挙でデイヴィッド・ギッドマン三世が政界に華々しく登場したときだった。

開票結果は番狂わせになりそうだというので、ジョーンズは多くのジャーナリストに混じってその場に来ていた。勝利祝賀が盛り上がってきたころになって、彼はようやくゴールデン・ボーイに近づき、質問をぶつけることができた。ジョーンズですと自己紹介すると、ギッドマンは——まだミルバンクの魅力学校卒業生とまではいかず、しかも当選とシャンペンで頬を紅潮させていた——大声でこう言った。「ジョーンズ？なんでウェールズのやつらはみんなジョーンズって名前なんだ？　だから〝八百屋のダイ〟とか〝いかれぽんちのナイ〟とか呼んで区別するしかないんだろ。《メッセンジャー》の記者だって？　じゃ、〝へま《メス》のジョーンズ〟と思うことにするよ！」

ジョークともいえない嫌味だが、大砲というよりは鳥の糞を食らった程度だった。彼はほかの記者たちといっしょに微笑して、質問を続けた。その後、記者の群れに加わり、新入生の過去になにかきたない秘密が隠れていないかとつきまわったが、それはたんに自分の仕事の一部だと彼は思った。

みんなが力を合わせても、ドラッグ前科、右翼過激派との怪しげな取引、証拠のある変態性行為等々、なにも掘り出せないとわかると、同僚の大多数は追跡をあきらめてしまった。

だが、ジョーンズは放っておけなかった。その後、彼は多少の自己分析を試みた。最初のあの悪口だけが原因のはずはない。彼はウェールズを看板にして稼いでいるわけではないのだ。アングロ・サクソン人的態度をちょっと示されただけですぐむっとするような、過敏なケルト人ではない。いや、もう少しなにかある。政治だけでなく、なにか化学的なもの。彼の血に流れているのか。親類のオウエンと同じ源泉から受け継いだものなのかもしれない。

原因が何であれ、この若い国会議員は自分にとって、心の底から憎まずにはいられない相手だ、と彼は認識するに至った。こうして、彼の反ギッドマン・キャンペーンが始まったのだった。

議員の防護壁に弱点を見つけられないので、彼はかわりにゴールディー・ギッドマンに注目した。すると、オウエン・マサイアスのダウンロードが役に立った。彼はゴールディーの初期の金融取引が怪しげなものだったとして、嘲笑の言葉をなんとか二つ三つ記事に入れてみせたが、すぐに《メッセンジャー》の弁護士たちから、越えてはならない一線があると、ごく明らかに示された。彼が唯一成功したのは、故ディヴィッド・ギッドマン一世は息子が保守党に大規模な政治献金をしていると知ったら激怒しただろう、孫が保守党国会議員になったと知ったら愕然としただろう、とほのめかした記事だった。ゴールディーの弁護士連中はなんだかんだと脅したものの、実際に手の施しようはなかった。死者の名誉を毀損したと訴えることはできないのだ。

だが、彼が照準を合わせたいのは生者のほうだった。すると、ギッドマン議員が個人秘書を愛人にしているという噂が耳に届いた。話によると、女は彼と結婚して大金持ちになる腹積もりだったが、デイヴ・ザ・タードはそれに気づくと、結婚はしないと残酷なほど明確にしたという。それなら、彼女は別のオファーを求めて市場に出ているのではないか……

ジョーンズは彼女の買収を計画実行した。女の告白は、彼がジャーナリストとしてブレークするというほどの内容ではなかった。クリントン以来、政治家が大きなペニスの持ち主で、それを変わった場所で運動させるのが好きというのは、せいぜいわずかな落ち度でしかなく、場合によっては得票につながることさえある。だが《メッセンジャー》の話の紡ぎ手たちは、ちょっと潤色を加えれば、サド・マゾの傾向、ナチズム共鳴、国家公安を脅かす危険さえほのめかせるのではないかと期待していた。

ところが、契約書に署名するという日になって、女の代理人から、彼女は気が変わった、話すことはなにもない、と言われた。なぜなのかは容易に察しがついた。新聞社からいくらもらうことになっているにせよ、ゴールディーはもっと払う、と女は連絡を受けたのだ。それなら女を競り落とそうではないかとジョーンズが意気込むと、編集長はやめろと命じ、シニカルにこう言い加えた。「われわれがあの女に保証してやれないのは、身の安全だ。ゴールディーにはそれができる。しかし、それは聞かなかったことにしてくれ」

デイヴ・ザ・タードはこれからショックを受けることになると、つい同僚たちのあいだで自慢してしまったジョーンズは、かなり恥をかいた。その腹立ちのせいかもしれないが、このあとまもなく、テレビ番組〈クエスチョン・タイム〉のパネル出席者としてデイヴ・ギッドマンと顔を合わせたとき、彼は当たり障りのない態度を取れなかった。番組はわざと挑発的に二人を並べたのだと彼は疑わなかった。だが、彼もギッドマンも断固としてたがいに礼儀正しくしていたから、血を見ると約束されていた議長は、ふだんの物慣れた落ち着きを忘れ、苛立ちを見せ始めていた。

　ゲストの一人が、ギッドマンは〝保守党の確定相続人とまではいかないとしても、少なくとも推定相続人〟だと言ったのを、ギッドマン本人は謙虚な魅力を発揮して、まともに受け取ろうとしなかったが、すると議長はジョーンズに、あなたは以前、議員のことを〝現代のイカロス、父親が創り出した翼で空高く舞い上がった〟と書いたでしょう、と言った。

「その比喩でほのめかしていたのは」議長はいつもの笑顔で続けた。「つまり、イカロス同様、高く飛べば飛ぶほど、地上に墜落する危険も大きくなる、ということでしょうか？」

　ジョーンズはこれに上品に答えて言った。「そう言う人もいるでしょうが、わたしはコメントできません」

　ところが、まるで夢を見ているかのように、こうつけ加える自分の声が聞こえた。「もちろん、議長は古典を学んだ方ですから、きっとご記憶でしょうが、イカロスの父親ダイダロスはいろいろ怪しげなことに首を突っ込んでいて、若いころには弟子の一人を殺害したかどでアテネから追放されました」

　これは訴訟の対象にはなりえない程度の中傷とはいえ、多くの新聞で人目を惹く見出しとなった。しかし、ジョーンズは自分の編集長からは手柄をほめられるどころか厳しい叱責を食らっただけだった。

「うちの新聞にあんなことを書こうなどとは夢にも思うなよ、たとえウェールズ語でもな！」

　それで彼は口をつぐんだ。だが、ギッドマン父子に関してなにか新しいことが出てくれば、オウエンから相続した警察ファイルに書き加えていった。かれらの粘土の足（倒壊につながる思わぬ弱点のこと）を治療のために切断してやるのが自分の任務だと、ジョーンズは今もひそかに感じていたが、そんな気持ちを打ち明けるほど信頼できる人物は弟だけだった。年が八歳離れているので、兄弟のあいだに競争心はほとんどなく、たがいに強い愛情があるだけだ。兄は弟を守ってやろうとし、弟は兄を英雄と崇めていた。ガレスはときどき助言を求め、たいていはその助言を受け入れた。たまに借金を申し込み、出される金は必ず受け入れた。もし兄が感心しそうな情報が手に入れば、教えてやるチャンスは逃さなかった。ゴールディー・ギッドマンの名前にからんでウルフの名前が出てきたのを聞きつけると、彼は即座に電話をかけたのだった。

ジョーンズはマリーナ・タワーへ車を走らせながら、ガレスに連絡をつけようとしたが、応答がなかった。予期したとおり、フラットは無人だった。彼といっしょでなければシャンディのパーティーに行く価値はないとビーニーが思ってくれたのならうれしいが、それを期待するほどうぶではなかった。正直いって、フラットに誰もいないのはありがたかった。ビーニーは説明を要求するだろうし、どれほど親密になろうと、彼女もジャーナリストであることを彼は決して忘れなかった。同業者を相手に体を合わせ、心の奥底の秘密まで打ち明けることはあるとしても、ニュースになる事件は絶対に教えない。

彼はラップトップのスイッチを入れ、ギッドマンのファイルにアクセスした。ガレスから電話をもらったあと、すぐチェックし、ウルフの名前が入っていることは確認してあった。

今、彼は関連する部分をあらためて調べた。〈マキャヴィティ作戦〉。漏洩の可能性。ウルフ警部は捜査を受けた。なにも立証されなかった。ウルフの家庭内トラブル。神経衰弱。退職。失踪。医療専門家は精神的遁走《フーガ》状態を推定。オウエン・マサイアスはゴールディーがからんでいると個人的に推測したが、裏づけとなる証拠はいっさいなし。ウルフがどこへ消えたか、手がかりはまったく見つかっていない（オウエンの個人メモ〝殺しか？〟）。

　さらに、妻の存在があった。ジーナ・ウルフ。夫の失踪後、彼女は詳しく調べられた。警察はもちろんだが、マスコミの詮索はもっとひどく、彼女は報道苦情処理機関に正式に苦情を申し立てたほどだった。

　警察からもマスコミからもなにも出てきていない。銀行口座の残高が理由なく増加したことはない。ふいに遠くへ旅行したことはない。相手先のつかめない電話はない。怪しいことはなにもない。彼女は完全に無実か、さもなければ名女優だ。

　ジョーンズの携帯電話が鳴った。ガレスだろうと思って手に取ったが、スクリーンには〝ポール〟と出ていた。それもいい。

　ポールは、オウエンを見舞いに行ったとき知り合った、同情的な首都警察の警官の一人だった。捜査ジャーナリストの価値はコネで決まる。ジョーンズはここ数年、ポールといい関係を確立しようと、ことのほか努力してきた。ポールは主任警部だった。警察のトーテムポールの中ではそう高い位置ではないが、仕事の場所がコミュニケーション・センターなので、どんなことでも耳に入るし、さもなければたいていは調べ出すことができた。ジョーンズはギッドマンに不意打ちをかけに行く途中でポールに電話し、ジーナ・ウルフの現況をチェックし、今も彼女を調べている人がいないか確かめてくれと頼んであった。

　この依頼とギッドマン父子とのつながりを理解すると、ポールは笑った。ジョーンズがマサイアスの執念を受け継いだと思うと愉快だったのだ。だからといって、きちんと仕事をしなかったわけではないが、残念ながら、結果はかなり否定的だった。

「ずうっと昔まで遡らないと、名前は出てこなかった」彼は言った。

それから彼が話してくれた内容なら、ジョーンズはすでに知っていたが、もちろんポールやそのほかの警官たちがこの規則違反の情報流出に気づかないよう、気をつけた。

あの事件以来、なにもないとすれば、おそらく彼女は純白と見なしていいだろう。

「だがね」ポールは続けた。「名前がちょっと気になった。最近耳にしたんだ。それで、あれこれ聞きまわってみた。たぶんどうってことはないだろうが、うちの警視長の一人、ミック・パーディーが、このジーナ・ウルフとつきあってるらしい。チェックしたところ、確実に同一人物だ。ま、警官が好みなのかもな」

「あるいはね。ありがとう、ポール」

彼は新しい名前をラップトップに入力し、ギッドマン・ファイルを検索した。

名前は二箇所に出てきた。三十年前、部長刑事に昇進したばかり、首都警察に入ってまもないオウエン・マサイアスは、ある人物がゴールディーから暴行を受けたという訴えを捜査していた。パーディー刑事が、目撃者とされたギッドマンの社員の一人を取り調べた。結果、目撃証言は出なかった。マサイアスはゴールディーに罪があると確信していたが、起訴はできなかった。

二度目はもっとおもしろい。このときには主任警部になっていたパーディーは、アレックス・ウルフに関する内務監査の過程で取調べを受けた。たんなる背景調査の面接だったようだ。パーディーは首都警察に入った初期のころ、ウルフの上司だったので、ウルフが以前にも信頼のおけない人物だと思われたことがあったかどうか、監査部がチェックしたのだ。パーディーはウルフをほめたたえる証言をしていた。

それから七年後の今、パーディーとジーナ・ウルフはカップルになっている。

重要なことか？　たぶんそんなことはない。だが、彼はファイルにメモを書き加えた。〝遠まわりに攻めるのが早道（シェイクスピア『ハムレット』より）〟。リチャード・バートン気取りだった高校の国語教師のお気に入りの一節だった（バートンはウェールズ出身）。

では、どうする？　彼はガレスの番号をまた試してみた。まだだめ。きっと充電が必要なのだ。あの馬鹿、携帯は商売道具だと、何度言ったらわかるんだ？

すると、手元にあるのは、弟が教えてくれたことだけだ。多くはない。それに、デイヴ・ザ・タードに鎌をかけてみたとき、相手は警戒したというより、困惑した様子だった。やましいところを突かれてぎょっとしたような反応がなかったのは確かだ。攻めるべきだったのはゴールディーだ。今ごろ、若いデイヴィッドはパパのもとに駆けつけ、ガキ大将が自分を殴って逃げたと言いつけているだろう。センターの開館式を押しかけ取材したのは間違いだったのかもしれない。

だが、もうすんでしまったことだ。疑問に答えはまだ出ていない――次はどうする？　手離すことはできなかった。においがいいし、自分の鼻を信頼するものだと彼は学んでいた。だが、《メッセンジャー》の同僚にはこの臭跡を追ってみようと賛成する人間はいないと思った。ギッドマンの名前が出ているのでは無理だ。

それなら、なにか具体的なものが手に入るまで、隠しておこう。彼がつねづねガレスに叩き込んできたアドバイス――〝語るべき話があると確実にならないうちは、つかんだ話を誰にも語るな〟――は、今もそのとおりだった。

だが、ここでぶらぶらしていても始まらない。アクションがあるとすれば、場所は中部ヨークシャーだ。

彼は身の回りの品を小型旅行かばんに投げ込んでいった。そのあいだ、ビーニーをどうしようかとあれこれ考えた。ここは彼女の豪華フラット、ポケットに入っているその鍵は、簡単にあきらめられるものではない。それに、彼女は無関心を装っていたものの、彼がシャンディのパーティーに欠席するというので、深刻に苛立っていたのは見ればわかった。帰宅してみたら、彼ははるか彼方へ出かけてしまったとなれば、彼女は大いに憤慨するだろう。なにかうまい言い訳を考え出さなければ。家族の緊急事態か。ガレスから電話があったと彼女は知っているから、それががっちりした土台になる。嘘をつくときは、崩れてこないよう、つねに真実をたっぷり混ぜ込んでおくこと。年老いた祖母が死にかけている、というのなら、あまりに型通りで嘘とは思えないだろう！

だが、書き置きは使わない。電話だ。昔、彼に夢中だった女に言われたことがある。あなたのバイブレーター声にはしびれるわ、その声で迫ればイスラム教の導師にベーコン株を売りつけられる。バートン気取りは高校の国語教師だけではないのだ。

挑戦状を突きつけるかのように、〈ロンダの谷〉のメロディーが流れた。携帯のスクリーンを見た――ジェム・ハントリー。あとで会おうと約束してあったのだ。もうそんな暇はない。話をするのは面倒でいやだが、完全に無視するのはまずいだろう。なにしろ、彼女は記事を書くために彼からのフィードバックを期待しているのだ。もっとも、せいぜい二段落のスペースしかもらえないだろうが。

電話は鳴り止んだ。彼はしばらく考えてから、ラップトップにメッセージを打ち出した。

熱い唇《ホットリップス》、ハイ！ 開館式は上々。ギッドマンは出自について感動的なスピーチ。父親はこのコミュニティに対して愛情と忠誠を感じている、自分も同様だ、等々。大喝采。センターは見事な建物だ。ごめん、急用ができた。家族の緊急事態。ばあさんが死にかけてるんだけど、おれの顔を見ないうちはどうしても旅立てない。だから西へ向かうよ。戻ったら、きみと会うのを楽しみにしてる。
おれは傷つきやすい心を抱えて帰ってくるから、
優しいケア《TLC》がうんと必要だと覚悟してて！

愛をこめて、Ｇ

よし、これで彼女は保留にしておける。一つの言い訳が誰にでもぴったり。天才ならでは、無駄がない！

彼はメッセージを送信し、ラップトップを閉じると、かばんに詰めようとしたが、思いとどまった。

このごろはどこへ行ってもコンピューターがある。こういう高価な道具を持ち歩くのは危険だ。凍える北部では、釘で打ちつけていないものならなんでも盗まれる。ここに置いていけば不安はない。マリーナ・タワーの警備は国会議事堂より万全だし、ビーニーに打ち明けていないものがもう一つ、それは彼のアクセスコードだった。

彼はラップトップをワードローブの上の棚の奥に押し込むと、車に向かった。

車を走らせていくうち、いつも追跡を始めるときに経験する興奮が湧き上がるのを感じた。これが彼の成功の秘訣だった。厳格な非国教派・社会主義的伝統の中で育てられてきたから、自分のすることが道徳上の重要課題だと主張するのは容易だし、便利でもある。自分でほとんど信じてしまうことさえあった。だが、今回は完全に個人的なことだと少なくとも内心で認め、うきうきした。

ゴールディー・ギッドマンに汚点をつけ、それを息子にまで届くほど塗り広げてやるのはなんともうれしい。

彼はＣＤを一枚選んでプレーヤーに入れ、望みのトラックを見つけると、〈プレイ〉ボタンを押した。〈ヴァルキューレの騎行〉の劇的なオープニング部分が流れ出した。

その音楽が彼の心にもたらしたイメージは、豊満なソプラノ歌手やグランド・オペラではない。ああいうオペラなど男声合唱団と同じくらい大嫌いだ。そうではない。映画「地獄の黙示録」でヘリコプターの一隊が近づいてくるシーンだ。ベトナムの村が破壊される、その前触れの音楽だった。凍える北部で何が起きているにせよ、野郎ども、誰に狙われているか悟ったら、さぞショックを受けるだろう。

彼は音量を最高に上げた。

「さあ行くぜ、そっちの覚悟ができてなくてもな！」

彼は大声で言った。

12:25 - 15:00

エリー・パスコーは日曜日がこういう進展を見せたことを不快に思い、ダルジールのせいにした。

ガラスが破裂し、ルシンダ赤ちゃんの洗礼パーティーという牧歌的光景のすぐそばに巨漢が迫っていることを告げたとき、あれを警告と受け取るべきだった。やがて状況が乱されることは、東風に乗って雷が鳴り出したのと同じくらい確実ではないか。だが、秋の陽射しの黄金の輝きを浴び、しかもケルデールのシャンペンのおかげで内側からの黄金の輝きも加わっていたから、芳醇な実り《メロウ・フルートフルネス》（キーツの詩「秋に寄せる」より。「メロウ」には「ほろ酔い」の意味もある）の気分が消えるにまかせるつもりはなかった。ピーターはいつになく魅力的に見えたし、午後の時間はまだ目の前に美しい野原のごとくはるかに広がっていた。さあ、庭のもっとも静かな片隅へ忍び入ろう。そこでは熱い太陽のほかには誰にも見られずに、郊外のアダムとイヴは抱き合い、楽園の幸福を満喫できる（ミルトン「失楽園」の一節のもじり）。

　だが、それから状況は坂を下り始め、最初はゆっくり、やがて勢いを増して転げ落ちていった。

　赤ん坊がむずかり出し、その気分がすぐ両親にうつった。するとおもしろい役割転換があり、パパは不安がって、ルシンダは家に帰ったほうがいいと主張したが、のんびりしたママはナンセンスと受け入れず、赤ん坊なんてヴィオラ奏者みたいなものよ、注目を惹こうとして声を上げるけど、ほっておけばたいてい眠ってしまう、と言い返した。

　音楽には激怒する心さえ鎮める魅力がある（コングリーヴ『嘆きの花嫁』より）と言った人物は明らかに、今ロージー・パスコーとシラという太った若い女が演奏しているクラリネット二重奏曲を聴いたことがなかった。シラはパートナーほどアルコールを自制してこなかったため、出だしはよかったのだが、やがてスフォルツァンドのしゃっくりに見舞われた。これほど音感に優れた人々の集まりでなければ、シンコペーションの愉快な実験作と思われてすんだかもしれない。ようやく眠りかけていたルシンダ赤ちゃんは目を覚まして威勢よく泣き出し、ヴィオラ奏者は恨みを晴らすべく、あれがアリの作曲の処女作なら第二作は聞きたくないね、と声高に言った。二重奏はひょこひょこと進み、ロージーは数小節の差で先にゴールにたどり着いた。二人があずまやを出たとき、シラは涙に濡れ、ロージーは怒りに燃えていた。

　両親が近づくと、彼女は慰めようもなく、これでアリとの友情はもちろん、レッスンも終わりにされるに決まっている、と宣言し、それならとばかり、クラリネットを膝に当てて二つに折ろうとした。パスコーは二重奏に大笑いしていたのだが、これを聞くと、「じゃ、悪いことばかりじゃなかったな」と明るく言ったものだから、事態はさらに悪化した。そのうえ、あずまやに戻ったシンフォニエッタ四重奏団が今度はセンチメンタルに〈庭の千草〉の演奏を始めていた。

アリ・ウィンターシャインが割って入り、ようやく少女を絶望の深みから引き上げてくれた。エリーは感謝したが、やがてその感謝の念はやや光を失った。今、赦免された罪人の役を大いに楽しんでいるロージーが、本当にこれで赦されたのかともう一押しすると、アリはこう言ったのだ。「とっても仲よしのお友達だけ数人、このあとでうちに来てお茶を飲むことになってるのよ。あなたもどう、ロージー？　もちろん、ママとパパもごいっしょにね」

断わっては、少女が絶望の深みに戻ってしまうのが明らかだったから、エリーは芳醇な実りを保留にし、歯を食いしばって、「ありがとうございます」と明るく言った。

パスコーはこの迂回をかなり哲学的に受けとめていた。自宅で得られると約束された悦楽を熱心に待ち望んでいたのは確かだが、まだ午後早く、二時半にもなっていないし、紅茶とケーキの短い幕間が入って、シャンペンを飲みすぎた副作用が緩和されるのは悪くない。

このティー・パーティーとされるものが、実はロージーの機嫌をすっかり直すための策略にすぎなかったと、エリーにはすぐわかった。〝とっても仲よしのお友達〟とやらは二人しかいなかった。ティンパニー奏者の男は目をきょろきょろさせ、なんでもさわって響きを試してみる癖があり、機会さえあればもう一人の音楽家、バスーン奏者の女をさわっていたが、こちらはアーンとエルガーの区別もつかないほど酔っ払っているのだった。大成功とまではいかなかった祝賀会の経費を考えていたのか、エド・ミュアはやや心ここにあらずといった様子で、ホストとしての務めを果たしていないと、パートナーから小声で叱られていた。無条件にうれしそうなのはロージーだけだった。あの子をここから引きずり出すのは容易じゃない、とエリーは悟った。

ダルジールの予期せぬ出現は凶兆だとすでに感じてはいたものの、この段階では、今日の脱線の責任がすべて彼にあるとまでは思っていなかった。

そのとき、パスコーの携帯が鳴った。

ふつうの人間の耳には届かない着信音がある、とエリーは主張することがあった。警察官の妻だけが聞き取れる。今、彼女はそれを聞いた。

パスコーはディスプレーに目をやり、詫びるように妻に向かって「ウィールディ」と口だけ動かしてみせると、部屋を出た。入れ違いに、さっき姿を消していたエド・ミュアがまた入ってきて、芸術センターのケータリングでちょっと困ったことが起き、現場に行かなければならないとアリに告げた。どういう事態なのかとアリは問い詰め、危うくけんかになりそうだったが、そこにパスコーが戻ってきて、取り乱した様子で戸口から言った。「エリー、ごめん、行かなきゃならない。タクシーで帰れるね？」

「ええ、もちろんよ」彼女は即座に答えた。こう突然に午後のひとときを終わらせる事件なら、深刻なものに違いないと彼女にはわかった。

アリもそれを察して、口論をやめた。するとエドは言った。「ぼくがエリーとロージーを送っていくよ」

「でも、方向が違うわ」エリーは言った。「うちは北側。あなたは町の中央へいらっしゃるんでしょう」

彼は一瞬戸惑ったように見えたが、それから「いや、大丈夫」と言って、めずらしく笑顔まで添えた。

「それじゃ、エド、お言葉に甘えて」エリーは笑顔を返して言った。彼は概して臆病に近いくらい控えめだと彼女は思っているが、よく知り合うにつれ、アリが彼に惹かれた理由がわかるようになってきた。それに、彼の物静かなところはいつも明るく元気なアリにぴったり合っていた。

　エリーはパスコーについてホールまで出た。

「何があったの？」彼女は小声で言った。

「銃撃事件だ。死んだ人がいる。シャーリー・ノヴェロが怪我をした」

「いやだ。また」

　数年前、ノヴェロが撃たれたとき、彼女は現場に居合わせたのだった（シリーズ第十六作『武器と女たち』参照）。

「重傷？」彼女は訊いた。

「詳しいことはわからないけど、よくはないみたいだ」

　体の中に残っていたその日の温かみが消えていくのをエリーは感じた。彼女とノヴェロは親友ではないが、警察官の妻にとって、どの警官であれ深刻な傷を負ったと聞くのは、リハーサルに似ている。いつか本番が来たら、その凶報はわたしだけのもの。

「作戦中だったの？」彼女は訊いた。

　彼はためらってから言った。「ぼくはなにも聞いていなかった。アンディが彼女をなにかに使っていたのかもしれないとウィールディは考えてる」

　こんな漠然とした言い方はめずらしかった。

「どうしてアンディに訊いてみないの？」

「訊くよ、彼を起こせるならね」パスコーは無表情に言った。「ウィールディは試してみた。警視は携帯に出ない」

　エリーの頭の中をたくさんの疑問がぶんぶん飛びまわった。ダルジールに関してこう曖昧な言い回しをされるだけで、もう彼の役割は不気味な亡霊から悪事を推進する神に変わっていた。

「あのでぶ野郎ときたら、また悪さしてるってこと？」彼女は言った。「知る必要のある人間にしか教えないってルールの秘密主義、で、知る必要のある人間はたいてい彼一人だっていう、あれ？」

「かもな」彼は言った。「ごめん、行かなきゃ」

「もちろんよ。ね、来て」

　彼女は夫の体に腕を回し、引き寄せると、つぶれそうなほどきつく抱きしめた。これは芳醇な実りとはなんの関係もない。こうして彼をしっかりつかまえているときでなければ、その無事はわからないのだと悟って、恐ろしくなったからだった。目を離したら、彼は邪悪な運命に何を投げつけられるかわからない。アンディ・ダルジールが昏睡に陥った、あの爆発が起きたとき、パスコーもいっしょに巻き込まれたと警官が知らせに来た瞬間を彼女は決して忘れない、忘れられようはずもなかった。

「おいおい」彼は言った。「へたすると、きみを公務執行妨害で逮捕しなきゃならなくなるぞ」

「逮捕でもなんでもして、あなたが無事に帰ってきてくれるならね」彼女は言った。

　彼は抱擁を解き、玄関を出ていった。支えてくれる彼の力がなくなると、彼女はくらくらして倒れそうになった。

　愛がなかったら人生はどんなに簡単になるだろう、と彼女は思った。聖職者たちは、愛があるからこそ世界は動くのだといつでも説教する。それは違う。愛があるから世界は突然動きを止めるのだ。愛に貞節であれ、とかれらは言う。そうすればすべてうまくいく。心に愛を持って旅すれば、決して一人ぼっちで歩くことはない（ミュージカル「回転木馬」の一曲〈ユール・ネヴァー・ウォーク・アローン〉の一節のもじり）。

　そのとおりだ。人生は影のような道連れとの旅になる。最大の悦楽の瞬間だけ、その姿は目に入らないが、ほかのときはつねにそばにいる。彼の名前は、恐怖、喪失、苦痛。

　そのときどきで形こそ違え、愛は必ず裏切る。

13:35 - 15:25

ホテルに戻ったころには、フラー・ディレイは倒れそうになっていた。

ヴィンスの暴行の後始末をつけなければというのでアドレナリンがどっと湧いたおかげで、車にたどり着くまではなんとかなった。そこで彼女は「運転して」と兄に言い、自分は助手席に沈み込んだ。

ヴィンスは心配そうに言った。「大丈夫か、フラー？」

「ええ、平気、ちょっと頭を打っただけ」

彼女は額に手をやり、バックミラーを見た。小さい傷があり、少し血が出ているのをティッシュで拭いた。

安心したヴィンスは慎重な運転でラウドウォーター・ヴィラズを出た。ふだんなら派手な運転をする男だが、今、何であれ人目を惹くようなことをしては妹がかんかんになるとわかっていた。

兄を騙すのが楽だというのは、フラーにとってありがたいと思えることもあるし、腹が立つこともあった。これだけ近くで生活していれば、彼女の健康に深刻な問題があると、二ヵ月くらい前から気づいているのがふつうだ。不治の病との診断を受けたあとで、兄に教えてしまいそうになったことは何度かあった——しばらく留守にしたのは婦人病の平凡な手術のためではない、彼女が飲んでいるのを彼も目にしたことがある薬は近所の薬局で買える品ではない、彼女が鬘をつけるようになったのは若作りを心がけてのことではない。もし愛情のこもった支えと慰めを期待できるのなら、教えてしまおうという誘惑に負けていただろう。だが、彼女にはよくわかっていた。「ヴィンス、知らせておくわね。わたしには手術不能の脳腫瘍があって、もうじき死ぬのよ」と言うときが来たら、支えと慰めは完全に一方通行だ。

そのときには、兄を確実に安全な状況に置いておきたかった。ロンドンから遠く離れ、なにより、ゴールディー・ギッドマンから遠く離れたところにいさせたかった。スペインはそう遠くはないが、ヴィンスを動かすにはその程度の距離が限界だった。コスタ・デル・ソルにヴィラを買って落ち着こうと彼女が熱心にすすめても、彼はなかなかその気にならなかった。休暇なら彼にぴったりの場所だ。さんさんと陽の射す海岸、安い酒、羞恥心などルートン空港に置いて次々にやって来るおいしい女の子たち。だが、あそこに住むとなると……！

彼女は経済を持ち出して反論した。二人で一生懸命働いて貯めた金を堂々たる不動産に投資するのに、今こそ最高の機会だ。スペインの不動産ブームは、イギリスから移住した人々が不景気のあおりでローンの返済ができなくなったため、急降下に入っていた。たとえ大損しても売るほうが、銀行に奪われるよりはましだ。高利貸しの世界で経験を積んだフラーだから、このときとばかり本当のお買い得品をつかむのは簡単だった。四寝室、海の見える場所、庭、プール、遊戯室、便利な設備すべて、これだけの物件が、所有者が三年前に支払った値段のわずか半分強だった。

売買取引は完了に近づいていたが、彼女のここ数日の気分からすると、早ければ早いほうがよかった。

「着いたぜ」ヴィンスは言った。

彼女は目をあけた。ケルデールの駐車場だった。

隣の列の赤いニッサンが目に入った。それなら大丈夫だ。

彼女はヴィンスに言った。「ラップトップを部屋に持っていって。あの女がまた外に出るかもしれないから、見張っていて」

「おれが？」ヴィンスはまさかというように言った。金髪とデブを尾行して大聖堂に入ったのと同じで、これはふだんなら任されるような仕事ではなかった。

「おまえはどうするんだ？」

「まず顔を洗って着替えをしたら、あなたが撃った男から取ってきたものをよく調べてみる。そのあとでザ・マンに報告するわ。それでかまわない、ヴィンス？」

きつい口調だった。ヴィンスが相手のときは、断固とした態度が必要だと昔から思っていたが、このごろでは断固とした態度がつい苛立ちに変わってしまうのだった。

「なにもそうかかりかりすることはないぜ」彼は言った。

「ただ、どのくらい時間がかかるのかと思ってさ。もしおれがやった男がさがしてた相手だったら、おれたち、うちに帰れるだろう？」

希望をこめた言い方だった。

彼女は言った。「かもね」

彼女はバックミラーに顔を映した。ちょっと青ざめているが、額の傷の出血は止まっていた。深呼吸すると、彼女は車から出て、意志力でホテルまでしっかりと歩いていった。

ひどく長い時間がかかったように思えたが、ようやく自室に入り、ドアに〈入室ご遠慮ください〉の札を掛けた。靴を脱ぎ、浴室に入って、冷水で顔を洗った。それから薬を二錠飲んだ。今日は何錠飲んだだろう？　思い出せなかった。

寝室に戻ってベッドを見ると、誘われるようで、横になりたくなったが、そうはせず、ラウドウォーター・ヴィラズから持ってきた戦利品を掛けぶとんの上に広げた。札入れ、ミニ・レコーダー、携帯電話。

まず、札入れの中身を調べた。

現金数ポンド。コンドーム一パック。ガレス・ジョーンズの名前の名刺。

ジョーンズ。ワトキンズではない。いいことか、悪いことか？

次に、レコーダーに録音された会話を聞いた。驚くようなことはなにも出てこなかった。

最後に、電話に記録されている送受信番号を書きとめ、伝言にアクセスし、番号簿を調べてメモを取った。

見つけたものの意味を考えた。というより、自分に都合のいい意味を考え出そうとした。だめだった。これで任務完了とザ・マンに納得させることなど、とてもできない。被害拡大防止がせいぜいだった。

自分の電話を取り、ゴールディー・ギッドマンにかけた。

彼が出ると、フラーは名乗らず、すぐに報告を始めた。タイミングの悪さ、自分が倒れたことなどはすべて削除し、ヴィンスの反射的行動がどうしても不可避のものだったというようにまとめて編集した報告だった。札入れの中身と携帯電話から集めた情報に関しては、相手にけどられないと思えるぎりぎりの線まで、都合のいいものをよりすぐったが、無駄な努力だった。どれだけ言葉を連ねて塗り固めても、そんな表層を打ち壊して核心の真理に到達するのが、昔からギッドマンは得意だった。少なくとも今、彼は金槌を持ち出して真理に迫るほど近くにはいない。

「その男じゃないな」彼は言った。

「たぶんね」彼女は疲れた声で同意した。「じゃ、これからどうしましょうか？」

長い間《ま》があった。電話を手にすわって、じっと宙を見つめているギッドマンの姿が目に浮かんだ。頭の中で既知の事実を確認し、可能な結果のあれこれを考察する。やがて、最善の行動は何か、決断に達するだろう。この過程にはかなりの時間がかかると彼女は知っていた。早いうちに学んだのだ。話しかけたり身動きして邪魔をしてはいけない。たとえ膀胱が破裂しそうでも、指のあいだで煙草が燃え尽き、火傷しそうでも。

彼は言った。「女はどこだ?」

「ホテルの部屋です。ヴィンスが見張っています」

「彼女を撃とうなんぞと思わなければいいがね」

ジョークか、本気か? ビデオ電話ではないから、なんとも言えなかった。逆の長所は、つるつる頭の彼女の姿が相手に見えないことだった。

彼が笑いを取るつもりだったのなら、失望に終わった。

彼は言った。「問題は、そいつがウルフでなかったんなら、いったいなんでジーナを盗聴していたのか?」

「わかりません、ゴールディー」

「どうでもいい、ウルフが必要なことに変わりはない。さっさと見つけろ。女房から目を離すな」

電話は切れた。

化粧台の鏡を見ると、丸い頭に大粒の汗が浮いていた。

「まるで地球に着陸したばかりの火星人て感じね」彼女はひとりごちた。「帰りの切符がないのが残念」

物事がばらばらになっていくという感覚があったが、そんなふうに感じるときは、もとの計画どおり進むしかない。もっとも、たいした計画はなかった。女を尾行する。ラップトップのスクリーン上でトラッカーが動くのが見えたら、ヴィンスはドアを叩くだろう。金髪女があと少なくとも一時間、じっとしていてくれればいいとフラーはしんそこ願った。彼女には休息が必要だった。

ジョーンズ/ワトキンズからの戦利品をすべて床に払い落とし、ベッドに倒れ込むと、掛けぶとんを体に巻きつけ、目を閉じた。

隣室では、ヴィンスは従順にラップトップを立ち上げていた。電気のコードがないのに気づいた。フラーの部屋に置いてあるはずだ。だが、彼女に声をかけて機嫌を損ねる危険は冒したくなかった。妹を恐れているわけではないが、恐ろしい女になることもあるのは確かだ！　どっちみち、バッテリーの力はまだ充分あるから、かまわない。

　点滅する緑色の点は、ニッサンが駐車場にとまったままだと示していた。彼はテレビをつけ、音は低くしておいた。スポーツ・チャンネルには見たいものがなにもなかったので、ホテルの有線チャンネルを調べ、アダルト映画にアクセスした。思わせぶりなタイトルのわりに、中身が伴わない。いい感じのおっぱいがいくつか、ヘアなし、セックスの真似事ときたら、近視の修道女だって騙せやしないおそまつな演技だ。おかげで、本物の成人向けのやつを見ないではいられない気分になっただけだった！　うーとかあーとかいうのを十分ばかり聞いたあと、彼はテレビを消し、ラップトップに注意を移した。緑色の点はまだ駐車場にあった。

　きっと金髪の売女は部屋でデブの顔にまたがってるんだろうよ、と彼は自分に言った。そう考えるとアダルト映画より効果があり、彼はキーボードに指を走らせ、まもなく好みのサイトに行き着いた。立ち上がり、自室とフラーの部屋とのあいだのドアまで行くと、ボルトが差してあるのを確かめた。それから服を脱ぎ、ラップトップを抱えてベッドに横たわると、お楽しみを始めた。

　続く九十分間に、彼は三回いった。一回目はスクリーンの映像を見たとたん、ほとんど自動的に射精した。二回目は、あちこちのサイトを移動し、ゆっくり時間をかけてしだいに濃厚なサイトに進んでいった結果だった。三回目は、回復スピードがいつもどおりだと確認するために、かなり機械的にやったものだった。例の男の顔に向かって発砲したことで、彼は本当に興奮していた。あの種の行動にはたいていそういう効果がある。ホテルによっては、女を呼んでくれるところもあると彼は知っていた。だが、ケルデールがその手のサービスを提供するとは思えなかった。ことに日曜日の午後。ともかく、フラーが隣室にいて、まもなくやって来るだろうから、女など論外だ。今は手仕事で我慢するしかない。

時計に目をやった。三時半になろうとしている。ちょっと休んで、四回目をやる？ いや、映画はけっこうだし、ためになる部分もいくらかあるが、本物の女とは比べ物にならない。そう、あの金髪女が相手なら、一時間くらい、うーとかあーとかやったってかまわない。ちょっとひっぱたいて悲鳴を上げさせるのも悪くない。

そう考えると、トラッカーを見張っているはずだった、と思い出した。

ポルノ・サイトから出てみると、緑色の点はまだ駐車場で楽しげにちかちかまたたいていた。たぶん、まだデブを最初のオルガズムまで行かせようとがんばっているんだろうよ、と彼はいい気になって考えた。本物の男に会ったら喜ぶかもな。

だが、フラーが采配を振るっているときに、そんなことを考えてもしかたない。フラーのやつ、ちょっとまじめすぎるよな。経験はあるのだろうと彼は思っていた。子供のころ、近所で十四歳を過ぎて経験のない女など見たことがなかったからだ。だが、どこで誰とやったのかは見当もつかない。ひょっとすると、ザ・マンが一つくれてやったのか。もちろん、訊いてみるつもりなどなかった。

彼はベッドから転がり出ると、浴室へ行った。シャワーでさっぱりしたら、階下へ行ってお茶とクラブ・サンドイッチだ。体に石鹸を塗りたくりながら、〈そりゃおれはロンドン子だから〉を歌った。驚くほどいい気分だった。当然だ。

運がよければ、もうじきこのいまいましい町を出て、南の文明の地に向かえる。そこでは人々は彼がどういう人物か知っていて、尊敬を表わしてくれるし、しゃっくりする羊の群れみたいな話し方は誰もしない。

それに、一つ確実なことがあった。

刑務所と同じで、いったんヨークシャーを出たら、もう絶対に戻りはしない！

14:45 - 15:45

デイヴィッド・ギッドマン三世が新コミュニティ・センターからなんとか離れようとするたび、誰かが現われて邪魔をした。彼は何度もマギー・ピンチベックのほうへ助けてくれと必死の視線を投げたが、彼女は励ますようにうなずいて見せるばかりだった。

だが、ようやく車まで行き着いた。市役所の案内人に別れの挨拶をしたときのにこやかな微笑は、マギーの運転で車が人目の届かないところへ行くまで消えなかったが、それから口が広がって、大あくびに変わった。

「やれやれ、超退屈だったな」彼は言った。

「気がつきました。ほかの人が気づかなかったんならいいですけど」

ぶすっとした態度をわざと大げさに見せたのは、隠そうとしても無駄だと踏んだからだった。「わかったよ、慧眼、恐れ入りました。十点満点でどうだった？」

「六点、まあせいぜい六・五ね」彼女は即座に言った。

これをしばらく考えてみてから、彼は言った。「おせじたらたらより、正直いってんばりのほうが仕事を失わずにすむと、どうして思うんだ？」

「そんなことは思っていません。でもそれで仕事を失うとすれば、どっちみちあなたのために働きたくはありませんから」

彼は微笑したが、もう少しで歯が欠けそうなくらい、きつくこわばった微笑だった。

しかたない。二メートル型秘書が提供してくれるような種類の慰めを彼女が与えることは絶対にない。それにしても、たまにこっちのエゴを撫でさすって満足させてくれたってよさそうなものだ。

彼は非難がましく言った。「ジョーンズが来るって、警告してくれなかったじゃないか」

「知らなかったからです。教会には来ていなかった。あそこではジェム・ハントリーの姿を確かに見たわ。でも、そのあと彼女は消えてしまった。気分が悪くなって、と彼は言っていた」

「ああ。信じる？」

「いいえ」

続きが来るかと待ったが、彼はなにも言わなかった。

しばらく黙って運転していたが、それからさりげなく言った。「狼《ウルフ》が過去から戻ってきて嚙みつく、とかジョーンズが言っていた、あれってなんのことだと思います？」

彼女がその点を押さえていたことに、彼は驚かなかった。非常に敏感なレーダーの持ち主なのだ。

彼は言った。「わかるわけないだろ？　きっとただでサンドイッチが食えると思って来たんだ。あの野郎、なんでおれをそう憎んでいるんだろう？　こっちは害を与えるようなこと、なにもしてないのに」

　これについて、マギーはなにもコメントしなかった。しばらくして彼女は言った。「それにしても妙ね。あの人、確かになにか嗅ぎつけたって印象だったし」

「あいつの商売だ」彼はばかにしたように言った。「ほかの記者たちから〝9・10《ナイン・テン》〞と呼ばれてる。今日のことより明日のことをよく知ってるからさ。それにどうせ、ビーニー・ザ・ビッチとやりすぎて脳がふにゃふにゃのゼリーになってるんだ」

　彼は目を閉じ、ホーバンのフラットに帰り着くまでずっと寝たふりをしていた。〝選挙区に住むべきです〞とマギーは助言したのだった。〝冗談じゃないね〞と彼は答えた。ホーバンは譲歩の結果だった。

　彼が車から出たとき、マギーは言った。「ちょっと寄っていっていいですか？　明日の予定で確認しておくことがありますから」

「あとにしてくれ」彼は言った。「くたくただ。しばらく寝たい」

　ソフィー・ハーボットといっしょならだめよ、とマギーは思った。今朝、早めに来たので、女がひどく腹を立てた様子で出ていくところを目撃していたのだった。ボスの恋愛沙汰の中でも、これはいちばん許せない関係だった。彼が労働党の宗教担当スポークスマンの妻とやっているなどと、タブロイド各紙がかすかにでも嗅ぎつけたら、みんなで見出し競争を始めるに決まっている。〝どっちがどっちを改宗させている？〞……〝ベンチまたぎ《クロスベンチング》（議員が無所属であること）現代版〞……〝連合性交《コアリシヨン・コイシヨン》〞……可能性は数限りない。

　だが、それは文字通り、ギッドマンの関心事《アフェア》だった。彼の恋愛生活については、彼女は手配にも後始末にも関与しない、と明確にしてあった。

「わかりました」彼女は言った。「六時半？　七時？」

「いつでもいい。そういえば、チャックル・ブラザーズ（二人組コメディアン）はつかまえた？」

これは彼がクーバとドルギにつけたあだ名だった。ソフィーの熱を完全に冷ましたシャワーをああいうふうに修理した二人のポーランド人青年だ。マギーが推薦した配管工で、彼女はチャイルドセイヴで移民家族を助ける仕事をしていたときに知り合ったのだと言っていた。いつもならうんざりするほど有能な秘書が手配したことに今度ばかりは文句をつけられるというので、ギッドマンはけっこう喜んでいた。

「明日、来ます」彼女は請け合った。

「ま、それまでは冷水シャワーで我慢するしかないな」彼はぶつくさ言った。

「体にいいかもよ」彼女は言った。「じゃ、あとで」

デイヴィッド三世は彼女が車で出ていくのを見送ってから、フラットへ上がった。めずらしく暇だった。来週やるスピーチの練習をしようか。本を読むか、テレビを見るか、いっそソフィーに電話したっていい。今朝の続きをやるのに興味はないか、訊いてみる。まあ、やめておこう。どのみち、彼自身そのことにも、ほかのことにも、あまり興味はなかった。へま《メス》のジョーンズがいやに気になっている、と悟った。答えが必要だ。答えを見つけられる場所は一つだった。

十分後、彼はアウディA8に乗って北へ向かっていた。ロンドンを突っ切って動くのにいい時間といえば、真夜中のほかにはないが、日曜日の午後はまずまず悪くない。それで、三時半にもならないうちに、彼はウィンドラッシュ・ハウスの高い門の前に着き、車を止めた。

門柱のカメラがしばらくこちらを見ていたが、やがて金属の門が音もなく開き、彼は長い車寄せに車をゆっくり進めた。きれいに刈り込んだ芝生に砂利を飛ばして父親の怒りを買わないよう、いつものように注意していた。

玄関前の階段を上がると、ドアをあけたのは黒人の青年だった。ぴしっと折り目をつけたワイン色のスラックス、見事なカットのスエード・ジャケット、目を射るほど真っ白なシャツといういでたちだった。

青年は言った。「こんにちは、ミスター・ギッドマン、サー。お元気そうですね」

「こんにちは、ディーン。きみのほうは、これからすごく特別なことが控えてるみたいだな」

ディーンはにんまりした。彼とデイヴ三世とは、愛の追求という興味を共有しているとたがいに知っていた。彼は言った。「はい、サー。あと一時間で非番になるので、そうしたらロンフォードへ新しい彼女を迎えに行くんです。先週出会ったんですけど、美人でね、美容師になる勉強をしています。ロンドンへ行って、レストランの予約を入れてあるんで、食事をして、ナイトクラブをやったら、あとはすべて神々の膝元（「神の手にゆだねられて」「どうなるかわからない」という意味の成句）ですよ」

「神々の膝元にあるのは神ならではの一物だけだ」ギッドマンはにやりとして言った。「きみの一物は行動開始を待っているって感じだな」

「やあ、デイヴィーの若様じゃないか！」

振り向くと、ずっと年上の黒人の男がいて、ふいに左フックをかましてきたのを、からくも右前腕で防いだ。

「もうちょっとで決まるところだった！　宿題をすませたらジムにおいで、しっかり訓練してやるから」

「楽しみにしてるよ、スリング」ギッドマンは言った。

ミルトン・スリングズビーは子供のころから彼の人生の一部だった。ボクシングのほかにも、いつもクリケットやサッカーをいっしょにやってくれ、車で学校へ送ってくれ、夜、友達と出かければ、迎えに来てくれた。彼がゴールディーの諸事に関して正確にどういう役割を果たしているのか、デイヴは今でもはっきり知らない。ときによって、運転手、雑用係、個人トレーナーとさえ描写されるのを聞いたことがある。このごろでは、スリングはゴールディーのそばを決して離れない。もし訊かれれば、ゴールディーはきっと「彼は古い友達だ」と言うだろう。具体的に何をする人なのかと突っ込まれた父が「やってくれと頼めばなんだってやる男だ」と言って、ジョークだと示すために笑ったのをデイヴは聞いたことがあるが、あれが冗談だったのかどうか、定かではなかった。

　スリングがデイヴを中学生扱いするのも、どこまでがジョークで、どこからが軽い認知症のせいなのか、はっきりしなかった。ゴールディーがいなければ、スリングの精神状態はもっとずっと悪くなっていたのは確かだ。「あんたのおとうさんはわたしのボクサー契約を買い取ってくれたんだ」とスリングはよくデイヴに話す。「それで、こう言った。〝これから、おまえはもうボクシングのリングには上がらない。これからはわたしのためにだけ戦ってくれ〟とな」

　時間は人にいたずらを仕掛けるのが好きだが、その一例で、スリングの脳は昔さんざん揺さぶられたつけを払うことになったものの、彼の体の老化はまったく別の形を取った。鼻が潰れ、耳はカリフラワーのように変形し、ぼろぼろになった老ボクサーではない。すらりと細身で、髪は銀髪、学者のような猫背で、引退した大学教授といっても通りそうなくらいだ。たまに上の空になるのは、思考のみに満ちた不思議な海を航海する頭脳（ワーズワースの詩「プレリュード」で、ニュートンに言及した一節）のしるし。

「親父さんはどこにいる、スリング？」デイヴは家の中に入りながら訊いた。

「二階でジミといっしょですよ。もう学校は休みに入ったんですか、デイヴ若様？」

「うん、そうだよ、スリング。休みでうちに帰ってきた。だといいがね」ギッドマンは言った。「ディーン、今夜は大いに楽しんでこいよ！」

青年は親指を上げてみせると、警備コントロール室へ戻った。住み込みのスタッフといえばスリングとディーンだけだというのが、デイヴにはときに気になったが、母親は手伝いを入れて家がごたごたするのはいやだと頑固に言い張っていた。家事に関して、ゴールディーは妻の権威をおとなしく認め、それはビジネスを通してしか彼を知らない人なら仰天しそうな態度だった。〝あれよりいい料理人は雇えない〟と彼は言うのだった。〝おかげで、昼食ダイエットをさせられるのが困りものだがね！〟

警備なら、屋敷の警報システムは最先端のものだとデイヴ・ギッドマンは知っていた。

彼は階段を駆け上がり、ホーム・シネマになっている二階の暗い部屋へ行った。ここで父はウッドストックのジミ・ヘンドリックスのビデオを見ていた。これは二人が共有しない趣味の一つだった。もう一つは強いにおいのするハヴァナ葉巻だ。あれを吸うのはこの部屋に限るとフローに命じられていた。

偉大なるロッカーが〈メッセージ・トゥ・ラヴ〉の佳境に入っているスクリーンからゴールディーは目を離さず、右手を上げただけだった。この尊大なジェスチャーは、〝じっとして、口をきくな。いいときが来たらこっちから声をかける〟という意味だと周囲の人は学んでいた。

息子の心に怒りの波が盛り上がった。スリングが焦点のぼけた目でこっちを中学生だと見て取るのはともかく、父親から中学生の化石にされるのはたまらない。

外の世界では、彼はゴールデン・ボーイだ。人から敬意を期待し、受け取っている。こちらを嫌っている連中すら敬意を払う。なにしろダウニング・ストリート行きの予想で、長期の賭の対象としては過去五十年間でこれほど人気の本命はいなかったという人物だから、敵にまわしては損をする。

敬意を払おうとしないのは、彼の政治キャリアにもっとも親しくつながっている人たちだけだった。たとえば、党首キャメロンとその取り巻き。それにマギー・くそばば・ピンチベック。おれを芸をする犬みたいにコントロールしようとする。まあ、あいつならいつでも首を切ってやれる。かな？

だが、父親が最悪だった。ときとして、〝デイヴィッド・ギッドマン三世〟という呼び方は家系よりも序列を表わすもののように聞こえる。ゴールディーの首を切るのは無理だとしても、彼が息子を送り込んだ広くきらめく政治権力の世界は、この屋敷の門の前で終わるものではないと、そろそろ理解してしかるべきだ。

彼はリモートを取り上げ、ヘンドリックスを音節の途中で止めた。

「おとうさん」彼はすでに自分の大胆さにぞっとしながら言った。「いったい何がどうなってるのか、教えてもらいたいな」

ゴールディー・ギッドマンは首を回し、息子を無表情に見た。内心では、この威勢のよさをまんざらでもなく思っていた。彼の人生で、自分自身の慰安と安全を守るために容赦なく切り捨てられないものが二つだけある。一つは妻のフロー、もう一つは息子だった。彼は二人を自分が育った世界から遠く離してきた。彼はその世界で、生き延びるためには周囲で生き延びようとしている者たちより厳しくならなければならないと学んでいた。フローのほうは、ほぼ最初から彼のそばにいたとはいえ、扱いは容易だった。その愛情は無条件で、夫から見ろと言われないものは見ず、決して質問せず、コメントしなかった。

デイヴ三世のほうは、もっと厄介だった。生まれたときから恵まれた生活をしてきたから、彼と父の多彩な過去とのあいだに防火壁を築くのは簡単だった。だが、保護することで保護される者が弱くなってしまうのでは、保護にはならない。政治というキャリアに乗り出した以上、父親と同じ技能が要求された——危険を嗅ぎつける鼻、有利な機会を狙う目、そして、他人をどれだけ踏みつけにしてもかまわない、容赦ない生存本能。

この小さな反抗的行動で、彼はゴールディーの血を分けた息子だと見せつけた。それはいい。

だが一方、ときどき思い知らせてやる必要もあった。外の広い世界で今、また将来、どれだけ権力を振るうとしても、父の世界にあっては、彼はいまだに取るに足らない人物であり、これからも同じだ。

ゴールディーは言った。「なんの話だ?」

「グウィン・ジョーンズの話さ。開館式で待ち伏せ攻撃をかけてきた」

「ジョーンズ?」父の関心を惹いたことが見て取れた。「へま《メス》のジョーンズか?」

「そうだよ。隠し事のある政治家にとっては、絶対に玄関先に現われてほしくない男。ぼくはなにか隠しておくべきことがあるんですか、おとうさん?」

「そのジョーンズってやつがなんと言ったか、教えてくれ。どういう言葉を使ったか」

デイヴ・ギッドマンは記憶力が優れていて、それは国会で非常に役立つ能力だったが、おかげで記者の言葉をほぼ逐語的に繰り返すことができた。

話し終わると、ゴールディーは言った。「それについて、マギーはなんと言った?」

デイヴはひどく苛立った。両親ともにピンチベックを尊敬し、愛情さえ抱いているのは、まったくしゃくに障る。

彼は言った。「なんにも。どうしてあいつがなにか言わなきゃならない?」

「おまえはこの一件で心配になったじゃないか。おまえの目につくことなら、マギーには二分前に見えている、それは確かだ。じゃ、おかあさんに会ってきなさい。夕飯を食べていくと言ってやれ」

「それだけ？」デイヴはきつい口調で言った。秘書が自分より頭がいいとほのめかされたので怒っていた。「ああ、それだけだ。おまえが頭を悩ませるようなことはなにもない。政府の阿呆どもが弱みをさらしているあいだに、せいぜい蹴りつけてやることさえ考えていればいい」

　デイヴ三世は一歩近づき、父親を上からねめつけた。ゴールディーは無表情に見返した。かつて彼の若いころに金槌でやられた人たちなら、見覚えのある表情だった。決定的瞬間のように感じられた。

　ある意味では、まさにそうだった。

　青年のほうが先に目を逸らし、もったいぶった歩き方で部屋から出ていった。

　ゴールディーは失望に近いものを感じたが、本当の失望ではなかった。若いデイヴにとって、今は船を揺らす（「反抗して動揺を起こす」という意味の成句）のにいいときではない。こういう状況では、舵を取る確かな手と、よくきく目が必要だ。

　この件は放っておくべきだったのかもな、と彼は考えた。

　だが今までずっと、事は起きるたびに始末してきた。その都度きれいにかたづければ、たどられるような跡は残らない。

　ただし、あれこれが収まるべきところに収まらないと、かたづけたこと自体が跡になりうる。

　そこまで行くのはまだずっと先だし、どっちみち、高い地位にいる友人たちが、跡がこちらにつながるはるか前に消し去ってくれる、と彼は自信たっぷりに考えた。

　政治は性交とよく似ている。女性関係のルールはここでも有効だ。デイヴの秘書が暴露記事を出しそうになったとき、彼はその点を息子に口をすっぱくして教え込んだ。もし見つかった場合、おまえより女のほうが損をする、そういうやつだけを相手にしろ。

おしゃべり女、デカパイ《ノッカーズ》のニッキーがどれだけ損をするかは、フラー・ディレイに調べさせた。政界の大物になるのと金融業界の大物になるのと、道は違うが、最終的には同じだ。過去数年間に、ゴールディー・ギッドマンが困ったことになっていると思えばどんな犠牲も惜しまないという人々を、彼は国会《ウエストミンスター》と金融街《シティ》にたっぷり用意してきた。首都警察にも二人ばかりいる。それに、あのきざな貴族との今日のランチも保護を補強した。だから、彼の防火は万全だった。

だが、若いディヴはそうはいかない。政治のキャリアは繊細な花のようなものだ。間違ったドアを開け放しておけば、冷たい隙間風が吹き込んで、一晩で枯れてしまうこともある。

彼は一つのドアを閉めるために、フラー・ディレイを凍える北部へ送り出したのだった。フラー以上に彼が信頼を置く人物はいなかった。まずいことになったとわかった。電話で彼女はかばって取り繕おうとしたが、まずいことの原因があの阿呆の兄だったのは明らかだった。だが、フラーなら頼りになる。危機に遭っても必ずなんとかしてくれる。もしだめなら、まあ、血縁以外の関係にはすべて終わりが来るものだ。へま《メス》のジョーンズはここでどういう役割を果たしているのか？

まだわかりようがない。ジョーンズ。意味のある名前のようでもあり、そうではないかもしれない。ディヴが言っていたように、ウェールズ人の半分はジョーンズという名前だ。

時間が経てばわかるだろう。

彼はリモートを取り上げ、スタート・ボタンを押した。スクリーン上でヘンドリックスがふたたびやかましく甦った。

いつもこのビデオを見るたび、六〇年代を思い出す。あの年代の初めに彼はやせっぽちのティーンエイジャーで、年齢と時代とが投げてよこすあれこれの相反する衝動を経験していた。変化が始まろうとしていた、ことに若者にとって。彼はその変化に参加したかったが、それ以上に、新しく登場したものをなんでも手に入れられる金が欲しかった。実際にアメリカに行って、ウッドストックを訪れた若者を一人二人知っていた。六九年ともなれば、彼にはファースト・クラスでアメリカに飛べるほどの金はあったが、もちろんそんなことはしなかった。商売の手を広げ、権謀術数をめぐらし、人々の頭を押さえつけておくのに忙しかったからだ。かまうものか。あのときアメリカへ行ったやつらは、きっと将来性のない仕事に就いて、今ごろはつまらない狭い家に住み、ウッドストックの思い出話を始めるたび、孫たちのあくびを見せつけられているだろう。

だが、ビデオを見て、ジミの音楽を聴くと、機会を逸して残念だったといつも感じるのだった。

一つ確かなことがあった。息子が過去を振り返って、機会を逸して残念だったと感じることは絶対にない。彼には世界を自分のものにする権利がある。父は息子が必ずそれを受け取れるようにする。

そして、もしあの大昔の負け馬ウルフが本当に過去から這い出てきて、若いディヴの未来をおびやかしているのなら、ゴールディー・ギッドマンは今でもがつんと金槌を振るえると、すぐに悟ることになる！

彼はそんな考えを頭から押しやり、音楽を楽しもうと、ゆったりすわり直した。

15:20 - 15:30

アンディ・ダルジールは目をあけた。

昏睡という不思議などこにもない国《ネヴァーネヴァーランド》を長く旅したあと、以前の睡眠パターンが戻ってくるまでには時間がかかった。昏睡の国の記憶はまったくないが、たまにそこから閃光のように短い幻が送られてくることがあった。

今、そういう幻を見ているのだろうかと考えたが、閃光よりも長いように思えた。ひょっとして、完全な昏睡状態に戻ってしまったのか？

彼は絹のように滑らかで羽のように軽い掛けぶとんにくるまり、頭を柔らかい枕の山に深くうずめて横たわっていた。空気には甘い香りが漂い、耳には音楽が聞こえ、彼を包む宗教的な雰囲気の薄明かりの中では、すけすけのネグリジェをまとった美しい金髪の天使が動いていた。

彼は可能性の数々を冷静に考慮した。

目覚めているのか、眠っているのか？

夢を見ているのか、死んでいるのか？

天使はなにかを彼の顔に落とした。

それは鼻に当たって跳ね返った。「いてっ」

「ようやくね」彼女は言った。「これ、わたしが戻ってからずっと鳴りっぱなしよ。ここがわたしのベッドでなかったら、あなたの顔にバケツで水をぶっかけてやるところだったわ」

彼女のベッド。だんだん思い出してきた。食事がすむころには、彼は確実にけだるくなっていた。コーヒーを飲んでもしゃきっとしなかった。コーヒーにラージ・サイズのモルト・ウィスキーを添えたのもまずかったのだろう。テラスを離れたとき、彼は時計を見た。食事を始めたのが早かったから、まだ一時半をまわったばかりだった。

「午後は予定がありますか？」彼は訊いた。

「予定？」彼女は知らない言葉を聞いたかのように言った。「どうして？」

「いや、車でうちへ帰る前に三十分ばかり昼寝をしたいと思って。ラウンジでいびきをかいては人迷惑だ。うるさい人もいますからね。で、おたくのベッドで寝かせてもらうわけにはいきませんかね？」

「わたしといっしょでなければね」彼女は言った。「それに、確かに三十分で出ていってくださるのなら」

「ボーイスカウトの名誉にかけて」彼は厳粛に言った。ただし、彼にボーイスカウトの経験はない。

だが、体内時計が三十分たったら起こしてくれるだろうと、本当に思ったのだ。今まで、いつもそれで大丈夫だった。ところが、ねぼけまなこで時計を見ると、二時間近く眠ってしまったと気がついた。

「わたし、これからシャワーを浴びます」ジーナは言った。「出てきたときには、あなたはここにいないものと期待します」

彼女は彼の視野からふっと消えた。

彼は半身を起こし、掛けぶとんをはいだ。すると、靴と上着のほかはすっかり服を着たままだとわかった。彼の携帯は鳴り止んでいたから、気にすることはなかった。

ベッドから脚を振り下ろし、立ち上がった。

この動きで二つのことに気がついた。少し頭痛がする。小便をしたい。

頭痛のほうは、外の空気を吸って、濃い紅茶を一杯飲めばすぐ消えるだろう。小便のほうは、もうちょっと緊急だった。

しかし、いくら緊急といったって、太った警官が浴室に押し入ってきたら、ジーナ・ウルフはせっかくのシャワーの楽しみを台無しにされたと感じるだろう。

彼は靴を履き、上着をはおった。備え付けの電話のそばにメモ用紙があった。彼は一言走り書きすると、紙をダブル・ベッドの枕と枕のあいだに差し入れてから、ドアへ向かった。

偉大な意志力を発揮して、なんとか無事に一階のトイレに到着し、用をすませると、テラスへ行った。

席に着くと、若い男が脇に現われた。ピエトロだと思い出した。彼が水差しを壊したあとで、てきぱきと秩序を取り戻してくれた、あのウェイターだ。

「ブオン・ジョールノ、シニョーレ・ダルジール。なにかお持ちしましょうか？」

名前をおぼえている。なかなかだ。

「濃いヨークシャー・ティーをポットで頼む。あと、パーキン（ヨークシャー名物の生姜と糖蜜のケーキ）もいいな」

「すぐに《スビト》、シニョーレ」

「ところで、ランチの代金を払ったっけな？」

「大丈夫です、サー。シニョーラ・ウルフがお部屋代に加えるようにとおっしゃいました」

くそ。遍歴の騎士は悩める乙女に支払いをさせるか？

たぶん、させない。だが、ルースター・コグバーンなら気にしない。

「よかった」彼は言った。「じゃ、急いでお茶を持ってきてくれよ」

電話のことを思い出し、取り出して、伝言を確かめた。

いくつも入っていた。最初の二つはウィールドからで、至急電話をくれと頼んでいた。

続いて、同じメッセージがパスコーの声で繰り返された。

最後はこうだった。「アンディ、いったいどこにいるんですか？　捜索隊を出しますよ。緊急事態です。

これを聞いたら即座に連絡してください、いいですね？　重大です。ふざけないでください！」

　これは副官が敬意を持って上司に話している言葉遣いではない。怒って高飛車になっている。

　彼はパスコーの番号にかけた。

「わかったよ」彼は言った。「なんだそのパニックは？　文房具の戸棚の鍵をわたしがどこに置いているか忘れた？　いい知らせにしてくれよ——今日は非番なんだからな」

　空威張りで悪い知らせを追っ払おうと期待したのなら、期待はずれに終わった。

　パスコーは言った。「アンディ、ああよかった。あの、ノヴェロなんです。何者かに頭を殴られて、集中治療室に入っています。それだけじゃすまない。彼女は男の死体の横に倒れているところを発見された。男は顔を銃で吹っ飛ばされていた！」

「なんだって。どこで見つかった？」

　聞くまでもなく、答えはわかった。

「ラウドウォーター・ヴィラズ、三九番。ウィールディの話では、今日の昼時にあなたに頼まれて車のナンバーを調べた、その住所がここだった。アンディ、いったい何がどうなっているんですか？」

「現場にいるのか？」ダルジールは言った。質問は無視した。答えられなかったからだ。

「当然ですよ！」

「すぐ行く」

　彼は出ていった。途中でピエトロとすれ違ったが、目をやりもしなかった。ピエトロはティー・ポットと焼き立てのパーキンをのせた銀の盆を捧げ持っていた。

　今日はまったくおかしな日だ、と若いウェイターは思った。注文を出しておいて、手もつけずにあわてて出ていくっていうのが、これで三人目だ！

　だが、エビのサンドイッチをあきらめたあのきれいな若い女は、また来ると言っていた。本気でこちらに興味を持っている相手は見抜けるというのを、ピエトロは誇りにしていた。

うん、そうだ、と彼はいい気持ちで自分に言った。

あの子は絶対にまた来る。

14:45 - 15:35

ギッドマンを落としたあと、運転を続けながら、マギー・ピンチベックはいやな気持ちだった。

ふだんなら、グウィン・ジョーンズの予期せぬ出現くらい軽く受け流してしまうところだ。ボスも気にする様子はなかった。ジャーナリストというのは、人を惑わす鬼火を追いかけてかなりの時間を費やすものだ。事件を取り逃がすことが唯一の罪だから、何時間もかけて調べたあげく袋小路だとわかるような退屈な仕事も、かれらが払わなければならない代価のうちだ。

新聞業界では、ゴールディー・ギッドマンに攻め入る隙はないと、誰もが考えていた。そこまで清潔な人間などいないのだから、これは彼が不潔だという証拠だ、と言い張るシニカルなやからもいるが、もし本当に見つけるべき汚点があるとすれば、警察とマスコミが力を合わせて発掘を試みたのだから、何年も前に掘り出されていたはずだ、というのが大多数の意見だった。もちろん、実現すればすごい話になる。保守党の新イカロスが地に落ちる可能性にもつながるのだから、噂が完全に消えることは決してなかった。偉大な真理は永遠に燃え続けるとしても、偉大な嘘も残り火の熱を保ち、頑固に消えようとしないものだ。

　なら、無視していいか、とマギーは考えた。トリス・シャンディのパーティーがなければ、そうしていただろう。

　トリストラム・シャンディ（本名アーニー・ムーニー）はアイルランド人少年ポップ・グループのシンガーとして出発し、その後、流行の変化も、年とともに髪が欠け胴回りが満ちていくのも（名前のムーニー〔月〕にかけたしゃれ）、ブレイの牧師（十六世紀に宗教界の変転に応じて何度も新教・旧教に改宗したという牧師の伝説から、日和見主義者のこと）顔負けの融通性をもって切り抜け、生き延びてきた。レコード・プロデューサー、テレビの〈セレブ・サバイバル戦〉優勝者、ユーモア小説家、ライヴ・エイド活動家、パネルゲーム・ショーのレギュラー、帯ドラマのスター、激白自伝の著者、と来て、そろそろ五十歳になろうとする今は、テレビで今シーズン最高の視聴率を稼いでいる〈休戦！〉の議長として、またの変身を大いに成功させていた。この番組の表向きの目的は、対立する二者を呼んで仲直りさせようというもので、出演者はけんかする隣人、離婚しようとする夫婦、親と仲たがいする子供、遺言のせいで争う家族などから、スーパーマーケットや不動産斡旋業者、製造会社、病院、弁護士、政治家といった組織や個人と論争中の人々などまで、多岐にわたっていた。

　その結果、論争者たちが和解すれば甘くべたべたした感傷、和解しなければ流血の争いが見られるとあって、二十一世紀イギリスの堕落した趣味にぴったり合った。おかげでシャンディは、才能は僅少、自意識は膨大、契約金は数百万ポンドという、このごろ山ほどいる〝メディア・パーソナリティー〟の一人となったのだった。

マギーは知っていた。今日、シャンディは〝小銭〟を遣って〈シャー・ボート〉でランチョン・パーティーを開いている。これはかつてのイラン国王《シャー》所有の豪華ヨットだったが、黒海の辺鄙な場所で錆びついていたのをロシアの石油長者が発見し、昔の栄華そのままに修復して、現在の停泊地、ヴィクトリア河畔通り《エンバンクメント》まで曳いてきた。すると、パーティー客には最大のプライバシー、ホストの個人財産には最大のパブリシティ、という組み合わせを期待する人々のあいだですぐに人気が高まった。

名士をもって自任する人なら誰でも招待されたはずだった。ビーニー・ザ・ビッチはそのカテゴリーに入るし、たぶん彼女の現在の奉仕者、グウィン・ジョーンズもそうだろう。

それなら、ジョーンズがセンターの開館式に来た理由が何であるにせよ、今週最高のパーティーを欠席し、おそらくはザ・ビッチを怒らせるだろうが、それでもかまわないというほど価値あるものだったわけだ。

もし自分の雇用者に悪影響を及ぼすようなことが迫っているのなら、マギー・ピンチベックは知っておきたかった。いちばん実りが多そうなのは、ビーニー・サンプル経由の調査だった。もちろん、彼女はなにも知らないかもしれないが、もし知っているとすれば、教えてくれるよう説得しうる理由が二つあった。

第一に、ジョーンズが逃げたせいで、たぶん彼女はぷりぷりしているだろうし、ザ・ビッチは怒り狂うことはないが、必ず復讐するというので有名だった。

第二に、彼女はマギー・ピンチベックに借りがあった。

若いころ、マギーは自分を見て、どうというところのない容貌だと認め、どうというところのなさを芸術の域まで高めた。チャイルドセイヴで寄付金集めの仕事をするのがいい訓練になった。「あの女はまるですりだ」と、ある産業界の大物が驚嘆して言ったことがある。「そばに寄ってきたってほとんど目につかないんだが、しばらくしてはっと気がつくと、財布が消えてなくなっている!」デイヴに雇われ、政治とマスコミが出会うあのトワイライト・ゾーンで働くようになると、がさつに押して入れないところでも、影のような存在なら入れるものだと、まもなく悟った。というわけで、ある日、マギーはフリート・ストリート（ロンドンの新聞社街）のパブの一隅に人目につかずにすわっていたのだった。マスコミ各社が南へ大移動する前には、記者たちの溜まり場となっていたパブだった。ここで、彼女は三人の老ジャーナリストの酒の入った会話を耳に挟んだ。節操などというものは、この場所でとうの昔になくした連中だった。

話題はザ・ビッチだった。明らかに、三人ともどこかの時点で彼女からふつう以上に痛い目にあわされていた。テーマは復讐だった。方法としては、彼女が舌なめずりすること請け合いの特徴をあれこれ所有している若い男をおとりに使おう、という話になっていた。男は最新の監視機器で武装し、二人が会うたび、詳細な視聴覚記録を作る。この種の情報は、新聞雑誌なら絶対に手を出さないが、インターネットには恐怖も忠誠心もない。自分の知人誰もがこういう映像を見て大喜びしていると知れば、さすがのザ・ビッチの防護壁も崩れるだろう、と三人は感じていた。

第一段階はすでに成功したらしい、とマギーは推察した。おとりは目につき、ザ・ビッチは興味を示している。だが、彼女は知恵のあるおとなの雌虎だから、つないである山羊にすぐ飛びかかったりしない。まずたっぷり調査するだろう。ほろ酔いの三人は、自分たちがどれほど入念に準備したか、得意になっていた。これだけやっておけば、どんなに深く化膿した疑念の傷も癒されるはずだ、というのだった。

マギーはどうしようかと内心で議論したが、長くはかからなかった。ビーニー・サンプルのことは聞き知っているだけで、その評判は芳しくなかった。だが、マギーは幼少のころ里子に出され、里親はとても親切にしてくれたものの、その家の二人の姉妹は決して彼女に身分を忘れさせなかった。その結果、不当な仕打ちに対する彼女の感受性はジェイン・エア顔負けだった。

彼女はザ・ビッチの自宅に電話した。職場で彼女をつかまえるのは、不可能とはいわないまでも、ずっと時間と努力を要する。自宅の番号は電話帳記載外だが、やはりマギーに大きな借りのある共通の知人からそれを聞き出すのはそうむずかしくなかった。

まず、ビーニーが唯一気にしたのは、マギーがどうやって自宅の番号を手に入れたかだった。ビーニーがそれを人に教えるのは、ワイン愛好家が二〇〇一年のイケムを人に分け与えるくらい、めったにないことだった。マギーはこの質問を無視して、耳に挟んだ事実をありのままに伝えると、電話を切った。

あとはこのことを意識に上らせもしなかったが、一週間後、ザ・ビッチが巨大なバラの花束とマムの大瓶を抱えて彼女のフラットに現われた。二人は話をしたが、長い時間ではなかった。どちらもごく現実的で、たいして好きになれない相手だとおたがいにわかったからだった。だが、ザ・ビッチは立ち去る前にこう言った。「忘れないでね、あなたには借りができた」

「もう返してくれたわ」マギーは言った。

だが、それは本当ではなかった。花粉症のマギーは花束を隣家の老婆にまわしてしまった。シャンペンのほうは、発泡酒を飲むとしゃっくりが出るたちなので、大瓶は今も冷蔵庫に入ったままだった。

今、サザックの慎ましいフラットに向かって運転しながら、マギーは次の手を考えた。

　またビーニーの自宅に電話することはできるが、いつパーティーから戻るかはわかりようがない。それに、おそらく番号は変えてしまっただろう。どのみち、情報を手に入れるのと情報を渡すのとは違う。手に入れるときは、一対一で会うほうがいい。

　駐車すると、階段を上がった。

　居間の片隅にファイリング・キャビネットがあり、ボスに見せたくないものはなんでもそこにしまってあった。彼女はここから封筒を一枚取り出し、中からトリス・シャンディのパーティーの招待状を出した。

　デイヴィッド・ギッドマン三世は確実に重要人物だ。それに、彼は〈休戦!〉に出演したことがあり、怒った選挙区住民二人を沈着冷静になだめたのだった。もちろん、すべて慎重に演出されたもので、そうでなければマギーは彼をシャンディのそばになど近づけもしなかったろう。

　だが、〈シャー・ボート〉のパーティーは別だ。センターの開館式から、こんなスキャンダルになりかねないイベントにデイヴがいそいそと出かけるのは危険すぎる。だから、彼女は招待状を見せずに隠したのだった。

　今、それが役に立ちそうだった。

　着替えようかと思ったが、ワードローブをあさったところで、シャンディのゲストに見えそうな服などどこにもない、と判断し、ただ招待状の宛名の〝デイヴィッド（David）〟の終わりに〝a〟を書き加えてよしとした。

　岸から船に渡した道板の前にいる警備員は、明らかに筋肉で選ばれた人材で、政治に詳しくはなかった。かれらは彼女の招待状をゲスト・リストと照合し、〝ダヴィーダ（Davida）〟が間違って〝デイヴィッド〟と書かれているのにも、まして女性国会議員が不美人でぱっとしない服装なのにも、驚きを示さなかった。

　ボート上ではパーティーが盛り上がっていて、たとえジャック・スパロー船長その人が海賊の一団を従えて道板をしゃなりしゃなりと上がってきたところで、誰も気づきはしなかったろうが、それでも彼女は注意してビーニー・サンプルをさがしに行った。目立ちたがりの群れの中を目立たずに動くというのは容易そうでいて、危険もあった。彼女は影法師となる訓練はたっぷり積んでいたが、ギッドマンの影がギッドマンから離れて動いているところを誰かが見つけたら、自分が人の注意を惹きたいばかりに、彼女の存在に人の注意を向けようとするかもしれない。

　中央広間で、彼女はトリス・シャンディのすぐそばを通り、あの鋭いアイルランド人の目が彼女を認めたのを感じた。幸運にして、彼が記憶をひっかきまわしてあれは誰か思い出さないうちに、彼の目を惹こうと競っていた女三人のうちの一人が強気の手に出て、片方のおっぱいを、まるで紙袋を破って砲弾が転がり出るようにあからさまに、ホールター・トップから露出した。

　学者的機知で名高いシャンディは大声で言った。

「誰か、あったかいスプーンを持ってこい――いや、シャベルのほうがいい！」マギーはそっと広間を出た。するとそこはボートの水際の狭い通路だった。運がついていた。ザ・ビッチがいたのだ。肌をたっぷり出した派手な衣装で、ハンサムな黒人に話しかけている。あの男はサッカー・プレミア・リーグのスター選手だとマギーにはわかった。女神とその獲物のあいだに割り込むのはいい考えではないから、長時間になるだろうが、待つつもりでいた。ところがそのとき、反対方向から、明らかにそんな遠慮のない若い女が現われた。服装を見れば一目でWAG《ワグ》（サッカー選手の伴侶〔ワイフ・アンド・ガールフレンド〕のこと）とわかる女は、不機嫌なウェイン・ルーニーなみの行儀作法でビーニーを押しのけ、男を連れ去って通路を歩いていった。そのあいだ、男の耳にロンドン言葉であれこれささやいていたが、人のささやきなら大嵐の中で五十歩離れていても解釈できるマギーには、〝あんたのおばあちゃんほどの年〟とか〝どういう黴菌《ばいきん》を持ってるか、わかりゃしない〟と言っているのがわかった。

ザ・ビッチは心の準備ができている、とマギーは判断した。補欠ベンチからいいのが出てこなかったから、欠場のウェールズ人ストライカーをかばってやろうという気分ではないはずだ。

それに、彼女には貸しがある！

とはいえ、ビーニー・サンプルが通路をこちらに向かってくると、マギーは闘技場のアンドロクレスのように不安になった（古代ローマ伝説で、奴隷アンドロクレスは闘技場に引き出されたが、相手のライオンはかつて彼に足のとげを抜いてもらった恩があるので食いつかなかった）。一度ライオンを助けたことがあるからといって、次に会ったときそれがこちらに感謝の念を抱いているとは限らない。

ビーニーの気分は挨拶の言葉に表われていて、期待は持てなかった。

「じゃ、クソ《タード》のデイヴはやっぱり来たってわけ？」彼女は言った。「餌のバケツをがちゃがちゃいわせれば、いちばん太った豚だって走ってくる」

ザ・ビッチに関してマギーが尊敬する点は多くないが、その一つは、彼女は政治家《ポリティシャン》と寝るくらいならヤマアラシ《ポーキュパイン》と寝るほうがましだ、と公言していることだった。

マギーは言った。「いえ、わたし一人なの。あなたと話をしたいと思っていたのよ」

「そう？《ビッチ！》で仕事をしたいんなら、もっと服装に気を使わないとね」

「ありがとう、でも仕事ならありますから。それがここに来た理由なの。グウィン・ジョーンズが何をたくらんでいるのか、知りたいんです」

ビーニーは無表情になった。

「どうして彼がなにかたくらんでいるなんて思うの？」彼女は訊いた。

「彼はギッドマン記念コミュニティ・センターの開館式に来たから。ここであなたの〝今月の種馬〟役をつとめるかわりにね」

遠まわしな言い方をしてもしょうがない、とマギーは腹を括ったのだった。率直にやれば、求めるものが手に入るか、船から投げ出されるか、どちらかだ。一瞬、後者になりそうだと思った。

そのとき、電話が鳴った。

ビーニーはヴィトンのバッグに手を突っ込み、携帯電話をつかみ出した。そのダイアモンドをちりばめたケースは、彼女のイアリングとチョーカーとおそろいだった。

彼女はディスプレーを見ると、マギーから離れ、声の届かないあたりへ行った。本人はそのつもりだった。だが、通路の音響効果に加えて、マギーは驚くほど耳がいいので、ビーニーの言っていることはすっかり聞こえた。

〝ハイ、ハニー。どこにいるの？〟

〝なんですって！　で、どうなってるの？〟

〝いやだ、なんてこと。どのくらいかかりそう？〟

〝いえ、いいのよ、わかるわ。家族は大事。もちろん、優先しなくちゃ〟

〝ええ、パーティーはまあまあ。あなたがいなくちゃ楽しくはないけどね。たぶん長居はしないわ〟

〝あたしも愛してるわ。すべてうまくいくといいわね。気をつけて。じゃあね〟

しゃべっているあいだ、その口調には愛情と懸念がこもっていたが、マギーのほうに戻ってくる彼女の表情はまるで見る者を石に変えるゴルゴーンだった。

「悪いニュース？」マギーは言った。

ザ・ビッチは彼女をひとしきりにらみつけたが、それから顔がほころんで微笑になった。ジョーンズが見たらルーヴワドグに帰りたくなりそうな表情だった。

「あたしには悪くない」彼女は言った。「車はある？　そっちはどうか知らないけど、あたしは船酔いしないうちにこの錆びたバケツにおさらばしたい。うちまで乗せてってちょうだいよ。そうしたら、道々、へま《メス》のジョーンズのことで、たっぷりおしゃべりできる」

15:50 - 16:15

ダルジールはラウドウォーター・ヴィラズ三九番の窓から外を見た。

トレンチ川の向こうに広がる工場跡の廃墟は目に快い景色ではないが、それでも中の光景よりはましだった。ふだんならびくともしない彼の胃さえ、さっき死体を見下ろしたときには締めつけられた。吐き気がしたのは、めちゃめちゃになった頭を見たからだけではない。この修羅場にノヴェロを近づけた責任は自分にあると意識したからだった。

「この広がり方からすると、ショットガン——銃身を切り詰めたやつでしょう」パスコーは言った。「即死」

「頭をほとんどなくせば、たいていそうだ」ダルジールは言った。

支配力は自分にあると見せつけるための、弱々しい試みだった。

現場に到着したとき、ヴィラズの正面の道路はすでに遮断されていた。これを実行するのは簡単だった。車は通り抜けられない道で、先は五十ヤードも行かないうちに細くなり、川沿いの轍《わだち》の掘れた無舗装の小道につながっている。捜査室となるキャラヴァンがすでに到着していて、巨漢は自分がいかに出遅れたか思い知らされた。近づくと、中からパスコーが出てきた。彼がなにも言わないうちに、ダルジールは吠えた。

「アイヴァーの具合は？」

「まだ意識不明ですが、脳波の状態は悪くない。なにか変化がありしだい病院から知らせが来ることになっています。警視……」

「なにも言うな。まず、この目で見たい」

主任警部は異議を唱えず、ただキャラヴァンから無菌の白いつなぎを二着出してくると、言った。「これが必要です。もう現場検証チームが入っていますから」

なるほど、同意、従順、現場に駆けつけた上級警官が期待する態度だ。だが、三階へ上がるあいだ、ダルジールは自分が指揮を執っているというより、勝手なことをしないようエスコートされているという気がした。

フラットの中でもその気分は続いた。ふだんなら血糊を見ると敏感に反応するパスコーが、震えもせずに致命傷の詳細を説明し、そのあいだじゅう、少しの反応も見落とすまいとしているかのように、巨漢に目を据えていた。

何が欲しいんだ？　告白か？　ダルジールは自問した。だが、もし逆の立場なら、自分もまったく同じことをしていると、わかっていた。

　彼は言った。「誰が発見した？」

「制服二人です。隣人が電話してきて、心配だと言った。テレビがひどくやかましくついているが、ドアをノックしてミスター・ワトキンズを呼んでも……」

「ワトキンズ？」ダルジールは口をはさんだ。「それが死んだ男なのか？」

「アラン・ワトキンズ、というのがフラットを借りている男の名前です」パスコーは慎重に言った。「で、隣人はノックしても返事がないので、救急サービスに電話しようと決めた。制服警官二人がやって来た。かれらもノックしたが返事はない。すると一人が、ガスくさいようだと思った。変ですよね、ここにはガスは引かれていないのに……」

「下水だったんじゃないか」ダルジールは言った。「捜査令状なしに人の家に入る必要があるとき、よくきく鼻は便利だ。

「ともかく、入ってみてよかった。まず、かれらはノヴェロが頭から血を流して床に倒れているのを見つけた。規則どおりに行動して、一人はできるだけの応急処置をしてやり、もう一人は救急車を呼んだ。状況を正確に知らせたので、救急隊は準備してやって来た。かれらのすばやい行動のおかげで、おそらく彼女は一命をとりとめた」

「警察にも少しは頼りになる連中がいてくれてありがたい」ダルジールは熱をこめて言った。

「ええ、ほっとしますよね」パスコーはきつい目つきで彼を見ながら言った。

　こんちくしょう、とダルジールは思った。こいつ、楽にやらせちゃくれないんだ。

　彼は死体に注意を集中させた。

「身元を示すものは？」

「なにも見つかりませんでした。なんのＩＤも身につけていなかった」

「ぜんぜん？　財布もないのか。じゃ、盗まれたってことかな？」

「かもしれない。ですから、ワトキンズの可能性はあるが、身元が確定されるまで待たなければなりません」

「おふくろさんに訊くのはやめたほうがいいな」ダルジールは言い、強いてめちゃめちゃの顔をまばたきもせずに見た。

「歯が残っていれば、歯科記録が証明になるでしょう」パスコーは言った。「あるいは指紋か」

　ダルジールは屈み込んだ。

「おや、これを見ろ」彼は言った。「こいつ、鬘をかぶってるみたいだ」

「そのようですね」パスコーは抑揚なく言った。

　巨漢が男の黒い鬘をそっとつまんで引っ張ると、下から短く刈った金髪の地毛が現われた。それから、まっすぐ立ち上がり、ため息をついた。

「ピート」彼は言った。「きみの知っていることをすべて教えてくれるつもりなのか、それとも名探偵役を演じて、わたしが口に出している以上のことを知らなければわかりようがないはずのことをぽろっと漏らすのを待つつもりなのか？」

「その結論に達するのに、名探偵役を演じる必要はないと思いますが、警視」パスコーは言った。

「住所のせいか？」

「それはまず第一歩になりますね。ここの仕事はこの連中に任せて、外に出ませんか？」

　ダルジールは最後にもう一度、部屋を見渡した。捜索をした形跡があった。引出しはあけられ、書類は散らばり、ＣＤはすべて棚から床に落とされている。ドアのすぐ内側には、カーペットに人体の輪郭線が引かれている。彼は気をつけてその上をまたぎ、外に出た。するとそれまでじっと待っていたＣＳＩが丹念な調べを再開した。

外に出て、つなぎを脱ぐと、エド・ウィールドがキャラヴァンから出てくるのが見えた。パスコーは手招きし、それから自分の車のドアをあけた。ダルジールは暗黙のメッセージを了解した。キャラヴァンの中にはほかの警官たちがいる。主任警部は上司がこれから言うことのすべてをかれらに聞かれていいものか、確信が持てない。

　警視は後部座席にすわり、パスコーが隣に来た。ウィールドは助手席にすわり、上半身をひねって後ろを向いた。少なくとも、ドアはロックしていない、とダルジールは思った。

「では、聞かせてください」主任警部は言った。

〝いや、まずきみからだ〟と言ったら、どうするだろう？　とダルジールは考えた。わたしを逮捕する？　こいつのことだ、ありえなくはない！

　彼は言った。「ケルデールでわたしといっしょにいるところをきみが見たあの女性だが、名前はジーナ・ウルフといって……」

　彼はほぼありのままに経緯を話した。もっとも、曜日を間違えたことは抜かしたし、彼と女がその前に大聖堂で会っていたという事実はうまくごまかした。

　この一件にノヴェロを巻き込んだこと、その後彼女と電話でコンタクトしたこと、ケルデールでの出来事のすべては、順を追って正確に詳細を話した。ノヴェロが入院してしまったのだから、たとえ彼が愚か、あるいは無責任に見えるとしても、ごまかすわけにはいかなかった。だが、ワトキンズの住所をノヴェロに伝えたとき、この男についてできるだけ調べろ、ただし直接接触するのは避けろと命じた、という点を強調しすぎているのを自分で意識した。

　話がすむと、パスコーは異論を認めない態度で言った。「さっきおっしゃった写真ですが、渡してください」

　渡してだと、見せてではない。

彼は内ポケットから封筒を取り出した。パスコーはまた手袋をはめてから、受け取った。

「金髪だ」パスコーは言った。「だが、鬘はかぶっていない。もっとも、ジーナ・ウルフがケルデールでこちらをじっと見ている彼を見かけたと思う、というのが本当だとすれば、どっちみちたいした変装はしていなかったわけだ。もちろん、ワトキンズがウルフだというのは推定にすぎませんが」

「イニシャルは同じだ」ダルジールは言った。

「アンディ、ウィールディはエスター・ウィリアムズ（一九四〇年代に泳ぐスターとして活躍した映画女優）と同じイニシャルですが、だからといって、彼がぴっちりした水着を着た姿を見たいわけじゃないでしょう」

　これなら前よりましだ。ファースト・ネーム、ジョーク、だいぶリラックスしてきた。いや、あるいは名探偵のテクニックの一部というだけか。

　彼は言った。「ともかく、ミック・パーディーはこれは偽物だと考えている」

「でも、まだ調べていないんですね？」パスコーは言った。

「時間がなくてね」ダルジールは自衛の姿勢になって言った。

「ええ、ずいぶんお忙しかったですからね。食べるのと眠るのとで」パスコーはぼそぼそと言った。

　こういう生意気な態度にどう反応するか、巨漢が決める暇のないうちに、パスコーは雑誌のページを部長刑事に渡して言った。「これを調べてみてくれ、ウィールディ。本部には誰がいる？」

「シーモアがいる」

「ぴったりだ。女性警官同伴でケルデールに行って、ミセス・ウルフを連行してくるよう伝えてくれ。それに、彼女の持ち物を調べるチームがいる。車とか、衣類とか、ぜんぶだ。最後に見たとき、彼女は何を着ていましたか、アンディ？」

「ネグリジェみたいなものだ」ダルジールは言った。

「説明したろう……」

「そういう意味じゃありません」パスコーは言った。「でも、彼女がシャワーを浴びたというのは大事な点かもしれない。では、最後に彼女がきちんと服を着た姿を見たときには、どういう服装でしたか？」

　ダルジールは怒り出しそうになるのをぐっとこらえた。パスコーの立場なら、自分だって同じことを訊いていただろう。

　彼はできるだけ細かくジーナの服装を描写した。

「わかりました。その点に特に注意してくれ、ウィールディ」

「わかった」部長刑事は言った。「ところで、ドゥッタ夫妻はどうする？」

「まだいるのか？　現場検証チームが廊下の調べを終えるまで、亭主が奥さんを自分の母親のところへまた連れていくことにしたんだと思ったがな」

「奥さんは行きたがらないんだ。姑さんが苦手みたいだし、ここで事件の中心にいるってことをすごく楽しんでる。供述書を取ったあと、キャラヴァンから出てもらったんだが、二人ともまだ裏ですわってるよ」

「わたしが一言、話をしよう」

　部長刑事は車から出ると、キャラヴァンのほうへ行った。

　ダルジールは言った。「ピート、ジーナ・ウルフに関して、きみは間違った木に向かって吠え立てている（「見当違い」の意味の成句）と思うね」

「それでも吠え立てる必要はある」パスコーは言った。「女は失踪した夫の公式死亡宣告を取り、遺産を相続して再婚しようとしている最中だ。シャーリー・ノヴェロがあなたがたのテーブルを盗聴している男を見つけたのとほぼ同じ場所で、彼女は夫を見たと思う。盗聴男はその後殺されて発見される。彼は鬘をかぶっている。おそらくは変装のため。女はあなたがこの男の住所をノヴェロに伝えたのを立ち聞きした可能性がある。とすれば、どうしますか、アンディ？」

「わたしなら、彼女が午後じゅう何をしていたか、訊きたいね」ダルジールは認めた。

「もちろんです。よし、それじゃ、行って、ドゥッタ夫妻に話をしましょう」

わたしも含めてくれたが、わたしの部下としてではない。流れに従え、アンディ、その流れがどこへ行き着くのかわかるまでな、と彼は自分に言い聞かせながら、大きな体を車から出した。

キャラヴァンの裏手に行くと、キャンヴァス張りの折りたたみ椅子にすわった女の横に、アジア人の男が立っていた。男はテクニカラーのアロハ・シャツを着て、オフ・ホワイトのナダールふう半ズボンを穿いているが、不安げな面持ちだ。ところが、女のほうは目を輝かせている。玉虫色のシルクの美しいカフタンを着て、その下のおなかは大きいが、ホリデー用キャラヴァン・パークでのんびりしているといってもよさそうだった。

「ドゥッタさん、こちらは同僚のダルジール刑事部警視です」パスコーは言った。「さっきわたしに教えてくださったことを、警視にも話していただけませんか？　失礼、アンディ、すぐ戻ります」

ずる賢いやつめ、わたしをこいつらといっしょに置き去りにして、自分はなんだか知らんが大事なことに取りかかるってわけか！　と巨漢は考えた。だが、どのみち彼も話を聞きたかった。

ミスター・ドゥッタは早口で話し始めた。

「はい、日曜日にはいつも母のところでランチなんです。母は郵便局のそばのバグリー・ストリートに住んでいます。ふだんなら、午後じゅう、ときには夕方まで過ごすんですけど、今日は向こうに着くと、デヴィは気分があまりよくなくて、ぼくたち、ランチなんかほとんど食べずに早くうちに帰ってきました。そしたらこれでしょう、ぼくはデヴィのことがすごく心配です。ご覧のとおりの状態ですから、負担をかけるわけにはいかないんだ」

　ダルジールが観察したところでは、デヴィは苦しい思いなどしておらず、ただ何がどうなっているのか知りたくてうずうずしているばかりだ。それに事件の中心にいるというので、やや興奮気味だった。きっと妊娠中だというのを最大限利用して、姑との接触を最小限にとどめているのだろうと警視は察した。

　彼は言った。「なるほど、では、話は短めにしておきましょう。ミスター・ワトキンズのことを教えてください。彼をよく知っていましたか？」

「あまりよくは」ラヴィ・ドゥッタは言おうとした。

「あまりよくは？」妻が割り込んだ。「あたし、あの人の姿を見たのは一度きりよ！　六カ月前にあたしたちが引越してきたとき、三九番は空き部屋だったんです。あっちのほうがうちよりずっと家賃が安いから、いちおう見たんですけど、狭いから安いんですよね。うちは赤ん坊がじきに生まれるので一部屋よけいに必要だし、ラヴィはいい仕事に就いているので、家賃なら払えます。おかあさんは出ていくなと言ったけど——あの、前には母と同居だったんです。二人きりでも同居はたいへんだったから、赤ちゃんができたとわかるとすぐ、こんなんじゃ困るとラヴィに言って……」

　ダルジールは言った。「で、三九番に人が入ってどのくらいになります？」

「はっきりとは……」ラヴィが言いかけた。

「四カ月前から音が聞こえるようになりました。テレビ、ラジオ。壁がすごく薄いんです。でも苦情を言うほどうるさくはないわ」デヴィは言った。「どうせ、毎日じゃないんです。誰もいないらしいときがずいぶんあって、しばらくするとまたテレビの音がして、それからまた数日とか一週間、誰もいない。よっぽど旅行をする人なんだろうと思って……」

「じゃ、今日あったことを教えてください」

今度はミスター・ドゥッタが短いながらバッティングの機会を得た。妻が歩かなくていいようにと、彼は車を取りにいった。車は歩いて一分の場所にある車庫にしまってある。戻ってきたとき、妻がヴィラズの外で待っていると思ったのに、いなかったから、中へ迎えにいった。

「外でぶらぶらしている人を見かけましたか？」ダルジールは訊いた。

「いいえ、見なかったと思います。でも、ぼくのすぐ後から誰か建物に入ってきたような気がする」

　またデヴィが引き継いだ。

「隣でテレビの音がしてました。映画。エキサイティングな映画って感じで、叫び声やら銃声やら、やかましい音楽やら聞こえて、あたしも今日の午後、出かけないでここにすわって映画を見ていられたらいいのにと思ったんです。そしたら、誰かが倒れるみたいな音がして、大きなバーンて音と人の声、それからふいに音楽やなにかがぐんと大きくなった。なにあれ？　とラヴィに言ったら、彼はテレビだよ、さあ早く行こうと言った。あたしは映画の音とは違うって言ったんですけど、彼はおかあさんの家に行くのに遅刻しちゃたいへんだと心配するばかりで、あたしはお隣をノックして大丈夫ですかと訊く時間がなかったんです」

　幸運だったな、とダルジールは思った。

「でも、あたしがちょっと気分が悪くて早く帰ってきて、ラヴィが車を車庫に入れているあいだにフラットに上がったら、お隣のテレビが前とおんなじにやかましい音を出していたんで、ドアをノックしたんですけど、誰も出てこなかったから、これじゃ誰かに知らせなきゃ、とあたしは言ったんです。ラヴィはけんかになるようなことをしたがらなかったけど、あたしはこんなの迷惑だし、ひょっとすると、ミスター・ワトキンズは具合が悪くなって倒れてるのかもしれないと思って、うちに入って999に電話しました。すぐにおたくの人たちが来て、あたしたちはうちから出るなと言われて、そのあと、ここに連れてこられました。どうなってるんですか、警視？　ミスター・ワトキンズは死んだんですか？　あそこから担ぎ出された女の人は、彼に襲われたの？　あたしたちはいつ……」

「まあまあ、奥さん」ダルジールは言った。「あんたはとても大事なことをおっしゃっている。だから、本部へ行ったほうがいいように思うんですよ、そうすればきちんと記録した供述書を作れる。ちょっと失礼」

彼はその場を離れ、キャラヴァンに入った。

パスコーとウィールドが並んで立ち、くしゃくしゃで汚れた《MYライフ》を眺めていた。訪問した王族の一員を喜んで迎える忠実な市民たちの写真が載っているページが開いてあった。

「たいしたもんだ、ウィールディ、すばやいな」ダルジールは感心して言った。

「ここの建物の脇にリサイクル用の大きなごみ箱がいくつか置いてあるんです」部長刑事は言った。「若いのを二人やって、紙のリサイクル箱をあさらせました。これを見てください、警視」

彼は雑誌を掲げ、ジーナ・ウルフが郵便で受け取った切抜きと並べてみせた。本物のページでは、アレックス・ウルフの場所を占めているのは頭の禿げかかった中年男だった。

「ミックの思ったとおりだったな」ダルジールは言った。

「どうして偽のページを作るような面倒なことをしたんだろう？」パスコーは言った。

「それほどたいへんじゃない」ウィールドは軽く言った。「まともなスキャナーとプリンターがあれば、子供だってできる」

「パーディーは、誰かが自分を狙って一発やったつもりなんじゃないかと思っている」ダルジールは言った。

「男の顔を吹っ飛ばし、警官を入院させるんじゃ、一発どころじゃないですよ」パスコーは言った。「そろそろ、ミセス・ウルフとじっくり話をしたほうがよさそうだ」

デスクの電話が鳴った。出た巡査が呼びかけた。

「部長刑事――シーモアからです」

「で、ドゥッタ夫妻のことはどう思われましたか、アンディ？」パスコーは訊いた。

「問題だな。ここに置いておけば、こっちは気が狂いそうになるし、彼女は何にでも首を突っ込むだろう。ほっぽらかしにすれば、彼女はテレビの全チャンネルに出演して、見たこと、聞いたことをあらいざらいぶちまける。わたしなら、彼女を本部に連れていって、誰かを相手に気がすむまで話させるね。パディ・アイアランドはいい聞き役だ、犠牲になってもらえ。運がよければ、そのうち陣痛が始まって、あとしばらくは会わずにすむ」

「アンディ、優しいんですね。でも、悪い考えではない。ウィールディに手配させます」

だが、戻ってきた部長刑事は別の問題を抱えていた。

「ケルデールに行ったシーモアからだった」彼は言った。「どうやら、ミセス・ウルフは三十分前にチェックアウトしてしまったらしい」

パスコーはダルジールのほうに向き直った。

「となると、アンディ」彼は言った。「本能は今どんな感じがしてますか？」

「まずまずだな」巨漢は言った。「たぶんどうということじゃない。彼女はみんなから離れて、選択肢を考慮してみることにした」

なんとも弱々しい理屈で、言いながら、詫びるようににやりとしそうになったほどだった。

パスコーは言った。「ウィールディ、警報を出してくれ。彼女の車のナンバーならホテルに訊けば……」

「必要ない」ウィールドは言った。「警報は出した。

ナンバーはもうわかっている。今朝、警視からチェックするよう頼まれたから」

「そうだった。警視がそばにいてくれて幸運だよな？」パスコーは辛辣な口調で言った。

だが、重い皮肉を投げても、的には届かなかった。

ダルジールはその場を離れ、差し迫った声で携帯電話に向かって話していた。

「ミック」彼は言った。「これを聞いたら、たとえ異星人の攻撃から全宇宙を救っている最中だろうとかまわん、すぐさま電話をくれ！」

13:35 - 17:30

戻ってきたとき、まだダルジールが部屋にいるとわかって、ジーナ・ウルフはひどくがっかりした。

上級警察官がすべてをなげうって彼女の問題に取り組んでくれるとは期待していなかったが、ランチのときに巨漢が示した興味の度合いからすると、彼は全力を尽くして助けてくれそうだと希望が持てたのだった。だが、まず彼女のベッドで酔い覚ましの昼寝というのは、あまり好調な滑り出しとは思えなかった。

ランチのあとの出来事も、気分をよくはしなかった。彼女はケルデールの庭に出て、進行報告のためにミック・パーディーに電話したのだが、彼の電話はオフになっていたので、伝言を残した。二、三分その場にいて、これで少しは先に進んだのかどうか、考えようとした。そのとき携帯が鳴った。ミックだった。

彼は言った。「ごめん。まだデスクだ。まとめることがあって」

とても疲れた声だった。不思議はない。ここ二日、ほとんど眠っていないのだろう。だが、これまでの経緯を話すと、彼はじっと耳を傾け、あちこちで質問を挟んだ。何がどうなっているのか、わたしより彼のほうがよくわかっている、という強い印象を彼女は受けた。ミックはダルジールの立場に立って、ばらばらの断片から全体像を作り出せるのかもしれない。

とうとう彼のしつこい質問に苛立って、彼女は言った。「ね、ミック、わたしは取調室にいるんじゃないのよ、いい？　何があったかは話した。で、目に見える結果といえば、酔っ払った警官がまた一人、わたしのベッドでいびきをかいている！」

「今までそれで文句を言ったことはなかったろ」彼は言った。

「おかしくもない冗談はよして」

「うん、ごめん。なあ、アンディが目を覚ましたら、おれが話をして……」

「本物のプロの見方を知りたいから？　わたしが見逃したこと、あるいは彼がわたしに話していないことがあるから？」

「おいおい、そう敏感になるなよ。おれたちは警官だから、同じ言語をしゃべる、それだけさ。なあ、今、何をしている？」

「ホテルの庭にすわって、電話であなたと話をしている」

「それならいい。じっとしてるのはいいことだ。ふらふら出ていくな。あの、ここの仕事をかたづけなきゃならないんだ。そしたらすぐまた電話……」

「その必要はないわ。わたしなら、自分のことは自分でできます。それに、あなた少なくとも二時間くらい、眠ったほうがよさそうに聞こえる」

「二日くらい眠りたいね。じゃ、連絡は絶やさないでくれよ。さっき言ったことを忘れるな。何がどうなっているのかはっきりするまでは、慎重にな。一人でふらっと出ていったりするなよ」

　彼がこう心配してくれるのに心を動かされるべきだったかもしれないが、実際には苛立つばかりだった。急に指示を与え始めたりして、どういうつもり？　確かに彼はわたしのためを思って心配している。では、アレックスを見たことが何度もあると教えたら、どれほど心配するだろう？　今朝のは明らかに見誤りだったが、ダルジールが水差しを落とす直前にちらと見えたのは、もっとずっと強力なイメージだった。

　彼女が庭に出た理由の一つはこれだった。あのイメージがほんのわずかなあいだ占めていた場所を見つめ、頭の中に甦らせたいと思ったのだ。

　そうはいかなかった。時計を見た。二時。洗礼祝賀パーティーはお開きになりそうな様子だった。ダルジールの昼寝はじきに三十分になるが、もう少し時間が必要だろうと彼女は察した。自分自身にも、ミックとの会話の調子にも満足できず、彼女はすわっていたベンチから立ち上がると、駐車場へ向かった。無目的に車を走らせてもなんにもならないが、少なくとも、自分の許可なしになにもするなと命じる男たちの世界にあって、なにかすることにはなる。

　もちろん、なんの成果も上がらなかった。今回はアレックスを見かけたと想像すらしなかった。それで、結局三時半に部屋に戻ったのだった。あのだらしないデブ男がまだベッドにいたら絶対に容赦しないという気分だったが、彼はやっぱりベッドにいた。

　シャワーが体と心をすっきりさせてくれた。タオルで体を拭いていたとき、寝室で電話が鳴るのが聞こえた。まず巨漢が間違いなくいなくなったのを確かめてから浴室を出ると、受話器を取り、「もしもし」と言った。

返事はなく、かすかに呼吸音が聞こえるばかりだった。

彼女は言った。「二十五号室です。どなたですか？」

遠くから声がした。「ジーナ？」

彼女は凍りついた。

しばらくして、声は言った。「ジーナ、まだそこにいる？」

彼女はなんとか喉の筋肉を緩めると言った。「アレックス、あなたなの？」

今度は相手が黙り込む番だった。ようやく「うん、ぼくだ」と言ったが、ためらいがちだった。証人台に立った証人の確信が崩れ始めるような感じだった。

ジーナはその疑念を聞き取り、頭の中に湧き上がってくる質問の奔流を懸命に抑えた。

彼女は言った。「アレックス、あなたの声を聞いてうれしいわ。どこにいるの？　会える？」

また長い沈黙があり、彼女はあれすら質問のしすぎだったかと思ったが、やがて声は言った。「きみはどうしてここにいるんだ？」

彼女は言った。「誰かが《MYライフ》に載ったあなたの写真を送ってよこしたの」

「写真？　どういう写真だ？」戸惑い声に、かすかに警戒が混じっていた。

彼女は安心させるように言った。「先週、王族が訪問したときの群衆の中にあなたがいる写真。あなたが送ってきたのかと思ったのよ。最前列にいるの。すぐあなただとわかった。今日、ケルデールの庭であなたを見かけたときみたいにね」

沈黙。彼をつなぎとめておけない？　またしても。

ややあって、彼の声がした。初めて、かつて彼女の結婚相手だった男の声になっていた——油断なく、迷いなく、迫力がある。

「ジーナ、どんな車を運転している？」

「ニッサン350Z。赤」

「携帯の番号を教えて」

彼女は言われたとおりにした。

「じゃ、そこを出るんだ。チェックアウトして、出発する。北へ向かって行け。電話はオンにしておいて。こっちから連絡する。ジーナ、ぐずぐずするな！」

電話は切れた。

彼女はベッドにすわっていた。脚の力がすっかり抜けてしまったからだ。写真を受け取って以来してきたこと、ミックとダルジールに話したことはともかくとして、心の底では、アレックスが本当に生きている可能性など信じていなかったのだ。たとえ〝目撃例〟のすべてが事実だったとしても。見間違いだったと確実にわかっているものがあるから、不確実なものも見間違いである確率が高いと思わずにいられなかった。

ところが今、彼の声を聞いた。あれも幻想だったのか？ そうだといいと思った。過去七年のあいだに、あの喪失の時の痛みをはばむ障壁を築いてきたのだ。あの痛みなら、小さな白い棺と同じだけ深く埋めてしまった、と彼女は思っていた。だが、今わかった——写真を見たときからずっとわかっていた。彼女が築いた障壁は、想像していたような鋼鉄張りの堅牢無比の防壁ではなく、死んだ子供が指でつついて穴をあけられる障子でしかなかったのだ。

彼女はショック状態に陥りそうな気分だったが、まだ疑念のあるときに屈してはいられない。すべき質問があるのだ。質問はいい。答えをさがせと、無理にも頭を働かせてくれる。

まず第一に、あれは本当にアレックスだったか？

本能はこぞって、そうだと言っていた。あれは彼の声だった。

本人だと証明するものはなにも出してこなかったが、

むしろそれが一種の証明だったとも言える。

だが、彼は写真のことをまったく知らないようだった。

すると、それは疑問点だ。

第二に、なぜ彼はチェックアウトしろと命じたのか？

誰か別人が彼女を北部に来させたかったのではないか、とダルジールが言ったのを思い出した。それはあまり真剣に受け取っていなかったが、こうなってみると……

アレックスが警戒の色を見せ、彼女にここを立ち去るようにと言ったのは、そのせいだったのかもしれない。

それとも、誰か別人が彼女を外に出してやりたかった？

ミックに電話しようかと思ったが、なんの役に立つ？ わざわざ話をしなくても、彼の答えなら見当がついた。〝なにもするな、そこから動くな、アンディ・ダルジールに連絡しろ、彼ならどうすればいいか教えてくれる〟。

たぶんそのとおりだろう。だが、自分の決断に外からのインプットは必要ない。といっても、これは実際には決断ではなかった。

選択の余地はない。

従順な妻だったことはなかった。即座に従うことを求めるのなら、犬の訓練師になればよかったのよ、と一度アレックスに言ったことがある。だが今、あれが彼の声だと仮定して、その指示に従うほかには先へ進む方法はない、と思えた。すべての疑念を解消するには、彼と顔を合わせるしかない。彼が隠れ場所――精神的なものであれ、物理的なものであれ――に戻ってしまうようなことをしてはいけない。不確実性を生き抜いて確実性に至った経験なら一度あった。それはのろのろした、つらい旅路で、また最初からやりたいものではなかった。

彼女はフロントに電話して、チェックアウトするので、支払うべきものはすべて、到着のときに登録したクレジットカードにつけてくれと頼んだ。それから服を着て、荷物をスーツケースに詰め込み、部屋を出た。従業員用エレベーターで降りると、駐車場に続くドアの横に出た。

携帯電話を車のブルートゥースに接続して、手に持たずに話ができるようにしてから、ホテルを出た。彼は北へ向かえと言っていたから、右に曲がり、太陽がつねに自分の左にあるようにして運転していった。ガールスカウトで学んだ知識がようやく役に立った！

数分後、電話が鳴った。

「今どこ？」彼は言った。

アレックスだった。確かだ。だろう？

彼女は言った。「町のはずれ。すぐ先にロータリーがある。左へ行けばリーズとハロゲート、右はスカーバラ、直進すればミドルズバラ」

「直進だ。携帯は切らないでおいて」

それからも一定の間を置いて指示が続いた。やがて彼女は主要道路を離れ、迷路のような田舎道に入った。名前を見てもなんの意味もなさない小村を次々に抜けていった。完全に迷子になりそうだったが、ガールスカウトの知識のおかげで、太陽の位置からして今では始点の東側にいて、南へ向かっているとわかった。ようやく四十五分後、西へ曲がるようにと言われた。その道は矢のようにまっすぐで、つやつやしたサンザシの低い生垣に挟まれていた。大ざっぱに地理計算をすると、この方向にあと四、五マイル行けば、最初にスタートした南北方向の主要高速道路とぶつかるだろう。こうして曲がりくねったルートをたどったのは、尾行されている場合に相手をまくためだろうと察した。もう何マイルにもわたって前にも後ろにもほかの車を見かけていないから、今、彼はたんに彼女を町へ戻らせようとしているらしい。

一マイルほど先で、この細い道は険しい上り坂にさしかかり、沈みかけた太陽を受けて、そのてっぺんに一軒の建物のシルエットが見えた。近づくと、パブの看板がそよ風に揺れているのが目に入った。

丘のふもとで車を止めて待てと命じられた。

彼女は従った。

時間が経過した。五分。十分。三十分。なにも起きない。追い越した車も、反対方向からの車も来なかった。一分過ぎるごとに、あれがアレックスの声だったという確信が薄れていった。窓を巻き下ろした。なんの音もしない。ただずっと遠くで一羽の鳥が同じフレーズを何度も繰り返して鳴く声が聞こえるばかりだ。それを音楽的に分析しようとしたが、譜面にできる音ではなかった。人間界とはなんのつながりもない。すべての人間が死んでしまった世界に属する音だ。彼女はまったく一人ぼっちだった。見棄てられた、という気持ちだった。

アレックスではなかったのだ。誰でもなかった。もう誰も電話してこない。

暗くなるまではここにすわっていよう。そうしたら

……

そのあとどうするか、彼女にはわからなかった。

16:35 - 16:41

アンディ・ダルジールはふたたびケルデール・ホテルの駐車場に乗り入れたが、今回の気分はまったく違っていた。前回は、美女と差し向かいでのんびり野外ランチだと楽しみにしていた。美女はおもしろい小さな謎を提供してくれ、それは彼が自分の問題を棚に上げて気晴らしに味わうのにいい大きさだった。

あのとき、このばかげた一件は自分の胸におさめておくのがいちばんだと疑わなかった。非番のノヴェロを巻き込んだのは、とりたてて害のないことに思えた。部下の刑事たちの中で、いちばん口が堅いのは彼女だと彼は信頼していた。非常に野心があるから、ぺらぺらしゃべって彼の怒りを招くようなことはしない。男の刑事だと、野心があって慎重なのは同じでも、しらふのときはともかく、〈黒牡牛〉亭で二、三杯飲んだら、ボスがセクシーなブロンドとデートしたというのを黙っていられるやつはいない！

爆弾事件以前には、こんなことは気にならなかった。サイなみの皮をまとった男なら、人に笑われるくらい、針でつつかれるようなもので、恐れるに足りない。サイは優美なカモシカのあいだをぶらぶらしていればやや滑稽に見えるとしても、その明敏な目がこちらを向いたら、もう笑ってはいられない。

だが、職場に復帰してみると、かつては彼の周囲に大草原《サヴァンナ》のごとくはるばる広がっていた中部ヨークシャーが、動物園の檻に縮んでしまっていた。今では人々は好奇の目で、いや、もっと悪いことには哀れみの目で、この動物を見ていた。

だから、かれらを再教育する必要がある。

まずは基本から。あいつはどういうつもりなんだと気を揉ませてやる。ちょっとびくっとさせる。おれはおれの責任でなんでもすると思い出させてやる。敬意《リスペクト》を払え！　このごろそれがはやり言葉じゃないか？　敬意《リスペクト》を払え！

　今朝、署に行ったあと、これで正しい方向へぐんと大きく一歩踏み出したという気がした。正午にケルデールに来たときには、昔の自分に戻ったようで、こんな気分はずいぶんひさしぶりだった。

　ところが今、駐車場に乗り入れた彼は、自分が犯したくだらない犯行の現場に戻ってきた、けちな常習犯のような気分だった。

　パスコーは確かにここを犯行現場扱いしていた。ジーナ・ウルフの部屋の捜索を、現場検証チームによる徹底的検査にグレードアップしたのだった。

「手配を頼む、ウィールディ」彼は指揮官がそこにいないかのように指揮を執った。「だがまず、シーモアをつかまえて、ミセス・ウルフの部屋は誰も手をつけないようにしておけと言ってくれ。部屋係のメイドが入って、ベッドをひっぺがしたら困るからな」

　ベッドをひっぺがす？　ジョークか？　とダルジールは思った。

「きみはあの部屋をざっと見るつもりなのか、ピート？」彼は言った。「鑑識が仕事を始める前に、わたしがまず見たほうがいいかもしれない」

「どうしてです、アンディ？」

「わたしは部屋にいたろう。なにか目につくものがあるかもしれない」

「なあるほど。微妙な変化を目の端でとらえる。ちょっとした食い違いに気がつき、それが事件解決の手がかりになる。アガサの小説みたいに？　いや、われわれみんなの利益を考えれば、CSIがつつきまわり始めたとき、あなたはそこにいないほうがいいだろうと思いますね」

〝われわれみんなの利益を考えれば〟？　こいつは絶対に冗談だ！

「なぜだ？　かれらが何を見つけると思う？　シーツに残った精液のしみ？」

　パスコーは肩をすくめて言った。「見つかるものがなにもないと確かめなければならないっていうだけですよ」

「なあ」ダルジールは言った。「言ったろう、わたしはくたくただった。運転できる状態ではなかった。ベッドで一人で寝た。考えてみろ、もしジーナがいっしょだったんなら、ほかのことはともかく、わたしは彼女にアリバイを与えたことになるじゃないか。そうしたら、彼女がワトキンズの顔を吹っ飛ばし、ノヴェロを病院送りにしたのかもしれない、なんていうばかげたことを考えて、きみは時間を無駄にしていないはずだ」

　パスコーは半分笑顔になって言った。「そうむきにならないでくださいよ。わかりました。あそこに行きたいとそこまで思い詰めているんなら、行きましょう。ウィールディ、こっちをよろしく頼む。なにか出てきたら、電話してくれ」

「一人で抱え込まないで、って意味かな？」部長刑事は皮肉っぽく言った。

「それも悪くないさ。このごろ流行してるみたいだからな」パスコーは言った。

　ねちねちといじめるのをやめないな、とダルジールは思った。だが、文句は言えない。自分が悪いのだ。

　すぐ隣に駐車したパスコーはもう車から出て、ボスのドアをあけてやった。

「さあさあ、アンディ」彼はいらいらと言った。「仕事が待ってます」

　やりすぎだ。パスコーは警視に続いてホテルまで来たのだった。あとについてきた、先に立ってではない、とダルジールは思った。まるでわたしが逃亡すると恐れているみたいに。神聖なる秩序ってものを思い出させてやるときだ。

神も賛成したようだった。巨漢が物事のスピードを自分のペースにまで落とす方法をさがすと、神はそれを送ってくださった。

「おや」警視は駐車場の反対側に目をやって言った。そこでは男が一人、BMWのX5にスーツケースを入れているところだった。「知った顔だ」

彼は歩き出し、パスコーがすぐ後ろについてきた。二人が近づくと、男は背筋を伸ばして振り返った。堂々たる人物だった。肩幅が広く、髪は半白、ローマ皇帝の胸像を思わせ、鼻がまたローマふうだった。

「やあ、鉤鼻《フッキー》！」ダルジールは大声で呼ばわった。「ひさしぶりだな！」

パスコーは人の反応を読み取るのが得意だ。このローマ皇帝はダルジールが近づいてくると、西ゴート族の王アラリック（四一〇年にローマを占領した）が馬に乗ってアッピア街道をこちらに向かってくるのにたった今気がついたような反応を見せた。

結論——男は悪漢で、巨漢との関係は純粋に職業上のものだ。疑問——どういう種類の悪漢か、彼がここにいることはジーナ・ウルフと関係があるのか？

だが、そんな疑問が頭に浮かんだのと同時に、結論を訂正することになった。ダルジールが男の手を取って、威勢よく握手したからだ。

「ここで何してるんだ、フッキー？　あんたの管区からはちょっとはずれてる。公式訪問じゃないな、それならこっちはケーキを焼くとかしていたはずだ」

男はなんとか弱々しい微笑をつくって言った。「いや、ちょっと寄ったまでだ。古い友達のお嬢さんの結婚披露宴でね」

「ほう？　警察の友達か？」

「いやいや。警察の外に友達がいる人間だっているんだよ」男は言って、パスコーのほうに目をやった。主任警部は巨漢の耳に向かって軽く咳をした。

「ああ、礼儀知らずだった、すまない。フッキー、ピーター・パスコー、部下の主任警部だ。ピート、膝を落としてお辞儀しろよ、こちらはナイ・グレンダワー、ウェールズ警官族の王だ！」

「はじめまして」パスコーは言った。「もちろん、お噂は伺っています」

アナイリン・グレンダワー、ウェールズ警察本部長。ウェールズの外では一般に有名ではないが、警察官のあいだではよく知られている。強い意見の持ち主で、いずれ波長の合う人物が首相になれば、今よりさらに高い地位に昇る可能性がある。

握手すると、グレンダワーは言った。「事件か？ ホテルの中で警官がなにかしていたようだったが」

シーモアと女性警官だ。そう目立ったはずはないが、敏感なセンサーを持っていなければ本部長にはなれない、とダルジールは思った。返事をしようと口をあけたが、パスコーが割って入った。

「たいしたことじゃありません」彼は軽く言った。「でも、さっさとかたづけないと。お目にかかれて光栄です。アンディ、よかったら……」

こいつ、わたしがべらべらしゃべるんじゃないかと心配している！ 巨漢は内心で腹を立てた。

彼は言った。「すぐ行くよ。われわれ年寄りは若いのにお守りしてもらわんとだめだな、フッキー？ あんたがここに来ていたと知らなかったのは残念だ。ボトルをあけて、古きよき時代、われわれが重要人物だったころの話に花を咲かせられたのにな」

「ああ。そうできればよかったがね、アンディ――しかし、どのみち時間があまりなかったよ。これから急いで家に帰って、夜のあいだにせっせと仕事だ。明日の朝デスクに着いたとき、たまったものがないようにな。会えてよかった。じゃ、どうも、パスコー」

彼はトランクをばたんと閉め、X5に乗り込むと、アクセルを踏んで駐車場から出ていった。

「お急ぎのようですね」パスコーは言った。

「ま、ウェールズだからな」ダルジールは言った。

「きっと七時半にはどこも閉店になるんだろ。あ、あぶない！」

彼はパスコーを引っ張った。白のモンデオが駐車スペースからすばやくバックで出てきて、ぶつかりそうになった。中年の女性ドライバーが二人をにらみつけると、スピードを出して出口へ向かった。

「女性ドライバーってやつは」巨漢は車のほうへ拳固を振って言った。「乳母車だってまっすぐ押せないようなのばっかりだ」

ほんの十秒のうちに、人種差別と性差別をいっきにやってのけた、とパスコーは思った。めずらしいことではない。ただ、台詞はなんだか機械的だった。爺さんは自分自身のパロディになってきたのか。それに、われわれが重要人物だった古きよき時代だって！　もうあと数週間、療養を続けるべきだったんだ。あるいは数カ月。

それとも、おれはフランス侵攻の論拠を見つけようとするヘンリー五世みたいに振る舞っている？

だが、グレンダワーの反応には、確かにうろたえたようなところがあった。成功した男が、かつては同等だったがすでに下に置き去りにした男に会って、戸惑っている。これまで、警視の全国的評判は中部ヨークシャー警察犯罪捜査部の同僚たちにとって、いつも自慢の種だった。だが、上昇志向の人々のあいだにあっては、彼はジョークと見なされている、というのが真実なのだろうか？　比較的低いレベルにおさまってしまった警官、小さな田舎の池の中で威張りくさっているシャチ？

パスコーはそんな裏切り者的な考えを追いやった。

「じゃ、シーモアをさがしに行きましょう」彼は言った。

16:35 - 17:05

おかしな一日だったな、とエドガー・ウィールドは思った。

今朝早くダルジールが現われたとき、頭の中で警戒警報が鳴り出すべきだった。思い返してみると、でぶ野郎の台詞や物腰にはちょっと躁的なところがあったし、ミセス・エズメ・シェリダンなる老女が電話してきて、道端で男にからまれたと苦情を述べ、知らせてきた車のナンバーと色や形から巨漢に嫌疑がかかったということもあった。だがおおむね、ウィールドは警視の出現を通常運転がもうじき再開されるしるしだと受けとめて喜んだのだった。

警視が療養休暇から復帰したのが早すぎたという点については、部長刑事は疑っていなかった。だが、パスコーを含めたほかの人たちが、巨漢は本当に前と同じレベルに戻れるかどうかという懸念を表わすと、ウィールドは黙っていた。彼の目で見れば、それはたんに時間の問題だった。ほかの人たちはチャンピオン・ボクサーがカムバックを試みるようなものだと考えていたが、彼は帰郷したオデュッセウスがその王国の返還を求めるようなものだと考えていたのだ。

自分のことはよくわかっていたから、感情的にかたよった見方をしているだろうと自覚していた。

パスコーは巨漢と非常に親しい。ロマン派の連中は——現代の警察にさえこういうのが何人かいる——これは代用の父／息子関係だと分析していた。ダルジールには子供がいない。少なくとも、彼が認めている子供はいない。パスコーの父親は長女とその家族のそばに住むため、何年も前にオーストラリアへ移住し、自分と息子のあいだに確固たる距離を置いていた。

ダルジール＆パスコー関係のロマン派的分析はこんなふうになる——たがいに相手の推理能力とテクニックをしぶしぶ認める経験を経て、当初の不信と嫌悪が緩和され、相互に尊敬し、愛着さえ抱くようになると、相手を苛立たせる力がどちらにも多少残っているにせよ、それは擬似家族的関係に包含されることで毒が抜かれた。人は自分の親や子をときに激しく嫌うことはあっても、それは愛情のさまたげにはならない。

ウィールドは、それよりもうちょっと複雑なものだろうと感じていた。彼にははっきりわかっているのは、自分がここまで進んできたこと、それどころか今まで生き延びてこられたことさえ、巨漢のおかげだ、ということだった。警察は組織全体で同性愛を嫌っている。そんな中にあってゲイであることを隠し続けてきた才能は我ながらたいしたものだと、かつて何年もひそかに誇っていた。ところがあとになって、カミングアウトしようと決めたころ——紙吹雪の祝賀パレードをやるつもりはなかったが——アンディ・ダルジールは騙されていなかったのだと悟った。振り返ってみると、巨漢がどれほど自分を保護してくれていたか、だんだんわかってきた。人権だの、リベラルな宣言だの、あからさまなことはいっさいない。ただ彼の周囲に目に見えない円が描かれ、〝この男はわたしの仲間だ、手を出すならそれなりの覚悟をしろ〟というしるしになっていた。

ありがとうと言ったことはない。そんなことをすれば、〝何がありがたいんだ？〟と言い返されるだけだとわかっているからだ。実際、何がありがたい？　ほかの警官と同じように機能する権利を与えられたこと？　それなら最初から持っている。だから、ありがとうはなしだ。だが、彼は巨漢を無条件に信頼し、彼がどういう人間であるにせよ、つねにあるがままに受け入れる覚悟だった。

しかし、信頼と現実とは別物だ。事実は避けられない。今日の出来事からして、ダルジールの頭上には大きな黒雲がかかっているし、その雲がふいに切れて祝福が彼の頭に降り注ぐとはウィールドは思わなかった。おれとしては、すべき仕事をするしかない。

ドゥッタ夫妻は警視の考えどおりに始末したから、今、彼はすわって、ラウドウォーター・ヴィラズのほかの店子たちの供述をまとめていた。

おんぼろエンジンの音が耳に入り、キャラヴァンの窓から外を見ると、埃っぽい白のベドフォード・ヴァンが建物の正面に寄ってきたところだった。

若い男が出てきた。二十代前半、だぶだぶのジーンズを穿き、赤いTシャツを着ている。腕を伸ばしてあくびをすると、助手席から小型の旅行かばんを引っ張り出し、ヴィラズに入っていった。

ウィールドは眉をひそめた。この道の入口には検問所を設置してあった。ヴィラズの住民など、入ってくる当然の理由のある人たちを止めるわけにはいかないが、疑いのある場合は、当直警官が電話して尋ねることになっている。疑いがなければ、警官はメモをつけ、電話して詳細を知らせ、新しい人物が聴取に来たと告げる。

キャラヴァン内の電話はここ五分間、鳴っていなかった。

部長刑事は言った。「スマイラー、検問所にいるのは誰だ？」

声をかけられた巡査は当番表を見て言った。「ヘクターです、部長刑事。今の時間はみんな呼ばれて出払っていて」

この最後のセンテンスは重大だった。

殺人事件のうえ、警官が深刻な攻撃を受けたとなると、誰もが出てきて手を貸すのが当然だった。実際、誰もが出てきて手を貸したがった。だが、もしウィールドが相談を受けていたら、ヘクター巡査に関しては、非番の日に何をやっているのか想像もつかないが、それに専念させておくのがいちばんだと言っていただろう。

部長刑事は立ち上がり、キャラヴァンのドアをあけた。高い位置なので、検問所がよく見えた。

そこには誰もいなかった。

風がなく、遠くからぱしゃっという水音が聞こえて、彼の注意は川岸に向いた。いた。見違えようのない姿だ。ひょろっとやせっぽちで、頭が肩よりやや下にあるから、亀のように、トラブルにあったらすっかり引っ込められそうに見える。

彼は水に石を投げていた。いや、投げるスタイルをよく見ると、石を水面にスキップさせようとしているらしいが、最初に水しぶきが上がったあと、石は二度と上がってこないのだった。

あいつめ、今日ばかりは殺してやる、とウィールドは思った。だが、その快楽は後回しにせざるをえなかった。

キャラヴァンから飛び降りると、建物に入っていった。

階段を駆け上がるあいだ、上から口論の声が聞こえていた。

声の出どころは三階の三九番のすぐ外だった。

白いヴァンから出てきた若い男が、死亡事件のあったフラットの外で番をしているジェニソン巡査と言い合っているのだった。鑑識チームは仕事を終え、中では顔のない死体が、これから袋に詰められ遺体安置所に搬送されるのを待っているばかりだった。ジョーカー・ジェニソンはさっき覗き見してみて、よせばよかったと思った。今、ドアはしっかり閉められ、彼は許可のない人物を中に入れないという、与えられた任務に集中していた。

十六ストーン半（約一〇四キロ）の体格だから、障壁としてはかなり効果的で、侵入をはばむ戦いには勝っていたが、口論に疲れているのは明らかで、ウィールドが到着したのを見ていかにもほっとしたようだった。「部長刑事」彼は呼びかけた。「この人、中に入りたいって言い張って、だめだと言っても聞かないんですよ」

「当たり前だ！」男は大声で言って、向きを変えた。「あなたが責任者なんですか？　じゃ、このペットの猿にここをどけと言ってやってくださいよ」

その声には歌うようなウェールズの訛りと、火のようなウェールズの調子があった。

「できるだけのことはしますが、まあまずはおたがいにちょっと落ち着いて、詳しい話をしてみませんか？」ウィールドは言った。

語り口は静かで、客あしらいマナーコンテストで称賛を浴びそうだ。だが、相手の怒りがおさまるのは口調が柔らかなせいではなく、その言葉がめのうのごとく硬い顔から出てくるせいだと、彼にはわかっていた。

「はあ、いいですよ。ま、ちょっとは良識ってもんがある人と話ができて、ありがたい」男は言って、大砲を撃ち出すような視線でジェニソンをにらみつけた。

彼は促されるまま、廊下の端まで行った。

「わたしは中部ヨークシャー警察犯罪捜査部のウィールド部長刑事です」ウィールドは身分証を出して言った。

男に身分証をひとしきり眺めさせ、それからそれをしまうと、手帳とペンを取り出した。こういう小さな儀式をやることで、火のつきやすい怒りのガスが消散する余地ができる。

「では伺います」彼はペンを手にして言った。「まず、フル・ネームと住所を教えてください。それから、なぜ三九番に入りたいのか、説明していただけますか？」

男は長いため息をついたが、答える声は比較的冷静だった。

「名前はアラン・グラファド・ワトキンズ」彼は言った。「住所はラウドウォーター・ヴィラズ、フラット三九番。中に入りたい理由は、あそこに住んでるからです！」

16:00 - 16:30

今日は宝くじを買ったらいいのかも、とマギー・ピンチベックは考えた。すごくついている。

最初の幸運は、グウィン・ジョーンズからタイミングよく電話がかかってきたことだった。

ザ・ビッチの怒りの理由は、〈シャー・ボート〉からマリーナ・タワーズへの道々、明らかにされた。

「家族の緊急事態ですって、くそったれ！　おばあちゃんが危篤だから、いろいろかたづけるためにウェールズに帰らなきゃならない。しかも、涙をこらえてるのが聞き取れるみたいな声なのよ！　そう言いながら、実は事件を追っかけてヨークシャーに向かってる！

あんちくしょう！　信頼ってものはなきゃだめよ、あなた。男がこっちを阿呆扱いしだしたら、もうおしまい」

彼女のしゃくに障っているのは、彼の嘘ではなく、嘘が見破られるはずがないと彼に思われたことだ、とマギーは気がついた。

ガレス・ジョーンズがテラスのテーブルを盗聴して仕入れ、兄に伝えた話を、ビーニーはやすやすと電話でガレスから聞き出した。マギーもほとんど同じくらいやすやすとビーニーからその話を聞き出した。

「どこの子だってそうだけど、彼はほんとにおにいちゃんを感心させたいのよ」ビーニーは言った。「グウィンがデイヴ・ザ・タードにこだわってるのを知ってるから、ギッドマンて名前を耳にするやいなや、彼はその情報をグウィンに伝えないではいられなかった」

実際には、伝えるといってもそうたいした内容はなく、ビーニーから聞いた話をもとに考えると、記憶喪失警官が一人、再浮上してきたかもしれない、というだけでグウィン・ジョーンズがなぜよだれを垂らしたのか、マギーには判然としないままだった。デイヴ三世の反応からすると、ウルフという名前は彼にもあまり意味がないのはまず確かだった。ビーニー・サンプルからこれ以上の情報は期待できないと思ったが、今のところ、彼女はヨークシャーで起きていることの唯一の糸口だった。それで、マリーナ・タワーに着き、ザ・ビッチがまだしゃべりながら車を降りたとき、マギーはいっしょに彼女のフラットまで行った。

中に入ると、ビーニーは自分用にウオッカをたっぷり一杯注ぎ、マギーにはどうぞ好きに飲んでと言った。彼女はビーニーに負けないくらいたっぷり注いだが、中身はほとんどソーダ水だった。

ザ・ビッチはふらっと居間を出た。ついていくと、マギーは豪奢な寝室に入った。

ビーニーの愚痴の調子がしだいに変わってきたこと

にマギーは気づいた。最初の激怒はおさまり、ジョーンズを描写する表現は今もまだカラフルだが、愚痴の標的は、彼が自分を見くびって騙そうとした、というのから、彼がスクープとなるかもしれない事件を自分に教えなかった、というほうに移行してきたようだった。

「ふん、あたしなんかあいつの睾丸が下りもしないころから、一面に載る大事件をスクープしてたんだからね」彼女は言った。「あいつがヨークシャーでちょこまかやってるあいだ、あたしがこっちで調べまわることだってできたのにさ。背中をぐさりとやられないよう、いつも気をつけておくことよ、それが第一の決まり。どこのくそったれだって島じゃないんだから（ダンの詩の一節「人は誰も島ではない、ひとりで完全なものではない」のもじり）」

彼女がボタンを押すと、壁いっぱいの幅のクロゼットの引き戸が音もなくするするとあいた。

「見て」彼女は男物の衣類が掛かったわずかばかりのハンガーを示して言った。「男に腹を立てると、そいつの服を切り刻むって女もいる。あたしがそんなことをしたら、むしろ親切ってものよ。あの野郎の服でまともなのは、あたしが買ってやったジャケットとシャツだけ、それを着て出かけてる」

彼女は手を伸ばし、棚からきらめく銀色のラップトップを下ろした。

「さてと、あいつが特ダネと思ってるものが何なのか、ここからわかるかもね」彼女は言った。

「それ、グウィンのラップトップなの？」マギーは言った。ビーニーはラップトップを開き、スイッチを入れた。

「そうよ」ビーニーは言った。スクリーンが明るくなり、パスワードを入力せよと出てきた。

彼女はためらいなくキーボードを打った。

「彼からパスワードをもらってるの？」マギーは信じられない思いで言った。

「むこうは気づいてないけどね」ビーニーはにんまりして言った。「でも、あたしの家に男を招いたら、彼からなにもかも受け取るのは当然よ。さて、見てみましょう。あ、あなたはだめ。あいつは悪漢かもしれないけど、あたしの悪漢だし、たとえ悪漢だってプライバシーを守る権利はある」

彼女はマギーにスクリーンが見えないよう、コンピューターの位置をずらした。いいしるしではなかった。彼女の愛人に対する態度がさらに和らいできたということか。腹立ちまぎれに利害関係ある他人をつい引き込んでしまったと、後悔し始めるかもしれない。

ま、わたしを窓から投げ出して口封じしようっていうんでない限り、もう打つ手はない！　マギーはすばらしい見晴らしを楽しみながら考えた。自分の寝室の窓から空を見るには、窓をあけ、背中を下にして身を乗り出さなければならない。ビーニーをうらやましいとはたいして思わないが、これだけはうらやましかった。

背後から激怒の歯ぎしりが聞こえた。

振り向くと、さっきビーニーが見せていた比較的穏やかな気分は三月の陽光のごとく消え失せていた。

「あのいやったらしい馬鹿野郎。あたしが鋏でちょん切ってやるのは、あいつの服なんかじゃないわ。馬鹿野郎！」

マギーはぱっと進み出て、スクリーンを見た。

そこにはEメールが出ていた。これはわたしには第二の幸運かも、と彼女は即座に悟った。

ハイ、恋人くん。おばあちゃんのこと、お気の毒に。帰ったら、たっぷりTLCね。でもTLCってどういう意味かよくわかんないけど。〝あた《トライ・》しのあそこを舐めてみて《リッキング・マイ・カニー》〟とか？！！　待ち遠しいわ。ジェムより、キスを添えて。

マギーはラップトップを取り上げ、ビーニーの手の届かないところへ持っていった。ザ・ビッチは手が届けばすぐにもそれを窓から放り出してやるという顔をしていた。

「信じられる？　あいつにあたしのアパートの鍵を渡してやってるのに、こんなことをされるなんて！　このジェムって、どこの誰よ、見当がつく？」

彼女の目つきがあまりにも非難がましかったので、マギーは思わず答えていた。「《メッセンジャー》の若手記者にジェム・ハントリーっていう人が……」

「若手？　じゃ、あいつ、若いのとよろしくやってから、ここに帰ってきて、あたしにそのペニスを突っ込んでるってわけ？　やだ、もう一杯飲まなきゃ！」

彼女は寝室から勢いよく出ていった。マギーはぐずぐずしなかった。ビーニーがグウィン・ジョーンズに対してすぐまた同情心を抱くとは思わなかったが、危険は冒さないほうが賢明だ。数秒のうちに、彼女は〈ギッドマン〉というフォルダーを見つけ、自分のメール・アドレスをタイプして、そのフォルダーを添付すると、送信した。

まだダウンロードが続いているあいだにビーニーが戻ってきた。

「何してるの？」彼女は聞いた。

「ギッドマン一家に関するものがあったから、わたしのコンピューターに送ってるの。かまわない？」マギーは言った。相手にあと数分おしゃべりを続けさせておけば、かまおうがかまうまいが、情報は手に入ってしまうと思った。

心配無用だった。

「欲しいものはなんでも取ってって。ジョーンズをやっつけられることなら、好きにやってちょうだい。それがすんだら、あたしはリトル・ミス・ジェムに返事を送ってやるわ、先輩の女の子の目を盗んで悪さしようなんて、二度と思わなくなるようにね！」

16:30 - 18:05

フラー・ディレイは夢から醒めた。男が彼女の兄に顔を撃たれるのを見た、という夢だった。

ところが、死体をよく見ようと屈み込むと、その崩れた顔はヴィンスのものだった。

振り向いてガンマンを見ると、そこに見えたのは彼女自身の青白い顔だった。

彼女はベッドから転がり出ると、よろよろと浴室に入り、小便をした。それから服を脱ぎ、シャワーの下に立って、冷水、温水、冷水を浴びた。体を拭き、新しい服を着た。青白さは化粧でできるだけごまかし、鬘を慎重にかぶると、弟の部屋とこちらを隔てるドアを試した。鍵が下りているとわかったので、まずそっと、それから強く、ノックした。

返事がない。

携帯電話を取り出し、ヴィンスの番号を押した。

「やあ、フラー」彼は言った。

「どこにいるの？」

「階下でサンドイッチを食ってるとこだ」

彼女は答えず、携帯を切って、急いで階段を降りた。

ヴィンスが先に彼女を認めた。広いロビーで、肘掛椅子に深々と腰を落ち着けている。柔らかい革張りの椅子は、いい女に抱かれているような気にさせられる。妹の表情を見ると、やっぱりまずかったな、と思った。悪い女に抱かれて薄いマットレスの上を転がっているほうがましだ、その場所がここから二百マイル南でありさえすれば。

「やあ」彼は言った。「クラブ・サンドイッチ、食うかい？ 北部のやつらは肉ってもんがわかってる、それは言えるぜ」

「ここに来てどのくらいになるの？」

「ま、三十分てとこかな」彼は漠然と言った。

「女は？」

「車はまだ駐車場にある」彼は妹を安心させるように言った。「女が階段を降りてくるか、エレベーターから出てきたら、必ずおれの目につく。きっとデブを部屋に連れ込んで、心臓麻痺が起きるように、せっせとやってる最中だろ」

　フラーは隣にすわった。兄の言うとおりだった。ここからは階段とエレベーターがよく見える。

「で、ザ・マンはなんて言ってた？」彼は訊いた。

「考えているわ」彼女はごまかした。

　ヴィンスは眉根を寄せた。

「考えることなんかあるか？」

「あれがウルフだったと確かめる必要があるのよ」

　ヴィンスは言った。「そんなの、どうだっていい。おまえだっていつも言ってるだろ、人を殺したら、なるべく早く、自分と死体のあいだに距離を置く。なら、どうしておれたち、ぶらぶらしてるんだよ？」

「わたしがそう命じるからよ」彼女は嚙みつくように言った。「前にも言ったでしょ、ヴィンス。わたしの言うとおりにやってれば、大丈夫なの。だいたい、あの男をやれなんて、誰からも命じられてなかったじゃない」

「あいつがおまえを痛い目にあわせてたから、撃ったんじゃないか」彼は逆らった。

「そう？　ありがた迷惑ってもんよ」彼女は言い返した。

　二人はしばらく別々の沈黙の中にすわっていた。彼女は苛立って、彼は傷ついて。

　フラーは考えた——頭を使いなさいよ。これじゃにっちもさっちもいかない。ヴィンスが自分で自分の面倒をみられるようにしてやるつもりなら、きついことを言ってやりこめたりしちゃだめ。

彼女はなんとか微笑をつくって言った。「煙草、どう？」

「あの女はどうするんだよ？」彼はまだぶすっとして言った。

「ちょっと外に出ましょう」

二人はフランス窓からテラスに出ると、石段を庭まで降りた。すでにほかの中毒者たちが歩いていて、砂利道に漂う煙草の煙でその進み具合がわかった。二人も煙草に火をつけ、加わった。しばらくすると、優美な田舎ふうのベンチに腰かけ、煙草を吸いながらおしゃべりした。いつものようにフラーが話題を決め、いつものように話題はスペインの家のことだった。

今日はめずらしく、ヴィンスは本気で興味を示しているようだった。ふだんなら、スペインと聞いただけであくびを始めるのに。休暇を過ごすならいい場所だが、あそこに永住しようという妹の希望は理解できない。

だが、彼が確かに理解しているのは、兄妹の意見が食い違ったとき、その後の出来事で、ほぼ例外なく彼女のほうが正しかったとわかる、ということだった。統計分析をやっているわけではない。ただ、ここ十年以上も刑務所に入らずにすんでいるのは、彼女の判断に完全に従っているからだと認識しているのだ。学校を出て以来、塀の外で暮らしたそれ以前の最長記録が一年半だったのと比べれば、これはたいしたものだった。

ここにすわって、これからこうやっていっしょに暮らすのだと妹があれこれ計画を話すのを聞いていると、子供のころ欠けていた継続感、家族感といったものを彼は感じた。それに、こういううんざりする北部の町に流されているときだから、スペインに引退し、バーや海辺やナイトクラブや黒い瞳のセニョリータに囲まれた将来というのが、とても魅力的に思えたのだ。

それで、彼は今までにない興味を示した。フラーにとっては、兄と過ごしてこんなに楽しい思いを味わったことはめったになかった。家の件で彼が本当に熱心な様子だったので、彼女の疑念は雲散し、二人の将来、というより、もっと正確にはヴィンスの将来に関する彼女の計画も、ちゃんと実行可能に思われた。

　あっというまに時間がたち、時計に目をやって、一時間近く過ぎてしまったとフラーは初めて気がついた。

「中に戻ったほうがいいわね」彼女は言った。

「ああ、腹が減ってきた」ヴィンスは言った。「あのサンドイッチは悪くなかったけど、本物の食事が必要だ。さもないと倒れちまうな」

「いつだって食べることばっかり」彼女は愛情をこめて兄を見ると言った。「わたし、車からジャケットを取ってくるわ」

　二人はホテルの脇をまわって駐車場まで歩いた。

　車のドアをあけ、中のジャケットに手を伸ばしながら、彼女は隣の列に赤いニッサンがとまっているのを確かめようと、目をやった。

　ニッサンはそこになかった。

　胃の底でパニックが始まった。位置を間違って記憶していたかと、さらに遠くまで見渡した。

　とうとう疑問の余地はなくなった。車は確実になくなっていた。

　ヴィンスは平然としていた。

「じゃ、また出かけたんだ」彼は言った。

「どうして気がつかなかったの？」

「きっと、おれたちが庭にいたあいだに出かけたんだろ」彼は言った。「それなら、遠くには行ってない。ラップトップで居どころがわかるさ。おい、フラー、そういつもトラブルばっかりさがすなよ！」

　彼は先に立って自室へ行った。ついていきながら、フラーは考えた。ヴィンスが正しいことだってある。たまには彼の言うことを聞くのも、わたしにはいいかも。そうしたら、これから彼がどうなるんだろうと心配して眠れないことだってなくなるかもしれない。

ラップトップは彼が置いていったまま、枕元のテーブルにあったが、スクリーンは真っ暗で、スクリーンセーバーさえ出ていなかった。

彼はキーを一つ叩いたが、なにも起きない。

「どうしたの？」フラーは強い口調で訊いた。

「なんでもない。冬眠しちまったんだろ」ヴィンスは言った。

「見せて」

彼女はキーを一つ二つ叩き、眉をひそめると、ラップトップを取り上げて、兄の顔の前で振った。

「バッテリーのままつけっぱなしにしていて、バッテリーが切れちゃったのよ。いったい、どうして電源に差し込まなかったの？」

「電気のコードがおまえの部屋にあってさ、邪魔しちゃ悪いと思ったんだよ」彼は言い訳した。「気を遣ってやっただけだ」

「気を遣ったですって、どこが？　そもそも、どうしてバッテリーが切れたの？　トラッカーをチェックするだけなら、あと一時間はもったはずよ。何してたのよ、ヴィンス？　また例によっていやらしいビデオをダウンロードしてたの？」

「違う」彼は否定したが、説得力はなかった。「まあ、二、三分ネット・サーフィンしたかな。だって、あの緑の点をじっと眺めてるのは退屈だろ、ことにぜんぜん動かないってときに……」

「今ごろは動いてるわよ！」彼女は怒鳴った。「こっちに見えないっていうだけ」

「なあ、ごめんよ……」

フラーは聞いていなかった。二つの部屋をつなぐドアの錠をはずし、自室に入ると、電源コードを持って戻ってきた。屈んで、枕元のランプをソケットから抜き、かわりにコードのプラグを差した。それから、反対の端をコンピューターにつないだ。コンピューターは甦った。オンラインになると、トラッカー・コードを入力した。

　衛星地図が出てきた。緑色の点はじっとしている。

「ほらな」ヴィンスは勝ち誇って言った。「問題ない。止まってる」

「問題ない？」フラーはスクリーンをしげしげ見ながら言った。「彼女はどうして止まったと思うの、ヴィンス？」

「ガソリン切れ？　小便したくなった？」

「行方不明だったご亭主ととうとう再会して、二人は彼女の車の中でじっくり話をしている、とかだったらどう？」

　彼女はまた自室に入り、今度は陸地測量《OS》地図を持って戻ってきた。

「じゃ、正確な位置を調べましょう。わかった！　さあ、行きましょ。交通量によるけど、二十分か三十分で行ける。わたしたちが行き着く前に動き出さないのを祈るしかないわ！」

「問題ない」ヴィンスは言った。「ラップトップで追跡できる」

「どうやってやるつもりよ、ヴィンス？　バッテリーが切れてるのよ。車の中じゃ使えない」

「ここでは動いてる」ヴィンスは言い返した。

「けっこうだわ。じゃ、なんとかしてホテルを丸ごと動かさなきゃね！　いらっしゃい！」

「じゃ、ラップトップは持っていかないのか？」

　彼女は怒鳴りつけてやりたくなったが、そんなことをして何になる？

「ベッドの下に押し込んでおきなさい。スイッチを入れたまま。そうすれば少なくとも、わたしたちが留守のあいだに充電される。でも、さっさと現場に着ければ、もうトラッカーの必要はなくなる」

　彼女は先に立ってドアから出た。ヴィンスがあとに続いた。エレベーターを待たずに、急いで階段を降りた。中央階段ではなく、従業員用の階段だ。それならホテルの裏手に出るから、駐車場入口に近い。

そうだ、とフラーは思った。ジーナ・ウルフがこっちから降りたとすれば、ヴィンスの視野に入ったはずはない。どうしてもっと早く気がつかなかった？　どうして庭にすわって煙草をふかしながら、スペインの話なんかしていたんだ、まっすぐ駐車場に出て、ニッサンがまだそこにあるのを確かめればよかったのに？

病気だからよ、と彼女は自答した。ちゃんとものを考える能力を失ってきているから。それどころか、ちゃんと歩く能力さえ怪しくなってきた、と彼女は思いながら、フォルクスワーゲンのほうへやや千鳥足で急いだ。

後ろにいたヴィンスはその千鳥足を目にとめた。初めてではなかった。昔ほど脚が速くなくなったな、と思った。あれがほかの人間なら、酒に酔っているんだろうと思うところだが、フラーの場合、その可能性はない。たぶん、年のせいだ。もう四十代。女だから、月経が止まったときに起きる、あれのせいかもな。

そのうち治るだろう、と彼は自信たっぷりに自分に言った。フラーなら、ふつうの女と違って、それでおかしくなるってことは絶対にない。ああ、うちのフラーならそんなことはない。そんなハードルくらい、すいすい飛び越してみせる。人生で彼が学んだことは多くないが、一つだけ頭に入ったことがあった。

たとえどんな厄介ごとが降りかかってこようと、フラーはいつでも頼りになる。

16:41 - 17:15

ダルジールとパスコーがケルデールに入ると、シーモアが待ち構えていた。

どちらに報告すべきか明らかに迷った彼は、外交的に二人の頭のあいだの等距離点に狙いを定めて言った。

「二十五号室です。おっしゃったとおり、現場検証チームが到着するまで、立入禁止にしてあります。そうだ、支配人が一言お話ししたいそうです。検証チームが出入りするとお客さんが不安がると心配しているんだと思います」

「そいつはきみがやるのがいちばんだな、ピート」ダルジールは言った。これは曖昧な言い方だった。敬意を払っているようでもあり、命令しているようでもある。しかも胡散臭かった。支配人のライオネル・リーは、酒類販売許可を受けている店舗の責任者のご多分に漏れず、巨漢の親しい知り合いなのだ。しかし、この胡散臭さが本格的に意識に上ったのは、パスコーがリーの事務室から出てきて、シーモアが一人なのを見つけたときだった。

「どこに行った？」彼はきつい口調で訊いた。

「警視は鍵を取って、上に行くとおっしゃいました」刑事はびくびくしながら言った。ダルジール／パスコー関係はロッカー・ルームのインテリのあいだでは人気の分析課題だが、人気の結論は、何がなんだかまるでわからない、というものだった。

パスコーは苛立って言い返したくなるのを呑み込んだ。下級の刑事ごときに警視をコントロールできるはずがない、警察本部長すらできないというのに。まもなく、彼は黙っていてよかったと思った。シーモアがこう言ったのだ。「あの、主任警部、わたしが部屋をさっとチェックしたとき、枕の下からこんなものが出てきました」

彼はポケットから小型の証拠品袋を取り出して手渡した。顔はわざとらしく無表情を決めた仮面だった。

パスコーはその証拠物件をしばらく見てから言った。「ありがとう、デニス。きみは駐車場で検証チームを出迎えて、従業員用エレベーターで上に連れてきてくれ。ホテル側に不快な思いをさせないでおこうじゃないか、な？ いつかここできみに一杯おごってやるかもしれないな」

これはこう解釈できた――よくやった。でもこの話は内証だぞ、いいな？

ダルジールはジーナ・ウルフの部屋にいて、考えるようにベッドを見ていた。

パスコーは言った。「いいえ、彼女は見つけませんでしたよ、アンディ。シーモアが見つけた」

彼はビニール袋を掲げた。

中には、中部ヨークシャー警察犯罪捜査部員には上司のものとして見慣れた筆跡で走り書きされた短い手紙が入っていた。

こう書かれていた。〝あんたの前で眠り込んだりしてすまなかった。年のせいだと思ってください。次回は目を覚ましているよう努力するよ！ また連絡します。A〟

「どうしたかと思ったんだ」ダルジールは言った。見たところ、平然としていた。「昔なら、デニスはわたしに渡してくれたろうがね」

「時代は変わる《テンポラ・ムタントウア》」パスコーは言った。巨漢と口論になりそうなとき、彼は衒学で武装することがよくあるのだ。「すると、あなたはこれがまだ置きっぱなしになっている場合にそなえて、先回りしてここに来ることにした。で、その考え抜かれた理由とは、騎士？（シェイクスピア『十二夜』で、騎士トビーが騎士アンドルーに言う台詞）」

「考え抜かれたってほどのものじゃないが、理由は理由だ」ダルジールは言った。「その紙切れは事件とはまったく関係ないが、誤解される可能性がある」

男二人はにらみ合った。ダルジールは弱い立場に立たされたという気分に慣れていないが、今はそういう気分だった。自分の非公式な活動が部下の警官を危険に陥れたというだけでも悪いのに、自分がランチで飲み過ぎ、ホテル内の容疑者の部屋で眠ったと認めたことはもっと悪い。だが、あの手紙を読めば、彼がジーナとセックスしようとしたのに眠り込んだという解釈が成り立つし、おかげで彼女はラウドウォーター・ヴィラズへ行き、行方不明だった夫と対面し、殺すだけの時間があったとなると、まるでブラック・コメディだ。個人的にも、職業的にも、致命傷になりそうだった。

彼の王座を狙う容赦ないライバルにとっては、軽くつついてやるだけで目的を達成できる、絶好の機会だった。ピーター・パスコーのような高潔で慎みある人間でさえ、規則どおりに行動するだけで、上司の立場を非常にむずかしいものにできる。

パスコーは証拠品袋をポケットに戻し、うんざりしたように言った。「これからは、ちゃんとわたしに話してください、アンディ、いいですね？　何がどうなっているのか、わたしが聞かされていないってことがもう一度でもあったら、それまでですよ。じゃ、ここから出ていってください。あとで階下でお目にかかります」

ダルジールは立ち去った。いい気分だった。自分がやったことのせいではない——あれはいい気分になるようなことではない。そうではなく、パスコーがこれだけの人物になった過程に自分が関わってきたからだった。実行はむずかしいだろうが、そろそろ手綱を手離すべきときだ。脇へのくのではない。それは易しすぎる。どのみち、彼はまだまだ道を譲るつもりはなかった。この事件もいずれは過ぎ去り、テンポラはふたたびムタントゥアして元に戻る！　だが、いったん安全に王座に戻ったら、忠実な副官が上昇できるように力を貸してやらなければならない。

　それはともかく、今のところ、彼は警官であり、まだこの事件の捜査を担当していた。

　階下に降り、受付にいた女性に、駐車場の防犯ビデオの今日午後の分を見せてほしいと頼んだ。彼女がその仕事にかかっているあいだ、彼は電話の受信記録を調べ、いくつかメモを取った。それから、受付嬢は彼を奥の事務室へ連れていき、駐車場ビデオを彼女のコンピューターにリンクした。上等なシステムだった。一年ほど前にちょっとした事件があったとき、彼はライオネル・リーに説教したのだった。「お客さんにナイロンのシーツやごわごわのトイレットペーパーを使わせようとはしないだろう？　じゃ、なんで警備システムは安物ですませてるんだ？」リーはこのメッセージを深刻に受けとめた。つい先週、ホテルの事務室に泥棒が押し入ろうとしたが、ダルジールの説教後に設置された程度の高い警備装置のおかげで未遂に終わったところだった。

　まず、ジーナが彼を寝室から追い出した直後の時間帯を調べた。彼が去って三十分とたたないうちに出発した彼女の姿はすぐ見つかった。それから昼食時まで遡り、その時間帯に見つかったものを大いに興味をもって調べた。

「ほかになにかありましたら、お声をかけてくださいね」受付嬢が彼の耳にささやいた。彼女は何が起きているのか知りたくてうずうずしていた。

「このビデオのスチールをいくつかプリントアウトできますかね？」彼は訊いた。

「もちろんです。してさしあげましょうか？」

　彼女は身を乗り出し、その柔らかい胸が彼の広い肩に乗っかった。

「はい」彼女はハスキーな声で言った。「ほかにはなにか？」

非常に詮索好きか、わたしの服の仕立てが気に入ったのか。どっちかといえば、前者だろうな。だが、調べ出す暇はなかった。

「ああ」ダルジールは言った。「あのピエトロという若いの、今日のランチタイムにテラスの担当だったやつだが、まだいますかね？」

受付嬢が調べているあいだに、彼は宿泊客登録簿を勝手に見た。ある名前が見つかって、思わず声を上げて笑ったので、受付嬢が好奇の目を向けた。しっかりしろ！　と彼は自分を戒めた。こいつは深刻な事件だ。

ピエトロが現われ、ダルジールは彼といっしょに受付ラウンジにすわった。椅子に腰を沈めると、その象のごとき尻が、ついさっきヴィンス・ディレイが残していった跡を消した。

「よしと」巨漢は言った。「質問はたっぷり、時間はわずかだから、ぐずぐずするのはよそう。はっきり答えてくれれば、わたしときみとは友達のままだ。頼もしい若者は好きだからな。だが、ごまかそうとでもしたら、きみはすぐに船に乗せられ、明るい故郷イタリアへ帰ることになる」

「バスです」

「え？」

「バスで故郷ハダスフィールドに帰るってことです」

彼のアクセントは地中海のマンドリンからヨークシャーのチューバに変化していた。

ダルジールは噴き出した。

「きみとわたしはすごく気が合うと思うね」彼は言った。「まず、ランチタイムのテラスのテーブルを決めるのは誰だ？」

「わたしです。お客様がお好みのテーブルをおっしゃって、こちらはなるべくご希望に沿うよう努力します」

「じゃ、わたしは今朝になって予約しただけなのに、どうして庭を見下ろす最上のテーブルを取れたんだ？」

「あれは支配人のミスター・リーのせいです。テーブルを変えるようにと支配人に言われまして」

「すると、誰か気の毒に押し出されたやつがいるってわけだな」

「はい。ウィリアムズ夫妻とおっしゃる方です。ホテルに滞在中のお客様です」

ダルジールは驚きもせずにうなずくと、言った。

「この写真を見てくれ。知った顔があるかな？」

彼は防犯ビデオからプリントした写真数枚を見せた。

ピエトロは三人の顔を選び、ホテルの宿泊客だと言った。

「この中で、ランチタイムにテラスにいた人は？」

「確実なのは、ミスター・ディレイだけですね」ピエトロは言った。「彼と妹さん」

「二人は長く滞在しているのか？」

「一週間、だと思います」

「ほう？」巨漢はかなり失望して言った。「だが、今日の昼時にいたのは確かなんだね？」

「はい。上のテラスでした。デザートを召し上がらずに出ていかれました」

「ばかなことをしたもんだ。では、一人で来ていた若い娘に気がついたか？　茶色の髪、いい感じのおっぱい」

ピエトロはにやりとした。

「はい、気がつきました。彼女もご注文の品が届かないうちに、あわてて出ていかれました」

二人はさらにしばらく話をした。そのあと、ダルジールは携帯を取り出し、いくつか電話をかけた。

まもなくパスコーがやって来ると、ダルジールは言った。「ジーナ・ウルフはわたしがいなくなった十五分後に電話を受けた。番号はチェックした。使うごとに電話料を払う、無登録の携帯だ。数分後、彼女は受付に電話して、出発すると告げた。エクスプレス・チェックアウト・サービスを利用した、つまり、階下に来る必要がなかった。四時二十分に、駐車場にいる彼女の姿が防犯ビデオに映っている。誰かに見張られているんじゃないかと心配しているみたいにあたりを見回した。それから車で出ていった」

「でも、どこへ？　彼女が目撃されたという知らせはまだ入っていませんよね？」

「主要道路にいるなら、すぐ見つかる」ダルジールは自信たっぷりに言った。

「いいでしょう。ほかには？」

「まあな」

パスコーが〝怒りというよりは悲しみの顔〟（シェイクスピア『ハムレット』より）を向けると、巨漢は言った。「いや、隠し事をしているんじゃない。ただ、無意味だといずれわかるかもしれないことをしゃべって時間を無駄にしたくないっていうだけだ」

これに断固として抵抗すべきかどうかパスコーは迷ったが、そのとき電話が鳴ったので、決断せずにすんだ。

ディスプレーを見ると、ウィールドだった。

「ピート」部長刑事は言った。「問題が出てきた」

パスコーはしばらく話を聞いてから、言った。「彼はしゃべっているっていうのか？」

「べらべらとね。むずかしいのは黙らせるほうだ」

「好きなだけしゃべらせておけ。なるべく早く戻るよ」

彼は電話を切って言った。「ラウドウォーターに戻らなければなりません。どうやら、死体はワトキンズではない。フラットのテナントが現場に現われたんです。それに、羊の皮ならぬ鬘をかぶったウルフでもなさそうだ。アンディ、驚いた顔を見せない練習をしてたんですか？」

「いや。自然のままだ、ことに驚いていないときはね」

「そうなんですか？　新たにガラス張りの時代に入ったものとばかり思っていましたが」

「そうじゃない」巨漢は否定した。「なにも隠してやしない。たまに運よく推理が当たるってこともあるのさ」

「で、この件ではどういう推理をされたんです？」

「死んだやつのことか？　ウェールズ人のジャーナリストだろうな。いや、かっとなるなよ。ご存じだろう、当てるのにかけてはわたしはいつだって運がいいんだ」

「一つ言っておきますよ、アンディ。これがもっと続いたら、運だって尽きてきますからね」パスコーは低い、厳しい声で言った。

「ピート、信じてくれ。きみが知っておく必要があると思ったら、なにひとつ隠したりしない、いいな？　じゃ、きみは急いで戻って、そのワトキンズというやつに話をしたいだろう。わたしもなるべく早く戻るが、まず一つ二つチェックしたいことがあるんだ。いいな？」

「はい」パスコーはしぶしぶ言った。「でも、いなくならないでくださいよ、アンディ」

　男二人はひとしきりにらみ合った。

　目を逸らしたのはダルジールのほうだった。

16:42 - 18:05

ナイ・グレンダワーは中部ヨークシャーの道路を西へ向かって車を走らせた。尊敬される警察本部長であり、社会の柱たる立場にふさわしい、節度あるスピードだった。彼の社会では、市民はその柱が強くまっすぐで、立派なウェールズ花崗岩を土台にしていることを期待する。数分後、バックミラーに目をやると、白のモンデオがすいすいと背後に近づいてくるのが見えた。

彼は手を振り、それから一時間、二台の車はぴたりと前後に並んで走った。ようやくヨークシャーの州境を越し、傾く太陽の光が目を射るようになってきたころ、彼はシグナルを出して、道路沿いの待避所に曲がり込んだ。道路とのあいだにやせた木が一列生えて、目隠しになっている。

モンデオがすぐあとから寄ってきた。ドライバーが出てきた。グレンダワーも車から出ると、X5の脇に立ち、女が近づいてくるのを待った。

ウェールズ国民健康保険制度信託病院機構《NHSトラスト》の理事長、ミヴァンウィ・ボーだった。五十代前半、がっちりした体格の女だ。自然な権威と断固たる意志の持ち主で、彼女の威力に屈服した男たちの多くが、「あのミヴァンウィは男まさりだ」といやいやながら認めていた。だが、ナイ・グレンダワーは彼女が男ではないと知っていた。

彼女は話をしようと口をあけた。彼は彼女を抱き寄せ、その舌を自分の舌で封じた。

ひとしきり抱擁を続けたあと、彼女は彼を押しやって言った。「人に見られるかもしれないわ」

「みんな家に帰ろうと急いでいるばかりさ」木々の向こうをさっと通り過ぎていく車のほうへ手をやって、彼は言った。「どっちみち、ぼくらがここにいるなんて、誰にわかる？」

「あなたがしゃべっていた、あのおでぶちゃんがいるわ。あれ、わたしたちのランチを台無しにした、あの警官でしょう？」

「そうだ。ちょうどあのときにあいつが駐車場にいたとは、間が悪かったな。まあ、まだしもか。ぼくらがいっしょにいるところを見られる可能性もあったんだからな。離れていてくれたのは、いい考えだったよ、ミヴィ」

「それって、おせじのつもり？　ナイ、あのつまらない町へ行ったのは、知り合いが一人もいないから、めずらしくのんびりできるっていう理由だったでしょ。ところが、まるでチンピラ犯罪者みたいに、あわてて逃げ出すしまつ！」

「おいおい、逃げ出したりしなかったぞ。ちゃんと勘定をすませてきた」彼は笑った。「なあ、心配無用だ。ただ、ホテルでなにやら警察の捜査をやっているようだと気がついたから、大事を取ったまでさ。どっちみち、でぶ野郎なら年金が出るまでの時間をつぶしているだけだから、あんなやつのことは忘れろ。それより、まだあと一晩いっしょにいられるじゃないか。高原《ピーク・デ》地方《イストリクト》へ行くっていうのはどうかな？　どこかいいホテルがあるだろう。日曜日の夜だ、週末旅行者はたいていもうチェックアウトしている。それに、あっちならまあ帰り道の方向だし」

彼女は大げさに首を振った。

「もう帰ったほうがいいと思うわ、ナイ。ニアミスなら一回でたくさん。これ以上運に頼って危険を冒すのはよしましょう」

彼は逆らわなかった。ミヴァンウィ・ボーが今の地位まで昇ってきたのは、決断を下し、一歩も譲るつもりはないというとき、それをはっきり人に示す能力があるからだった。

　だが、彼も昇進の岩山を懸命に登ってきた男だ。山頂まで登りつめたのは、不動の障害物にぶつかったら、思いがけない新方向へ押してやることだと学んだおかげだった。

　彼はX5の後部ドアをあけた。

「わかった」彼は言った。「でも、中に入ってくれ。少なくとも、ちゃんとさよならを言おうじゃないか」

　彼女は言った。「ここで？　頭がおかしくなったの！」

　だが、彼が腕を彼女の太腿にまわして抱き上げ、後部座席に寝かせたとき、彼女は逆らわなかった。短いスカートが尻のまわりまでずり上がった。

　彼は言った。「やあ、ぼくの好みのやつを穿いてるじゃないか。赤いシルクがぼくにどういう影響を及ぼすか、よく知っているだろう。そいつを着けたとき、何を考えていたんだ、ええ？」

「お願いだから、ドアを閉めて」彼女はかすれ声で言った。「それに、早くすませなきゃだめよ」

　彼は後ろ手にドアを閉めながら、にやりとした。ミヴィのことだ。いったん始まったら、警戒心など飛んでいってしまう。彼が続けられる限り、いつまでも続けてほしがるのが彼女だった。

　一瞬、彼はアンディ・ダルジールとぶつかったことを思い出した。二人は同年齢で、ダルジールが同期の箱の中でいちばん切れ味のいいナイフ、将来性ある男だと見なされていた時代もあった。だが、時間が人をどう変えるものかはわからない。今の彼を目にしたときはショックだった――ひどく小さな池を鼻息荒く泳ぎまわるシャチ、定年退職を今か今かと待つ警視、押しの強い若い主任警部にこづきまわされて平然としている。グレンダワー自身が上昇を続け、星のごとき高さまで昇りつめたのとは対照的だ！　ダルジールにとって、高級ホテルの駐車場で同期生にぶつかったのはさぞ苦痛だったろう。こっちは高級車にデザイナー・ブランドのスーツケースを積み、あのみじめなでぶ野郎よりすくなくとも十歳は若く見えるんだからな！　で、今のわたしを見ていたらどうだ、と彼は誇らしげに考えた。セックスの大好きな女と車の後部座席でちゃんとやっている。あいつはきっと心臓麻痺を起こすだろうよ！

そのとき、赤いシルクのパンティがミヴィの足首まで滑り落ち、アナイリン・グレンダワーはアンディ・ダルジールのことを頭から永久に消し去った。

いや、少なくとも一分半は消し去った。

それ以上とは思えない。ふいに後部ドアが引きあけられ、控えめな、だがはっきりした咳が聞こえて、彼は突きの途中で止まった。ミヴァンウィの両脚が首のまわりにかかり、片足の先に赤いパンティがメーデーの赤旗のごとくひらひらしていた。

彼は苦労して首を後ろに向け——彼女は力が強いのだ——なんとか怒りをこめた片目で闖入者をにらみつけた。

見えたのは制服の巡査だった。気をつけの姿勢で立ち、視線は車の屋根の上のあたりにしっかり据えている。背後にとまった警察のレンジ・ローヴァーの横に、もう一人巡査が立ち、無感情で焦点の定まらない、蠟人形師が彫り込んだとしか思えない表情を浮かべていた。あるいは、百分の一秒でも気をゆるしたら、抑えようのない爆笑に見舞われて地面を転げまわってしまうという意識が彫り込んだものに違いない。

「グレンダワー警察本部長でありますか？」第一の巡査が強いランカシャー訛りで言った。「お邪魔して申し訳ありませんが、中部ヨークシャー警察のダルジール警視より緊急の伝言であります。お電話くださいとのことです。お手が空きしだいお願いします。番号はこちらです。ペンをお持ちでしたら、お書きとめください、本部長」

背後では、第二の巡査がとうとう降参し、ぴしっと向きを変えると、口に拳固を突っ込んで行進して離れていった。濃くなってきた宵闇の向こうから、ハイエナのかすれた吠え声のような音が聞こえてきた。

ようやくグレンダワーは声を出した。

「馬鹿者……さっさと……ドアを……閉めろ！」彼は言った。

17:35 - 17:55

ミセス・エズメ・シェリダンは玄関ドアをあけると、目に入ったものにショックを受けてひるんだ。だが、憤怒が恐怖に打ち勝ち、彼女はホールの象足の傘立てからステッキを選び出すなり、前進しながらわめいた。

「おぞましい悪漢め。おまえのおかげでここの歩道はあぶなくて歩けなくなったというのに、それだけでは飽き足らずに、今度はぬけぬけと人の玄関先までけがすとは！　さっさと消えなさい、　さもないと警察を呼びますよ」

「奥さん、わたしが警察です」アンディ・ダルジールは身分証をお守りのように目の前に掲げ、大声で言った。「警察本部長の命令で来ました、あなたにお目にかかってお礼申し上げるとともに、事情を正確にご説明するようにと」

　これは陵辱目的で家に入るための狡猾な欺瞞ではないと納得させるのにさらに数分かかり、ようやく彼を中に入れたあとも、彼女は玄関ドアを大きくあけたままにしておくと主張した。

「さてと、エズメ……エズメと呼んでもいいですか？」

「いいえ、よくありません」彼女は誇張して言った。「すぐなれなれしくなるこのごろの風潮は実に嘆かわしい。アメリカから伝染した諸悪の最たるものです」

「すみません、ラヴ……いやその、ミセス・シェリダン。さっきも申したように、今朝あんたがわたしを見かけたとき、わたしはオプの最中で——というのは作戦《オペレーション》のことですが……」

「ええ、ええ、オプの意味ならわかっています。現代の流行の多くを嘆いているからといって、時勢にうといわけではありません。周囲の世界で起きていることにきちんと通じておくのはあたくしの義務だと思っておりますから。そのためには、芸術性の疑わしい、道徳的趣旨の曖昧なドラマや映画を見なければならないとしてもね」

　ダルジールはすでに四十二インチのハイデフィニション・プラズマスクリーン・テレビが置いてあるのを目にとめていた。どこもかしこも古めかしいヴィクトリア朝のインテリアの中で、それだけ不調和に目立っていた。ゆうべいったい何を見て豊かな想像力を刺激されたんだ、今朝八時半にわたしが売春婦を買おうとしていたなどと思い込むとは！

「いや、そこですよ」ダルジールは言った。「実に頭がいい、みんなそう言っていましたよ、あなたが署《ニック》に電話してきたあとで……あ、ニックというのは……いや、そのくらいご承知だろう。それで、わたしがこうして伺ったわけです。さっきも申したとおり、今朝わたしは秘密裏に容疑者を尾行していたんですが、なぜだかそいつのほうがわたしの後ろに来て……」

「「ブリット」（一九六八年、S・マックイーン主演映画）みたいね」彼女は言った。「ただ、考えてみると、映画では尾行された警官のほうが、うまく犯罪者たちの後ろにまわったんだったわ」

最前の恐怖心がまた首をもたげてきたかのように、彼女は不審の目で彼を見たので、警視は急いで言った。

「ええ、彼はわたしよりずっと頭がいいやつだったでしょうな」

すると、これが納得のいく議論であるかのように彼女はうなずいて言った。「では、あなたの無能のせいでオプが梨型になった（「めちゃめちゃになった」という意味の成句）と。ほらね、隠語に完全に精通しておりますのよ、警視。それで今、あなたはあたくしの助力を求めてここにいらした、そういうことですね？」

「ええ、まさにそのとおりです。連中の言ったとおりだ。実に頭がいい。署《ニック》に電話されたとき、わたしの人相と車をかなり詳しく描写しただけでなく、今朝ホーリークラーク・ストリートを通った怪しいやつはわたし一人ではないとおっしゃったでしょう。それで、ほかの人たちについても同じくらい正確に教えていただけるんじゃないかと思ったわけです」

彼女は言った。「そうですね、もちろん、実際に声をかけてきたのはあなた一人でした……ところで、どうしてあたくしに声をかけたんですか？」

「時間稼ぎです」ダルジールは答えた。「考える時間が欲しくてね。ぎょっとさせてすまなかった。もちろん、わたしは変装していましたがね、秘密裏の仕事でしたから」

彼女は信じられないというように軽く鼻を鳴らしてから、続けた。「でも、あなたの後ろには車が二台続いていました。一台目は真っ赤な、天井の低いタイプで、東洋で製造されたものだと思います。ドライバーは女でした。金髪ですが、派手な感じではない。その後ろに紺色のフォルクスワーゲン・ゴルフ――うちの甥のジャスティンが似た車を運転していますの。こちらもドライバーは女でしたけど、女装《ドラッブ》の男だったかも……」

「それなら女装《ドラッグ》だと思いますが」ダルジールは大胆にも訂正してやった。

「ドラッグ？　確かですか？　どうしてドラッグなのかしら？　ドラッブなら自堕落女とか娼婦という意味がありますから、いちおう論理的なつながりがあるのに。きっとそちらの思い違いですわ、警視。驚きはしませんけどね。さてと、なんの話でしたかしら？　ああそう、ドライバーは顔の造作がとても男性的だったんです。でも、あたくしの注意を惹いたのは助手席にいた男のほうです。あいた窓からこちらをじろっと見たんですけど、顔に心が読み取れる（シェイクスピア『マクベス』の一節）とすれば、あのグロテスクな顔には邪悪な意志が見えましたね」

「じゃ、もう一度その顔を見たら、そいつだとわかりますか？」

「ええ、もちろん。あなたの顔を即座に見分けたようにね、警視」

　この比較に逆らうのはタイミングが悪いし、有益でもないと判断して、ダルジールは内ポケットに手を入れ、封筒を取り出した。中にはケルデール駐車場のスチール写真数枚を入れてあった。

　ミセス・シェリダンは写真を眺めると、その一枚を即座に指さした。

「ええ、これがその男です」彼女は言った。「間違いありません」

「それはいい、ミセス・シェリダン」彼は言った。「大いに助かりました」

　ほかの老婦人なら、彼はその喜びを表現するのに、ハグして額にちゅっとキスしたところだが、今回は勇気が出なかったから、くどくどお礼の言葉とおせじを並べるだけにして、ドアへ向かった。

「あなたのお仕事を横取りしましたかしら?」相手が安全に敷居を越すと、彼女はかなり満足げに言った。「よかった。じゃ、まっすぐ帰って、変装の残りも脱ぎ捨てることですわ、このご近所にこれ以上落胆と警戒を広めないうちにね、警視」

ドアは彼の顔の前でぴしゃっと閉まった。

このごろじゃ、ああいうたいした女は見なくなったな、とダルジールは車に戻りながら思った。残念だ!

運転席に入った。ようやく手がかりができた。顔と名前。その顔と名前の持ち主と、頭を割られて病院で寝ている部下のアイヴァーとを直接結ぶものはまだないが、そこにつながりがあるのなら、見つけ出すためのがさつな方法を六つくらいは知っている、と彼は思った。

はっと気がつくと、指の関節が白くなるほどステアリングを強く握りしめていた。深呼吸しろ、アンディ、と彼は自分を諭した。まだここに意味があるかどうかはわからない。深呼吸したら、落ち着いてケルデールまで戻れ。

だがまず、約束どおりパスコーに状況報告だ、さもないとまたぷりぷりしかねない。

携帯を取り出したが、番号を押さないうちに鳴り出した。

一瞬、窓から投げ捨てたくなった。

役に立つのは確かだが、気に障ることもある!

彼は「なんだ?」と怒鳴り、話を聞くと言った。

「ミック、いったいどこにいたんだ? 困ったことになっている」

17:40 - 17:55

ミック・パーディーはびくっとして目を覚ました。

部屋はほとんど真っ暗だったが、そこに意味はない。夜を昼に変える仕事をしているなら、昼を夜に変えるカーテンを買うことだと、賢い警官はまもなく学ぶ。

首をひねって枕元の目覚まし時計のデジタル表示を見た。

二時間近く眠ってしまった。

直属の上司である副警視監がオフィスに入ってきたとき、パーディーはデスクでぐったりしていたのだった。目はあけているが、目の前に開いたファイルに焦点を合わせていないのは明らかだった。

「ミック、何をやってるつもりだ？　この週末はいい成果が上がったし、わたしの右腕に過労死されたくはない。きみは期待されたことはすべてやった。あとは公訴局の連中の手にかかっている。家に帰れ。命令だぞ」

ジーナが電話してきたときからこっち、ファイルはほとんど一ページも繰っていなかったとはいえ、感謝されたと感じるのはいいものだった。

頭の中では、ジーナから聞いたダルジールとのランチの経緯が堂々巡りしていた。あいつ、どういうつもりだ？　水差しを落としただの、電話が何度もかかってきただの、どういうことなんだ？　もし自分がダルジールの立場なら、何をしたかはわかっていた。あいつは九年前に会ったときのように今も切れ味のいいナイフなのか、それとも、最近爆発事件にあったせいで、刃がなまってしまったのか？　飲みすぎて横にならなければいられなかったとすると、後者のようだ。ブラムズヒルでの研修のときには、彼は飲みに飲んで、それでも酔った様子をぜんぜん見せないというので、みんな驚いたものだった。あるいは、こういう肉体的衰弱はジーナの部屋に入るための策略だったのかもしれない。彼女が部屋を出て、彼一人になるやいなや、彼女の持ち物をあさったとか。

　分析を試みても、まるで車輪を走るハムスターのように生産性がなく、疲労感が募るばかりだったから、副警視監に声をかけられたときには、ほとんど意識不明状態だったのだ。

　家に帰ると、ベッドに倒れ込んだ。二時間の睡眠は二分のように感じられた。目を覚ますと、まだ心はハムスターの車輪に閉じ込められたままだった。

　枕元のランプをつけ、携帯をチェックした。ジーナからまた電話が入っていればいいと思った。

　伝言は一つあったが、彼女からではなかった。

　アンディ・ダルジール。

聞いた。

「これを聞いたら、たとえ異星人の攻撃から全宇宙を救っている最中だろうとかまわん、すぐさま電話をくれ！」

　では、友達どうしのおしゃべりではない。単純な進行状況報告でもない。一つ確実なのは、巨漢は無意味なヒステリーなど起こす人間ではないということだった。なにかあったのだ。彼はジーナの番号を試した。返事があるとは期待していなかった。伝言サービスにつながったので、「電話をくれ。お願いだ。できるだけすぐに」と言った。

　それから、ダルジールのメッセージをまた聞いたが、#キーを押して返答操作はしなかった。惨事を察するのと惨事を知るのとのあいだには空間がある。そこで男はしばらくぶらぶらできる。一歩後退して〈削除〉ボタンを押すのも可能だと想像することさえできる。

　頭がもっとはっきりしていればいいのにと思った。

浴室へ行き、顔に冷水をかけた。ああ、年がら年中くたびれているような仕事でなければ、どんなにすてきだろう。この仕事で完全な集中力を要求してくるのは、敵だけではない、味方の連中だ。居眠りでもすれば、誰かに足をすくわれる！　徹夜する訓練を重ね、覚醒作用のあるプロヴィジルをつねに手に入れることで、休息の必要を最小限に抑えてきた。それで昇進という帆柱をするする昇ってきたのだ。運がよければ——頂点に手が届くところまで近づけば、あとは運だ——もうじき帆柱のてっぺんの見張り座、副警視監のレベルまで昇れる。

だが、海が荒れ、手がかじかんでくると、下の甲板は小さな丸い口となり、さあ落ちておいでと誘惑してくる。

よせよ！　どこから出てきたんだ？　彼は自問した。ジーナが次々持ってきて家じゅうに置いていく本のせいだ。このぶんじゃ、おれはそのうち詩を書き始めるぞ！

彼はなんとか十億分の一秒《ナノセカンド》のあいだ、ジーナをあのスペースの奥へ押しやったが、また出てきてしまった。逃げ場はない。何が起きているのか知る必要があった。方法は一つだけ。

メッセージに戻り、ダルジールの声をもう一度聞いてから、#を押した。

ややあって、聞き慣れた大声がした。「なんだ？」

「アンディ、ミックだ」

「ミック、いったいどこにいたんだ？　困ったことになっている」

「困ったこと？　ジーナになにかあったのか？」

声が高くなってきた。

「そうあわてるな」ダルジールは言った。「彼女はホテルをチェックアウトした。それだけだ。最後に彼女と話したのはいつだった、ミック？」

「今日の午後だ。あんたが彼女のベッドで寝てしまったと言っていた。なんだよ、アンディ、彼女とランチに会ったのは、事件をかたづけるためで、酔っ払うためとは思わなかったがな！」

「酔っ払ってなんかいなかった」ダルジールは防御的になって言い返した。「それに、事件には取りかかっていた――まるでおかしな事件になってきたがね。教えてやろう。わたしは部下の女性刑事に頼んで、わたしたちを見張らせた。すると彼女はこっちを盗聴している野郎を見つけた」

「盗聴？　確かか？」

「もちろん確かだよ。遊び半分でやっているとでも思うのか？　そのあと何があったか、ともかく聞け。そうしたら、遊び半分かどうか決めりゃいい！　盗聴男がその場を離れたとき、刑事はあとをつけた。一時間ばかりして、二人は男のフラットで発見された。彼女は頭を割られ、彼は顔の半分を吹っ飛ばされてな。そのあいだに、ジーナはホテルをチェックアウトして出ていった」

「なんてことだ」パーディーは言った。ふいに、察することと知ることとのあいだのあの空間がひどく魅惑的に思えた。これは彼が想像した最悪の状況よりさらに悪かった。

「ミック、まだそこにいるのか？」

「ああ」彼は言った。声を抑え、なんとかプロらしく聞こえるようにつとめた。「それで、ジーナの捜索を始めたのか？」

「おい、どうしてそんなことをしなきゃならないんだ、ミック？　彼女はおそらく家に帰ろうとしているところだろう」

パーディーはさりげない口調を装ったが、うまくいったかどうか自信はなかった。

「あんたが彼女と話をしたいんじゃないかと思ってさ、例のそっちの事件に関連して」

「殺人事件のことか？　死んだ男がひょっとするとア

レックス・ウルフかもしれないから？　彼女を容疑者としてわれわれに捜索させたいのか？」

からかっているのか？　とパーディーは思った。

「ばかを言うなよ。アレックスのはずがない。だって、どうしてそんな可能性がある？」

「理由はない。ああそうだ、ミック。ディレイって名前に聞き覚えがあるか？　兄と妹、フラーとヴィンセントというんだが？」

長い間があいた。腹の底から湧き上がってきたパニックが喉から漏れ出てしまわないように、それだけの時間が必要だったのだ。それから話し出したが、いかにも抑えた口調で、パニックそのものよりよほど実情を暴露してしまいそうだった。「どうしてだ？　そいつらがそっちにいるのか？」

「ああ、ケルデールに今まで一週間滞在している。じゃ、二人を知ってるんだな？」

「名前くらいはな。フラー・ディレイという女が、昔ゴールディー・ギッドマンのところで働いていた。何年も金融面を担当していたんだ、税務署に見せるやつと、見せないやつと、両方な。ギッドマンのビジネスが成長して合法的になると、フラーは消えた。家族と過ごす時間が欲しいから、ってことじゃないか、よく政治家が言い訳にするようにさ」

「家族というのは、このヴィンスか？」

「そうだ。だいぶ前科があるが、わたしの知る限りで、最近はなにもしていない。なあ、アンディ、二人がそっちにいるのはただの偶然かもしれないが、目を離さないでおいたほうがいい。いや、もうそのくらい手配しているんだろう、違うか？」

強い懸念を声に出さずにいることはもうできなかったし、したくもなかった。

「心配するな」ダルジールは言った。「二人は視野に入れている」

「よかった。あの、アンディ、頼みがある。ジーナの捜索をともかく始めてくれ。お願いだ」
「わかった、そう平身低頭することはない。うちの警官たちにさがさせよう。そっちのほうが先に連絡がついたら、知らせてくれるな？」
「真っ先に。で、そっちからも連絡をくれるね？」
「もちろんだ。第一番だよ。じゃあな、ミック、これで。まあ、そっちからほかに言いたいことがあるんなら……？」
「いや、べつに。アンディ、状況をすっかり教えてくれてありがとう。この恩は忘れないよ」
「忘れさせやしないさ。進行具合はできるだけ伝えるよ。だがな、ミック、これはもう公式の事件になったから、どこかの時点であんたに公式に話をする必要が出てくるだろう。いいな？　覚悟しておけよ。それじゃ」

　電話は切れた。

　パーディーは携帯をオフにすると、ベッドに投げ出し、唸るような声を上げておいおい泣き出した。会話のあいだじゅう抑えていた疑念、怒り、恐れのすべてがこもっていた。これで少し気分がよくなったが、ほんの少しだけだった。

　彼はまた電話を手に取り、ジーナの番号を試した。今度も答えはなかった。別の名前を出し、しばらくじっと見ていたが、キャンセルした。

　面と向かってやらなければならないこともある。

　浴室に戻り、シャワーから冷水を出すと、服を脱いだ。壁の戸棚からプラスチックの小瓶を出し、プロヴィジルを二錠、手に振り出した。口に入れると、噴流の下に入り、頭を反らせて、冷たい水で錠剤を喉に流し込んだ。

　この事件がかたづくまで、ジーナの居場所がわかり、安全だとわかるまで、睡眠の余地はなかった。

17:10 - 17:55

エドガー・ウィールドは自分の才能をひけらかす男ではないが、証人から話をうまく聞き出す能力については内心で誇りを持っていた。ダルジールはウィールドの成功を分析して、典型的に無遠慮な言い方をしていた。

「あいつにはプラスのハンデがあるからな。テーブルを挟んで向こう側にあの顔が見えるってのは、ロンドン塔で拷問道具を見せられるようなもんだ。舌が緩むのも当然さ！」

新しく現われた男が書類を提示し、ラウドウォーター・ヴィラズ三九番在住のアラン・グラファド・ワトキンズに間違いないことが証明されると、ウィールドはパスコーに電話し、それから詳しい供述を取る仕事に取りかかったのだった。ただし、自分のフラットで何があったのかを知るなり、ワトキンズの舌は緩むどころか解放されてしまったのが問題だった。話を止めようとしても止められない。しかも困ったことに、こちらの質問に答えるのはさっさとやめ、逆に答えを要求してくる。彼がしつこく何度も繰り返すのは「どうして遺体を見せてもらえないんですか？」という質問で、ウィールドが話を逸らすたび、ますます苛立ちを募らせていた。

彼はキャラヴァンの中にすわっていた。ウィールドは窓を後ろにして彼に対面している。推理小説の愛読者なら誰しも承知のとおり、これは尋問するときの定位置だった。尋問者の顔は陰になり、被尋問者の目に光がまぶしく入る。

ただ、後者には窓から外が見え、前者には見えないというのが不利な点だった。こういう位置関係だったので、ワトキンズは部長刑事の肩越しに、救急車が到着し、救急隊員二人が担架を持って建物に入っていくのを目にした。

彼は「息が詰まりそうだ」と言って立ち上がるなりドアへ行き、キャラヴァンから飛び下りて、ヴィラズへ走っていった。

ウィールドは健康で、短距離走者なみにくっきりした筋肉の持ち主だが、全速力で動いても、相手がようやく目に入ったときには、男はもう三階へ上がり、担架を持った隊員のすぐあとについてフラットの中へ消えてしまった。

ジェニソンは中にいて、ドアをあけて押さえているところだったから、ワトキンズを押しとどめなかったと責めるわけにはいかない。だが、いったん部屋に入ると、人が止める必要はもうなかった。

床に横たわっている、ほとんど顔のなくなった死体を見るなり、彼はぴたりと足を止めた。

「ひでえ」彼は言った。「ひでえ」

脚ががくがくしてきて、ウィールドとジェニソンは彼を担ぐようにして階段を降り、建物の外に出なければならなかった。彼は喘ぎながら外の空気を肺に取り込んだ。

キャラヴァンから巡査が一人、あわてて出てきた。

「部長刑事」彼は言った。「柵のところにテレビのクルーが来ています」

遅かれ早かれそうくるに決まっていた、とウィールドは思った。もしミセス・ドゥッタがからんでいるなら、早かれのほうだろう。すでに立入禁止のテープを金属柵に取り替えさせ、ヘクターを担当から外しておいてよかった。あいつならきっとテレビ局のヴァンをどうぞどうぞと通していたはずだ！

だが、たとえ距離があっても、カメラはクローズアップで迫ってくる。

彼は言った。「キャラヴァンに戻りましょう、ミスター・ワトキンズ。熱い甘いお茶を飲むのがいちばんだ。きみ、手を貸してくれ」

数分後にパスコーが到着したころには、ウェールズ人の顔色はだいぶよくなっていたが、まだ一言も言葉はなかった。こういう反応ならウィールドは前にも見たことがあった——悲劇が差し迫っていると饒舌になり、血まみれの死体を見ると言語麻痺が起きる。だが、言葉の洪水の中から関連性のある事実を拾い出すのは得意だったから、主任警部に伝える情報はすでにたっぷりあった。

警官二人はキャラヴァンの外に立っていた。側面だけでなく裏にもドアがあるおかげで、こちらを狙っているテレビ・カメラに見つからずに外に出られた。日没までまだ一時間以上あるものの、太陽はぐんと低くなり、川から立ち昇る薄霧が向こう岸の工場跡をロマンチックな廃墟に見せていた。空気にはまだ昼間の暖かさがいくらか残っていたが、寒い夜になりそうな感じがあった。

パスコーは言った。「よし、ウィールディ、死んだのはどうやらジャーナリストだったらしいと。じゃ、生々しい詳細を聞かせてもらおうじゃないか」

ウィールドは言った。「さっき言ったように、キャラヴァンの中にいる男は、ドゥッタ夫婦が話していたアラン・グラファド・ワトキンズだ。二十三歳、〈インフィールド・センチュリオン〉という農機具販売会社のセールスマン。死んだ男は、鑑識の確認を待たなければならないが、どうやらガレス・ジョーンズ、十九歳、《中部ウェールズ・イグザミナー》の記者だ。彼は先週金曜日からミスター・ワトキンズのところに泊まっていた」

彼はパスコーが質問したがっているのを見て取り、言葉を切った。どういう質問かはわかった。だが、相手が上司であれ容疑者であれ、ふつうに会話しているという印象を与えるほうがいい結果が出るともわかっていた。

パスコーは言った。「このワトキンズだが、どんな感じだ？」

元気かどうかを訊いているのではない。彼の位置づけだ。証人か、容疑者か。

ウィールドは言った。「ミスター・ワトキンズはこの週末、働いていた。金曜日の昼ごろ出かけて、今まで戻らなかった。彼が今日の午後訪ねたと言っている農場の住所はもらった。ダーリントンのすぐ南のあたりだ。地元のやつらに供述を取らせているが、電話で確かめたところでは、ミスター・ワトキンズの話のとおりだった。彼は二時から四時半までそこにいた。とすると、容疑からはずれる。

ジョーンズが金曜日の朝到着したとき、彼はうちにいた。ジョーンズのおんぼろ車はなんとかここまでたどり着いてエンコしてしまったので、ワトキンズは近所の修理工場に電話して、人に来てもらった。かれらは車を一目見るなり、工場へ持っていかなければならない、すぐ修理を始めれば、なんとか月曜の朝までに仕上げられるだろうと言った。友人が足がなければ困るだろうと、ミスター・ワトキンズは自分のヤマハを使っていいと言った。ふだんは旅行に出るとき、オートバイをヴァンに積んでいくんだそうだ」

「すると、ワトキンズは容疑からはずれた」パスコーは言った。「ジョーンズが彼のバイクに乗っていた理由もわかった。だけど、もし友達が週末に遊びにくることになっていたんなら、どうしてワトキンズは彼を置いて出ていったんだ？」

「ジョーンズは勝手にやって来たんだ」部長刑事は言った。「週の半ばごろ電話してきて、週末に中部ヨークシャーに行かなきゃならない、ワトキンズのフラットで床に寝かせてもらえないかと言った。ワトキンズは、それどころかベッドに寝てくれてかまわない、自分は出かけるから、と言った。友達がこちらに来る理由は知っていたのかと訊いてみた。ジョーンズは取材だと言っていたそうだ。詳しいことは話さなかったし、彼も詮索しなかった」

パスコーは不審そうに言った。「詮索しなかった？　古い友達なのに？」

ウィールドは言った。「どうやら、ジョーンズの兄のグウィンは事件記者で……」

これでぴんと来るかと、彼は言葉を切った。

パスコーは言った。「グウィン・ジョーンズ、《デイリー・メッセンジャー》の？」

「そいつだ」ウィールドは言った。「ミスター・ワトキンズはジョーンズ一家をよく知っている。同じ村の出身なんだ。グウィンより四つ年下で、ガレスより四つ年上。グウィンはジャーナリズムの世界に入ったばかりのころ、しじゅうある有名な記者の言葉を引用していた。〝公表する準備が整わないうちは、誰にも記事の内容を教えるな〟。ガレスが兄と同じ道に入ると、これはガレスのモットーにもなった。だから、質問しても無駄だとワトキンズは思った。それに、急いでいたってこともある」

「彼はよく週末に働くのか？」パスコーは訊いた。

「仕事と遊びを兼ねているようだ。農業は週に七日の仕事だから、農場経営者は週末でもかまわない。それに、少なくとも二人くらいはガールフレンドがヨークシャーのあちこちにいて、彼女たちを喜ばせてやりたいんじゃないかな。隙あらばなんでもやるってタイプだ。あのフラットはろくに家具もなくて、ヴァンの後ろにはキャンプ用ベッドを積んである。でも彼のラップトップをチェックしていたら、北部各地の高級ホテルやいくつもの修理工場のレターヘッドとインボイス用テンプレートが見つかった。彼がインフィールド・センチュリオンに出す出張経費請求を見たら、いろいろ教えられそうだ」

「かもな。でもわれわれには関係ない。まあ、あいつにプレッシャーをかける必要に迫られない限りはね」パスコーは言った。「とりあえず、今こっちの手にあるものの意味を考えることに集中しよう。すなわち、若いジャーナリストが一人、ジーナ・ウルフなる女性の周辺を嗅ぎまわろうとしてわざわざウェールズからやって来た。その意味がわかるか？」

「まあな。嗅ぎまわるのはジャーナリストの仕事じゃないか？」ウィールドは言った。

「《中部ウェールズ・イグザミナー》の読者の興味を惹くようなことがこっちにあるとは思えないんだがね」パスコーは言い返した。

「彼は地方紙の仕事をしていたんではなかったとしたら？　ちょっとアルバイトで、兄貴のグウィンのために働いていたとしたら？」ウィールドは言った。「たとえば、ギッドマンに関することとか？　それなら《メッセンジャー》の触覚がぴくぴくしだすだろう」

「かもしれない」パスコーは考えながら言った。「ここは慎重に足を運ぶ必要があるって気がするんだがね、ウィールディ」

「まさか、人のつま先を踏みつける（「人の感情を害する」という意味の成句）心配をしてるわけじゃないだろう？」部長刑事は疑いの目を向けて言った。

「いや。だけど、思い切り踏みつけてやる機会が来ないうちに、人のつま先に近寄るなと警告される心配はあるな」パスコーはにやりとした。「〈マキャヴィティ作戦〉に関する情報をあさり始めたとき、いろんなことがいやにきちんと始末されているような気がしたと、きみは言っていたんじゃなかったっけ？　わたしがいろいろ読んだところでは、このゴールディー・ギッドマンという男は、今ではたいした影響力を振るっている。こいつにちょっとでも関わるスキャンダルのにおいがしてきたら、ロンドンの野郎どもはみんな、手入れをくらった売春宿の娼婦みたいにあわてて見られたくないものを隠すさ！」

ウィールドは微笑を押し隠した。ピートの言い方はときに巨漢そっくりに聞こえ、区別がつかないくらいだ。

「なんだ？」パスコーは鋭い目つきで彼を見て言った。

これも二人が一致してきた部分だ、と部長刑事は思った。かつて、彼の顔をどうにか読み取れるのはダルジールだけだったが、今では主任警部もこつをつかんできた。

言い逃れをしようと口を開きかけたとき、キャラヴァンのドアがぱっとあいて、ボウラー刑事が階段を駆け降りてきた。顔が二つに分かれるほど大きな笑みを見せている。

「病院から報告が入りました、主任警部。シャーリーは意識を取り戻して、自分が誰で、今どこにいるかとか、ちゃんとわかっているそうです。まだ朦朧としているので、たぶん明日にならないと質問に答えるのは無理でしょうが、危篤状態は確実に脱しました。あとは回復を待つだけです！」

彼の喜びようを見るのはいいものだった。ボウラーとノヴェロは仕事の上では激しいライバル意識を燃やし、昇進レースで先頭に立とうとどちらも懸命だ。だが、苦境に陥って、たがいの支えと慰めが必要なときは、二人とも決して出し惜しみしない。

「それはよかった、ハット」パスコーは言った。「みんなに広めてくれ、いいな？」

「これを聞いたら、警視はすごくほっとするだろうね」刑事がキャラヴァンに引き返すと、ウィールドは言った。

「うん。忘れずに教えてあげなきゃな」パスコーは言ったが、巨漢を安心させるのが優先条項ではなさそうな口ぶりだった。

おやおや、と部長刑事は思った。今、ピートはアンディをひどく恨んで、仕返しをしようとしている。そりゃ、でぶ野郎の自業自得ではあるが、この二人がなるべく早く仲直りしてくれたほうが、みんなのためだ。

和平工作にどう貢献したものかと彼が考えていたとき、パスコーの携帯が鳴った。

「噂をすればだ」彼はディスプレーに目をやって言った。「はい、アンディ。どうです？」

ざっくばらんか、生意気か？　ウィールドは考えた。すると、話を聞いていたパスコーの表情が変化するのが見え、態度がどちらだろうともう関係ないとウィールドにはわかった。

「いや、アンディ、冗談じゃない、待って……アンディ？　アンディ！」

彼は電話を耳から離して言った。「あいつ、切りやがった」

「どういう話だったんだ？」ウィールドは訊いた。

「ジョーンズを殺し、ノヴェロを襲ったのが誰だか、わかったと思うと言っていた。その男はケルデールに泊まっていて、警視は今そっちへ向かっている。わたしが武装応答隊《ARU》の出動を要請するまでじっとしていろと言おうとしたのに、電話を切っちまったんだ。それがどういう意味か、わかるだろう、ウィールディ！」

「警視はまたジョン・ウェインをやっている」部長刑事は言った。「わたしがARUを手配して、こっちの仕事を引き受けるよ。きみはできるだけ早くケルデールに戻りたいだろう、ピート」

相手が自分で言うまで待っている暇のないこともある。

「よし、ウィールディ。ありがとう。連絡するよ」

彼は車へ向かったが、見張っている記者たちの興味を掻き立ててはたいへんと、あまり急いでいる様子は見せないようにつとめた。

「おい、ピート、ノヴェロが回復に向かっていると警視に教えるのを忘れるなよ」ウィールドは後ろから声をかけた。

パスコーは肩越しにかすれ声で言った。「それよりいいことがあるな、ウィールディ。あいつを隣のベッドに送り込んでやる。そうしたら自分で確かめられるさ」

17:00 - 18:00

マギー・ピンチベックは自分のフラットにいた。フラット全体でせいぜいビーニー・サンプルの寝室の広さと同じくらいだ。すわって、ゴールディー・ギッドマン関係のグウィン・ジョーンズのフォルダーをダウンロードした。大部分は機密の警察情報レポートだった。こういうものをコンピューターに入れていたら、たぶん児童ポルノをダウンロードした場合より長い懲役をくらうだろうと彼女は思った。

彼女もギッドマン関係のファイルを持っていた。デイヴの個人秘書の仕事に応募するとき、まとめたものだ。彼女はギッドマン本人に面と向かって質問し、彼の応答ぶりに感心したのだった。その後、彼には尊敬すべきところがたくさんあるとわかったし、彼女は妻のフローをとても好きになった。個人感情は別として、彼女は知っていた――ギッドマンが政治献金者となったとき、保守党本部の上層部は最高に経験豊富な捜査員を送り込んで、彼のことを詳しく調べさせたはずだ。捜査員たちはおそらくグウィン・ジョーンズのギッドマン・ファイルに入っていることくらい、すべて目を通したうえ、悪事の証拠として使えそうなものはなにもないと判断したのだ。

　マギーも同様、なにも発見しなかった。

　だが、このフォルダーの中身ぜんぶを支えているのは、少なくとも一人の警察官、オウエン・マサイアスの、〝ゴールディー・ギッドマンは悪人だ〟という揺るぎない確信だった。ギッドマンが暗い過去の世界をすっかり引き払い、明るい大手商業界に移る前に、最後の賭としてマサイアスが投げたさいころが〈マキャヴィティ作戦〉だった。

　そして、〈マキャヴィティ〉は失敗に終わった。見つけるべきものがなにもなかったせいか、あるいはつねにゴールディーが捜査の二歩先を行くよう、誰かが協力してやっていたせいか。

　当然ながら、マサイアスは後者だと考えた。内務監査部はいちばんそれらしい人物をさがし、アレックス・ウルフ警部を選んだ。この男が犯人だという確証が多少なりと挙がった様子はない。彼が失踪したのも、家庭内の悲劇的状況を考慮すれば、必ずしも罪の証しとは思えなかった。

　マギーはマサイアスをグーグルした。彼は〈マキャヴィティ〉失敗の一年後に首都警察を退職していた。失敗が理由の一部だったのか。あるいは健康上の理由かもしれない。彼は退職一年後に死んでいた。

　ジョーンズのフォルダーに入っている機密文書はすべて彼から来たものだろうとマギーは推察した。そして、ジョーンズはギッドマン父子に対する強い反感も彼から受け継いだに違いない。

ジョーンズがなぜそんなにこだわっているのかはどうでもいい。問題は、彼の調査がこれからどういう方向へ進むかだった。

マギーはもう一度読み返した。今度は読む部分を選び、メモを取った。

最後にわかったのは、アレックス・ウルフの名前と並べるべき名前が一つだけあるということだった。

ミック・パーディー。

パーディーの名前は三回だけ登場した。

三十数年前、パーディー巡査（イニシャルなし）は目撃者供述を取っていた――いやむしろ、目撃者供述とされるものだ。目撃者とされる人物はなにも目撃していないと主張していた。

それから二十年ほどあと、このときには主任警部となったパーディーが内務監査部の質問に答え、アレックス・ウルフ警部をほめたたえていた。

現在に飛ぶと、ミック・パーディー警視長はジーナ・ウルフと親密な関係にある。彼女はアレックス・ウルフの妻だ。いや、彼女自身はおそらく最近まで、未亡人だと想像していただろう。ウルフは悲劇の父親であり、さらに（あるいは）悪徳警官で、七年前に姿を消し、行方知れずになっていた。

ここになにか意味があるだろうか？　マギーは勉強や観察から知っていた――大きな政治的スキャンダルの多くは、誰かがおびえるあまり、意味のないものに意味があると信じ込むことが原因で起きる。そして、間違いに気づいたときにはもう手遅れで、猟犬はすでに放たれ、かれらはなにかに食いつき、噛みちぎらないうちは、いくら鞭を鳴らされようと犬舎に帰ろうとはしない。

またゴールディーに質問する機会があれば疑問解消に役立つだろうが、気楽に電話して面会を求めるというわけにはいかなかった。

　彼女は缶入りオレンジ・ジュースを飲み、チェダー・チーズを少し食べた。ずいぶん長いこととまともな食事をしていないように思える。朝食はコーヒーと日のたったマフィン、そのあとセンターの開館式場でサンドイッチを半分口に入れた。ピザを注文しようかと思った。すると、電話が鳴った。

　デイヴ・ギッドマンだった。

「マギー、今夜話し合おうと言ってた件だけど、緊急かな?」

「かなりね。どうして?」

「うん、じつは今、うちじゃないんだ。ウィンドラッシュ・ハウスに来てる。こっちに泊まって、明日の朝早く出かけようかと思ったんだ。そうすれば、親父のむかつくほど高価な酒蔵を心ゆくまで試せるだろ。それに、シャワーから急に金玉が凍りつく冷水が出てくるのを心配する必要もない。チャックル・ブラザーズが朝、修理に来るっていうのは確かなのか?」

「ええ、来ます、ご心配なく」マギーは言った。「よかったら、わたしがこれからウィンドラッシュに行きましょうか。あなたがコルクをぽんぽん抜き始めないうちに、仕事をすませてしまうのがいちばん」

「どうしても明日まで待てないというならね」デイヴは熱をこめずに言った。

「ゴールディーのワインと違って、寝かせておくと前よりよくなるってものじゃないわ」マギーは言った。

「じゃ、六時半ごろ伺います」

　電話を切ったあと、しばらくじっとすわっていた。運がついているという最前の気分はもう消えてしまっていた。いや、気分が変化して、自分が望まぬ場所へと押し出されていくような感覚になったと言おうか。まず、〈シャー・ボート〉で彼女がビーニーに声をかける直前、ジョーンズが嘘だらけの電話をかけてきた。次に、ジェム・ハントリーからのEメールがザ・ビッチの恨みをふたたび掻き立て、マギーはゴールディー・フォルダーにアクセスすることになった。

そして今、ゴールディー・ギッドマンともう一度おしゃべりができれば物事がはっきりするのに、と考えていたまさにそのとき、ウィンドラッシュ・ハウス再訪の機会をディヴが与えてくれた。

おそらく賢明なのは、コンピューター・フォルダーを削除し、ディヴに電話して、やっぱり明日の朝でかまわない、と言って、のんびりテレビの前で一晩過ごすことだろう。

ただし、彼女にはすべき仕事があった。そして、自分の選んだ仕事をすることだけが人生に意味を与えると、彼女はずっと前に心に決めていた。

訂正。

生涯のどこか一部で、人生に意味があるなどと愚かにも考えてしまう唯一の原因こそ、自分の選んだ仕事をしていることだった。

第四部

furioso——荒れ狂うように

前奏曲

目覚めに似ている。

目覚めは奇妙だ。ときには、ふいにやって来る。何分も潜水していたあと、プールの水面からぱっと飛び出すように。光、空気、音、すべてが勝ち誇り、恐ろしいほど入り乱れる。

ときには、とてもゆっくり、徐々にやって来るので、目覚めているのか、眠っているのか、わからない段階がある。

彼は徐々に目覚めてきた。

愛と歓喜が自分を目覚めの世界にすっかり連れ戻してくれたと思った、あの瞬間は、じつは部分的な目覚めにすぎなかったのだと、今では悟っている。夢と現実が出会い、まだ入り乱れている境い目の場所。

確かな幸福感があった。再生感があった。古いものを遠くに置き去りにし、嬉々として新しいものへと進んでいく。それで彼は強気になり、危険を冒したのだった。もちろん、危険だとは見なしていなかった。

今ではその危険が見える。

はっきりと。今、目の前に伸びる道路もはっきり見通せる。長く、まっすぐ、坂を下って遠くへ消えていく。真っ赤な車がぽつんと一台。

その背後にはなにもない。ほかに人が来ないところだから、ここに呼び寄せたのだ。そういう計画性、用心は、あの古い世界に属するものだが、今、彼はその世界で目を覚まさなければならないとわかっている。

置き去りにしてはいなかったのだ。そんなことができるなどと自分を騙していたのがばかだった。

今度、電話に向かって話をするのが目覚めの最終段階になる。

彼は待つ。待つ。さらに待つ。

これだけ長く待つことが必要なのだと自分に言い聞かせる。赤い車をつけてくるものが絶対にないと確かめなければならない。だが、実際には安全――少なくとも、そういう意味での安全――とはなんの関係もないとわかっている。自分の新しい世界を守るために築き上げてきた障壁が、古い世界からの攻撃すべてに耐えられるほど堅固だという確信が必要なのだ。

それで、さらに待つ。

ようやく、今話さなければ二度と話さずに終わるかもしれないと悟り、電話を口元に近づけて言う。「車を降りろ。坂を上がってパブまで行け。駐車場に入れ」

午後遅くなり、秋の寒さが忍び寄ってくる。駐車場にはほんの数台の車があるだけで、そのほとんどはパブの入口近くにとまっている。彼はいちばん遠い隅に駐車している。ここにいる人間は彼一人だ。

金髪の女が赤い車から出て、坂道を上がってくるのを彼は見守る。

電話をポケットにおさめ、最後の完全な目覚めにそなえる。

17:55 - 18:15

「やあ、ジーナ」

「こんにちは、アレックス」

これが本当の、最後の目覚めだった。二人は顔を合わせ、ぎこちなく立っている。初めてのデートで、この先どう進むかわからない若いカップルのように。

彼は彼女に触れようとはしなかった。握手はばかげているし、キスはいやらしい。何を言おう？　彼が言うべきいちばん大事なことは何だろう？

彼は言った。「ぼくの車に入ろう」

彼女はついていった。淡いグレーの古いアストラは、ごしごし洗ったほうがいい。彼女は思い出した。昔、車の状態に文句をつけると、彼はにやりとして言ったものだ。「ぼくのような仕事をしてると、人目につかない車がいるのさ」彼女は思い出した……

てのひらに爪を立てた。いったん思い出に手綱を握らせてしまったら、七年前に戦った痛みがどっと戻ってきてしまう。今度また戦う力が自分にあるかどうか、彼女にはわからなかった。

彼女は助手席に、彼は運転席にすわった。

彼はまっすぐ前を見たまま言った。「きみに会いに行った……様子を見ようと思って」

彼女は首をひねって彼を見た。確かに彼だが、違っている。違いに注意を集中させよう。違いが彼女を今ここの現実につなぎとめる錨になってくれる。頭は剃り上げていて、わずかなそよ風にもすぐ乱れた明るい金髪の巻き毛は跡形もない。顔は前より少しふっくらしている。不思議だ。やせているだろうと思ったのに。彼女の顔は確かに細くなっていた。

彼女は言った。「去年ね」

「うん」

「道端にいたでしょう……ある晩遅く……」

「すごく遅くね。あの夕方、だいぶ前に着いたんだ。家には誰もいなかった。ぼくは待った。見たかったから……様子を……」

「それで、あなたはわたしとミックを見た。抱き合っているところを。わたしが彼を家に引き入れたところを」

「うん」

「どう感じたの？」

彼は答えなかったので、彼女は苛立って言った。

「なにか感じたはずよ」

尋問。主導権を握り、議題を設定する。ミックはそう言っていた。それともアレックスだったか？ そこに意味がある？ ありそうな気がした。

彼は言った。「ほっとした。ぼくが誰で、どこにいるか、あれではっきりした」

彼は首をひねり、まっすぐ彼女を見た。

「すまない。きみを傷つけるつもりはないんだ」

「傷つけるつもりはない？」彼女は信じられないというように大声を出した。「あなたは姿を消した。何年ものあいだ、うんともすんとも聞こえてこなかった。それでいて急に、わたしを傷つけたくないですって！」

彼は首を振って言った。「あの当時、最初は、ぼくはなにもわからなかった、自分が誰かもわからなかった。君を傷つけるなんて考えもしなかった、きみのことをぜんぜん知らなかったからさ。きみのことだけじゃない、なんにも知らなかった。物事がいろいろ頭に戻ってくるようになっても、それは感情とは関係なかった。長いあいだ、ぼくは切れっぱしの袋詰めにすぎなかった。どうやって自分をまとめ直したらいいのか、少しずつ学んでいった」

〝主導権を握り、議題を設定する〟。ま、長続きしなかったわね、と彼女は自嘲した。

「切れっぱし？」彼女は言った。

「ぼくはばらばらだった。逃げ出して、きみから隠れたというだけじゃなかったんだ、ジーナ。自分からも隠れた。それは信じてくれ」

「もちろん信じたわ」彼女は言った。「あなたが黙ってわたしをぽいと見棄てていったなんて、信じるわけにいかなかったもの。自分に言い聞かせたわ、あなたの心になにかがひっかかっていたせいに違いない、さもなければ……」

「さもなければ？」

「あなたは死んだ。最初はそうは思わなかった。そこに行き着くまで、ずいぶん時間がかかったわ。でも、あまり何年も音信不通だと、そう信じるのがいちばん簡単なことになった」

「じゃ、ミックは……」

「あなたをあきらめたあと、ずっとたってから。あなたはもう絶対に帰ってこないと、はっきりしてからよ。どうしてはっきりしたかって？　あの晩、道端であなたを見かけたから。一瞬、あなたはあまりにもリアルだったから、これは幻想に違いないとわかったの。これって、筋が通ってる？」

「うん」彼は言った。「わかるよ。ぼくもきみを見て、ミックを見たからこそ、悟ったんだ。ぼく、つまり新しいぼくにとっては、きみも幻想だった」

　彼女は悲鳴を上げたくなった。でも、わたしはあそこにいた！　逃げ出しちゃいなかった！　あなたは暗がりから進み出て、声をかければよかった。どうしてしゃあしゃあと、わたしも幻想だったなんて言えるの？

　実際には、こう言った。「で、あなたはほっとした。わたしが……何だと思ったから？　現実でない？　重要でない？　なに？」

「きみはミックといっしょになった。先へ進んでいた。人生が過去に支配されるのを許さなかった。ぼくらがたがいに与えられるものといったら、苦痛のほかにはなにもない。ぼくはきみにとって、きみはぼくにとって、存在しなくなったほうが、おたがいのためだ」

二人はしばらく黙ったまま目を逸らしてすわっていたが、それから彼女はたまらなくなって言った。「じゃ、どうして今ここにいるの、アレックス？　どうなってるの？　わたしたちがたがいに与えられるものは苦痛だけだとあなたは言う。それなら、いったいどうして二人で今ここにすわってるの？」

彼は首をめぐらせて、もう一度彼女の視線をとらえた。

「きみを傷つけないためだ、信じてくれ」彼は言った。

「本当に申し訳ない……」

「もうよして」彼女は口をはさんだ。「何があったのか、何が起きているのか、すんなり話して。お詫びだの言い合いだのはあとまわし」

彼はほっとした顔になり、シートに背をもたせた。

「わかった」彼は言った。「ただ、あちこちにギャップがあって、すんなり話すのは容易じゃない。知っていること、あるいは知っていると思えることを話すしかない。ぼくは家にいた。次には家にいなかった。家がどこなのかわからなかった。自分が誰なのかわからなかった。いやむしろ、わかりたくなかったんだろうな。意味が通じる？　つまり、迷子になったってことはわかっていたけど、見つけてくれと人に助けを求める気にはぜんぜんならなかった」

「それって、迷子というより、かくれんぼみたいに聞こえるわ」彼女は言った。

「かもしれない。隠れる理由はたっぷりあった」

「というと？」

「ルーシーが死んだこと」

誰かが言わなければならない一言だった。彼が言ってくれたのでうれしかった。いつも自分のほうが強い人間だと彼女は思っていたが、七年たって、その一言を言う力があったのはアレックスだった。娘の名前が口に出されると、それがきっかけになって堰が切れそうなものだったが、むしろ自制心を維持する力がついたように思えた。

「それだけじゃない。もっとも、あれはすべての中心だったけどね」彼は続けた。「いったんあの子が病気だとわかると、すべての位置が変わった。物の釣り合いが変わった。ぼくは変わった。きみだって変わったと思う。ただ、ぼくは自分の苦痛にばかり気を取られて、きみの変化が見えなかった。きみは強い、これが運命とあきらめる力があるんだと思っていた。でも、今はわかる。きみはぼくとは違うやり方で苦痛に耐えていたんだ」

「ええ」彼女は言った。「アレックス、例の汚職事件だけど、あなたはやっていたの？」

彼は大事な話から逸らされたとでもいうように、いらいらした様子で彼女を見た。

「もちろんさ。きみだってわかっていたろう」

彼女は首を振った。なぜかこれが最大のショックのように感じられた。なによりも重要なことだからというわけではない。だが、粉々になった二人の人生の残骸に囲まれて、彼女はいつも夫に罪はないという確信を手離さずにきたのだった。

彼女は言った。「だって……まさか……」

「よせよ！」彼は言った。「ぼくらは金が必要だった。国民健康保険制度《NHS》は、ありがたいけど、限りがあると最初からわかっていた。最新、最高の治療を望むなら、さがすしかなかった。おぼえてるだろう？　あちこち、さがしまくった。希望を追いかけてね。希望は安くない。あの金がどこから出てくると思ってたんだ？」

「銀行のローンがあった。家を担保に借りる申し込みもしていたでしょ……」

「ローンはどうにもならなかった、意地悪なやつらめ。家を担保にして金を借りるためには、ありとあらゆる書類やら審査やらが必要だった。そのとき、ギッドマンが申し出てきたんだ。即座に手に入る金、付帯条件なし。断ることはできなかった」

「付帯条件なし？　あなたの仕事がかかっていたでしょ！」

彼は笑って言った。「記憶はあまりないけど、一つだけ確かにおぼえているのは、仕事なんてまったく些細なものに思えたってことだ。ルーシー以外のことはすべて、ぼんやりして、実感がなかった。残りの世界は幻想だった。たとえめちゃくちゃになったって、心の痛みも感じなかっただろう」

「それで？」

「それから、あの子は死んで、ぼくはこの幻想の世界に一人ぼっちで残された」

「一人ぼっち？　そんなことないわ！」彼女は大声で言った。「わたしもいた」

「いや。きみはきみ自身の世界で一人ぼっちだった。ぼくにはその世界に入っていく力がなかった。とどまる目的がもうなかった。逃げ出す理由はたっぷりあった」

「内務監査もその一つね」彼女は言った。ふいに彼を傷つけてやりたくなった。「幻想だったかもしれないけど、悪徳警官として刑務所入りになるっていう見通し、あなたの決断に多少は関わっていたんじゃないかしら」

彼は激しく首を振った。

「言ったろう、決断なんてものはなかった。ぼくがやったことは、内務監査でつつかれたこととも、ゴールディー・ギッドマンから脅されたこととも、ぜんぜん関係ない」

「ギッドマンも脅してきたわけ？」彼女はからかった。「何をするって？　ぼこぼこにする？　骨の二、三本折ってやる？　痛い目にあうか刑務所入りか、二つに一つ？　あなたが逃げたのも不思議はないわね！」

　詫びや言い合いをあとまわしにするという彼女自身の申し出に従うのはむずかしくなってきた。心の底では、彼が消えたのはほかに選択肢がなかったからだと信じていたが、あれだけの苦痛を味わわされたのだから、少しは罰を与えたっていいのではないか？

　彼はからかいには反応せず、静かに言った。「おびえたのは確かだ。監査が始まってまもないある朝、ガレージをあけようとしていた。すると、門の前に車が寄ってきて、女が一人出てくると、ぼくに声をかけた。この家は売りに出ていると聞いた、と彼女は言った。そんなことはないと言うと、女は家をしげしげ見ながら、それならそれでいい、よく見るとこの家は火災の危険がありそうだから、と言った。こういう家が火事になるケースはずいぶん知っている、中にいる人たちはみんな焼け死んでしまう、所有者が不注意だったばかりにね、あなたは不注意な所有者でなければいいですけど、と言った」

「つまり、その女はギッドマンから送り込まれたってこと？」

「彼の名前は出なかった、でも彼女がギッドマンのところから来たことはちゃんとわかった。腹が立ったが、車の中には男が一人すわって、こっちをじっと見ていた。車から出てきてほしいようなタイプには見えなかったから、ぼくは不注意な人間ではないとだけ言った。あのころ、ぼく自身はもう何がどうなってもよかったけど、きみがまだ家にいたからね」

「じゃ、わたしのことを考えてくれてたってわけ？」彼女は言った。「それで、どうしろっていうの？　感謝感激で恍惚となる？」

「誰のことも考えにない、そういう段階にさしかかっていたんだ」彼は言った。「ぼくがやったことはきみにも誰にも関わっていなかった。思わずやってしまったというだけさ。ＳＦ映画でテレポートされるみたいな感じだった。自分がそこにいるのに、そこにいない。今ここにいながら、何年も未来に行っている」

　彼女はぐったりしてきた。こんな話をいつまで聞いていられるかわからない。どこで話が終わるのか、想像もつかない。喉がからからだった。咳き込んで、窓からパブのほうへ目をやった。

　彼女は言った。「一杯飲みたいわ」

「いっしょにいるところを見られないほうがいい。あそこの連中はぼくを知ってるから。ほら――」

　彼はグラブ・ボックスから水のボトルを取り出した。彼女はキャップをあけ、一口飲んだ。なまぬるかったが、喉は楽になり、力が戻ってきた。

「それじゃ、あなたがいなくなったきっかけはわかった」彼女は言った。「戻ってきたきっかけはなんなの？」

「なにも。というか、いろんなことだ。その、突然目のくらむ啓示があって、〝ああ、ぼくは元警部のアレックス・ウルフだ、記憶を失っていたに違いない〟とか、そんなんじゃない。もつれていたのが徐々に解けてきた。ぼくは新しい生活にすっかりなじんでいたんだ。仕事があって、友達がいて」

「仕事？　友達？　けっこうなこと。どういう仕事？」

「臨時雇いだ、最初はね。じつは、始まりはここ、〈迷える旅人〉亭だった」

「なんですって？」

「このパブ。そういう名前なんだ。たぶん、一杯飲みに来て、広告を見たんだろうな。名前に惹かれたのかもしれない」

「そう？　〈逃げる男〉亭だったら、もっとぴったりだったのにね」

　意図したより鋭い調子になってしまったが、彼の言葉の端々に感じられるペーソスに、彼女は挑発されたのだった。

彼の反応は、かすかな微笑だった。顔に明るさが見えたのはこれが初めてだった。

彼は言った。「まあともかく、おかげで生きていくことができた。最初は、グラスをかたづけたり、バーのカウンターで飲み物を出すのが仕事だった。臨時労働で、現金払い、記録されないから、質問もされない。それでよかった。ぼくには答えが出せなかったんだからね」

「名前はあったでしょう。人からなにかの名前で呼ばれていたはずよ」

「うん、名前は聞かれた。ぼくはエドだと言った。エド・ミュア。理由はない、ふと頭に浮かんだだけだ。そのときは、本名だかなんだか、なんにもわからなかった」

彼女は彼をじっと見つめた。からかっているのかと思ったが、そんな様子は見えなかった。彼は続けた。

「あとになって、記憶が戻ってきはじめると、その名前がどこから来たのか気がついた。〈マキャヴィティ作戦〉に配属される一年くらい前、ぼくはハックニーの給付金詐欺捜査チームにいた。どうやら地元の社会保険局内部の人間がからんでいるようだったから、ぼくはそこで失業者登録をして、手がかりをさがす役回りになった。偽名が必要になったんで、エドウィン・ミュアにした。おぼえてるだろう？　きみが大好きだった、あのスコットランド人の詩人さ。きみの誕生日のプレゼントに、彼の詩集のしゃれたハードカヴァー版を買ってあげたばかりだった」

彼女はごく静かに言った。「おぼえてるわ。わたしがあの詩人をいいと思うところが、あなたには理解できなかった、そうでしょ？」

「そうだ。でも、名前は頭にひっかかっていて、それがすごく役に立った。アルバイトをしていたときだけじゃない、その後、記憶が戻ってきてからもだ。ぼくはパブの厨房で働くようになっていた。昔から、料理は好きだったろう？」

ふいに、共通の思い出を語り合うなど、もうたまらないと彼女は思った。こんなふうに、偶然出くわした昔の学校友達二人のように、思い出話なんかしたくない。

彼女は言った。「それで、料理人になった、そういうこと？」

「最初はね。臨時雇いでなくなると、ちゃんとした背景が必要になった。そのとき、エド・ミュアが役に立ったんだ。ずっと昔、社会保険システムを操作する方法をいろいろ知った。調べてみると、ハックニーの作戦のときのエド・ミュアの記録がまだ少し残っていたので、アイデンティティを築き上げるのはそうむずかしくなかった。ことに、給付金をせしめようとしていたわけじゃないからね。実際、たぶん社会保険局にしてみれば、ぼくは成功物語だ。仕事もなくぶらぶらしていた男が、心を入れ替え、フルタイムの仕事を得て、保険料の支払いを始めたんだからな」

自分がいかに賢くやってきたか、いい気分でいるのが明らかだったから、胸がずきんとして、彼女はぶっきらぼうに言った。「まだここで働いてるの、このパブで？」

「いや。なにか大きな催しでもあると、手伝いに来ることはあるけど、ぼくは先へ進んだんだ。今はけっこう大きなケータリング会社を管理している」

その声には静かな誇りがこもっていたが、それ以上詳しいことは出てこなかった。

彼女は抑揚なく言った。「すると、あなたは記憶を取り戻した。昔の生活より新しい生活のほうがいいと決めた。けっこうだわ」

「そんなに単純じゃない」彼は力をこめた。「最初は、記憶が甦ってきたような感じはしなかった。むしろ、頭がおかしくなってきたみたいに思えた。それから、ある人に会って……」

「ある女性、でしょ」

「うん。いっしょになった。まあ、ともかくぼくにとっては、最初は慰めと温かみが欲しかったのが動機だな。でもそれから、彼女が妊娠した。それが目の覚めるきっかけだった。最終的に、完全に目覚めたわけじゃないが、どーんと現実に戻った。二つの現実だ。一つはぼくが求める現実、つまり、ここだ。もう一つはぼくが逃げ出した現実、でも二度目のチャンスをつかむつもりなら、ちゃんと始末しなければならないとわかっていた現実だ」

「二度目のチャンス？」彼女は言った。「そういうふうに見ていたの？」

「うん、そうだ」彼はまじめに言った。「ぼくはすべてを失った。今、すっかり取り戻しつつある。そう見るのが当然だろう？」

もうたまらなかった。二度目のチャンスですって！ ミックと安定した関係に入ってうれしいのは確かだったが、それでも、これは二度目のチャンス、失ったものを取り戻す機会だなどと考えたことはまったくなかった。娘が生まれ、成長するのを七年間見守り、助けてきた、その代わりになるものなんて、どこにある？

「じゃ、わたしは？ わたしが失ったものはどうなの？」彼女は大声を出した。

「言ったろう」彼は我慢強く言った。「ぼくはきみの様子を見に戻った。ぼくがどんな損害を与えたか、確かめなければならなかった。きみとパーディーを見て……その、すでに起きてしまったことは変えられないとわかっていた。償いはきかない。姿を現わせば、損害が増すばかりだった」

「それはずいぶん便利な結論だわね？」彼女は鼻であしらった。「自分のやりたいことだけをやる言い訳ができた」

「それもある」彼は同意した。「ぼくらは二人とも、傷を治し、新しい人生を始めた。二つの新しい人生をまた台無しにする危険は冒さない、それがまともな考えじゃないか？」

「あるいはね。それなら、どうしてわたしたちは今ここにすわってるの？」彼女は強い口調で訊いた。

彼はシートの上で体を動かした。安心した様子なのが彼女にはわかった。過去に二人をつないでいたことからこれで一歩離れ、現在二人がなぜこうして会っているのかに話題が移ったからだ。

「ぼくがここにすわっている理由はわかっている」彼は言った。「ケルデールのテラスでなにかが壊れる音がして、目を上げたら、その先にきみがいた。訊きたいのはこっちのほうだ。きみはここで何をしているんだ？　前に言っていた写真だけど、持っているかい？」

「いいえ。警察に渡してしまったわ。いっしょにおひるを食べていた人。ダルジールというの。こちらの犯罪捜査部の部長」

「名前は聞いている」彼は言った。「それで、《MYライフ》に載った写真にぼくが写っていたって？」

「ええ。人ごみに混じって。先週、王族が訪問したとき」

「それで、おかしいとは思わなかったのか？　おんぼろ王族の一員を見るためになんか、ぼくは道路を横断するのだっていやだと、きみは知ってるじゃないか」

「それは昔のあなたよ。新型のあなたについて、何がわかる？　幸福で、リラックスして、ケータリング業界でいい仕事をしている男？　ねえ、写真に写っていたのは絶対にあなただったのよ」

「今のぼく？」

「いいえ」彼女は言った。「昔のあなた」

「そのほかには？　たとえば、どうしてきみはケルデールに泊まることにした？」

「写真といっしょにメッセージが入ってたの。ケルデールの便箋で。そこに意味があるのかもしれないと思ったのよ。ほかにはなにも手がかりがなかったし」

「なんて書いてあった？」

「〝将軍が閲兵する〟。おぼえてる？」

「もちろんおぼえてるさ」彼は思い出し笑いを見せたので、彼女はひっぱたいてやりたくなった。

「でも、あなたがそのメッセージと写真を送ったんじゃないのね？」彼女は言った。

「ぼくがどうしてそんなことをする？」

「誰だって同じよ、どうしてそんなことをする？」彼女はぴしりと言った。

彼はしばらく暗い顔で彼女を見つめてから言った。

「考えられる理由は一つだけだ。ぼくはどうしようもない阿呆だった」

「驚かないわ。あ、ごめんなさい。どういうこと？何をしたの？」

彼は水のボトルを取り、一インチ飲み干した。

「言ったろう、ある時期――実際、そういう時期は今日でようやく終わりが来たんだ――朝目を覚ましても、完全には覚醒していないみたいな感じだった。自分が誰なのかは思い出していたけど、現実世界にまだ完全に戻ってはいなかった。そうなんだ、そうでなきゃ、あんなことをしたはずはない。でも、無害に思えた。やらないのはばかだと思えた、神々からの賜物を断わるみたいなものでね」

「いったいなんの話をしてるの、アレックス？」

「金が必要だった。彼女にできるだけいいスタートを切らせてやるのが大事なことに思えた。ぼくがどんなに誇らしいか、みんなに見せたかった。どんなに感謝しているか、神に示したかった……」

「誰？　誰のこと？」

「ぼくの娘」彼は言った。「本当に豪華な洗礼パーティーをしてやりたかったんだ」

彼女は彼を見た。わかってきた。いや、前々からわかっていたのに、認めたくなかったのだ。

彼女は自分でも恐ろしくなるほど冷静に言った。

「だからホテルの庭にいたのね。洗礼パーティー。あなたのパーティーだったのね」

「うん」彼は言った。

「あなたの娘の」

「うん」

「なんて名前」

「ルシンダ」

彼女がとうとう泣き出したのは、そのときだった。

18:10 - 18:15

ピーター・パスコーはほとんど走るような速さでケルデールに入り、受付デスクの前にいた中年女性を肩で押しのけた。

受付係は彼が口を開くのを待たず、「三十六号室です」と言った。

割り込まれた客がようやく「なんて失礼な人！」と言い終えるころには、パスコーはもう階段を上がっていた。

上がると、〈36〉と書いたドアがあいているのが見えた。

駆け寄りながら、そういえば、ダルジールにやめさせようとした、まさにそのことをやっていると気づいたが、それでもかまわず走った。

ベッドの脇に屈んでいた人物が、パスコーが入ってくる音にはっとして背筋を伸ばした。一瞬、パスコーの想像力は男の手にショットガンを持たせてしまったが、よく見ると、シーモア刑事がラップトップを手にしているのだった。

「ああ、どうも、主任警部」シーモアは言った。「警視はあちらです」

彼は顎をしゃくって、隣室とつながるドアを示した。

パスコーはドアを抜けた。

「遅かったな」巨漢は唸った。一つの引出しの中身を床に振り出し、散らばった下着をつま先でつついていた。

「まったく、アンディ、ここで何をしているんです？」

「何をしてるように見える？　こいつらがどこへ行っちまったか、手がかりをさがしてるんだ。そっちはどうだ、ピート？　わたしを追いかけてきたのか？」

「あなたが殺されないようにとつとめているまでです」

「ご親切に。そのほかには、わたしに教えてくれるような新しいネタはあるかね？」

「大事なことはとくに」主任警部はぴしりと言った。「ただ、ノヴェロが危険を脱しました、ご興味がおありならね」

無愛想を即座に後悔した。巨漢が脚から力が抜けたかのように、どさりとベッドにすわり込んだからだ。

「ありがたい《サンク・クライスト》！」彼は大主教にも負けない宗教的な熱をこめて言った。「どうなることかと……ああ、ありがたい」

ノヴェロがこんな目にあったことの責任感がどれほど上司の心に重くかかっていたか、パスコーには今初めてわかった。

「で、何が見つかりましたか？」彼は話題を変えようとして言った。

「なんにも、今のところはな」ダルジールは言った。

部屋の電話が鳴った。

彼は受話器を取り、しばらく話を聞くと、「よくやってくれた」と言って、受話器を戻した。

「受付のあの美人の子だ。わたしに気があるんじゃないかな。さっき、ディレイの二人がいるかどうか、部屋に電話して確かめてもらった。ああ、びっくり顔はよせ、わたしが一人でドアをぶち破るとでも思ったのか？ 返事がなかったんで、彼女に駐車場のビデオを調べて、ディレイたちが外出したかどうか、見てもらったんだ。一瞬の差で取り逃がした！」彼は欲求不満を表わして、左手の拳固を右てのひらにばしっとぶつけた。「わたしが入ってきた数分前に駐車場から出ていったに違いない。前にわれわれがここにいたときには、やつらもきっといたんだ、ピート。確信が持てるまで待ったりしなければ……」

彼は立ち上がった。気力を取り戻していた。

「捜索を手配する必要があるな」彼は言った。「ジーナの車については、なにも入ってきていないのか？」

「ええ、残念ですが」パスコーは言った。「今ごろはロンドンへの道の半ばかもしれない」

「そうは思わないな」ダルジールは言った。「あの二人は名所見物に出かけたわけじゃない」

「警視、見てください」ドアのところからシーモアが言った。

二人は隣室に入った。

「このラップトップがベッドの下に突っ込んでありました」シーモアは言った。「バッテリーの充電のためにコンセントに差し込んであるだけかと思ったんです。ところが、これが……」

彼がラップトップを二人のほうに向けると、画面には地図と点滅する緑色の光が見えた。

「そいつはわたしが考えているやつか？」ダルジールは言った。

「追跡装置みたいですね」パスコーは言った。

「しかも、動いていない。なんてこった、ピート、こいつは彼女の車についているんだ。ジーナはどこかに駐車している」巨漢は大声で言った。

「アンディ、それは推測です」パスコーは言った。「場所を割り出して、パトカーを送って調べさせましょう……」

だが、木に向かって話しているのも同様だった。ダルジールはスクリーンに目を凝らしていた。

「わかった！」彼は勝ち誇って言った。「これは北へ抜ける道で、こっちは例の無等級道路、その先は農場が二、三軒と〈迷える旅人〉亭があるだけだ。昔はほんとに迷わない限り、あそこへ行き着けなかったもんだが、前に行ったときはうまいビールを出した。すると、彼女はその向こう、四分の一マイルばかり坂道を下ったところにいる。行こう、すぐ動き出せば二十分で着ける！」

「だめです、アンディ！」パスコーはできるだけ威厳たっぷりに言った。「考えてくださいよ。あなたの推理が正しいとすれば――正しくない可能性も充分ありますがね――あそこには武器を持った危険な男がいる。武装応答隊《ARU》は待機させてありますから、出動してもらって、みんなで現場を見ることにしましょう」

「なんだって？」巨漢はわめいた。「あそこには、わたしの部下を病院送りにした野郎がいる。そいつはわたしに助けを求めてきたジーナにも、おそらく同じことをしようとしている。それなのに、きみが規則に従っているあいだ、指をくわえて見ていろというのか？ きみはやりたいようにやれ。わたしの居場所はわかるだろう」

「いいですか、アンディ」パスコーはまじめに言った。「そんなことをさせるわけにはいきません。ほんの数分のことですから……」

「数分が命取りになるかもしれないんだ」ダルジールは言った。「それにな、ピート、〝させるわけには〟ってのはどういうことだ？　いずれ、きみがわたしにああしろ、こうしろと命じていい時と場合は来るだろうが、それはここではないし、今はまだそんな時期じゃない。じゃあな。きみは来るのか、残るのか？」

この巨人の対決を興味しんしんで見守っていたシーモアは、台詞や節回しの一つ一つを歴史的記録として記憶にとどめたが、今、パスコーに焦点を絞った。スパルタカスが鎖を投げ捨てるときだろうか？　フレッチャー・クリスチャンがバウンティ号のブライ船長を長艇に乗せて押し流すときだろうか？

結局、たいしてドラマチックな展開にはならなかった。

パスコーは夢から醒めた男のように首を振り、苦い、悲しげでさえある笑みを浮かべて言った。「わかりましたよ。でも、わたしが殺されたら、エリーに知らせるのはわたしの役目じゃないですからね！　デニス、ウィールド部長刑事に電話して、どこで何が起きているのか知らせ、すぐＡＲＵを出動させろと頼んでくれ！」

「それから」と、のちにシーモアは聴衆をとりこにして語った。「二人は廊下を走っていった、パーティーへ向かう大きな子供って感じでな！」

18:15 - 18:30

ジーナ・ウルフはいったん泣き出すと、もう止められないような気がした。

アレックス・ウルフは慰めようとはせず、ただすわったまま、辛抱強く見守っていた。

その態度は、彼がこれまでに言ったことの何にもまして、彼にとって過去は死んだものなのだと彼女に告げていた。彼女は亡霊ですらない。彼の新生活に害を与えそうな思わぬ問題にすぎない。彼女が自分と過去とのあいだに築いた障壁は薄っぺらなものだとわかってしまったが、彼はあの苦痛をプロセスの一部に変える道を見出したのだった。第一のチャンスは惨事に終わってしまったものの、その経験というプロセスのおかげで、第二のチャンスがもしやって来た場合には、つかみ取る準備が前より整っている。

そう悟ると、ようやく肉体的な涙は乾いたが、内側では自分は永遠に泣いているのではないかという気がした。

彼女はバックミラーを使って顔を直し始めた。時間をかけ、そのあいだにこの新しい見方に慣れようとした。彼は一見客観的だ。自分もそれに負けないようにしなければならなかった。今の状況から二人とも安全無事に歩き去ることができるなら、それでいい。だが、もし生き延びられるのが一人だけなら、彼女は実務的にならざるをえない。この見知らぬ男と彼の家族は、彼女にとってはなんの意味もなかった。

彼女は言った。「それじゃ、エド、ばかなことをしたと言った、それって、何だったの?」

彼の新しい名前を使うことは、二人の関係が新しくなったと自分に知らせる合図だった。彼は反応しなかった。

　彼は言った。「ギッドマンから金を受け取るようになったとき、その振込み用にオンライン口座を開設した。もちろん、本名名義ではないし、自宅のコンピューターだって使わなかった。おかしいんだけど、記憶が戻ってくるにつれ、あの口座のパスワードだのなんだのが、まざまざと甦ってきたんだ。エド・ミュアになる以前の実際の生活に関して、そのほかのことはまだぼんやり、断片的にしか思い出さなかったのに」

「それであなたの優先順位ってものがわかるんじゃない？」彼女は嫌味を言わずにいられなかった。

　彼はそれをまじめに受けとめて言った。「うん、ぼくもそう思う。金はルーシーの治療費に充てるものだった。それがいつでも最優先だった。だから、口座がまだ生きているのを確かめる以外はアクセスしなかったんだ。ルーシーの金を衣類とか酒とか生活費に遣うのは、正しいことに思えなかった」

　この人、どうしてあの子のことをこう冷静に語れるのかしら？　と彼女は自問した。

　答えが頭に浮かんだ。なぜなら、彼には今、ルシンダがいるから。

　彼が最初の娘のためにどれだけのことをしたか、考えてみた。二番目の娘のためには、どこまでやるつもりなのだろう？

「そうしたら、ルシンダが生まれた。当然、洗礼式の話になった。アリはあまり派手なことはしたがらなかったけど……」

「アリ？」

「ぼくのパートナー。収入はたいしたことがないんだ。中部ヨークシャー・シンフォニエッタのクラリネット奏者で、教える仕事もちょっとしている」

「音楽の先生。わたしみたい」

　彼はびっくりした顔になった。二人に共通点があると、今まで思いも寄らなかったような様子だった。

「うん、そうだ。べつに意味はないよ。彼女はすごく違う。小柄で、おしゃべりで、元気いっぱいの人だ」

「それでわたしの気分がよくなるってこと、彼女が違うタイプだから？」

「いや、きみの気分をどうかしようなんてつもりはなかった。事実を言ったまでさ。だって、ぼくはミックなら知り抜いているけど、警官だってことを除けば、あいつはぼくとはまるで違う。だからって、ぼくが悩むわけじゃない」

そのとおりだ、と彼女は思った。ミックは年上だし、体形、趣味、考え方、すべてにおいて、アレックスとはまったく違う。ここに大きな意味があるだろうか？

その点はあとでゆっくり考えることにして、彼女は言った。「で、洗礼式の話だったけど……」

「そうだっけ？　ああ、うん。ぼくはそれなりの収入があるけど、思うとおりの披露宴にするために奮発するほどの金はない。さっきも言ったように、この洗礼式を心に残るものにすることが、どうしても大事だと思えたんだ。そのとき、例の口座が頭に浮かんだ。あれをルシンダのお祝いに遣うのならぴったりだ、そんなふうに考えた。披露宴に必要な額より一銭だってよけいに取るつもりはなかった。場所はケルデールと心に決めていた。こういうイベントをすごくうまくやってくれるからね。見積もりをもらって、前払いした。正確な金額をあの口座から直接振り込んだんだ。七年も休眠状態だった口座に動きが出れば、人目を惹くかもしれないとは確かに考えたけど、ごく小さな危険に思えた。口座の金をすっかり引き出すわけじゃないし、ぼくが受け取るんでなく、まっすぐケルデールに払い込まれるんだからね。どうせ古い話だ、今ごろになって、誰がぼくに興味なんか持つ？」

彼は自分のうぶさが信じられないとでもいうように、首を振った。

「それで、誰があなたに興味を持っているの、エド？」

彼は言った。「ゴールディー・ギッドマンさ、もちろん。あの口座のことを知っているのは彼だ。内務監査の連中は絶対に嗅ぎつけもしなかった。ぼくはこういうことの捜査方法に通じていたから、追跡されないよう、証拠を消しておいたんだ。だけど、ギッドマンはぼくが失踪したその日から、あの口座に見張りをつけておいたに違いない。警報をセットしてね。ゴールディーは昔からものすごく慎重な男だった。かたのつかない部分が残っているのが嫌いでね。だからあいつの悪事を指摘するのがあんなに困難だったんだ。彼はぼくに金を払う必要なんかなかった。念のための予防策の一つというだけさ」

「ところが、内務監査が始まると、その予防策がかえって危険を呼びそうになった」

「そのとおり。すると、何年もたって突然、例の口座に活動が見えた。彼にわかったのは、ケルデール・ホテルに支払いがなされたということだけだ。じゃ、どうする？　たぶん、誰かをこっちに送り込んで、ぼくを追跡する手がかりをさがさせたろう。先週の週末、ケルデールの事務所で押し込み未遂があったと新聞で読んだ。支配人は、警察の助言に従って最新式の警備システムを導入しておいてよかったと、くどくど語っていた。あの押し込みの背後にゴールディーがいたとしても驚かないね。支払いが何のためなのかを知ろうとしたんだ。それが失敗したんで、彼は考えた。狩猟で動物を隠れ場所からおびき出すには何が必要か？　答え、杭につないだ山羊」

彼女は言った。「それがわたしなの？　杭につないだ山羊？」

「うん、残念ながらね。やつの手下は慎重にやらなければならない。ゴールディーの考えはこうだ。もし追われていると少しでも嗅ぎつけたら、ぼくは逃げてしまう。だが、妻が現われたら、反応はずいぶん違うものになるだろう。そういえば、きみはまだぼくの妻なのかい？」

「ええ」

「どうして？」

「おもな理由は、あなたが戻ってくると長いあいだ期待していたから」彼女は言った。「それに、そんな可能性を信じなくなったころには、もうちょっとそのままでいて公式に未亡人になるほうが簡単だと思えたから」

「それはそうだ。七年たって、死亡の推定がなされれば、きみには全財産が手に入る、離婚者なら半分だけどね。正しい考えだ。ミックがアドバイスしたのか？」

「いいえ。ミックはお金目当てじゃないわ。彼としてはわたしが離婚して、すぐに彼と結婚するほうが望ましかったでしょう」彼女は防御的になって言った。

　これを聞くと、なぜか彼はふと微笑した。

　彼女は続けた。「で、ギッドマンはあなたの顔をあの写真に嵌め込んでわたしに送るよう手配した、というの？　つまり、彼はあなたの写真を持っていた。それならなぜ手下をホテルにやって、写真を見せてまわらせなかったの？」

「理由は二つ」彼は即座に答えた。「一つは、あれは古い写真だった。見てぼくだとわかる人間はいないだろう」

「わたしにはわかったわ」彼女は言った。

「ギッドマンの手下でぼくの愛人だった人間はいない」彼は言った。

　その口調に後悔の色はなく、愛情のかけらもなかったから、昔の関係はもう跡形もないのだという彼女の推測が確かなものになった。

「もう一つの理由は？」彼女は言った。

「あからさまな聞き込みをやって人の注意を惹きたく

なかったからだ。万一、ぼくをひそかに葬り去るのに失敗して、殺人の捜査が始まった場合に備えてね。一方、きみならどこで写真を見せたってかまわない。電柱に貼ろうと、新聞に載せようとね。誰かがきみに連絡して、ぼくに会わせるかもしれないと、かれらは期待したんだ。あるいは、ぼく自身が見て接触すればもっといい。きみをつけていけば、ぼくが見つかる」

「だからあんなに長いこと、わたしを坂道の途中にすわらせておいたのね」彼女は言った。「尾行されていないのを確かめるため」

「そのとおりだ」彼は言った。

「それで、もし尾行されていたとしたら……〝殺人の捜査〟と言ったわね？　まさか、かれらがあなたを殺そうとするなんて、本気で思ってるわけじゃないでしょう？」彼女は信じられない様子で言った。「だって、ここはヨークシャーよ、ニューヨークじゃないわ！」

彼は笑って言った。「ゴールディーがここまで手間ひまかけたのは、ぼくとの談論風発が忘れられなかったからとは思わないだろう？　あいつはぼくを本物の危険と見なしている」

「でも、どうして？　あなたが何をするというの？　法廷に出て、七年前、わたしはギッドマンから賄賂を受け取り、見返りに警察の捜査進行状況を知らせていました、と主張する？　その口座のお金が彼から来たものだと証明できる？」

彼は肩をすくめて言った。「金はかならず跡を残すものさ、ぼくがこうして悟ったようにね。でも、そこがポイントじゃない。首都警察には、ゴールディーの名前のついたでかいクソ袋がある。大部分は噂だから、公訴局は手を触れようともしない。でも、いったん彼が法廷に出れば、なんでもありだ。〈マキャヴィティ〉の目的はそれだった。なんでもいいから一つ、立件して、ギッドマンを公訴する。もしぼくが情報を漏らして彼にいつも先手を打たせていなければ、そこまで行けたかもしれなかった」

「それは七年前よ。彼が身の安全を図る時間はさらに七年あった」

「もちろんさ。それに、彼が雇える弁護士なら、ぼくの証拠なんかびりびり引き裂いてしまうに決まっている。だから、有罪になる可能性はあまりない。だけど、例のクソ袋を法廷の床で逆さにすれば、その悪臭が永久に彼にひっつく。昔なら、彼は気にもかけなかった。でもぼくが新聞を読んだところでは、あと十年もすれば、ゴールディーは〝うちの息子、総理大臣〟をダウニング・ストリートに訪ねるようになっているかもしれない。ぼくの存在はその見通しをだめにしかねない。保守党の連中は、テムズ河口のくさい泥にまみれた足できれいなロイヤル・ブルー（青は保守党の党色）のカーペットを汚した人間は絶対に許さないからね」

　話を聞いていると、かつて娘の病気で二人の人生が全面的に暗くなり始める前、頭の切れる若い警官だった彼をジーナは思い出した。彼は状況を瞬時につかみ、可能性を分析し、勝算を判断することができた。

　そして、正義をなすことに情熱を持っていた。

　そこは変わってしまったのだろうか？

「じゃ、これからどうするの？　進み出て、証言する？」

　彼は爆笑した。吠えるような声で、友好的なものではなかった。

「ばかな。言ったろう、ぼくは第二のチャンス、新しい人生をつかんだ。それを危険にさらして昔の人生に足を踏み入れるなんて思うか？　きみだってそうさ、ジーナ。前に進み、あの暗いやつはすっかり後ろに置き去りにした。きみだって、新しい人生を危険にさらしたくはないだろう？」

　あの暗いやつ……彼女は怒鳴りつけてやりたくなった。あの暗いやつなら永久にわたしの存在の一部だと、今はわかっています。あれを置いておくようなスペースは、わたしの後ろにはありません。彼女は言った。「これはわたしに関わることじゃないわ。ね、エド……アレックス……あなたにはずっと厳しいことになるでしょうけど……」

またあの笑い。

「まったくだ。裁判にかけられるのはゴールディーだけじゃない。警察はぼくの証言の見返りに、罪を軽くしてやるとあれやこれや約束するだろうが、世間は悪徳警官が自由放免になるのを見たくはない。確かだよ、ジーナ、きみにとっても厳しいことになる——思っているよりずっとね。だから、ここを離れたら、きみは家に帰り、ぼくに会ったのをきれいさっぱり忘れろ。今やっていることは無意味だ、誰かにかつがれたんだときみは判断した。家に戻れば安全だ」

今度も、彼の言葉に含まれる意味が一瞬呑み込めなかった。

「安全？　どうしてここでは安全じゃないの？」

「虎がジャングルから姿を現わし、射撃が始まったら、誰も杭につながれた山羊のことなんか気にかけなくなるからさ。そりゃ、やつらはきみを巻き込みたくはない。ぼくが事故死するか、たんに跡を残さず消えてしまうほうがずっといい。でも、ぼくを取り逃がすか、ここでぼくら二人を吹っ飛ばすか、二つに一つとなったら、やつらは迷わない」

彼女はひとしきり彼を見つめてから言った。「わたしを脅かそうとしているのね。ミックもそうだったわ、さっき話したとき」

彼は笑って言った。「さすがミックだ。彼なら全体像が見えるはずだ。考えてみろよ。きみはギッドマンなんかこわくないとしても、マスコミはどうだ？　ぼくが消えたとき、きみはああいう連中がどこまでやるか、よくわかったろう。この件をちょっとでも嗅ぎつけたら、どんなお祭り騒ぎを始めるか。きみなんか骨までしゃぶられてしまうよ。やつらがどんな話をでっち上げるか、考えてみろよ。ミックのキャリアのためにならない。きみの仕事だってそうさ。大事な息子や娘に、スキャンダルまみれの女から音楽のレッスンを受けさせようという親はいないと思うね。だから、このすべてを忘れろ、ジーナ。家に帰れ。こんなことはぜんぜんなかった。ぼくはもう存在しない」

「そのとおりね」彼女は静かに言った。「わたしはあなたを見かけたと思った。それは思い違いだった」

「よし」彼は言った。「でぶの警官にそう話すんだな。きみの勘違いだった。そういう話にしておく。決して翻《ひるがえ》さないでいれば大丈夫だ」

「ミックに対しても？ ミックにも嘘をつけというの？」

「とんでもない」彼は言い、さっきの犬的な笑いによく似た微笑を見せた。「愛する者のあいだに秘密があっちゃいけない。実際、ぼくから旧友ミックに電話して、状況を教えてやるかな。そうしたら、きみが黙っていたらまずいだろ？ 彼の番号は、きみの携帯に入っているだろうね」

「携帯は車に置いてきたわ」彼女は言った。「でも、番号はおぼえてます」

彼女は番号を言い、彼はそれを自分の電話に記録した。

「昔から、記憶力がよかったよな」彼は感心して言った。「アリもそうだ。頭の中に音楽がいつもぶんぶんいってるせいかもな。記憶というのは、たいした才能だよ。ただし、たいした苦痛になることもある」

彼は手を伸ばし、彼女の側のドアをあけてやった。腕が彼女の胸に触れた。七年ぶりに会って、親密な接触といえそうなのはこれだけね、と彼女は思った。

「さよなら、ジーナ」彼は言った。

「でも、あなたはこれからどうするの？ かれらはさがすのをやめたりしないでしょう？」

「やめるかもしれない。わからないさ。物事は変化するからね」

「殺し屋に追われていると考えてる人間にしては、あまり心配そうな様子じゃないわね」

「きみはアレックス・ウルフのことを考えている。彼なら心配していただろう。ぼくとしては、きみが黙っていてくれれば、心配の種はなにもないと思う。さよなら」

今では、彼はやや苛立ってきたように聞こえた。

彼女は言った。「もう一つだけ。あの〝将軍と元気なちびの兵隊〟のゲームだけど、誰かに話したことがあるの？」

「そうは思わない。きみは？」

「ないわ」

「気にするな。たまにあることさ。あてずっぽうがうまく当たった」

彼女は車から出ようとしたが、ふと止まり、最後に一目、と思って彼を見た。

彼女は言った。「さよなら、エドウィン・ミュア。〝ぼくはおまえの星々を財布に詰め、おまえに別れを、別れを告げる（ミュアの詩「瀕死の子供」の一節）〟」

彼は不可解な表情で見返してきた。彼女にもほとんど理解できないのだ、彼にわかるはずがない。

彼は三度目のさよならは言わず、彼女が車から出るまで黙って見ていた。彼女はドアを閉めた。しっかり閉めたが、ばんと叩きつけないようにつとめた。怒って去っていくように思われたくなかった。どうでもいいことだが。窓越しに、彼が携帯を出してダイアルしているのが見えた。一瞬、ミックに電話しているのだろうと思った。だが、相手が出て、彼が話を始めると、顔全体に笑みが広がるのが見えた。さっき二人で話していたときに見せた、用心深い、抜け目ない微笑とは違った。この微笑は彼を若く見せ、彼女の記憶にある青年、彼女が結婚した男に変えた。

新しいパートナーと話しているんだ、と彼女は察した。音楽教師のアリ。ルシンダの母親。

何年も感じていなかった喪失の痛みがまたどっと戻ってきた。あれは完全に消えてはいなかったんだ、と彼女は今悟った。あの痛みをしばらく取り除いてくれる力を持つものはいろいろある。音楽。セックス。でも通奏低音のように、あの痛みは人生の変奏《ヴァリエーション》すべて——よいものも、悪いものも——の下に流れている。生きるということに必要な一部分なのかもしれない。自分の死の不可避性になんとか耐えていくために、死より悪いと感じられる喪失を体験することが人間には必要なのか。

だが、こんな痛みは誰にも味わってほしくなかった。私的な苦痛をまたしてもおおやけの場に引きずり出されるのはまっぴらだった。アレックスの失踪後、マスコミがどれほど私生活に侵入してきたか思い出した。

ゴールディー・ギッドマンがこういう手で脅しをかけてくるというアレックスの話は信じ難かった。いくらなんでもテレビのスリラー・ドラマのようだ。だが、あの金融業者と国会議員である息子とに関わることならなんでも大ニュースになるのは確かだった。記者たちに取り囲まれる、深夜電話がかかってくる、家を出るたびにカメラやマイクを顔に突きつけられる、全国の新聞やテレビニュースに彼女の顔が出るなど、考えるだけでも、殺すと脅されるよりいやなことだった。

そうだ。彼女自身の苦痛は他人に経験させたいものではなかったが、ジャーナリストが臆面もなく人に与える苦痛を逆にかれらに投げ返してやる機会があれば、彼女はためらわない。

アレックスの言ったとおりだ。少なくとも、この点では二人は意見が一致していた。沈黙は彼女の避難所だ。ついさっき彼に会って言葉を交わしたことは、何があろうと絶対に認めない、と心を決めた。絶対に。

彼女は自分の車に向かって、坂道を下り始めた。

18:05 - 18:15

北へ向かうグウィン・ジョーンズの旅は思ったよりのろいものになった。

ビーニーに電話するため、高速道路の最初のサービスエリアに立ち寄った。会話はかなりうまくいった、と彼はいい気になって考えた。祖母が危篤で、家族の一員として義務感の強い彼は父祖の国に戻り、祖母を看取る、という話をすると、彼女は本当に同情しているように聞こえた。それから、今日は昼食抜きだったので、埋め合わせにコーヒーとサンドイッチを買い、またガレスに電話してみたが、だめだった。しだいに混んできた道路に戻ると、ほんの数マイル進んだあたりで事故があり、渋滞に引っかかってしまった。

次の十マイルを行くのに三十分以上かかったが、いったん渋滞部分を離れるとまずまずのスピードで進み、今、彼は確実に〝北部〟に入っていた。かつて南ヨークシャー人民共和国として知られ、アーサー王が石炭の騎士たちを集め、暴君サッチャーに刃向かった（一九八四～八五年、サッチャー首相が多くの炭鉱の閉鎖を宣言したのに反抗して、アーサー・スカーギルの率いる全国炭鉱労働者組合の指揮下、ヨークシャーやウェールズ等各地でストライキが始まったが、政府側の勝利に終わった）、あのあたりを通り抜けた。

左翼系新聞で働くウェールズ人なのだから、この聖地を通れば同志としての懐旧の念が胸にぐっと響きそうなものだが、ジョーンズはほとんどなにも考えず、目をやりもしなかった。

カーナビにラウドウォーター・ヴィラズの住所を入力してあった。道のりのほとんどのあいだ、直進せよと言われるだけだったが、ようやく高速道路を降りるようにと命じられると、それからは矢つぎばやに指示が続き、彼は都市部に入っていった。

通りはどこもかなりがらんとしていた。日曜日のこんな時間なのだから驚くには当たらないが、やっぱりど田舎だ、と彼は小馬鹿にして考えた。

あと数百ヤードで右折し、川沿いの道に入ります、と警告があった。その曲がり角まで来た。川があった。三十秒以内にラウドウォーター・ヴィラズが目に入るはずだった。

行く先に見えたのは、ちかちかするライトと路肩にとめた数台の車だった。中部ヨークシャー・テレビのロゴをつけたヴァンも混じっている。その向こうには道路を遮断する柵があるようだ。スピードを落とすと、数人が車に近寄ってきた。カメラを持った人もいる。顔の真正面でフラッシュが光って目がほとんど見えなくなり、柵の数ヤード手前で停車せざるをえなかった。窓を巻き下ろし、カメラマンに向かって悪態をついた。すると女がその窓からマイクを突っ込んできて、「すみません、MYTVです。あなたは誰で、どうしてここにいるのか、教えていただけますか？」と言った。

彼は答えた。「冗談じゃないね。そいつをさっさと引っ込めてくれ」

彼が力ずくでマイクを押しやると、女の顔に代わって男の顔が現われた。細面で日焼けし、明るい目が車の中にあるものをすっかり記憶にとどめるかのようにスキャンしていた。

「サミー・ラドルスディンです」男は言った。「《中部ヨークシャー・ニュース》。すみません、あの……」

言葉が切れた。男はジョーンズの顔に焦点を絞っていた。

それから低い声で言った。「知った顔だな」

「違うと思うね。いったいなんの騒ぎなんだ？」

「殺人です、地方ニュースってだけですよ。おたくの顔、どうもどこかで見た記憶がある。マスコミでしょう？　隠すことはない。全国紙ですか？　あの、地方色が必要だったら、お役に立ちますよ」

記者どもに待ち伏せ攻撃をかけられた！ 皮肉な状況に笑い出しそうなところだったが、男の言葉にどきっとして、笑う余裕はなかった。

「なんだって、殺人？ 誰が殺された？」

「それをみんなで探り出そうとしているんだ」ラドルスディンは言った。「あんた、取材で来たんじゃないんなら、なんだってここにいるんです？」

ジョーンズは答えず、車から出ると、柵に近づいた。記者の群れがすぐ後ろについてきた。

制服警官が立ちはだかった。

「ご用件は？」

「この連中の前では話せない」ジョーンズは言った。いちばんそばにいる連中が彼の言葉を一つ残らず記録しているとわかっていた。

警官は理解して、彼を柵の内側に入れてやった。ここでも彼は気をつけて記者たちにしっかり背を向けたまま、声を落としたから、警官は聞き取るために顔を近づけなければならなかった。

「ラウドウォーター・ヴィラズに入る必要があるんです。弟に会いに来ました」

「弟さんですか？」警官は手にしたリストを見ながら言った。「名前と、フラットの番号を教えていただけますか？」

「そのリストには載っていませんよ。友達のところに泊まっているんです。アラン・ワトキンズ、三九番」

男は新たな興味を持って彼を見た。

「で、あなたのお名前は？」

「ジョーンズです。グウィン・ジョーンズ」

「ちょっとそのままお待ちいただけますか？」

警官は記者たちに背を向け、無線で話をした。しばらく聞いていてから、向き直って言った。「車をこちらに進めてください。遮断機を上げますから」

この最後の一言を明らかに耳にとめたラドルスディ

ンは、車に戻ろうとするジョーンズに擦り寄った。

「ずいぶん力があるんですね」彼は感心したように言った。「でなきゃ、すごく頭が切れるか。乗っけていってもらえませんかね？」

ジョーンズは彼を無視した。胃に緊張感があった。消化液が取り組みすら拒否するほど悪いものを食べてしまったような感じだった。

車に乗り、じりじり前進した。記者たちはまだ写真を撮っていた。憎らしい、轢き殺してやりたいと思った。

遮断機がゆっくり上がると、助手席側のドアがあけられ、若い男が隣に乗り込んできた。

「出ていけ！」また記者かと思い、彼はわめいた。だが、男は彼の顔に警察の身分証を突きつけていた。

「ボウラー刑事です」男は言った。「あそこのキャラヴァンのところまで行って、横に駐車してください」

「なんだっていうんです？」グウィンはゆっくり車を進めながら言った。「弟に会いに来ただけなんですよ。しかも、弟はここに泊まっているだけで、住人じゃない。彼を見かけましたか？　ぼくにそっくりだと人から言われます。八歳下ですけどね。会いましたか？」

ガレスのことを話していれば、言葉があの生意気な若者の肉体的存在を創造してくれるかのような気がした。

「弟さんはジョーンズというんですか？」

「そうです。ガレス・ジョーンズ。当たり前ですよ、ぼくの名前もジョーンズなんですから」

「ええ。あなたは《メッセンジャー》のグウィン・ジョーンズですか？」

彼は「そうです」と答え、若い警官が「どうも見た顔だと思ったんだ。そうはいかないぞ」と言って、車を柵の向こうへ戻すよう命じるのではないかと期待した。

だが、警官はすでに知っていることが確認されたかのように、うなずいただけだった。

「何なんですか？」彼は強い口調で訊いた。

「ここに駐車してください。じゃ、こちらへどうぞ。ウィールド部長刑事がご説明します」

ジョーンズはゆっくり車から出た。到着したくない場所のすぐそばまで来ていると感じた。振り返って遠い柵に目をやり、あの向こうに行きたいと思った。あの群れに混じり、おしゃべりし、ジョークを言い、煙草を吸い、酒を飲み、時間をつぶす。まともな記事を出すためにはそれだけの時間を費やさなければならないと、まともな記者なら誰だって知っている。

だがそれから、発作的に激しい嫌悪を感じて、彼はずけずけと自分に言った。あの野郎どもに興味があるのは、読者をつかむための事実だけだ。そいつに〝人間的興味〟というサッカリンをまぶして、読者が血糊を楽しみながら、あまり罪の意識を感じないですむようにしてやる。

「こちらです」ボウラー刑事が励ますような微笑を見せて言った。

見た目のいい若者だった。生き生きした、かげりのない顔だ。聞く者が苦い思いをし、苦い涙を流す知らせを伝えるメッセンジャーのようには見えなかった。

勘違いだったのかもな、とジョーンズは思いながら、キャラヴァンに向かった。不吉な予感が心臓をつかんでいるという感覚は、たんなる先祖返り的現象か。大叔母ブロドウェンがいつも惨事の二十四時間後に言い出す予感と同じくらい無意味なものだ。

そのとき、キャラヴァンに入る階段のてっぺんにさっきとはずいぶん違う種類の男が現われた。こちらはスクルージのドア・ノッカーに負けない不吉な顔をしていた。

すると、彼の気分が急にぐっと落ち込んだのに追い討ちをかけるように、大声がした。「グウィン、ああ、グウィン！ ひどい、ひどすぎる！」

ラウドウォーター・ヴィラズの方向と思われるほうに顔を向けると、男が一人駆け寄ってくるのが見えた。顔がすっかりくしゃくしゃだ。だが、グウィン・ジョーンズには見分けがついた。

キャラヴァンの階段上に立ったエドガー・ウィールドにも誰だかわかった。あいつ、いったいどこから出てきたんだ？　同じことの繰り返しになってきた！

「ボウラー、あいつをつかまえろ！」彼は怒鳴った。

だが、間に合わなかった。つかまえてもどうにもならなかった。

ボウラーが割って入り、アラン・ワトキンズを抱きとめたときには、彼はすでに近くまで来ていて、そのやつれて涙に濡れた顔がはっきり見て取れた。そして今、グウィン・ジョーンズはついに理解するに至った――言葉は人の肉体的存在を創造することはできないとしても、それを永久に取り去ることは確実にできる。

「グウィン、ああ、死んじまったよ！」ワトキンズは叫んだ。柵のところで耳を澄ましている人たちにも聞こえる、力強い声だった。「死んじまった。なんてことだ。ガレスのやつ、死んだんだよ！」

18:33 - 18:35

　深まる宵闇の中で、車はジーナの記憶より遠くにあるように思え、ようやくそこまで着いたときにはほっとした。ドアをあけたとき、一台の車が坂道をこちらに向かってスピードを出して下りてくるのが見えた。一瞬、アレックスがまだ言うべきことがあると思い直してやって来たのではないかと思った。だが、車は青いフォルクスワーゲン・ゴルフで、汚れたグレーのアストラではないとわかった。

　彼女のところまで来ると、車はスピードを落とし、止まった。女が運転していた。助手席の男があいた窓越しに声をかけた。

「故障ですか？」

「いいえ」彼女は言った。「なんでもありません」

「ほんとに？」女が身を乗り出してきて言った。

「ええ。ちょっと外の空気が吸いたくなって、歩きまわってきただけです」ジーナは言った。

　この人たちが気を遣ってくれるのは親切なことだが、彼女は親切に感謝したい気分ではなかった。車の私的なスペースの中で一人になりたかった。完全に闇に包まれるまでじっとすわって、それからまだ流していない涙をすっかり流したかった。

　彼女は車のドアをあけようと向きを変えた。

　男と女は目を見交わした。女がある決定を確認するようにうなずき、二人は車から出た。

　男に腕をつかまれたときでさえ、ジーナはこれが良きサマリア人的親切の押しつけ以上のものとは信じられなかった。だが、女がゴルフの後部ドアをあけ、男が彼女をそこへ押していこうとすると、ジーナの心は宙返りして、杭につながれた山羊は犠牲にされるというアレックスの警告が浮上してきた。

男の手をふりほどこうとした。すると、両腕をつかまれ、肩甲骨のあいだにひねり上げられた。フォルクスワーゲンの中に押し込まれるとき、ドア枠に頭をぶつけ、彼女は悲鳴を上げた。男が彼女の横に入り、ドアがばしっと閉まり、車は発進した。彼女はまた悲鳴を上げた。

男は彼女の顔をひっぱたいた。

悲鳴は止んだ。

男は言った。「そのほうがいいぜ、ダーリン。また声を出したら、今度は顎の骨を折ってやるからな」

「馬鹿はよして、ヴィンス」女は言った。「それじゃしゃべれなくなるでしょ。静かな場所を見つけましょう。そうしたら、好きなだけ悲鳴を上げてくれればいいわ」

18:35 - 18:50

マギー・ピンチベックが狭い田舎道を逸れ、ウィンドラッシュ・ハウスの高い門の前で車を止めたとき、ここ半マイルほどずっと後ろについていたグレーのジャガーもこちらに折れてきた。

マギーは窓を巻き下ろし、濃くなってきた宵闇の中で顔がはっきりカメラに映るようにした。

ミルトン・スリングズビーのものとわかる声が言った。「どうも、ミス・ピンチベック」

それからカメラが少し向きを変えた。後ろの車を見るためだろう。運転者は事を簡単にしてやろうと決め、車から出て前進すると、レンズをまっすぐ見上げた。

長身の堂々とした人物だった。四十代、どっしりした顎はこの二日ほど剃刀を当てていないように見える。ふさふさと豊かな茶色の髪には、そろそろ銀がかかり始めている。

彼は攻撃的にカメラをにらみつけたが、名前を言うまでもなく、スリングズビーが答えた。「ミック、やあ！　スリングだ。ひさしぶりだな！」

短い間があり、それから門がさっと開いた。

マギーは砂利敷きの車寄せを慎重に運転していった。デイヴが父親の自慢の芝生に砂利を飛ばさないよう気を遣っていたのをおぼえていたからだ。背後の男のほうは、もし彼女の車にはばまれていなければ、かまわずにずんずん入ってきただろうという印象をマギーは受けた。

家の外で、彼女はデイヴのアウディの隣に駐車した。ジャガーはその反対側に入った。

わたし、仕事を間違えたわね、と彼女は思いながら、埃っぽいコルサから出た。

ジャガーのドライバーは彼女に会釈したが、自己紹介や会話を試みることはなく、二人はいっしょに玄関先の階段を上がった。ミルトン・スリングズビーがドアをあけた。彼はマギーに明るい顔でにっこりしたが、もう一人の客に向かっては大声で「やあ、ミック、どうしてた？」と言うなり、片手を上げてハイ・ファイヴをやった。

「スリング」男は対照的になんの熱もこめずに言った。

二人がホールに入ると、デイヴ三世が階段を降りてきた。なにかに気を取られている様子だった。

「やあ、マギー」彼は言った。それから、ジャガーのドライバーに注意を向け、熱をこめずに「誰だ？」と言った。

スリングは言った。「いいんですよ、デイヴ。ミック・パーディーです、おとうさんに会いに来た」

デイヴ三世はふと眉をひそめたが、それから小さい、仕事用の微笑をなんとかつくった。

「ああそうだ！　パーディー警視長ですよね？」

「ええ」パーディーはぶすっとして唸った。

「わたしが参加していた特別調査委員会で証言なさった。すみません、すぐ気がつかなくて。あのときは、確か制服姿でしたよね」

「ま、あんたがた政治家なら、こっちはお伽芝居の一場みたいに見慣れてますがね」パーディーは言った。

ミック・パーディーか、とマギーは考えた。ミック・パーディー警視長。ゴールディー・ギッドマンが暴力を振るったと言い立てられたとき、ディレイという女を聴取した、あの人。失踪したウルフ警部の友人であり同僚だった。今はジーナ・ウルフとつきあっている。その彼がゴールディー・ギッドマンに会いにここまで来た。そして、国会議員のデイヴ三世に対して礼儀正しく振る舞う必要を感じていないし、そんな気分でもない。


彼女はボスがパーディーの訪問に関してなんらかの好奇心を表わすのを待ったが、彼はこう言っただけだった。「父は今、母と話をしていますが、じきにすみます。スリング、警視長を居間にお通しして」

警官はぶっきらぼうに会釈すると、スリングのあとについてホールから部屋に入っていった。

今、デイヴ三世は彼女のほうを向いて言った。「マギー、悪いけど無駄足をさせちまった。実はおふくろが二十分くらい前に電話を受けたんだ。ブロードステアーズにいる母の姉のベルが卒中で倒れた。深刻な状態らしくて、おふくろはすぐさま行きたがってる。今、簡単に荷物をまとめているところだ。そうしたら、ぼくが車で送っていく」

「問題ありません」マギーは言った。「連絡を絶やさないでね。向こうに泊まったほうがよさそうだったら、こちらはわたしが引き受けますから」

「うん」ギッドマンは言った。「きみならちゃんとやってくれるとわかってるよ。でも、すごく大きなお願いをしてもいいかな、マギー？　おふくろはゴールディーを一人で残していくというのをすごく気に病んでいるんだ。今夜はディーンが休みだし、夜の非番というとほんとに一晩で、あいつは朝飯まで姿を現わさない。そりゃ、スリングはいるけど、このごろあんまり頼りにならないだろう、だから……」

　わたしに頼みごとをするのが本当にやりにくそうだ、と彼女は思った。わたし、この人との関係をそこまで非個人的にしてしまったのだろうか？

　彼女は言った。「わたしが一晩ここに泊まって、ゴールディーの面倒をちゃんとみてあげる、というのがお望み？」

「うん、お願いする。正直いって、親父はあんまり家庭的じゃないし、あの二人が残されたら、家に火がついたっておかしくないと思うね！　きみが泊まってくれるとなったら、おふくろは大喜びだ。きみをどんなに高く買っているか、ご存じだろう」

「わかりました」彼女は言った。「問題ありません」

「マギー、恩に着るよ」彼は温かみをこめて言い、マギーは少し照れくさくなった。その気持ちに嘘がないように聞こえたからだ。

　フロー・ギッドマンが急ぎ足で階段を降りてきた。手には古い革の旅行かばんを持っている。

　彼女はマギーを認めて「あら、こんにちは」と挨拶してから、息子に向かって言った。「デイヴィッド、支度はできたわ、すぐ出かけましょう。おとうさんには行ってきますと言いました。大丈夫だと言ってるけど、ディーンがいてくれたらいいのにねえ。ほんと、悪いことって重なるものよね、マギー？」

　答える前に、デイヴが言った。「おかあさん、ちょっとはいい知らせがあるよ。マギーが今夜ここに泊まって、おとうさんをちゃんと世話してくれるって」

「あら、マギー、ほんとに？」フローは叫んだ。「そうしていただけたら、どんなにほっとするか。ゴールディーは役立たずってわけじゃないんだけれど、面倒くさがりなのよ。誰かがついていないと、夜中まであのテレビの前にすわって、ポテトチップスを食べてラム酒を飲むだけになる。ええ、役立たず《ヘルプレス》じゃなくて、絶望的《ホープレス》」

「ご心配なく、フロー、わたしがお世話いたします」

「ありがたいわ。あの人、温かいミルクにラム酒を少し入れたのを枕元に置いておくのよ。わたしが留守のときは、たいてい眠りを誘うために睡眠薬を一錠飲む。一錠だけね。薬は台所のお茶の缶の中。彼はお茶が大嫌いだから、あの中は絶対に見ないの。でも、一錠以上くれと言われても、聞かないで。それから、ラム酒のボトルを寝室に持ち込まないようにして。葉巻も持ち込み禁止よ。ベッドの真上に煙警報機をつけてあるんだけど、一人になったら、あの人、警報機を切ることくらいできますからね」

「おかあさん、マギーにはおとうさんにそうああしろ、こうしろと命じるのは無理だよ！」ディヴは逆らった。

「どうして？　あなたにまともな生活をさせるんで、訓練を積んでるじゃない？」

「できるだけのことはいたします」マギーは言った。「おねえさまの具合がそんなに悪くなければいいですけど」

「それは神様の御心しだいよ。ほんとに、お礼の言いようもないわ、マギー」

彼女はマギーをしっかり抱きしめ、頬に濡れたキスをした。

それから言った。「さあさあ、ディヴ。マギーが面倒をみてくれると、おとうさんに伝えてくるわ。そしたら出かけましょう。ここであんたがぐずぐずしていたせいで、向こうに着いてみたらベルが亡くなっていたなんてことになったら、いやだもの」

彼女は出ていった。ディヴ三世はマギーに苦笑いしてみせてから言った。「ああ、もう一つだけ。ゲートのコントロールの方法を知っておいたほうがいい。今夜はたぶん誰も来ないだろうけど、たまにスリングがふらふら出ていっちゃうことがあってさ、ここに人がいなかったらまずいだろ」

彼女はデイヴについて、正面玄関の左側にあるコントロール室に入った。以前訪れた折には、あいたドアからちらと覗いただけだったが、入ってみるとずいぶん広々した部屋なので驚いた。飾りがいっさいないので、よけい広く見えるのかもしれない。家のほかの部分はわざとらしくレトロな雰囲気に作ってあるから、確かに不調和だった。家具といえば、コントロール・パネルの前のオフィス・チェア一つ。窓はなく、唯一の光源はテレビ・スクリーンだ。一つの壁の大部分を占めて複数のスクリーンが並んでいた。オンになっているのは二つだけだった。一つは玄関ドアの外、もう一つは正門を映し出していた。

「このスイッチを押せば、ゲートのところにいる人と話ができる」デイヴは言った。「こっちの二つのボタンがゲートをあけたり閉めたりする。いいね？」

「はい。あとのスクリーンは……？」

「警報が鳴らない限りは、ほかのやつは気にすることはない。いざというときは外の塀と、必要があれば家の中も見られるけど、まあそんな必要は出てこないよ。警報システムは警察に直接つながっているし、塀の上には毛むくじゃらのマンモス一頭を丸坊主にできるくらいたくさんレイザー・ワイアがついている」

「デイヴィッド！　一晩中ぐずぐずしてるつもり？　さっさと行動して。さもないと、わたしがあれを自分で運転しますからね！」

大声は外から聞こえてきた。

彼はまたマギーに向かってにやりとした。この男がどうしてあれほど女を惹きつけるのか、ときどき彼女にもわかることがある。

彼は言った。「ゲートをあけてくれ。で、ぼくが出たら閉めてくれるね？　あとで電話するよ」

彼はマギーの頬にキスした。母親のキスほど温かく湿ったものではないが、軽くチュッというだけではなかった。これも初めてのことだった。

彼は出ていった。彼女はアウディのエンジンがかかる音が聞こえるまで待ち、それから開門のボタンを押した。まもなく、テレビ・スクリーンに車が現われた。門を抜けるあいだ、デイヴの腕が運転席側の窓から出てきて、さよならのしるしに握ったこぶしを振った。

彼女は閉門のボタンを押した。人をカテゴリーに分けるのは簡単だ、と彼女は思った。ボスのこういう一面を彼女はこれまで充分見てこなかった。正しく指導されれば、彼は頂上まで登りつめるかもしれない。連合王国初の混血の首相。それに、偉大な、とまではいかなくても、よい首相になるだけの素質を彼は持っている。正しく指導されれば。

デイヴに対する感情がこう変化したので、今日のさまざまな出来事のせいでゴールディーに関する暗い疑念がまた頭の中をフーガのように堂々巡りしはじめたことに、ふいに罪の意識を感じた。スコットランド・ヤードと左翼系メディアと保守党本部が力を合わせても、ギッドマンになんの汚点も見つけられなかったのだから、彼は本当にクリーンなのだ、そうじゃない？

携帯が鳴った。ディスプレーには〈番号不明〉と出ていたが、「マギー？」という声を聞いたとたんに誰だかわかった。

「はい、ビーニー」彼女は言った。

ザ・ビッチの話を聞いた。数秒後、彼女はコントロール・パネルの前の椅子に腰を下ろした。

「ね、あたしどうしてこんなことしてるんだか、自分でもわからないのよ。ただ、あなたは知っておいたほうがよさそうだし、あたしとしては、どうしても誰かに話したいの。ついさっきグウィンから電話があった。

あんなふうに嘘をついたり、ハントリーって子と浮気したりでしょ、うんと叱ってやるつもりだったのよ。だけど、声を聞いたらすぐ、なにかおかしいとわかった。昔よく母に言われたわ、嘘をついちゃいけない、いつそれが本当になるかわからないから、ってね。グウィンは家族の危機だからと言って出かけた。ま、そのとおりになったのよ。彼の弟、彼がヨークシャーまで会いに行った弟が、殺されたの」

「殺された？」マギーは信じられずにおうむ返しに言った。「どうやって？　なぜ？」

「顔を撃たれたの。それに、いっしょにいた女の警官も病院行き。何がどうなってるのかわからないけど、もしあたしたちがさっき話してたことに関係があるとしたら、あなたも知っておくべきだと思って」

「そのほかに詳しいことは？」マギーは訊いた。「犯人はつかまったの？」

「そうだったら、グウィンがそう言っていたでしょう。すっかりショック状態。あの人がこんなになったの、見たことがない。マスコミがプライバシーを侵害するなんて言い募るんだから！　ね、知っていることはこれですっかり話した。でも、あなたはあたしからなにも聞かなかったってことにして。それにもう一つ。これでおたがい、貸し借りなしよ。いいわね？　じゃ」

電話は切れた。

一分間、マギー・ピンチベックは身動きしなかった。

それから立ち上がり、玄関ホールに出た。ちょうどスリングがパーディーを二階へ案内するところだった。階上でゴールディーに会うのだろう。

警視長はなにか重大な問題を心に抱えた人のように見えた。気持ちはわかると彼女は思った。

二人が消えるまで見送ってから、彼女はコントロール室に戻った。

18:20 - 18:48

古いローヴァーは市を抜け、スピードを出して北へ走った。車の中でダルジールはパスコーにパーディーとの会話のことを教えた。

「最初は隠そうとしたが、本当に心配そうだった」巨漢は言った。

「当然でしょう。ガールフレンドは行方不明、ディレイというやつらがうろついているとくれば、誰だって心配になりますよ」

「まあな」ダルジールは言った。

パスコーは眉をひそめ、警告するように言った。

「アンディ、なにかまだあるんですか、パーディーに関して？　合意したと思ったんですがね。これ以上秘密はなし」

きみが合意したんだ、と巨漢は思った。ルールを決めるのはわたしだ、おぼえてるかね？

だが、声には出さなかった。そんなふうに思い出させるべきときは、いずれ出てくるだろうが、今ではない。それに、副官のセンサーがどれほど敏感に調整されているかが確認されたのはいいことだった。

彼は言った。「秘密なんかない、本当になんにも知らないんだから。いいか、わたしはパーディーに十年も会っていないし、昔だって飲み友達っていうだけだった。だから、この事件がこうなってきた今、なにも見過ごしにするつもりはない」

「彼は恋愛関係にあるだけではないと思われるんですか？」

「恋愛関係？　またバーバラ・カートランド（上流階級出身のロマンス小説家）を読んでるのか？　さあ、見当もつかんね、ピート。だが、一つ気になることがある。ジーナが受け取った手紙に書いてあった、元気なちびの兵隊と将軍てやつだ。あれが人に知られるようになった経路なら二つ考えられる。一つは、酔っ払って男が古い親友に自慢した。もう一つは、女が新しい相手にベッドの中で思い出話をした。ミック・パーディーはどちらにも当てはまる」

二人はしばらく黙っていた。すると、ダルジールの電話が鳴った。ダッシュボードに置いてあった。

彼は言った。「出てくれるかね。さもないと、わたしは自分を逮捕しなきゃならなくなる（運転中の携帯電話使用は違法）」

パスコーは携帯を取り上げ、巨漢が電話に出るときのスタイルをかなりうまく真似て、「なんだ？」と怒鳴った。そのお返しは、言葉による攻撃だった。彼は思わず顔をしかめた。

携帯を耳から離して掲げ、彼は言った。「旧友のグレンダワー本部長だと思います。あなたの母親が雌豚と性交し、その豚は口蹄疫と豚インフルエンザの両方にかかっていた、と信じておられるようです」

ダルジールは笑って言った。「こっちによこせ」

パスコーは眉をひそめ、妥協して、携帯をボスの耳のそばで持っていてやった。

悪態はまだ続いていた。聴いているダルジールの顔ににやにや笑いが広がった。

「フッキー、フッキー」彼はようやく割り込んだ。「気をつけるべきだぞ、いい年をして。車の後部座席なんて、ティーンエイジャーのもんだ。悪くすると、ヘルニアになるぞ。いや、もうぶつくさ言うな。よく聞いてくれ、いいか？　ガレス・ジョーンズというジャーナリストを知っているか？」

間があった。それから、さっきより自制したグレンダワーの声がした。「ああ、そういう名前のゴシップあさりなら知っている」

ガレス・ジョーンズの名前が出たので、パスコーは自分も電話の向こうの声を聞こうと、耳を近づけた。

「なら、あんたがロマンチックな週末を楽しんでいたあいだ、そいつが監視していたとわかったら、驚くかね？」

「なんだって？　クソ野郎め！」グレンダワーはぎょっとした声になった。「どういうことなんだ、アンディ？」

　ダルジールは容赦なく刈り込んだ話で状況を明白にした。

　話がすむと、グレンダワーの声はまた変化していた。

「なんてことだ。で、死んだのは確かにガレス・ジョーンズなんだな？」

「のようだ」

「気の毒に」

「彼はあんたのためになることをしてたわけじゃないぞ、フッキー」

「わかってる。だが、ほんの子供だった。ああ、気に障るやつだったさ、いつもわたしのオフィスのそばをうろついて、生意気な質問をしたり、当てこすりを言ったり。痛い目にあったって当然だった。でもこんなことになる筋合いはない」

「ああ、うん、立派だよ、フッキー」ダルジールは言った。「だが、そろそろ身の安全に注意するべきだな。いいか、この事件で今のところわたしは先を行っているが、うちの主任警部――あんたが駐車場で会った男だ――頭のいいやつだがね、彼にも知っておいてもらわなきゃならない」

　彼はパスコーにちらと目をやり、ウィンクした。

「だが、おしゃべりなやつじゃない」彼は続けた。「わたしはできるだけケルデールで事を押さえ込《スクリュー》むようにする。ちょっとあんたみたいだな、ええ？（「スクリュー」には「性交する」の意味もある）わかった、すまない、ふざけているときじゃない。いいか、フッキー、ジョーンズ青年が何を企んでいたか、知っている野郎が必ずいるはずだから、この一件に蓋をするのは無理だろう。だが、被害拡大防止くらい、多少はできるだろう?」

沈黙があった。

「うん、アンディ。そのとおりだ。被害拡大防止だな」グレンダワーはようやく言った。「ありがとう。さっきはかっとなってしまって、すまなかった。あんたがわたしを笑いものにしたとばかり思ったんだ」

「いいや、フッキー、われわれ古株どうしでおたがいに気をつけてやらなきゃ、誰が助けてくれる? なあ、まずはあんたのスタッフをよく調べることだ。ホテルの予約やなにか、オフィスからやったんだろう?」

「そうだ。自宅からやるはずはないだろう」グレンダワーは防御的になって言った。

「けっこうな気配りだ。だが、それならきっと職場の誰かがあんたのコンピューターや電話をチェックして、若い記者にちびちび情報をやっていたんだ。わたしなら、日曜日には三度教会《チャペル》に行って、聖歌隊で歌い、ソドムとゴモラはシュロップシャー(ウェールズに隣接するイングランドの州)の村だと思っているやつをさがすね。だけど、そういうやつらなら山ほどいるんだろうな」

「ああ、いるよ。でもその中のどいつかはわかると思う」グレンダワーは復讐心に燃えて言った。「運がよければ、わたしがデスクをかたづける前に、その野郎を首にする時間があるだろう」

「いや、フッキー、あんたの辞職にまでは至らないよ。男には私生活を持つ権利がある。悪事の費用を仕事の経費につけない限りはな。そんなことはしていないだろう? していないと言ってくれよ」

「多少の重複はあったかもしれない」グレンダワーはおずおずと言った。

「おやおや、フッキー。自分の悪事の費用は自分で支払うのがゲームの第一番のルールだ。さもないと、最後にはたいへんなつけを払わされる。さてと、じゃあ失礼するよ。殺人事件の捜査にかかっているもんでね」

「もちろんだ。心から幸運を祈る。犯人がつかまるといい。それから、アンディ、あらためて、ありがとう。さっきも言ったが、あんたが……その、あんたについてずいぶんひどいことを考えてしまって……申し訳ない。このことは決して忘れないよ」

「幸運を祈るよ、フッキー」ダルジールは言った。「ところで、エッチな週末を楽しむ宿で〝ロウワン・ウィリアムズ夫妻〟とサインしたってのは傑作だ――気に入ったよ！（ロウワン・ウィリアムズはウェールズ出身の英国国教会大主教）」

彼はまたパスコーに目をやり、いっしょににやりとするつもりだったが、主任警部の顔は、土曜の夜にグラスゴーのエンパイア座でスコットランド人をネタにしたイングランド人漫談師の話を聴いているスコットランド国民党の党員さながらだった。

「死んだ男がウェールズ人のジャーナリストだろうと推理したのは、そういうわけだったんですね」彼は言った。

「そうだ」巨漢は言った。「白のモンデオに乗っていた女をおぼえているか？　あの車のナンバーはフッキーの車と同じ地域のものだった。それで、この週末にケルデールで結婚披露宴があったかチェックしてみた。なかった。宿泊客名簿にはグレンダワーという名前はなくて、ロウワン・ウィリアムズ夫妻というのが目についたから、管制に電話して、ヨークシャーとランカシャーでフッキーをさがすよう手配させた。彼は西へ向かうだろうと見当をつけてね」

「彼にあらかじめ警告を与えたかったんですね」パスコーは非難がましく言った。

「ああ。なにが悪い？」ダルジールは言った。「相手がきみでも同じことをするよ。きみもわたしに対してそうしてくれればいいと思うね」

「あるいはね」パスコーは言った。「でも、これでわれわれはスポットライトを浴びることになりますよ。

マスコミに大受けだ。警察のトップがエッチな週末を過ごしたおかげで、十代の記者が殺された。なんてことだ」

「フッキーのせいじゃない」ダルジールは逆らった。「わたしのおかげで彼があのテーブルからどかされたのが、こっちのせいじゃないのと同じにな。きみがキャップとの約束を破って、昨日わたしの様子を確かめなかったのが、きみのせいじゃないってのと同じさ」

パスコーはぎょっとし、当惑して警視を見た。

「わたしに頼んだと、彼女が教えたんですか？」

「いや、だが、そうしたってほうに賭けてもいい。しかし、きみは忙しくてだめだった。そうだろう？」

「ええ、まあ、そのとおりです。でも、それがいったいどこに関係してくるんですか？」

ダルジールは説明しようかと考えた。土曜日があれほどみじめなものでなければ、日曜日に目を覚まして、今日は月曜日に違いないなどと思わなかっただろう…

…だが、そこまでする価値はなさそうだった。

彼は言った。「いやつまり、このすべての根源が誰か一人に行き着くとすれば、それはあの保守党の金づる、ゴールディー・ギッドマンだろうってことさ」

パスコーがこれを脱構築する暇のないうちに、彼の電話が鳴った。

彼は「はい、ウィールディ」と答え、しばらく聞いてから、「よし。こっちでわかったことはあとで知らせる」と言って、電話を切った。ダルジールは驚かなかった。ウィールドが情報を伝えてきたのなら、簡潔かつ包括的に決まっている。

パスコーは言った。「グウィン・ジョーンズが現われました。あのワトキンズの阿呆、ウィールディがつかまえて口をふさぐ前に、悪いニュースを彼に伝えてしまった。ジョーンズはまず愕然として、それから今度は、すべてゴールディー・ギッドマンのせいだ、なんで警察はあいつの爪の下に赤く熱した針を突っ込んで白状させないんだ、とわめいている」

「ジャーナリストと意見が合うことはそうないが、それは言えてるかもな」ダルジールは言った。「さあ、ここだ！」

　急に右折したので、反対車線の車がいっせいにホーンのファンファーレを鳴らした。東方向に、狭い無等級道路に入った。

「ほんとにこの道なんですか？」数分後、なんとかトレモロなしにしゃべれる程度の落ち着きを取り戻したパスコーは言った。

「わたしが新人警官だったころには、〈中部ヨークシャーの知識〉試験があった」ダルジールは言った。

「町の中心から二十マイル以内にあるパブすべてに行く道を知っていなきゃいけない。ほら。言ったろ」

　先のほうの道端にパブが見え、看板が夜風に揺れていた。看板には、草木のない丘のふもとに悄然とすわる人物が描かれている。

「〈迷える旅人〉」パスコーは店名を読んだ。「ブレークにちなんだものでしょうかね？（W・ブレークの詩「楽園の門」の一節「丘のふもとの迷える旅人の夢」から）」

「〝道に迷った、セクストン・ブレーク（イギリスの大衆小説シリーズの主人公の少年探偵）を呼んでくれ〟ってやつか？」

　この興味深い文学的脱線をさらに考える暇はなかった。パブから下に続く急な坂道のふもとに赤い車がとまっているのが見えたからだった。

　ダルジールは道路脇に寄り、ちらかった後部座席から双眼鏡を掘り出した。

「人間の姿はない」彼は言った。

　車を転がして下りると、ニッサンの数ヤード手前でブレーキを踏んだ。

　警官二人は車から出て、慎重に近づいた。

　ニッサンはロックされておらず、中には誰もいなかった。携帯電話がホルダーに収まっている。

　二人は顔を見合わせ、それから車の後ろ側にまわった。

パスコーがトランクをあけると、荷物しか入っていなかったので、そろって安堵のため息を漏らした。

ダルジールは自分の車に戻り、パスコーは携帯でウィールドを呼んで、事情を知らせた。話をしながら目をやると、巨漢は地図を調べていたが、ふいにうなずき、地図をたたみもせずに後部座席に放ると、大声で言った。「よし、行くぞ！」

「どこへ？　なぜ？　アンディ、ここで待ちましょう。あとほんの二、三分で武装応答隊《ＡＲＵ》が来ますから……」

巨漢はパスコーを無視して、電話の方向に向かって怒鳴った。「ウィールディ、ＡＲＵにはわれわれのあとを追えと言ってくれ。下り坂を直進、赤い車の横を通り過ぎると、Ｔ字路に出る。左折して四分の一マイル、右側の小さい採石場だ」

流れが津波に変わると、それに従っていくしかない。

「ウィールディ、聞こえたか？」パスコーは言った。

「シェトランドまで聞こえたと思うね」ウィールドは言った。

すでに動き出した車にパスコーは飛び乗った。

「アンディ、どこへ行くんですか？」彼は喘ぎながら言った。

「頭のおかしいのが二人で女性に個人的質問をしようってとき、連れていきそうな静かな場所だ」ダルジールは言い、巨体の体重をアクセルにかけた。これよりやわな車なら、足がフロアを突き抜け、道路を踏んでいただろう。

「ディレイたちが彼女をつかまえたかどうか、定かではありませんよ。もしつかまえたとしても、このあたりでぐずぐずしてはいないはずだ」パスコーは逆らった。

「違うね」ダルジールは言った。「やつらは急いでいる。気を遣っている暇はない。はなから水責めだ。水がないなら、まずちょいとひっぱたいて本気だってところを見せつけ、それからケツに銃を突きつけて、十からカウントダウンを始める」

　パスコーはまだ疑いを見せていた。

「かれらがどの方向に進んだかさえ知らないでしょう」

「引き返しはしなかった。していれば、われわれが見かけていたろう。いや、やつらがいるのはここだ、絶対だね」

　その言葉には、最盛期と同じ、神託のごとき権威がこもっていた。あの長い期間、彼の判断はしばしば神秘的に曖昧なものであっても、最後にはほぼ必ず正しいとわかった。そういう時期は、彼が神のような確信を持ってテロリストの爆弾の大爆発のさなかへ歩き入ったときに終わりが来たのだと断定する者もいた。

　パスコーはダルジールの昔の力を感じたが、同時に、ほんのしばらく前、ノヴェロ回復の知らせを聞いたとき、彼の脚から力が抜けたことも思い出した。あの責任は明らかに彼に重くのしかかっていたのだ。今、ウルフという女に悪いことをしたと、同じように感じているのだろうか？　こうしてあてずっぽうのような推理にいかにも確信を持つことで、自分を安心させようとしている？

　あと数分のうちに答えがわかるだろう。

　そうなったら、どっちが悪い？　ダルジールが間違っていて、採石場が無人だとわかることか？

　それとも、ダルジールが正しくて、非武装の警官二人がショットガンを持った殺人鬼にぶつかることか？

　ひょっとすると、とパスコーはヒステリックに明るくなって考えた。車はスピードを落とす気配もなくT字路に近づいていた。ひょっとすると、でぶ野郎の運転のせいで、二人ともその前に死んじまうかもな！

18:45 - 18:52

わたし、まともに考えていない、とフラー・ディレイは思った。プレッシャー過多、薬の飲み過ぎ。

ラップトップはニッサンが無等級道路にじっととまっていると示していた。

二人が会っているんだ、と彼女は判断した。急いで行けば、ウルフ夫妻があの車の中にすわって話をしているところを見つけられるだろう。あるいは、彼の車の中かもしれない。二人が別れたら、彼をつけていってつかまえる。彼女はあの女とは関係を持ちたくなかった。すでに姿を消した男を消すのは問題ない。だが、金髪を消せば事が込み入ってくる。

フラーの車は〈迷える旅人〉亭を通り過ぎて丘の頂上を越した。すると二百ヤード先に女がいて、自分の車に近づいたところだった。

フラーは即座に状況を読み取った。

女はパブでウルフと会ったのだ。二人は話をし、別れた。彼女は車に歩いて戻り、彼は自分の車を運転して去った。フラーたちがパブに向かってきた途中で、おそらく彼とすれ違っていただろう。幹線道路を離れたあとですれ違った車を彼女は思い出そうとした。二台か三台だった。一年前の彼女なら詳しく記憶していただろうが、今日はだめだった。

どのみち、もう遅すぎる。次に何をするか決めなければならなかった。

金髪を尾行するのは一つの選択肢とはいえ、魅力的なものではなかった。さっきまでウルフと話していたのなら、つけていっても彼の居場所に行き着くことはなさそうだ。

フラーはニッサンの脇でブレーキを踏み、ヴィンスに言った。「彼女をつかまえるわ」ほかに選択の余地はないように思えたのだった。だが今、かれらの目の前の地面に横たわっておびえている女を見ると、どうやらまるで間違ったところに来てしまったと、フラーにはわかった。

ヴィンスが若いジャーナリストを撃ち、女性警官を倒したとき、フラーは本能に従って逃げ出すべきだった。ザ・マンなどかまわずに！

彼女の戦略全体は、今回の任務のみならず、不治の病だと診断されたあの日からずっと、誤った前提に基づいていた。

スペインに行き、彼女が死ぬ前にヴィンスを落ち着かせる。そうすれば彼はザ・マンにつかまらずに安全でいられる。

かもしれない。

だが、ヴィンスが自分でばかなことをせずに安全でいられる場所など、世界中のどこにもなかった。

彼女は今、兄を見た。金髪をまたいで立ち、銃身を切り詰めたショットガンを片手に、妹からの指示を待っている。

ジーナ・ウルフをつかまえたあと、どこか静かで人目につかない場所をさがして、彼女は二マイルほど車を走らせたのだった。T字路で左折した。右折すれば南へ行く。市の郊外の住宅地へ近づくことになる。北へ向かったほうが寂しく、人気《ひとけ》がないだろう。

正しかった。半マイル進むと、小さい採石場を見つけた。どこかの農夫が土木用底石に使おうと、丘の中腹を削り取ったという程度のもので、上辺は道路から見えるが、低くなった部分に雑木がぱらぱらと生えているので、そこに乗り入れれば通りがかりの目には触れない。夕方の薄明かりの中で、さびれた場所だった。悪事にはぴったりだ。

フラーは金髪の上に屈み込み、恐怖に見開かれた女の瞳を覗き込んだ。

「どこへ行けば彼が見つかるか、知りたいだけよ」彼女は言った。「それさえ教えてくれれば……」

彼女は言葉を切った。〝……車まで連れていってあげる。帰っていいわ……〟。いや、頭のいい女だ、そんな台詞を信じるものか。

「……なにも悪いことはしない、約束するわ」

薄弱だが、それでもおびえた女がすがる藁にはなるかもしれない。

濃い青い目はフラーからショットガンの銃身に移動し、また戻った。

「どこにいるか知りません」ジーナは喘ぎ喘ぎ言った。「ええ、わたしに電話してきました。あるいは、彼を装った別人だったのか。行くべき場所を教えられましたけど、行ってみたらなにも起きなかった。それで、しばらくしてから歩いてパブに行きました。ひょっとしたら彼が店にいるかもしれないと思って。でも、いなかったので、車に戻った……」

「ヴィンス」フラーは言った。

兄は右足を上げ、金髪の左手をぐいと踏みつけた。

彼女は痛みに悲鳴を上げた。

「いい」フラーは言った。「痛めつければ痛めつけるほど、あんたを自由にするのがむずかしくなるのよ。だって、あんたが身動きできなくなって、運転も無理になったら、どうすりゃいいのよ？ わたしはウルフと話をして、どういう計画なのか知りたいだけ。彼がおとなしくして、あんたが口を閉じていてくれれば、問題なし」

今、青い目には涙が浮かび、ジーナ・ウルフの声は震えたが、言葉は気持ちがまだしっかりしていることを示していた。

「彼もそれを望んでいます……面倒を起こしたくない……わたしも……ふつうの生活を続けたい……波を立てないで……ロンドンに戻ったら、それでおしまい…

……」

フラーはその言葉をほぼ信じたが、ゴールディーを説得するのは無理だとわかっていた。彼は終局を求めているし、終局とはウルフを生かしておいて話をさせることではなかった。

　この女だって生かしてはおけない。

そうだ。女をつかまえた瞬間に不可避のものとなった決断に達した。

　彼女は言った。「ヴィンス」

「今度はどうする？」兄はにやりとして言った。「膝頭を割る？　それとも……」

　彼は銃身の先で女のスカートをウエストのあたりまでめくり上げたので、レースの縁取りのある小さなパンティがあらわになった。

「よしなさい、ヴィンス！」フラーは唸るように言い、スカートを引っ張って下げてやった。

　女性ならではの同情心を示され、一瞬、希望の光が見えたかとジーナは思ったが、それはすぐ消えた。フラー・ディレイは続けた。「必要なら膝頭を割ってやるけど、まずは前触れを味わってもらいましょう」

　彼女はつま先の角張った靴で女の左膝を激しく蹴った。

　悲鳴が小さな採石場にこだました。

「痛い？」フラーは言った。「彼がその膝を粉々にしたら、どんな痛みか想像することね。さあさあ、あんなろくでなしになんの義理があるっていうの？　あんたを棄てて家を出た。あんたが彼に近づけたのは、わたしたちのおかげだし、あんたは彼が死んでるほうがいい。もう一人の警官と結婚できるようにね。いつまでもばかな真似を続けるのはやめなさい。話して！」

　彼女は次の一蹴りにそなえて足を引いた。

「お願い、やめて！」ジーナは叫び、なんとか体を動かしてすわった姿勢になった。ありもしない逃亡経路をさがすかのように、目は必死に採石場のあちこちに飛んだが、やがて捕獲者たちに焦点を合わせた。

「あなたがたの知りたいことならなんでも教えます」彼女は早口に言った。「お望みどおり、なんでもします……なんでも！」

彼女は今、ヴィンスを見上げていた。両手をスカートにやると、さっき彼が銃身で押し上げたときよりさらに上まで引き上げた。それから、パンティのウエストに親指をそっと差し入れ、ゆっくり下ろし始めた。彼女の繁みが見えてきた。髪の毛と同じく、ふさふさしたブロンドの毛だ。ヴィンスの口元ににやにや笑いが広がった。

この女、いったい何をしているつもりだ？　フラーは自問した。彼女らしくないというだけではない。たとえヴィンスにファックさせたところで、行為が終わったら尋問は再開する。それなら、なぜ……？

答えは明らかだった。こんなに明らかなこと、体調が上々なら何秒も前にわかっていたはずだ。

注意を逸らす！

はっと振り向くと、こちらに向かって全速力で駆けてくる人物が目に入った。手にはごつごつした石を持っている。

「ヴィンス！」と叫んだとたん、男の肩がぶつかり、彼女は脇へ突き飛ばされた。ヴィンスは振り返り、ショットガンを上げた。アレックス・ウルフは右腕を振り、石でヴィンスの頭の横を思い切り殴りつけた。

脚ががくりと折れ、両腕が大きく振れ、銃はすっ飛んだ。ヴィンスはくずおれて膝をつくと、ゆっくり前のめりになり、頭を地面につけた。祈りを捧げるイスラム教徒のグロテスクなパロディだった。

ウルフは石を捨て、ジーナの横にひざまずいた。

「大丈夫？」彼は言った。

胸からふいに湧き上がってきた嗚咽を懸命にこらえながら、彼女は喘いだ。「ええ……ああいやだ……死ぬかと思った……」

嗚咽が勝ち、彼女は彼にもたれて泣いた。もう止めようがなかった。

彼は言った。「大丈夫だよ、ぼくがいる、心配するな。さっき運転していったとき、やつらを見かけたんだ。あの顔は見覚えがある、と思った……定かではなかったけど、念のためにUターンした……もう大丈夫……安全だ……」

彼女の気を鎮めようと言葉をかけるあいだ、彼の心は猛烈な勢いで対位法をなして飛んでいた。七年前、彼の人生は崩壊し、彼は助けを求めて闇へ逃げたのだった。そこから出てくると、どうしてそうなったのかはごく漠然とした意識しかなかったが、自分は新しい人生を創造したのだとわかった。古い人生にならったものだが、こちらはもっと長持ちしそうだった。

彼はあの古い人生を調べてみた。かつての自分の行動が傷跡を残したことは疑いなかったが、あそこにふたたび入っていったら、入らずにいるより大きな損害を与えると、自分を納得させることができた。

ところが、一つの愚行によって――歓喜に燃え、感謝を捧げたい、神に献酒したいという欲求のなせるわざだった――彼はすべてを危険にさらしてしまった。あの第一の人生で、神々は彼を破壊した。この第二の人生で、彼はもう少しで自分を破壊するところだった。

だが、体勢を立て直すことはまだ可能だ。ギッドマンは実務的な男だ。獲物を追いかけるほうが追いかけずにおくより危険だと理解すれば、狩人たちに中止を命じるだろう。そのメッセージをギッドマンに伝えさえすればいい。メッセンジャーをつとめるのにぴったりの男なら知っている。だが、まずはディレイ兄妹にもそのメッセージを呑み込ませなければならない。ヴィンスはまだ東洋の祈禱姿勢のままだから、手始めにあいつに教え込んでやろう。

そのときジーナが「アレックス！」と叫んだので視線をずらすと、恐怖に心臓が止まりそうになった。目の前に〈ドクター・フー〉から飛び出してきたような怪物がいたからだ。てらてらした頭、じっとにらみつけている黒い目、顔は完全に真っ白で、ただ鼻の穴から血が二本の赤い筋となってどくどく流れている。

　これはさっき彼が突き倒した女で、はずみで鬘が取れてしまったのだと認識するのに一瞬かかった。次の一瞬後、女が兄のショットガンを手にしているのに気がついた。

　アレックスは立ち上がり、ジーナから離れた。彼女が撃たれないようにするためでもあり、相手に動く標的を与えるためでもあったが、この距離でこの銃なら、狙いがはずれる可能性はまずなかった。

　彼は言った。「フラー、ミス・ディレイ、こんなことをする必要はないんだ。ゴールディーに電話して、始末はつけたと言って……」だが、そう言いながらすでに自覚していた——またしても幸福のチャンスを取り逃がしてしまった。オルフェウスが甘い歌をどれだけ歌おうと、この野獣をおとなしくさせることはできない。

18:57 - 19:22

ヘンドリックスが〈砂の城〉を歌っているところだったが、ゴールディー・ギッドマンは新来の客を見るなり、ためらいなくヘンドリックスを消した。

「ミック！　よく来てくれた。ずいぶんひさしぶりだな。元気そうだ。すわってくれ。葉巻はどうだね」

「遠慮するよ、ゴールディー。ずっと前にやめた」

巨大なテレビ・スクリーンの前に据えた革の回転椅子に深々と腰かけた男をパーディーは見た。実物は長いこと目にしていなかった。あまり変わっていない。腹に少し肉がつき、くりくりの巻き毛には霜が降りたが、彼は今も同じように抑えのきいた脅威をかもし出していた。

「健康プロパガンダに洗脳されたのかね？」ギッドマンは笑って言った。「わたしはフローにダイエットさせられているが、葉巻をやめるつもりはない。あんなのみんな嘘っぱちさ、ミック。体に悪いってのは、必ずうまいものだろう？　あの手の説教師どもは今の政府をがっちりつかまえたね。イランが宗教国家だと思うんなら、イギリスに来てみろってんだ！」

「それは保守党の次の施政方針声明《マニフェスト》に入るのかな、ゴールディー？」

ギッドマンはまた笑って言った。「わたしにわかるはずがないよ。政治は息子に任せている。あいつがいれば、あんたともっと近づきになれたのに、残念だった、ミック。例の特別委員会で、あんたの発言がまずかったとは聞いている。息子はフローといっしょにブロードステアーズに出かけたんだ。フローの姉が重病でね、彼女はすごく心配している。わたしとしちゃ、くたばってくれりゃいいと思っているよ。あの女、フローが黒人《ニガー》と結婚したのをよく思わなかった。わたしに金ができてひとかどの人物になると、ちょっと見方を変えたが、こっちは昔のことを忘れやしない」

「コンピューターが発明されて以来、誰も昔のことを忘れなくなったよ、ゴールディー。わたしはあんたにすごく悪い癖があったのをおぼえている。またあの癖に戻ったとは思いたくないね」

「本当に葉巻はやらないか？　わたしが吸うのはかまわないかな？　家の中で葉巻を吸ってもいいとフローのお許しが出ているのはこの部屋だけなんだ。信じられるか？　ほかの部屋にはぜんぶ煙警報機がついているから、葉巻に火をつけたとたん、消防車が駆けつけてくる。寝室のベッドの真上には特別敏感なやつがついてるんだ、彼女の留守にわたしがベッドで葉巻を吸おうなんて夢にも思わないようにね」

　彼は葉巻の先をていねいに切り落としてから続けた。

「だが、警報機をオフにする方法なら心得ているよ、ミック。それが人生をエンジョイする秘訣さ。問題を抱えないってことじゃない。それは無理だ。だが、問題をオフにする方法を心得ていること。それがコツだ。そう思わないか、ミック？」

　彼は葉巻をくわえた。さっきパーディーを部屋に通したあと、ドアのそばの位置に着いていたスリングズビーがマッチを手に進み出てきて、一本擦ると、葉巻の先にそっと近づけた。

「ライターを使っちゃだめだ、ミック」ギッドマンはぷかぷかと吸うあいだに言った。「上等の煙草には優しい火が必要だ。炎があまり鋭いと悪い反応が起きる。必要充分な炎を使えば、ゆっくり、リラックスして燃えてくれる。ほらな。ありがとう、スリング」

「ジーナの話をしに来た」パーディーは言った。

「ジーナ？　ロロブリジダの話か？」

「ふざけるな、ゴールディー。いったいどういうつもりなんだ？」

　ギッドマンは葉巻を吸い、長い満足のため息のように煙を吐き出した。

「どういう意味かよくわからないんだがね、ミック」

「あんたが写真を偽造して、おかげでジーナが失踪した夫をさがしにヨークシャーへ飛んだ、という意味だよ。例の昔ふうな戸惑い顔をつくるのはよせ。あんたのペットのサイコ二人も向こうで人さがしをしているのは知っている。やつらが男を一人殺し、女の警官を病院送りにしたことも承知だ」

「おもしろいことをたくさんご承知だね、ミック」ギッドマンは言った。「まあ仮に、わたしがフラーとあの不気味な兄貴をウルフ警部とちょっと話をするようヨークシャーへ送り込んだとしよう。彼があっちにいるとしてだがね。それで、あんたが困るか？　死んだはずのウルフに甦ってもらいたくない理由なら、そっちはわたしの倍もあるじゃないか」

「どう計算するとそうなるんだ？」

　また葉巻を長く吸って煙を吐き出す。部屋の空気がほんのりと青味がかった灰色になってきた。

「そりゃまあ」ゴールディーは言った。「彼がなにかまずいことを言い出すんじゃないかと、あんたもわたしもちょっと心配する理由はあるかもしれない。だが少なくとも、わたしは彼の女房をファックしちゃいない」

　パーディーは椅子にすわった男のほうへ一歩踏み出した。スリングズビーが動く音は聞こえなかったが、ふいに肩にかかる手を感じた。

「そのとおりだ、スリング、ミックに椅子を持ってきてくれ。ちょっと働き過ぎで疲れているようだ。すわったほうがいい」

　椅子が押し出され、脚の後ろに触れると、パーディーはどさりとすわった。

　深呼吸し、煙の味に顔をしかめると、低い、きつい声で言った。「ゴールディー、あんたがアレックスをどうしようとかまわないが、あの二人をジーナには近づけたくない。いったいどういうつもりなんだ、わたしに一言もなくこんなことをして？」

「第一に、あんたがあの女についてそう真剣だったとは知らなかった。もっといいのが出てくるまでのつなぎに遊んでいるだけだとばかり思っていたんだ。ずっと前、ウルフが姿を消したとき、追跡に役立ちそうなことをなにもかも教えてくれたのは、あんただったと記憶している。彼とあの女、ジーナがいちゃつくときにやるっていうゲームもそうだ、酔っ払った勢いでウルフがあんたに教えたんじゃないか。彼女を向こうへ行かせ、彼をいぶり出すのに、あれはすごく役に立ったよ。あの元気なちびの兵隊ゲーム、今も彼女はやりたがるかね、ミック？」

パーディーは立ち上がろうとしたが、尻が椅子から二インチと上がらないうちに、スリングの手がまた肩に置かれ、今度は頸静脈に冷たく鋭い鋼《はがね》が当たった。

「まあまあ、ミック」ギッドマンは言った。「不愉快な思いをさせるつもりはないんだ。あんたは友達と思っているからね。昔から。だからこそ、ずっと前にあんたがわれわれの仲はこれまでだと決めたとき、わたしは逆らわなかった。あんたは正義の道を選び、過去を葬りたかった。わたしも同感だったさ、ミック。だからあんたの選択を尊重した。肩越しに振り返って、わたしが見えたなんてことは一度もなかったろう？」

「警察が〈マキャヴィティ〉を計画したとき、あんたはそこにいた」パーディーは咎めるように言った。

「おいおい、ミック。あれはあんたが手出しするような作戦じゃないと、わたしにはわかっていた。だが、古い友達に電話して、わたしに進行状況を逐一伝えてくれるような人を思いつかないかと訊いてみたって、害はない。で、あんたはウルフ警部を教えてくれた。プレッシャーはなかった。あんたが彼を渡してよこしたんだ」

「それから毎日わたしはそのことを悔やんできた」パーディーは静かに言った。

「気にするなよ、ミック。それでわたしが困った目にあうとは、あんたは知らなかったんだから」ギッドマンはわざと相手の言葉を誤解して言った。「わたしはそのことであんたを非難したか？　とんでもない。ともかく、彼は頭がおかしくなるまでは、いい仕事をしてくれた。いい金だってもらっていた。結局、彼を見つける手がかりになったのはそれ、金だ。警官の記憶喪失ってのは、おかしなもんだ。すべて忘れても、金をどこにしまったかだけはちゃんとおぼえている」

彼は高らかに笑った。

「こっちは何年も前からいつでも、あの口座を解約して、全額取り戻すことだってできたが、わたしは金なんか必要なかった。どっちみち、たいした額じゃなかったしな。それで、ほっとけ、ゴールディー、あいつがまた頭をもたげることがあったら、真っ先に行くのはあそこだ、と思った。そのとおりになった。残念ながら、彼は田舎のホテルに金を振り込むために口座を使っただけだった。きっと彼はこのホテルで働いているか、そこに泊まっているんだろうと思ったから、うちのフラーをやって見てもらった。彼女は二日ばかりやってみたが、手がかりはつかめなかった。だが、彼はあそこにいると、わたしにはわかった。存在を感じた。そのとき、あいつをおびき出すのにあんたの女友達を使おうと思いついたんだ」

「あんたにしては、いい考えじゃなかったな、ゴールディー」パーディーは言った。「だからわたしがここに来たんだ。ジーナがわたしのもとに帰ってくるまで、仕事は中止しろと二人に命じてくれ」

「ご心配はもっともだがね、ミック、二人は彼女に近づくといっても、それがウルフ発見につながればだ。あいつが見つかったら、静かに話をする。様子を確かめるだけさ、わかるだろう？　誰も痛い目にあう必要はない」

「ああ、ゴールディー、そのとおりだろうな。誰も痛い目にあう必要はない。こんなことをする必要はぜんぜんないんだ。アレックスが北部にいるとしたって、今のところ証拠は出ていないようだし、どういう危険につながる？　いなくなって七年になる。どうして今ごろ姿を現わして面倒を起こそうなんて思う？　たとえ彼が出てきたとしても、何を言える？」

「そうだな、彼がわたしから金をもらえるよう、リクルートしたのはあんただと言える。それはわたしだってうれしくない。だが、長年のあいだに、人がわたしにクソを塗りたくろうとするのには慣れてしまったし、はがれないほど塗りたくれた人間はいまだにいない。だから、わたしとしてはほんのちょっと恥ずかしい思いをするくらいだ。しかし、あんたはどうかな、ミック……」

彼は悲しげに、残念そうに、首を振った。

「わたしがどうだというんだ？」

「いやあ、あんたの雇い主の〝白塗りの墓（「外見をつくろった偽善者」のこと）〟がどういうやつらかは、そっちのほうがよくご存じだ。たとえかれらがなにも立証できなくても、あんたのキャリアはおしまいだよ、ミック。今までよくやってきた。しかも、おおむね清潔にやってきた。そのキャリアを投げ出すことはないだろう？　それに、ガールフレンドはどうかな？　彼女を今ファックしている男が、ずっと昔、彼女の夫の人生を台無し《ファック》にしたとわかったら、どういう気持ちになるかな？」

パーディーは静かに言った。「あんたのたわごとを拝聴するためにここまで来たんじゃない、ゴールディー。ジーナにもしものことがあったら、あんたは恥ずかしい思いをするくらいじゃすまないと教えにきたんだ。そうなったら、クソの大嵐を起こしてやる。あんたは中央刑事裁判所《オールド・ベイリー》の法廷に立たされ、息子は国会《ウェストミンスター》で、上昇するスターどころか、立ち昇る悪臭になる」

　しばらくのあいだギッドマンはじっとしていたが、それからまた葉巻を上げたので、手首につけたどっしりしたゴールドのブレスレットがローレックスのゴールドのバンドにがちゃがちゃと当たった。

「どうやるつもりなんだ、ミック？」彼は訊いた。

「〈マキャヴィティ〉にはできなかった。《デイリー・ファッキング・メッセンジャー》にもできない。保《ミ》守党本部《ルバンク》のプロの調べ屋たちがみんなでわたしを顕微鏡にかけたが、出てきたクソすらバラの香りを放った。あの連中は、自分たちが間違っていたと立証されるのをおめおめ許すと思うかね？　いや、わたしは戦車にも攻め込めない防壁に守られているんだ、ミック。傷つけようたって、あんたに何が言える？」

「わたしはあんたが企業家になるよりずっと前からそばにいたってことを忘れているな、ゴールディー。あんたが成り上がりの高利貸しで、近所の人たちから金を搾り上げていたころからな。当時、わたしはあんたを守ってやった。なんてことだ！　例のポーランド人の仕立て屋が、あんたから金槌で指を潰されたと届け出てきたときをおぼえているか？　それをすぐ知らせてやったのはわたしだ。だからあんたは彼が指名した目撃者、おたくの麗しいミス・ディレイに、台詞を仕込む時間があった」

「口をはさませてもらうがね、ミック。フラーは仕込まれる必要なんかなかった。わたしはなにも言わなかった。あんたが彼女を面接したとき、彼女がどう反応するか、見たかっただけだ。もちろん、もし彼女がべらべらしゃべっていたら、こっちはスリングを送り込んで、もう一件事故を手配することになったろうがね。しかし、彼女はなにも言われなくとも正しいことをしたから、これは宝物を手に入れたとわたしにはわかった。あんたは彼女に会ったことがある。どれだけよくできる女か、ご存じだろう?」

パーディーはこれを無視して言った。「スリングと事故の話だが、あのころ、あいつの後始末をつけてやっていたのはわたしだってことを忘れるな。彼が仕立て屋一家を焼き殺したとき、放火に使ったブタンガスのスプレーを見つけて、消防署の検査チームが仕事にかかる前に処分したのはわたしだよ」

「おいおい、家族ぜんぶじゃないぜ――幼い女の子は助け出されたじゃないか、忘れたのか?」スリングズビーが怒って割り込んだ。

「そのとおりだ、スリング」ギッドマンはなだめるように言った。「ミックの間違いだ。彼は申し訳ないと思っているよ。そうだろう、ミック?」

パーディーは喉元に当たったナイフの圧力が増すのを感じ、かすれ声で言った。「そうだ」

「よし」ギッドマンは言った。「話のついでに、このもう一つのほうもはっきりさせておこう。あんたはブタンガスの缶を何十年も保存してきたっていうのか、ミック? まさかな。たとえそうだとしたって、これだけ時間がたっちゃ、それをスリングとわたしに結びつけるのは無理だ。現代科学の驚異をもってしてもな」

「それは裁判所が決めることだよ、ゴールディー。それに、わたしの手持ちの話はそれだけじゃない」

ゴールディーは葉巻を揉み消し、思いをめぐらせるように顎の先を掻いた。

「あんた、わたしを脅しているように聞こえるぞ、ミック。友達のすることじゃない」

「警告しているだけだ、ゴールディー。昔は昔。そのくらい、わかるだろう。前みたいに金槌を使えば、今なら必ずつけがまわってくる。ディレイたちはすでに一人殺した。ヨークシャー警察はあんたとのつながりに気づいている」

「非常に古いつながりだよ、ミック」ギッドマンは言った。「さてと、わたしのマスコミ用声明はどうなるかな……？」

彼は声を低音にし、ほとんど教皇のような調子で重々しく言った。「〝ミス・ディレイはかつて経理担当事務員としてわたしの元で働いていました。事業がしだいに複雑化するにつれ、財政面の手伝いには違う種類と技能の人材が必要になり、彼女は冗員となりました。そこで、かなりの金を払ってやめてもらったのが十年以上前のことです。もちろん、彼女が問題を起こしたと聞いて遺憾に思いますが、この件について、わたしが警察に協力できることはこれ以上はありません〟。こんなところでどうかな、ミック？」

「まるっきりたわごとに聞こえるね」パーディーは言った。「ゴールディー、わたしは言いたいことは言った。ここに来たのは、あんたが今のうちに整理整頓するチャンスを与えようと思ったからだ。そのチャンスを逃がすのは馬鹿だぞ」

「わたしをわたしの家の中で脅すというほうが、よっぽど馬鹿だね、ミック」ギッドマンは言った。「整理整頓といえば、今現在わたしに見える限りで、唯一整理されていないのはあんただ。ま、ちょっと時間をくれ。よく考えてみないとな……」

喉元のナイフが肌に傷をつけているようだとパーディーは思った。なにか温かいものが首を滴り落ちていくのが確かに感じられる。汗か血に違いない。

「時間ならいくらでもやるよ、ゴールディー」彼は言った。「好きなだけ考えてくれ」

頭の中に考えがよぎった――週末の作戦の疲れと、対抗策として飲んできた薬のせいで、とうとうぐったりしてきた。こんなところに来るなんて、何を考えていたんだ？　目の前にすわっている男は、いかにも富と影響力と立派な社会的地位のある人間らしく装っているが、清掃の仕事をさせるためにディレイ兄妹をヨークシャーに送り込んだという事実を見れば、一皮剝けば、ギッドマンは昔と変わらず容赦なく、道徳心のないギャングスターなのだとわかる。

　この窮地を脱するには神の介入が必要だ、とふいに感じられた。

18:52 - 19:23

　オルフェウスの音楽がなだめることのできない野獣でも、ときにはパニックに駆られた単純な大声がその歩みを凍らせる。

「おい！」

　音は採石場の奥の壁に当たり、跳ね返ってあちこちにぶつかったので、出てきた方向を突き止めるのはむずかしかった。

　一瞬、みんなが上を見た。こんな不吉な音は空から聞こえてきたに違いないと思ったからだった。

　それから、アレックス・ウルフは採石場の端に二人の男が現われたのを目にした。一人はすぐ誰だかわかった――ピーター・パスコー、娘の洗礼式に来ていた。もう一人は漠然と見覚えがあった。あの巨体……あの熊のような歩き方……あの猿のような頭……あれはケルデールでジーナといっしょにすわっていた男じゃないか……？　名高いアンディ・ダルジールじゃないか？

　大声を出したのは彼だった。あんな音がピーター・パスコーの細い喉から出てきたはずはない。どのみち、パスコーはショットガンを持った禿げ頭の女の存在より、洗礼披露宴のホストがここに突然現われたことのほうに戸惑っているようだった。

「エド、こんなところでいったい何をしてるんだ？」

　彼は呼びかけた。

　ウルフは答えようとしなかった。考える必要のある質問だった。状況がよほど悪くなれば別だが。そうなったら、考えるもなにもない、と彼は思いながら、不機嫌なサイのごとく悠然と前進してくるダルジールを見守った。

「そいつはラウドウォーターであの気の毒な若いのを撃った銃か？　下ろしたほうがいいな、ラヴ。証拠物件だ」

　ほとんど脇台詞のように言いながら、巨漢はフラーの前を通り過ぎ、兄のほうへ歩いていった。兄は体をもたげ、ふつうにひざまずいた姿勢になっていた。

　このトリオの中で、どれがいちばんグロテスクか決めるのはむずかしいな、とウルフは思った。激しい恐怖のあとに、ふと冷静になることがある。青ざめた禿げ頭の女か、血を流している男か、それとも巨石のごとき警官か。

「ヴィンセント・ディレイだな？」ダルジールは言った。「銃で一人撃ったうえ、うちの刑事を病院送りにしたのはおまえか？　銃がなくて、戦う相手が女の子でなければどうするんだ？　試してみたいか？」

「アンディ！」パスコーは言った。「やめてください。

彼は傷ついている」

「あれが傷だって？　蚤に食われた程度だ。まあ、あとでもいい。いや、よくないか。殺人で、しかもあの前科じゃ、わたしの生きているうちに日の目は見られんだろうな」

「離れなさい！」

　フラーだった。銃を巨漢の腹に向けていた。

　ダルジールは振り向いた。顔には安心させるような微笑を浮かべていた。

「いいや、ラヴ」彼は言った。「気をつけろよ。そいつをいじくるのはやめろと警告したろう。自分が怪我をしないうちに、さっさと下ろせ」

「ヴィンス、立って。ここから出ていきます」

　今、巨漢の微笑は広がって、歯を見せた笑いになった。

「どこへ行くっていうんだ？　ほら、聞こえるだろう」

　彼は大きな手を耳の後ろに当てた。遠くからぐんぐん近づいてくるサイレンの音がみんなの耳に聞こえた。

「警察車が三台、救急車が一台だな」ダルジールは分析した。「救急車はこの男のためだ。病院できれいにして、裁判官の前に出しても恥ずかしくないようにしてもらう。あんたもあんまり具合がよくないようだな、ラヴ。いっしょに病院に連れていってもらって、最後の別れをしたらいいだろう。男女いっしょの刑務所がなくて残念だ。あればいっしょに刑期を過ごせたのにな」

「フラー！」

　ヴィンスは今では立ち上がっていた。目から血を拭いた。

「この野郎を撃て！」彼はかすれ声で言った。「ここから逃げなきゃだめだ」

　パスコーは一歩進み出て言った。「これでおしまいだ、フラー。銃を下ろしなさい。警察がもうすぐ来る。

かれらは武装している。あなたがそれを手にしているのを見たら、ためらわず発砲しますよ」

銃身が迷うように巨漢から細身の主任警部のほうへ動いた。

少なくとも、こっちから気が逸れた、とアレックス・ウルフは思った。

思考が伝わったかのように、銃がさっと弧を描いて彼の方向に戻った。

「心を決めろ、ラヴ」ダルジールは言った。「一発しか残っていない」

「フラー、お願いだ！　行こう」ヴィンスは嘆願した。声の高さと抑揚はほとんど子供のようだった。「ムショに戻るのはいやだ。入ったらもう絶対出してもらえない。逃げよう。スペインへ行こう。あっちに落ち着くよ、おれだってあっちが気に入るよ、ほんとだ。お願いだ、フラー、頼むから」

彼はよろよろと青いフォルクスワーゲンのほうへ動き始めた。ダルジールは下がって彼を通してやった。

サイレンがごく近くになってきた。

女は彼についていこうとした。

ダルジールは考えるように言った。「あいつ、いくつだ？　まだ五十前か？　健康でいれば、たっぷり三十年は塀の中だな。まあいい。中学の勉強をやり直すいい機会だ」

彼女は歩き続けていたが、痛みをこらえて必死で歩を進めているようだった。

サイレンが鳴り止んだ。車のドアがあく音、人の大声、走る足音が聞こえた。

「最後のチャンスだよ、ラヴ」ダルジールは言った。

「この野郎！」彼女は彼に向かって唾を吐き、引き金を引いた。

新着の警官の最初の一人が現場に駆けつけ、ショットガンの爆音を聞き、男がどさっと地面にくずおれるのを見た。

「武装警察だ！」彼は大声で言った。

女は彼のほうを向き、銃もいっしょにそちらを向いた。

「武器を捨てろ！」彼は言った。

彼女は銃を上げ、相手の胸に向けた。

警官は彼女の心臓を撃ち抜いた。

「くそ」彼は自分のしたことにぎょっとして言った。「ああ、くそ」

「いや、自分を責めるな」アンディ・ダルジールは言った。「あの女はどのみち死ぬ間際だった。医者でなくたって、そのくらいわかる」

彼はジーナ・ウルフのほうを見た。話をしたいと思ったが、彼女は頭を剃り上げた男の腕に抱かれ、男は差し迫った様子で彼女に耳打ちしていた。どうも慰めの言葉というより指示のようだ、というのが巨漢の印象だった。

「あの男を知ってるのか？」彼はパスコーに言った。ショックを受けた様子の主任警部は警視のそばに来たところだった。

「ええ……エド・ミュアです……わたしは彼の娘の洗礼パーティーに……」

「じゃ、なんでこんなところにいるんだ？」

「知りません……実際、なんにもわからない……何がどうなったんですか、アンディ？」

しっかりしろ、とパスコーは思った。こんなみじめな声じゃ、さっき妹に撃たれた気の毒な野郎とおんなじだ！

「いや、ごちゃごちゃ考えて悩むことはない」巨漢は言い、肩をぽんと叩いたので、パスコーは倒れそうになった。「中身を知ってるってのは、指揮官の責任だ。で、指揮官といえば、わたしだろ？　きみの友達は今度は何をしてるんだ？」

パスコーが目をやると、ミュアは今では金髪女から離れ、差し迫った様子で携帯で話していた。

「知りません」彼はまた言った。「たぶん、アリに電話しているんだ、彼のパートナーですが……」

「〝ごめんよ、夕飯に遅れそうだ、殺人鬼二人につかまってね〟とかなんとか。理解ある女だといいがね」

彼はヴィンス・ディレイの死体のそばまで歩いた。死体はフォルクスワーゲンに背をつけてしゃがみ込んだ姿勢で、その顔にはかすかな驚きがまだしるされていた。

「理解ある女といえば、あのフラーはおまえにいいことをしてくれたな」巨漢は死体を見下ろして言った。「誰しもああいう妹を持つべきだ」

「愛情ある妹、ですか？」パスコーは言った。声の震えは消えていた。

「死んだ妹、だよ」アンディ・ダルジールは言った。

19:22 - 19:30

ゴールディー・ギッドマンはすわったまま、大好きなヘンドリックスがウッドストックで演奏しているのをまだ見ているかのように、なにも映っていないテレビ・スクリーンを見つめていた。沈黙が一分に伸びた。パーディーの頭には言うべきことがいろいろ浮かび上がったが、どれも嘆願か挑発のように聞こえた。スリングズビーをどう扱うか、方法をあれこれ考えてみた。認知症のきざしのある老人だが、そういう病気の人によくあるように、肉体的にはぴんぴんしている。どっちみち、剃刀の刃のように鋭いナイフらしいから、それで肉と血管を切り裂くのにたいした力はいらない。

降参しろ、と彼は自分に言った。退却するとゴールディーに思わせろ。だが、あからさまにやるな。彼は馬鹿じゃない。馬鹿なら今のあの地位まで来られたはずがない。

すると、心地悪い考えがもう一つ加わった。今のあの地位まで来たのは、道をふさぐものがあれば、相手の都合などおかまいなしに取り除く意志があったからでもある。

神の介入が楽譜に書き込まれているのなら、今こそ演奏されるときだ。

彼の携帯が鳴った。

ジーナがダウンロードしてくれた着信音は、バッハの〈ゴルトベルク変奏曲〉のアリアをもとにしたものだった。彼は「よしてくれよ、そいつを聞いたら、おれの頭がおかしくなったかとみんなが思う」と抵抗したのだが、彼女は「ええ、でもあなたはいつもわたしのことを考えるでしょ」と答えたのだった。

今、彼はジーナのことを考えた。

メロディーが繰り返された。

ゴールディーは言った。「出たほうがいいな、ミック。だが、言葉に気をつけろ」

喉に当たる鋼の圧力が変わらないように注意して動き、電話をポケットから出して耳につけた。

「パーディーです」彼は言った。

話を聞いた。彼を注視しているギッドマンは興味をもって見て取った――電話の相手が誰であれ、パーディーの注意は完全にそちらに惹きつけられ、スリングズビーとそのナイフの存在などまったく念頭になくなっている。

一分近くたって、パーディーはふいに声を上げた。「で、彼女は無事なのか？　そこにいる？　話をさせてもらえるか？」

彼はまた話を聞いてから言った。「ああ、わかった。で、二人とも死んだ。それは確かなんだな？」

また少し聞いてから、彼は言った。「直接彼に教えてやったらどうだ？　ああ、ここにいる。ちょっと待て」

彼は電話を耳から離して言った。「ゴールディー、この話を聞くといい」

ギッドマンはしばし彼をにらみつけてから、身振りをした。ナイフが喉を離れたので、パーディーは立ち上がり、進み出て、ギッドマンに電話を渡した。

彼は言った。「ゴールディー・ギッドマンです」

今度は彼が話を聞く番だった。

しばらくして、彼はパーディーと同じ質問をした。

「二人とも？　確かか？」

また聞いてから、彼は言った。「それでうまく辻褄《つじつま》を合わせられるんなら、わたしはそれでかまわない。ほんとに、こっちは話がしたかっただけなんだから」

彼は電話を切り、パーディーに返した。それからにやりと笑い、歯の金の詰め物がツタンカーメンの墓のごとくきらめいた。これでもう安全だ、とパーディーにはわかった。首に触れ、その指を確かめた。血と汗、両方だった。

ギッドマンは言った。「あんたの言ったとおりだ、ミック。物事がちょっと脱線した。まあ、誰しもまずい日ってのはあるよな？　だが、かれらは話をまとめた。年を取るにつれてわかってきたがね、しゃべってまとまらない話はない」

パーディーは首にハンカチを当てた。

「喉を切られちゃ、しゃべるのはままならないな、ゴールディー」

ギッドマンは笑った。

「そんなことにはならなかったよ、ミック。葉巻はやらないかね？　昔を懐かしんで、ラムを一杯？　オーケー、わかった。悪く取らないでほしいが、あんたちょっと疲れているようだ。ベッドに戻って一眠りするのがいちばんだよ、ガールフレンドが帰ってくる前にな。スリングが玄関までお送りする。ああ、スリング、警視長にお別れの挨拶をしたら、マギーに声をかけてくれ。わたしの世話を引き受けてくれた。わたしの夕食用に、肉とポテトのパイを用意してあるとフローは言っていた。どこにあるか、マギーに教えてあげなさい。それから、いっしょに食事してくれたらありがたいと伝えてくれ。じゃ、さよなら、ミック。そう間を置かずにまた来てくれよ」

外に出ると、ミック・パーディーはスリングズビーを見た。友人を送り出すときに人が使う穏やかな微笑を浮かべ、老人はウィンドラッシュ・ハウスのドアを閉めた。

それから、彼は夜の空気を深く吸い込み、暗くなってきた空を見上げた。

いい人生だと思えた。これからむずかしい事態が控えているとはいえ。

アレックスは、これまでに築き上げてきた隠れ蓑を破る必要はないと自信を持っているようだった。パーディーはそれを受け入れた。だが、ジーナもその線でいくとウルフが請け合ったことは、そう簡単に受け入れられなかった。彼女がそうするとすれば、帰ってきたとき、どういう態度になっているだろう？　夫がまだ生きていると知りながら、パーディーと結婚しようとするだろうか？　予定通り弁護士に死亡推定願いを出させるだろうか？

それに、ギッドマンのためにアレックスをリクルートしたのが彼だということを、彼女はどこまで推測しただろう？

こういう懸念の数々は、いずれ始末をつけられると彼は確信していた。こんなものは軟膏の中の蚊にすぎない（「軟膏の中の蠅」は「玉に瑕」の意味の成句）。だが、蚊といっしょにぶんぶん飛んできそうなでかい青蠅が一匹いる。それはアンディ・ダルジールだった。

彼はこの事件にどう反応するだろうか？

必ず知らせてくれる、とパーディーは思った。きっと、じきに電話してきて、ジーナは無事だと教えてくれるだろう。もう知っていると悟られないよう、気をつけなきゃだめだ。

あれこれするには疲れ過ぎていた。年を取り過ぎているのかもしれない。

おかしなことだが、彼が心配していない一つの要素はゴールディー・ギッドマンだった。

過去に多くの出来事があった。初期のころなら、パーディーが個人的に知ったこともあったし、企業家になってからは、推測したこともある。ギッドマンはいつも風に逆らい、きわどい航海をしながら、無敵のオーラを発していた。

ちょっとアンディ・ダルジールみたいだ、とパーディーは思った。

難関をくぐり抜けてきた偉大な二人。アンタッチャブル。

かれらのことを心配しても無意味だ。神のことを心配しても無意味なのと同じに。

うちへ帰って眠ろう。あとは目が覚めてからでいい。

23:15 - 23:59

シャーリー・ノヴェロが目をあけたのは、病院に担ぎ込まれてから二度目だった。

一度目は、マスクをかけた見知らぬ人たちに囲まれていた。かれらはあたりをせわしなく動き回り、彼女を押したりつついたりし、コードや管を調節した。最後に、マスクをかけていない男が担当の外科医だと自己紹介し、簡単な質問を一つ二つして、彼女が単音節の返事をするととても喜んだ様子になり、それから出ていったので、彼女はそれをまた眠っていいという許可だと理解した。

二度目に目をあけると、物音や人の動きはなく、ただベッドの脇に堂々たる体格の人物が一人すわっているだけだった。神かと思いそうなところだったが、その人物はタブロイド新聞の日曜版を読んでいた。

「やあ、どうだね、ラヴ」人物は言った。「この記事によると、保守党は不景気をよく調べて解決策を出すためのシンクタンクを作って、その五賢人の一人はゴールディー・ギッドマンだそうだ。信じられるかね？」

「だれ……彼……？」彼女はなんとかつぶやいた。

「きみがここに入れられることになった、その大もとの責任のある悪党だよ」不思議な人物は言った。神ではないかもしれないが、アンディ・ダルジールにそっくりだった。「悪いニュースはな、この男に罪を償わせるのはひどくむずかしそうだってことだ。いいニュースもある。きみの頭蓋骨を割った張本人の野郎は、妹といっしょに階下の霊安室にいる」

　あまりにも超現実的なことばかりなので、これは麻酔後の幻想の一部に違いないと決め、目を閉じたが、またあけてみると、彼はまだそこにいた。

「いちばんの問題は」ダルジールの幻は言った。「ピート・パスコーの友達の話をどこまで信じるかだ。〈迷える旅人〉亭でケータリングの仕事について店主と話をしていた、と言う。運転して帰る途中、坂道の下に目をやると、ジーナが車に押し込まれるのが見えて、心配になったからあとをつけた。通りがかりに人助けをした英雄ってだけで、騒がれたくはないそうだ。ジーナのほうは、ドライブに出て道に迷ったので、車を止めて外の空気を吸い、方向を確かめようとしたところ、ディレイの二人が現われて、誘拐された、と言う。ほんとらしく聞こえるところがあるかね、ええ？」

ノヴェロはまた目をつぶろうとしたが、相手は黙るどころか、それをコメントと受け取ったようだった。

「そのとおりだ、ラヴ。わたしもおよそ嘘くさいと思う。だがな、アンディ・ダルジールお得意の厳しい尋問をやって事情を掘り下げたら、嘆かわしいことになるばかりだろう？ 彼はロージーのクラリネットの先生とのあいだに赤ん坊が生まれたばかり、ジーナは家に帰って寡婦年金を請求し、ミック・パーディーと結婚したい。そこで、もう一つ問題がある、きみだってすぐ指摘したろうがね」

「ワ……アー」ノヴェロは目をあけ、喘いだ。

「え？ 〝なに《ワット》……彼女《ハー》？〟 〝だれ……彼？〟みたいなもんか？」

「ワ……アー」彼女は必死になって繰り返した。

「ああ、水《ウォーター》か！ わかった」

彼は枕元のロッカーの上にあったボトルからグラスに水を注ぎ、彼女の肩に腕をまわすと、口元にグラスを近づけた。充分飲んだという身振りを見て取ると、頭をそっと枕に戻してやった。

彼女は言った。「ほんとにあなたなんですか？」

「いい質問だ、ラヴ。今日みたいな一日だと、どう答えていいのかわからんな。さてと、ミックの話をしていたんだった。疑いはある。わたしは人一倍、悪徳警官が嫌いだ。だが、若いころはみんなちょこちょこ手抜きをする。見て見ぬふりをしてやる見返りに、ビールを一パイントとか、女と寝るとかな。あいつだって、今は真っ正直だろう。一つ確かなのは、彼が気遣っているのは自分じゃない、ジーナだってことだ。彼女をほんとに愛しているんだ。わたしはその仲をぶち壊しにしていいのか？ だが、彼女は馬鹿じゃない。家に帰ったら彼を問い詰めるだろうな。甘いもんじゃなかろう。なら、わたしはどうしたらいい？ きみももうじき、こういう決断を迫られるようになる。きみはずっと上まで昇れるよ。わたしは出来のいいやつを必ず見抜くんだ。きみには素質がある。それじゃ、わたしはどうすべきだと思う？」

彼女はありったけの力をこめて、ごくはっきり言葉を口から押し出した。

「うちに……帰る！」

「ああ、そのとおりだ。一晩眠ってから、考え直す。ただし、まっすぐうちへは帰れない。署で報告書をだいたいまとめたあと、ピートは〈黒牡牛〉亭でみんなに一杯おごってやると言った。わたしはきみの様子を見たいんで病院に行くと言っておいたが、帰り道に寄ってみるよ。閉店時刻をずっと過ぎてるから、もう誰もいないだろうが、ピートとウィールディはわたしを待っていてくれるかもしれん。きみからもよろしくと伝えるよ。まだ二、三日は仕事に戻れないだろう。だが、こういう場所に長居をしちゃいかん。病気の人間だらけで、何をうつされるかわかったもんじゃない」

椅子が押し下げられ、大きな足が床を踏む音が彼女に聞こえた。彼はゆっくりドアのほうへ進んでいた。すべて幻想だったのだろうか？ 話の大部分は理解不能だったが、一つだけ、すがりついて信じたい部分があった。彼女は出来がいい、上まで昇れる、と彼が言った部分だ。本当にそう言ったのかと尋ねるわけにはいかないが、彼が現実にここにいたことを証明するしるしがなにかもらえたら、慰めとなり、励ましとなるのだが。

足音がふと止まった。遠くから声が聞こえた。「ああ、あと一つあった、アイヴァー。ランチ用にきみに渡した四十ポンドだ。こういう状況だからな、釣り銭は心配するな」

願いはかなった。

彼女は微笑を浮かべ、眠りについた。

ダルジールは病院をあとにして、静かな街路を運転していった。とんでもない一日だった。もっとずっと悪いことになっていたかもしれない。あのウェールズ人の青年が殺されたのは気の毒だったが、よく考えてみて、あれは彼の責任でもなければ、好色なフッキーの責任でもないと思った。だが、もしアイヴァーの怪我が致命傷だったとしたら、もしジーナを見つけるのが間に合わなかったとしたら、彼は辞表を出していただろうという気がした。辞表を出すどころか、辞職させられていたかもしれない。

非常に危険なコーナーでスキッドして、危うく道をはずれそうになったが、なんとかまだ道路にいる！〈黒牡牛〉亭の前の黄色二重線の上に車を寄せた。ほかには一台も見えない。閉店時刻をとうに過ぎていた。窓からほのかに明かりが見えるが、音はほとんど聞こえない。店主のジョリー・ジャックと彼のゾンビ・チームは店の清掃をしているだろう。そのまま帰ろうかと思ったが、ひょっとしてピート・パスコーが待っている可能性もあると思い直し、車を降りてパブのドアを試した。

ドアはあいたので、彼は薄暗い玄関ホールに入り、それから右に曲がって、〈バー〉と書いたドアのほうへ歩いた。

ここに来て、一杯飲みたいって気がしないのは、これが初めてだな、と彼は内心で悲しげに言った。客を放り出したあとのしんとしたパブくらい気の滅入るものはない。

進み出てドアを押しあけたとたん、万歳やら歓声やら口笛やらの不協和音が飛び出してきた。

みんなそこにいた。彼の部下たち、あいつもこいつも。犯罪捜査部の定席になっている、店の奥の一段高くなったところに、ぎっしりすわっていた。その服装を見れば、ノヴェロが襲われたという知らせが届いたとき、それぞれ何をしていたかが一目瞭然だった。みんな手伝いに駆けつけたのだ。必要ないとわかった人たちもいたが、それでも誰も家に帰らなかった。だが、どうしてそんなに喝采しているのだろう？　長い時間のかかった困難な事件がようやく解決したときのような反応ではないか。

だが、雰囲気が違った。なんだか、長旅から帰ってきた彼をみんなが歓迎しているような感じだった。

「おまえら、帰る家ってもんはないのか？」彼は言った。「ジャック、みんなに一パイントやってくれ。あと、ほかのを飲んでるやつらには、同じのをな。きっとおごってくれる人間が来るのを何時間も待っていたんだろう。だがな、一杯だけだぞ。もう夜中の十二時近い。明日の朝一番には、みんな月例捜査会議に出席だ。規律が乱れてきてるな。遅刻したやつは許さんぞ」

彼はウィーン時計の下のいつもの王座にすわった。時計から出てくるはずの鷲は、ずっと前にやはり警察の勝利祝賀会があったときに飛んでいってしまい、巣は空っぽだった。彼はパイント・グラスからひとしきりぐいぐい飲むと、ノヴェロの容態について楽観的な報告をしたので、また喝采が上がった。

「じゃ、終わりよければすべてよしだ」パスコーが彼の耳につぶやいた。

　ちょっと皮肉がこもっている？

「ガレス・ジョーンズにとっては、そうよくなかった」ダルジールは咎めるように言った。「それに、フッキー・グレンダワーもハッピー・エンドですむとは思えない。だが、あのギッドマンて野郎にとっては、よすぎるほどの終わり方だ」

「われわれにできることはありませんよ、残念ながらね」パスコーは言った。「神の手にゆだねるしかない。神といえば、警視、わたしとウィールディが疑問に思っていたことがあるんです。ミセス・ウルフから供述を取ったとき、彼女は今朝大聖堂であなたと会ったと言っていました。それなら、ミセス・シェリダンがあなたを売春婦の客と間違えた話とも一致します。ウィールディとわたしとで考えていたんですが、いったいぜんたいよりによって大聖堂なんかで何をしていらしたんですか？　警視？」

　パスコーは敬意を表しつつ興味を抱いているという顔をつくっていた。これは警視をかなり鋭くからかうときの彼のお決まりの仮面だった。ウィールドの自然な表情はどんな感情も隠してしまう。二人の目が彼に釘づけになっていた。

　彼は時間稼ぎにゆっくりビールを飲んだ。

「そうだ」彼は言った。「確かに大聖堂で会った。あそこにはよく行くんだ、ことに日曜日にはな。きみたち二人には宗教心がないから、知らなかったとしても驚かないよ。教会できみらにぶつかるってことは、まあないよな？」

「でも、なぜですか、警視？」パスコーは突っ込んだ。

「ふたたび生まれた《ボーン・アゲイン》（あらためてキリスト教を熱心に実践するようになること）とかじゃないでしょう？」

　ウィールドは急いでビールを飲んだ。気管に入ってしまったのか、少しむせた。

　ダルジールは言った。「ふたたび生まれた？　まさか。最初のときだって、おふくろはうんと痛い思いをしたろう。今のこのサイズじゃ、象だって無理だな。いや、理由は音楽だ」

同僚二人は目を見交わし、それからパスコーは信じられないという思いを表現するのに、レイディ・ブラックネル役（ワイルドの喜劇『まじめが大切』の登場人物で、驚きあきれて「ハンドバッグ？」と言う台詞が有名）を振られてもおかしくない派手な抑揚で言った。「音楽？」

「ああ。きみたちもたまにはあそこに行って、聴くといい。音響効果がすばらしいんだ。今朝はオルガニストがバッハを練習していた。〈フーガの技法〉。好きな曲だ。フーガとは何か知っているかね？　短いメロディーが自分を追いかけてぐるぐる駆け回り、そうこうするうち自分のケツの穴に消えていく」

実例を挙げるように、彼は口笛でいいかげんなメロディーを吹いた。それにつられて対位法のように、ウィーン時計が十二時を打ち始めた。

人と時計は同時に終えた。ダルジールは文句あるかと言わんばかりに二人をねめつけた。

文句は出なかったので、彼はかなり満足げに言った。

「ああ、古いオルガンだっていいフーガをたくさん演奏できる（S・バトラー『世の常道』の一節「古いバイオリンが奏でる名曲は数多い」。「老人もそれなりにいい仕事ができる」の意味）。肝に銘じておくんだな。さてと、今度は誰がおごる番だ？　わたしのは誰かに飲まれちまったみたいだ！」

第五部

con fuoco poi smorzando

――激しく、それから徐々に弱く

（文字通りには「火をもって、それから消火して」）

後奏曲

真夜中。

木の部分がめりめり破られ、寝室のドアがさっと開く。どすどす入ってくる足音。掛けぶとんが剝がされ、二つのこわい顔が彼を見下ろす……

彼は上半身を起こし、叫ぶ。「やめろ！」

ショックと戦慄の中にあっても、頭の一部では、これは悪夢だと自分を安心させようとしている。今夜のストレスを考えれば、驚くことではない。

聞き覚えのある声が言う。「こんばんは、ゴールディー」その声を寝室で聞くのは妙だが、耳慣れた声なので恐怖が和らぎ、彼はほっとして目をつぶり、横になる。これは悪夢から醒める合図だと思う。

また目をあけると、掛けぶとんは顎の下まできちんと掛けられ、部屋は明るい。だが、こわい顔はまだベッドの両脇に見える。二十代か三十代初めの男たちで、黒っぽいセーターにジーンズ。たった二人だ、それは確かだが、屈強そうで、たとえ彼に力があっても、抵抗しようなどと考えただけで押さえつけられてしまうだろう。

ベッドの足元に目をやると、耳慣れた声の出どころが見える。さっきその声を聞いたときに感じた安心感を取り戻そうとするが、それはなかなか戻ってきてくれない。

「マギー……あんたか？」彼は言う。

言葉を出すのにたいへんな努力がいる。空っぽに近いチューブから歯磨きを搾り出そうとするときのようだ。どうしたんだろう？ そりゃ、フローがいるときよりちょっとよけいに飲んでしまったし、彼女が留守のときいつもやるように、睡眠薬を一錠飲んだ。だが、そのくらいでこんなふうにガンボー（オクラを入れた濃厚なスープ）の中を泳いでいるような気分になるはずはない。

「な……なんだ？　デイヴに……なにか……あったのか？　あの……ばかな……車で……衝突でも……？」

マギー・ピンチベックは言う。「いいえ、デイヴならわたしの知る限りで元気です。もうブロードステアーズから自宅に帰ったころでしょう。まっすぐベッドに入って、警察に起こされる前に少しは眠れるといいですけど」

「どうして……警察に……起こされる？」ゴールディー・ギッドマンは言った。溺れる男のように、もろい会話にしがみついている。

「火事の知らせです、もちろん」

「……火事……？」

「ウィンドラッシュ・ハウスの火事よ、ゴールディー。あなたが焼け死んだ、あの火事です」

頭の中のどこか遠いところで、思考過程は通常のレベルで機能しているらしいとわかり、ほっとすると同時に苦痛も感じる。ではまだ悪夢が続いているんだ、と彼は自分を慰める。きわどいことをさんざんやっていた年月にはいつもぐっすり熟睡していたのに、ふいにちょっとの危機で夜中に汗びっしょり！　ゆうべ、記憶にあるよりよけいラム酒を飲んでしまったのかもしれない。

楽な生活をしてきたせいだ！　と彼は自戒する。これをもって警告とせよ。

彼はまた目をつぶり、眠りに戻ろうとする。左腕を突き刺される痛みを感じ、びくっと起き上がる。男の一人が皮下注射器を手にして屈み込んでいる。もう一人は枕元のテーブルにのせたタンブラーにラム酒を注いでいる。男は手袋をはめている。

「ご心配なく」マギーは言う。「ほんの少量のテマゼパムよ。この人、ドルギはね、名前のとおりドラッグに通じていて、どんな薬でも手に入れられるの。あなたはすでに、思ったよりたくさんレストリルを飲んだ。まあ、親切だと思ってちょうだい。本格的に火がまわったころには、意識がなくなっているはずよ。でも、わからないわね、ゴールディー。どうなるかしら？」

「マギー……いったい……なんの……話だ？　スリング！　スリング！」

　彼は掛けぶとんを蹴って剝がそうとするが、力がない。どのみち、注射器の男は彼を片手で楽に押さえつけている。マギー・ピンチベックはベッドをまわってきて、枕元のテーブルからテレビのリモートを取り上げる。壁のフラットスクリーン・テレビに色があふれる。

「ジミにさよならを言うのね」彼女は言い、音を低くする。「心配しないで。わたしたちが出ていく前に、音は最大にしておきますから」

「スリング！　どこに……いる？　スリング！」

「彼は外よ、ゴールディー。でも、あなたが行く前に彼はここに来る。忠実な家来が古い友人であり主人である人を救おうと勇敢に試み、鍵のかかったドアを斧で壊したが、煙にやられて倒れ、二人はいっしょに死んだ。タブロイド各紙は大喜びするわね」

「どうして……あんた……こんなこと……？」彼は訊く。眠気が血管を通して広がっていくのに戦慄が抵抗している。ほんのしばらく前に、落ちていきたいとあれほど望んでいた深い眠りが、火山の噴火口のように待ち構えている。「きみら……いくら……もらってる……倍の金を……やるぞ……」

「よしてよ、ゴールディー！」彼女は戒める。「倍ですって？　あなたは億万長者でしょ、まったく。もっとましなことができる。あなたの命がかかってるのよ。どれだけの価値がある？　ミスター・ヤノフスキーはあなたにいくら借りがあった？　五百ポンド？　千ポンド？　あなたの命なら、ポーランド人の仕立て屋の命よりずっと価値があるんじゃない？」

「それと……これと……どういう……関係が……？」

「ヒントを上げましょう。この男の子たちにご挨拶して。注射をしたのがドルギ、こっちはクーバ。ドルギは配管工、クーバは電気工で、煙警報機もオフにしてくれたわ。二人は兄弟なの。とても強い家族の絆がある。どういう家族か、もうわかった？　そう、ヤノフスキーの家族。わたしの家族よ、ゴールディー。あなたがわたしの経歴を調べたとき、それは出てこなかったでしょう？　マギー・ピンチベックというのは、子供のころからのわたしの名前。でも、洗礼を受けたときの名前、養女になる前の名前はマグダレーナ・ヤノフスキーだった。あなたとスリングがわたしの父と母といっしょに焼き殺そうとした、あの女の赤ん坊がわたしよ。父はわずかな借金のことであなたに金槌で指を潰されたと訴えたばかりに殺された」

「ちがう……ちがう……」

「ええ、わたしも初めてその話を聞いたときは、とても信じられなかった。かなり最近のことよ。自分がもらい子だったってことは、十八歳まで知らなかった。父と母——二度目の父と母が——交通事故で焼け死んでしまうまでね。いずれは教えるつもりだったんでしょうけど、間に合わなかった。わたしがチャイルドセイヴで働き始めたのは、それがきっかけだったかもしれない。七、八年たって、ようやく過去を掘り返す気力ができると、わたしは捨て子ではなかったとわかった。わたしはマグダレーナ・ヤノフスキーといって、本当の両親も焼け死んでいた。ええ、そうよ、ゴールディー。同じ惨事は二度体験しないと言うけど、あなたのおかげで、わたしは二度孤児になった。どちらも火事のせいでね。それって、『ギネス・ブック』に載ってもいいと思わない？」

　彼女は微笑する。苦い、ユーモアのない笑いだ。

ゴールディー・ギッドマンは必死に目をあけていようとする。クーバという男はラム酒をボトルから掛けぶとんに撒き、それからボトルをテーブルに戻す。その横に葉巻ケースが置いてある。ドルギは葉巻を一本取り出し、慎重に端を切り落とすと、質問するようにマギーを見る。

「もうすぐよ」彼女は言う。「それでね、ゴールディー、わたしは当然ながら、実の両親のことをもっと知ろうとしました。かれらがかつて住んでいた道路は、ずっと前に再開発で消えていたから——あなたのプロジェクトだったと思うわ——二人をおぼえている人をさがし出すのはたいへんだった。ポーランドで親類を見つけるほうがうまくいったわ。だから、こうしていとこのドルギとクーバがここにいるの」

男二人は名前を言われたのでにっこりし、彼女も微笑を返す。

「わたしは元の名前に戻りはしなかった。家族の歴史を公表したくなかったから。でも、移民の子供たちの問題に特別な関心を寄せるようになった。そのうち、まったく偶然に、仕事の関係で、ポプラー（ロンドン東部の地区）で下宿屋をやっている老女に出会った。感じのいい人ではなかった。店子はおもに移民で、彼女は法外な家賃を搾り取っていた。でも、彼女はわたしの両親と同じ通りに住んでいたことがあるとわかった。わたしが両親の名前を出すと、彼女がなんと言ったかわかる、ゴールディー？」

ギッドマンは懸命に目をあけている。目をあけていれば、彼女がいつまでも話し続けているかのように。

男二人は顔を見合わせる。長くかかりすぎていると心配している。マギーに疑念が芽生え、決定的瞬間を先延ばしにしようと、話を続けているのだろうか。

彼女は平然と続ける。

「〝ああ、ヤノフスキーね。ゴールディー・ギッドマンが火をつけた、ちびのポーランド人の仕立て屋〟。

軽くそう言ったのよ。もちろん、わたしは質問した。ほかにはなにも出てこなかった。ただ、ゴールディー・ギッドマンが手配して火事を起こしたことは誰でも知っているとだけ言った。いやらしい、悪辣な婆さんだったから、その話を額面どおり受け取るつもりはなかった。それで、あちこち訊きまわった。目立たないようにね。わたしはその気になればすごく目立たなくなれる。それはご存じよね、ゴールディー？　でも、老女の話を裏付けてくれる人は一人も見つけられなかった」

彼女は信じられないというように、首を振る。

「ぜんぜん、一人も。あなたは自分の行為の後始末をするとなると、ほんとにきれいにかたづけるのね。でも、父があなたとミスター・スリングズビーから暴行を受けたと届け出たことは確実になりました。訴えても、もちろんどうにもならなかった。証拠がないんだもの。それに、ときどき新聞が、ことに《メッセンジャー》が、あなたの初期のころの商売の方法について、さりげなく当てこすりを言うことがあるのが目についた。それだって、証拠は一つもない。実際、あなたが生涯、善行以外のことをしてきたという証拠があまりにもないから、わたしはぜひこの人にじかに会って、どういう人物か確かめてみたいと思うようになったの」

クーバは腕時計に目をやって言う。「マギー、長居しすぎてるぜ」

「わかってる。ごめんなさい。もうすぐ終わるわ。ゴールディー、まだ聞いてる？」

彼はうなずく。努力が必要だが、まだ二人のあいだにコミュニケーションがあるとはっきりさせたい。声が聞こえるうちは、彼は生きている。

「肝心の部分にさっさと入るわね、ゴールディー。あなたの息子が新しい個人秘書を求めているという広告を見たとき、わたしはほんの一時の思いつきで応募したの。選ばれるところまで行くとはまったく思わなかったけど、あなたをそばで見る機会はあるかもしれない。ま、どう展開したかはご承知よね、ゴールディー。あなたはデイヴが悪さをしないでやっていくように見張ってくれる人物を求めていた。わたしの経歴を調べ、この女なら役に立つかもしれないと思った。少なくとも、息子はわたしを見るたびセックスを考えたりしない。そのうち、わたしはあなたをよく見ることができた。それでね、感心したのよ！　あなたは本当によくできる男だわ、ゴールディー。容赦ないプレイヤーだとしても、信頼できる男だ、と思った。それに、地元コミュニティのためのプロジェクト、子供たちのための慈善活動、難民のための組織――どれもたいしたものだわ！　尊敬せずにはいられなかった、ゴールディー。デイヴのために働いてきた数カ月のあいだに、あなたを好きにさえなったのよ！」

　彼女は自分の騙されやすさが信じられないというように、首を振る。

「そうしたら、今日、グウィン・ジョーンズが現われて、すごくおかしなことを言った。調べてみなければならなかった。デイヴを守るのがわたしの仕事ですものね？　昔の心配事がまた頭の中を渦巻き始めた。でも、ほのめかしやら推測ばかりで、実体はなかった。やっぱり偏執的なジャーナリストが記事を書くためならなんでもする気でいるだけだと思いそうになった。そうしたら、グウィンの弟がヨークシャーで殺されたと聞いた。しかも、ジーナ・ウルフとつきあっているミック・パーディーがあなたを訪ねてきた」

　彼女はクーバに向かってうなずく。彼はエアゾールを出して、掛けぶとんにスプレーする。

「やりすぎないで。痕跡を残したくないから」彼女は言う。「なにか手を打たなければならなかったのよ、ゴールディー。それで、階下のコントロール室に行って、屋内の内線テレビのスイッチを入れた。そうよ。

あなたとパーディー警視長が話をしていたあいだ、わたしは一部始終を見聞きしていた。スリングがパーディーの喉を切りそうになったときは、すぐ警察を呼べるよう、電話を手に構えていたわ。殺人と殺人幇助なら願ったりかなったりだもの。でも、あなたの気が変わった。パーディーが受けたメッセージのせいでね。それに、ゆうべのあなたの行動からすると、いつものようにあなたにとってすべてがうまくいったと感じているのはわかった。だから警察に電話はしなかった。あなたみたいにあれこれ友達に恵まれた人が相手じゃ、警察に頼ったって無駄でしょ？　だからそのかわり、この男の子たちに電話したの。オーケー、ドルギ、やりましょう」

　ドルギは慎重にギッドマンの指をグラスのまわりにつける。一瞬、彼はグラスを持つだけの力を出そうとするが、すぐに手は緩み、中身が掛けぶとんにこぼれる。ポーランド人はベッドから離れ、ライターを取り出す。

「マッチよ、ドルギ。上等の葉巻はいつもマッチで火をつけなきゃいけないって、知らないの――そうでしょ、ゴールディー？」

「マッチなんか持ってないよ、マグダ」ポーランド人は言う。

「そう。ま、準備万端てわけにはいかないわね。じゃ、ライターでいいわ」

　青年はかちりとライターをつけ、炎を葉巻に近づける。

「最後に一つ、ゴールディー」マギーは言う。「デイヴのことよ。さいわい、彼はあなたよりフローに似ていると思う。時間がたてばわかるでしょう。ともかく、わたしは彼の面倒をみます。あなたがヤノフスキー夫妻の子供の面倒をみたよりきちんとね。わたしのおかげで、あなたが息子に託した夢を彼はすべて実現できるかもしれない。ま、ペニスをパンツの中にしまっておければね。でも、できるだけのことはします、約束するわ」

ギッドマンは目を閉じる。マギーはドルギに向かってうなずく。

彼は葉巻の先が赤くなるまで吸ってから、それを掛けぶとんの上に投げる。

しばらくはなにも起きない。それから静かにボワッと音がして、葉巻の周囲に青い炎が躍る。ふとんに火が移ると、炎は黄色く変わる。

女と二人の男はドアをあけ、気を失ったスリングズビーの体を引きずり入れると、ベッドの足のほうにうつぶせに倒す。掛けぶとんの綿から、すでに息の詰まる灰色の煙が出ている。

三人は階段を降り、家の外に出る。

「マグダ、ぐずぐずしてちゃだめだ」クーバは言う。

「行って。途中で消防車とすれ違っちゃまずいでしょ」

「明日、会いにいくよ、いいね？」

「ええ。わたしはデイヴのフラットに行って、あなたたちが今度こそまともな仕事をするように見張ることになるわね。デイヴはおかあさんの世話で忙しくなるでしょう」

男二人はかわるがわる彼女の頰にキスする。それから古い白いヴァンに乗って出ていく。マギーは家に戻り、コントロール室に入って、二人のために門をあけてやる。白いヴァンが門を抜けていくと、彼女は防犯カメラをリセットする。ドルギとクーバが到着する前にオフにしておいたのだ。門は消防車が来るときのためにあけたままにしておく。

煙が階段伝いに下りてくる。煙警報機があちこちで鳴り響いている。

彼女は階段を上がり、９９９に電話する。動揺した様子を声に出すのは努力がいる。話しながら、髪に指を走らせ、服を乱す。消防署員と警察が来たとき、煙のにおいをぷんぷんさせていたいのだ。
ギッドマンの寝室は火炎地獄だ。彼女は立って炎をじっと眺める。顔に当たる熱が耐えきれなくなるまで。頭の一部は自問している。これは筋の通ったこと？　まともに考えている？　これしか方法はない？　もう遅すぎる。彼女は向きを変え、また階段を降りる。

外に出て、深呼吸する。冷たい夜の空気が口から煙の味を洗い流す。目を上げる。黒い秋の空に星がたくさん見える。南のほうへどこまでも広がっている大都市の電光、その無尽の光も星々の明るい輝きを消すことはできない。だが、あの星々の多くは何千年も前に消えてしまったものだと、天文学者は教えてくれる。

わたしたちの過去みたい、と彼女は思う。光はいつも背後にある。だから、暗い未来へ向かって進むほんの二、三歩の距離すら、わたしたち自身の影に隠れてしまう。

朝になったらどういう気分だろう、と思う。闇に目を凝らしてみるが、じっと見れば見るほど暗さが増してくる。

どうでもいい。今現在、彼女は宇宙と完全に一体になり、平穏な気持ちだ。

サイレンが聞こえてくる。もうじき、青と銀のちかちかする光に囲まれ、菊の花のようにあでやかに、大きな真紅の消防車が車寄せをずんずん走ってくるだろう。ゴールディーの大切な芝生に弧を描いて砂利をばらまきながら。

彼女は消防車を迎えようと、進み出る。

訳者あとがき

本書『午前零時のフーガ』（*Midnight Fugue*, 2009）はレジナルド・ヒルの〈ダルジール&パスコー〉シリーズ長篇第二十二作にあたる。前々作『ダルジールの死』で大爆発に巻き込まれ、九死に一生を得たダルジール警視。前作『死は万病を癒す薬』では、海辺のクリニックに療養入院を余儀なくされた。

退院から二カ月ほど過ぎて、ようやく体調が回復してきた警視は、周囲の心配をよそに、とうとうフルタイムで職場復帰したところだ。思ったほどすんなり本調子には戻れず、年のせいもあるかと落ち込んだり、苛立ったり……。そんなある日、古い知り合いの警察官からふいに電話がかかってきた。

首都警察の警視長ミック・パーディーは、かつての部下であり友人だったアレックス・ウルフの〝未亡人〟と結婚するつもりだ。ウルフは七年前に失踪し、まったく行方不明のままなので、妻ジーナはとうとうあきらめて夫の正式な死亡推定証明を申請し、ミックと再婚する決意を固めたのだった。ところがそのとき、差出人不明の封筒が届き、中にはアレックスの姿が写っている最近の雑誌の一ページが入っていた。中部ヨークシャーの地方誌、しかも地元ホテルの便箋まで添えられていた。アレックスは生きているのか？　ジーナは即座にロンドンから中部ヨークシャーに向かい、ミックはダルジール警視に友人として彼女を助けてやってほしいと依頼した。

町の一流ホテルでダルジールはジーナと会い、食事しながら話を聞くあいだ、ノヴェロ刑事に付近を見張らせていた。すると彼女は警視のテーブルを盗聴する男に気づいたが、その彼女を見張っている男女がいた。

同じ日の同じころ、二百マイル南のロンドンでは、国会議員デイヴィッド・ギッドマンが祖父を記念するコミュニティ・センターの開館式に出ていた。父は黒人、母は白人のギッドマンは、オバマ大統領のような混血政治家として人気と実力を誇り、次の次の首相候補とまで目されている保守党の若手スターだ（本書が刊行された二〇〇九年にはイギリスは労働党政権だったが、その後二〇一〇年五月の総選挙で保守党と自民党の連合政権となり、〝次の首相候補〟だった保守党党首キャメロン氏が実際に首相に就任した）。父親のゴールディー・ギッドマンはイースト・エンドの貧しい生活から身を起こした実業家で、財を成すと保守党支持にまわり、大規模な政治献金を続けるとともに、息子の成功を願っていた。

ゴールディーは若いころ容赦なく悪事を働いてのし上がってきたが、つねに後始末に気を遣い、決して証拠を残さないので、警察もマスコミもその尻尾をつかむことができなかった。ところが、ウェールズ人のタブロイド新聞記者がゴールディーの過去を暴く特ダネを嗅ぎつけて近づいてきた。息子デイヴィッドの有能な秘書は、スキャンダルが彼の政治生命を脅かすのではないかと不安になる。

さまざまな背景、さまざまな思惑を持った人々をつなぐのは、はるか昔の犯罪だった。断片を拾い集め、全体像を描き出そうとするダルジール警視とパスコー主任警部。逃げる者、追う者、それぞれの軌跡がフーガのように重なり合い、追いかけ合いながら、クライマックスに向かっていく。

複雑で重層的なプロットと明快な謎解きはもちろん、毎回凝った構成を見せてくれる〈ダルジール&パスコー〉シリーズ。本書では深夜の幕開きから深夜の幕切れまで、二十四時間のあいだにドラマが展開する。ダルジール警視が実際に行動するのは約十六時間（うち二時間は昼寝！）だが、ひさしぶりに主役を張って堂々の活躍だ。その周囲で大勢のキャラクターが同時に異なる場面に登場し、いくつもの糸がしだいにより合わさっていく。映画のような進行は読みごたえがある。

北ヨークシャーのハロゲートで毎夏開催される〈クライム・ライティング・フェスティヴァル〉では、スポンサーである地元のビール会社シークストンから、イギリス人によるミステリ小説のその年の最優秀作品に賞が贈られるのが恒例だが、二〇一〇年にはこれと並んで、ベテラン作家の長年の実績と貢献を称える特別賞が初めて発表され、レジナルド・ヒルが受賞した。ヨークシャーを縦横に駆け回る（パブのビールが好きな）ダルジール警視の生みの親にはぴったりの賞だ。一九七〇年、『社交好きの女』から始まったシリーズの四十周年と重なって、ヒルにはおめでたい年となった。

二〇一〇年十二月

HAYAKAWA POCKET MYSTERY BOOKS No. 1843

松《まつ》 下《した》 祥《さち》 子《こ》

上智大学外国語学部英語学科卒
英米文学翻訳家

訳書
『パディントン発４時50分』アガサ・クリスティー
『死は万病を癒す薬』レジナルド・ヒル
『パズルレディと赤いニシン』パーネル・ホール
『紳士同盟』ジョン・ボーランド
（以上早川書房刊）他多数

この本の型は，縦18.4センチ，横10.6センチのポケット・ブック判です.

〔午前零時《ごぜんれいじ》のフーガ〕

2011年1月10日印刷　　2011年1月15日発行

著　者　レジナルド・ヒル
訳　者　松下祥子
発行者　早川　浩
印刷所　星野精版印刷株式会社
表紙印刷　大平舎美術印刷
製本所　株式会社川島製本所

発行所 株式会社 **早川書房**
東京都千代田区神田多町２－２
電話　03-3252-3111（大代表）
振替　00160-3-47799
http://www.hayakawa-online.co.jp

（乱丁・落丁本は小社制作部宛お送り下さい
送料小社負担にてお取りかえいたします）

ISBN978-4-15-001843-6 C0297
Printed and bound in Japan

ハヤカワ・ミステリ〈話題作〉

1813 **第七の女** フレデリック・モレイ 野口雄司訳

〈パリ警視庁賞受賞〉七日間で、七人の女を殺す——警察を嘲笑うような殺人者の跳梁。連続殺人鬼対フランス警察の対決を描く傑作

1814 **荒野のホームズ** S・ホッケンスミス 日暮雅通訳

牛の暴走に踏みにじられた死体を見て、兄貴の目がキラリ。かの名探偵の魂を宿した快男児が繰り広げる、痛快ウエスタン・ミステリ

1815 **七番目の仮説** ポール・アルテ 平岡　敦訳

〈ツイスト博士シリーズ〉狭い廊下から忽然と病人が消えた！　それはさすがの名探偵をも苦しめる、難事件中の難事件の発端だった

1816 **江南の鐘** R・V・ヒューリック 和爾桃子訳

強姦殺人を皮切りに次々起こる怪事件！　ごぞんじディー判事、最後の最後に閃く名推理とは？　シリーズ代表作を新訳決定版で贈る

1817 **亡き妻へのレクイエム** リチャード・ニーリイ 仁賀克雄訳

過去から届いた一通の手紙。それは二十年前に自殺した妻が、その当日に書いたものだったが……サプライズの巨匠が放つサスペンス

ハヤカワ・ミステリ〈話題作〉

1823
沙蘭の迷路
R・V・ヒューリック
和爾桃子訳

赴任したディー判事を待つ、怪事件の数々。頭脳と行動力を駆使した判事の活躍を見よ！著者の記念すべきデビュー作を最新訳で贈る。

1824
新・幻想と怪奇
R・ティンパリー他
仁賀克雄編・訳

ゴースト・ストーリーの名手として知られるティンパリーをはじめ、ボーモント、マティスンらの知られざる名品、十七篇を収録する

1825
荒野のホームズ、西へ行く
S・ホッケンスミス
日暮雅通訳

鉄路の果てに待つものは、夢か希望か、殺人か？ 鉄道警護に雇われた兄弟が遭遇する、怪事件の顛末やいかに。シリーズ第二弾登場

1826
ハリウッド警察特務隊
ジョゼフ・ウォンボー
小林宏明訳

ロス市警地域防犯調停局には、騒音被害、迷惑駐車など、ありとあらゆる苦情が…… 〝カラス〟の異名をとる警官たちを描く警察小説

1827
暗殺のジャムセッション
ロス・トーマス
真崎義博訳

冷戦の最前線から帰国し〈マックの店〉を再開したものの、元相棒が転げ込んできて、再び裏の世界へ……『冷戦交換ゲーム』の続篇

ハヤカワ・ミステリ〈話題作〉

1833 **秘密**

P・D・ジェイムズ
青木久惠訳

顔の傷跡を消すため私立病院に入院した女性ジャーナリストが、手術後に殺害された。ダルグリッシュ率いる特捜班が現場に急行する

1834 **死者の名を読み上げよ**

イアン・ランキン
延原泰子訳

〈リーバス警部シリーズ〉首脳会議の警備で市内が騒然とする中で、一匹狼の警部は連続殺人事件を追う。故国への想いを込めた大作

1835 **51番目の密室**

早川書房編集部・編

〈世界短篇傑作集〉ミステリ作家が密室で殺された！『天外消失』に続き、伝説の名アンソロジー『37の短篇』から精選する第二弾

1836 **ラスト・チャイルド**

ジョン・ハート
東野さやか訳

〈MWA賞&CWA賞受賞〉少年の家族は完全に崩壊した。だが彼はくじけない。家族の再生を信じ、妹を探し続ける。感動の傑作！

1837 **機械探偵クリク・ロボット**

カミ
高野　優訳

奇想天外、超愉快！ ミステリ史上に例を見ない機械仕掛けのヒーロー現わる。「五つの館の謎」「パンテオンの誘拐事件」二篇を収録